李卓吾批评本 西遊記 上

〔明〕吴承恩 著

〔明〕李卓吾 批评

岳麓書社 · 长沙

力败天将

安定心猿

长安送别

陡涧换马

收降八戒

收得沙僧

宝象传书

八戒搬兵

前　言

一

　　唐玄奘取经的故事史有其事。唐贞观三年（629），年轻和尚赴天竺（今印度）取经，历时十七载，取回梵文佛经六百五十七部。返长安后即开始翻译佛经，并口述西域诸国见闻，由门徒辩机辑录成《大唐西域记》，其后弟子慧立、彦悰又合撰《大唐大慈恩寺三藏法师传》，书中穿插了许多神奇传说。玄奘孤身取经，往返数万里，历经艰险，这事件本身就含有强烈的传奇色彩，必然要被演化为民间传说的材料。

　　引之入说话的，宋元年间有《大唐三藏取经诗话》，为南宋人作，开始将各种神话与取经故事联系起来，形成了情节完整的文学作品。除玄奘外又加添了猴行者与深沙神，猴行者已经成为主要角色，玄奘退居次要人物，一师三徒的取经队伍逐渐形成，这对后来吴承恩小说创作显然是有影响的。

　　除了《大唐三藏取经诗话》以外，今残存的《永乐大典》第一万三千一百三十九卷"送"韵"梦"字条有《梦斩泾河龙》，文前标题作《西游记》。文共一千二百余字，和今本《西游记》第十回《老龙王拙计犯天条》，无论文字或情节都极为相近。又，古代朝鲜的汉语教科书《朴通事谚解》载《车迟国斗圣》一段。其中有八条注叙述了《西游记》平话故事的基本情节：即孙行者的出身，大闹天宫、皈依佛法的经过，以及师徒三人取经，师陀国遇猛虎毒蛇，次遇黑熊精、黄风怪、地涌夫人、蜘蛛精、狮子怪、多目怪、红孩儿怪；又经过棘钓洞、火焰山、溥屎洞、女人国及诸恶山险水，可见那时已有古本平话《西游记》。

再证以南宋诗人刘克庄在《释老六言十首》中有"取经烦猴行者"之句，并提及如来、老君、大鹏鸟、金毛狮及青牛等形象。元陶宗仪《辍耕录》所记金院本名目中，有《唐三藏》一本，可惜早佚。明徐渭《南词叙录》记"宋元旧篇"戏文有《陈光蕊江流和尚》，演述玄奘的出身家世。元杨显之《刘全进孤》，为太宗入冥传说中的一部分。元末明初杨讷的《西游记杂剧》六本十四折，以唐僧出世开场，演说取经故事，出场的角色有孙行者、猪精、沙和尚，以及南海沙劫陀老龙王三太子变的白龙马，毫无疑问，这都为长篇小说《西游记》的再创作提供了丰富的材料。

后世通行的《西游记》一百回，约成书于明代嘉靖末年，今存最早的刻本，为万历二十年（1592）金陵世德堂刊《新刻出像官版大字西游记》。吴承恩约殁于万历初，此本刊于万历二十年，离吴去世还不远，应是一本保存原来面目最多的本子，今通行本《西游记》据此校印。《鼎锲京本全像西游记》，二十卷一百回，明万历三十一年（1603）闽书林杨闽斋刻本。《唐僧西游记》二十卷一百回。以上三本俱为华阳洞天主人校本。《李卓吾先生批评西游记》，一百回，不分卷，有袁韫玉序言。此书似天启、崇祯年间刊本。以上四种明版书均无陈光蕊赴任逢灾，玄奘出身的故事，亦即今通行本第九回。明代还有两个节本，一为杨致和《西游记》四卷四十一回；一为《唐三藏西游释厄记》十卷，署名"羊城冲怀朱鼎臣编辑"。全书不及今本《西游记》的四分之一，可能为隆庆年间闽南刻本。但卷四中有完整的唐僧出身历史的描述。此后清初西陵残梦道人汪象旭笺评《西游记证道书》一百回，据世德堂本，又参看朱鼎臣节本，自谓得"大略堂《西游》古本"，补入"陈光蕊赴任逢灾　江流僧复仇报本"内容。后出的清刊本，如《西游记真诠》《西游记原旨》《通易西游记正旨》等，皆仿此模式。

二

现存的明刊本只题"华阳洞天主人校""朱鼎臣编""杨致和编"，不曾提及撰人姓名。全真教道人邱长春弟子李志常曾作《长春真人西游记》，叙述邱处机应元太祖成吉思汗之诏的过程，人们把小说《西游记》与李志常作的《西游记》混为一谈，而清初汪象旭刊刻《西游证道书》时，卷首增添一篇元人虞集《原序》和《邱长春真君传》，认定邱长春作，从此以讹传讹。其实清初学者吴玉搢在乾隆十年（1745）纂修《山阳县志》时，查到《淮安府志》卷十九《艺文志》中，著录有吴承恩《西游记》。之后，清阮葵生、焦循等学者力辩此书乃明人吴承恩所撰，近二十年又发现了些新材料，学界的认识渐趋一致。

吴承恩（约1500—约1582），字汝忠，号射阳山人，山阳县（今江苏淮安）人。少年时代即好奇闻，爱听神异故事，喜读野言稗史，这对于他晚年创作《西游记》是一种必要的文学准备。

吴承恩满腹文章，可是屡试不中，困顿遭遇，使他有可能以清醒的眼光去观察社会。约三十三岁时，吴承恩父亲病故，由他继承父业，经营小店，并代人书写各种应酬文字，从中获取一些润笔费。大约在五十三岁中岁贡，六十多岁才人京师候选，结果只获得浙江长兴县县丞卑微官职，主管粮马、巡捕之事。因得罪长兴大豪，被诬而去。这悒郁不得志的一生，惨痛的生活经历，目睹弘治、正德、嘉靖、隆庆、万历五朝的腐败，在他的《二郎神搜山图歌》中，对社会的世态人情表达了强烈的激愤。他把批判矛头直指官僚，甚至隐约地指向最高统治者。他认为当时朝廷里有一批"五鬼""四凶"式的人物，正是他们倒行逆施，造成无数"民灾"。可是，这些五鬼四凶不仅没有受到惩罚，反而受到朝廷的重用。吴承恩愤怒极了，但"欲起平之恨无力"，于是他只好把理想和希望寄托在幻想之中，向往救世英雄人物的诞生。这英雄必须在思想、作风上超脱世俗，具有狂傲性格，带点离经叛道的异端色彩。吴承恩从当时离经叛道思想倾向的人物身上也感到了这种希望，并从这一发现中孕育了他理想中的英雄——孙悟空。

明人陈元之在世德堂本《西游记》的序中说《西游记》是"滑稽之雄"，李卓吾（实为叶昼）在《西游记》评本的总批中也说《西游记》是"游戏之中，暗传密谛"，不知鲁迅和胡适是否受此启发，先后提出了游戏说。鲁迅在《中国小说史略》中说："然作者虽儒生，此书则实出于游戏。"他在《中国小说的历史变迁》也说《西游记》"出于作者之游戏"。胡适的《西游记考证》也指出《西游记》有玩世不恭之意和滑稽之味，因此，"《西游记》里种种神话都带着一点诙谐意味，能使人开口一笑，这一笑就把神话'人化'过了。我们可以说，《西游记》的神话是'人的意味'的神话"。胡氏的议论较多地偏重于《西游记》的技巧特征，并非专指《西游记》的主题思想。李卓吾（叶昼）所谓的"游戏之中，暗传密谛"之说，按我们的理解，应该是作家对社会、对人生的体悟。也就是作家对现实政治生活和人际关系，冷暖人生，人性的缺损，性格悲剧看得太透了，现实的方方面面让他很失望，因而才用玩世不恭的态度，去描述其小说世界和人物。读者隐隐约约感到神话世界中的某种神妖，就好像是现实生活中某种类型的人。天庭的玉帝，各类神祇的等级划分，那作派用语，就像是现实中的宫廷朝政。吴承恩在《禹鼎志》自序中说："虽然吾书名为志怪，盖不专名鬼，时纪人间变异，亦微有鉴戒寓焉。"《西游记》更不能例外。吴承恩由弘治到万历五朝的生活时期，正是朝廷最腐败的时期。陶仲文被命为真人，而且还做了尚书，与宦官崔文、奸相严嵩勾结，荼毒生灵，社会动荡不安，吴承恩当然要通过孙悟空及小说中的世界，表达自己的意愿，不可能纯粹是游戏之作。

三

　　《西游记》神话世界里由人或动物变幻的神妖，具有明确的象征性和假定性。作者在人物塑造时，将人、动物和神三者融合为一，但又不是平面的并列，而是把社会生活中的人当做主要描写对象，因此孙悟空的性格实质是人而不是动物，具有人的喜怒哀乐诸种心理状态，寄托了一定历史时期中人民的情感和理想，所以孙悟空才可被假定象征某种理想主义的英雄典型。然而，孙悟空只是假定和象征某一种人物，并不等于说他和社会某种类型人物一致。同时作者在以人的性格为其主导方面塑造孙悟空形象时，还融合了动物的属性，但不是把动物的一切属性都融进孙悟空，而是强调突出与表现主题有密切联系的属性，和现实生活中人们的理想有联系的特征，如猴子的机灵、顽皮、狡猾、多变等，最后再赋予神的力量，这样就创造出一个会七十二变，聪明而能识别一切妖魔，既忠实于唐僧取经事业，不怕邪恶，敢于战胜邪恶而又不守礼法，带点野性的孙悟空。

同样的，猪八戒的形象也具有假定性和象征性。贪说、贪睡、懒惰是猪八戒动物性本能的特点，也是人类某种人常有的毛病。猪八戒的好色、小心眼、狡黠、爱耍小聪明、挑拨离间，总想占点小便宜，对事业三心二意，主张逃脱散伙主义，打不过人家，便自欺自慰，掩盖自己缺失，把人性的弱点发挥到极致。

至于唐僧则距历史真实的玄奘相差甚远，引起学界的争议。其实在吴承恩的笔下，唐僧只是浊胎俗骨的凡僧，虽然在理念上也赞赏唐僧对取经的诚心，百折不回的精神，忠厚、善良的人品，但作者却赋予他内儒外佛的形体，时时显露出自私、平庸、忍让，怯于斗争，缺乏主见，不明是非，又非常固执、愚腐。孙悟空在协助唐僧取经的过程中，不仅要战胜自然界和神道设置的种种障碍，而且还要不断地同唐僧的愚腐观念论争，使取经事业多次陷入危机，好像是在暗喻现实生活中某种社会力量和人物。

仁者见仁，智者见智。读者可以从不同角度调动自己的想像力，丰富小说的潜在内涵，但也无须把小说的意旨和孙悟空的形象扩大到是写农民起义。平实而论，《西游记》是由猴王出世、大闹天宫、唐僧出世、取经缘起、西天取经等部分组成，而以西天取经为主干故事。猴王出世与大闹天宫，都表现了孙悟空自由平等的观念和自我真性的追求。两次闹天宫的基本思想和目的，不过是反对玉帝昏庸，不能任人唯贤，他的反叛思想并未超出封建制度的规范，吴承恩的政治观念和思想还未超越到反封建制度和封建统治的境地。也因此，孙悟空闹天宫祭起的旗号只能是"齐天"而不是"破天"，至于第二次闹天宫提出所谓"皇帝轮流做，明年到我家"，不过是前卫知识分子们早已说过的天下乃天下人之天下，贤能者居之的观念。既然玉帝昏庸无能，不识贤人或能人，那么，孙悟空打败了天兵天将，意识到自己是"强者为尊该让我""只教他搬出去，将天宫让与我"，是在承认皇权制度的前提下要求把玉皇的统治转给孙悟空而已，并不否定皇权统治，消灭神佛的天国，而是希望自己成为天国的神佛。正因为如此，孙悟空的挑战必然遭到三教合一的讨伐。无论怎样在如来手掌内翻跟斗，并在"第一根桩子下撒了一泡猴尿"，嘲弄了佛祖一把，可终究未能跳出如来佛手心，被压在五行山下。孙悟空表示皈依佛门，去求得正果。所谓求得正果，不过是求佛的正常途径，从此转为战恶魔的斗士，不存在对自己的背叛。

《西游记》虽说是神话小说，但其故事情节、人物形象及话语，的确含有强烈的象征性和假定性，留给了读者无限的想象空间。说的是神仙鬼怪妖魔，暗喻的是人间世。上至君臣关系，封建宗法关系，权威社会的权威；下至市俗中人与人之间的关系，人性的两面性及弱点，丑陋的知识分子，卑鄙的市侩小人，争取人性与个性自由的人们，如此等等，都能在小说中找到影子。作家胸中好像有太多的块垒，太多的愤懑，乃至作家主观意识过分外溢，常常侵犯小说中人物的意识，他们的话语超出了人物的感知范围。好像不是在说自己的话语，而是作家的牢骚。可正是嬉笑怒骂、调侃、诙谐、反讽、含沙射影，才构成了《西游记》的独特风格。

但是，超现实的独特的性格，必须用奇幻的情节结构平台来展示。按史实和原神话故事，本以唐僧取经为主干，应以玄奘开始叙述。但小说开篇却写孙悟空出世，接着便是求道学艺、闹龙宫、地府、大闹天宫，直到第九回唐僧才登上舞台。但小说仍以孙悟空为主角。取经途中遭遇的各种困难及解救的过程，都与天界、地府、四海龙王有关。如果不在前八回安排悟空出世，并通过几闹，引出各种神佛，向读者一一介绍，待到斗群妖时再行插叙，就显得零乱而面目不清。况且有了孙悟空的几闹，才能说明他有战胜妖魔的本事，形成一篇篇热闹文字。前八回以后，由取经的纵向行动串连各个故事，在每个故事（八十一难）中设置诸种矛盾，制造许多高潮，时而惊险，时而轻松。在一难又一难的过程中，错综复杂地展现了僧徒与妖魔鬼怪之间的矛盾，与自然环境之间的矛盾，唐僧与孙悟空，八戒与孙悟空之间的矛盾冲突，读来神奇变幻，引人入胜。

小说家创造一个有组织有系统的神魔世界，又赋与情节以绚烂而多变的幻想色彩。如孙悟空与二郎神的斗法，诸种变形，洋溢着无穷的奇趣。一方面，作家极度夸张人或动物的本质潜能，超越物体的约束，呈现奇谲怪诞的幻想形式；另一方面，光怪陆离的幻想，又是和神与魔的品级关系、动物习性和现实社会人的行为、心理交融在一起，总能让读者从幻想中体悟到现实的社会关系。也许二郎神是神，孙悟空是魔，邪不压正，二郎神总是占上风，识破孙悟空种种变形，所变之物好像均属堂堂正正的物种。可正也没完全压了邪。麻雀、鹚老、小鱼、蛇都属于小巧灵便的动物，暗合猴子的灵敏。变做被称之为淫鸟的花鸨，是孙悟空为了脱身而故意恶心二郎神。将本身各部位化做一座庙宇，尾巴变的旗竿只能放在庙后，更是匪夷所思，充满了幽默调侃，表现了猴子的顽皮性格，所以鲁迅在《中国小说史略》中说："作者秉性，'复善谐剧'，故虽述变幻恍忽之事，亦每杂解颐之言，使神魔皆有人情，精魅亦通世故，而玩世不恭之意寓焉。"

四

本书题《李卓吾先生批评西游记》，评者实为叶昼非是李卓吾。明陈继儒《国朝名公诗选》"李贽"条说："坊间诸家文集，多假卓吾先生选集之名，下至传奇小说，无不称为卓吾批阅也。惟《坡仙集》及《水浒传叙》属先生手笔，至于《水浒传》细评，亦属后人所托者耳。"明钱希言《戏瑕》"赝籍"条说得更为明确："比来盛行温陵李贽书，则有梁溪人叶阳开名昼者，刻画摹仿，次第勒成，托于温陵之名以行。往袁小选郎中，尝为余称李氏《藏书》《焚书》《初谭集》《批点北西厢》四部，即中郎所见者，亦止此而已。数年前，温陵事败，当路命毁其籍，吴中锓藏书版并废，近年始复大行。于是李宏父批点《水浒传》《三国志》《西游记》《红拂》《明珠》《玉合》数种传奇及《皇明英烈传》，并出叶笔，何关于李。"又，明盛行斯《休庵影语》也说："近日《续藏书》，貌李卓吾名，更是可笑。若卓老止于如此，亦不成其为卓吾也。又若《四书眼》、《四书评》、批点

《西游》《水浒》等书，皆称李卓吾，其实乃叶交通笔也。"

叶昼，字交通，又自称阳开、不夜、梁无知等。生平不详，主要活动于明万历（1573—1619）年间，卒于明天启（1621—1627）年间。崇尚释道，有才情，狂放不羁。

叶昼的评点理论虽不及金圣叹全面系统，但他上承李卓吾，下启金圣叹，对《西游记》的奇幻性格，提出了独特见解，要比否定贬斥《西游记》艺术成就的金圣叹、毛宗岗、张竹坡高明得多。

《李卓吾先生批评西游记》卷首有一篇《西游记题词》，署名幔亭过客，即袁于令（1592—1674）。词中说："文不幻不文，幻不极不幻。是知天下极幻之事，乃极真之事；极幻之理，乃极真之理，故言真不如言幻，言佛不如言魔。"所谓"文不幻不文"，是指神魔小说家在创作中不受真实事件的约束，不受现实生活形式的限制，对故事情节、细节及人物性格进行增饰、夸张、变形，以极幻写出极真，曲折地反映社会生活。叶昼的观点同袁于令一致，极称赏《西游记》的奇幻。第九回总评曰："种种想头，出人意表，大作手也。"第十回唐太宗地府还魂侧批"幻甚"。第十一回总批："此回最为奇幻，刘全、李翠莲……俱以笔端幻出，殊为骇异。"第五十回总评中更是叹赏："这回想头，奇甚，幻甚，真是文人之笔，九天九地，无所不至。"而这种奇幻照样能反映社会的真实，所谓"以幻为真"（第七十回侧批），"极荒唐，却似真实"（第六十回批）。这事实不只指某种事物的真实，而是影射、喻指社会的种种丑恶和腐败，因此，叶昼在第十九回总批中说《西游记》"游戏之中，暗传密谛"，第七十六回说"不过借妖魔来画个影子耳"，可谓是指出了《西游记》的特性。

　　此外，叶昼较早关注小说家人物描写的个性化，换言之，他主张和欣赏的是作家能写出有区别的、具有生动个性的形象。如第二十三回总评曰："描画八戒贪色处妙绝。只三个'不要裁我，还从常计较'，便画出无限不可画处。"第三十八回总评的观点更为明确："描画行者耍处，八戒笨处，咄咄欲真，传神手也！"叶昼只能借用古代画论中的"传神"论来说明小说的人物性格塑造，还未能筛选出科学的概念，而这却由金圣叹正式提出"性格"说，把"性格"作为基本术语在小说批评中运用，并建立了相当完整的性格描写的理论。

鲁德才

2005 年 4 月于南开大学古稀堂

目　录

下　册

题　辞

　　文不幻不文，幻不极不幻。是知天下极幻之事，乃极真之事；极幻之理，乃极真之理。故言真不如言幻，言佛不如言魔。魔非他，即我也；我化为佛，未佛皆魔。魔与佛力齐而位逼。丝发之微，关头匪细；摧挫之极，心性不惊。此《西游》之所以作也。说者以为寓五行生克之理，玄门修炼之道，余谓三教已括于一部，能读是书者，于其变化横生之处引而伸之，何境不通？何道不洽？而必问玄机于玉匮，探禅蕴于龙藏，乃始有得于心也哉？至于文章之妙，《西游》《水浒》实并驰中原。今日雕空凿影，画脂镂冰，呕心沥血，断数茎髭而不得惊人只字者，何如此书驾虚游刃，洋洋洒洒数百万言而不复一境，不离本宗；日见闻之，厌饫不起；日诵读之，颖悟自开也！故闲居之士，不可一日无此书。

慢亭过客

凡　例

批"着眼"处，非性命微言，即身心要语。至若常言，如"天下无难事，只怕有心人"十字，不必拈出。盖开卷有益，不必作者定有此意与否，吾心有契，即可悟入。昔人有读《千字文》"心动神疲"四字而得长生者。善读书者，政不必《典谟》《训诰》然后为书也。反是，虽《典谟》《训诰》日与其人周旋，亦与是人有何交涉哉？

批"猴"处，只因行者顽皮，出人意表，亦思别寻一字以摹拟之，终不若本色"猴"字为妙。故只以一"猴"字赞之。所云"游夏不能赞一辞"，非耶？

批"趣"处，或八戒之呆状可笑，或行者之尖态可喜，又或沙僧之冷语可味。俱以一"趣"字赏之。"趣"字之妙，袁中郎乐中备之矣，兹不复赘。

总评处，皆以痛哭流涕之心，为嘻笑怒骂之语，实与道学诸君子互相表里。若曰嘲弄道学先生，则冤甚矣。真正留心道学者，读去自然晓了，想必不用我饶舌也。

碎评处，谑语什九，正言什一，然谑处亦非平地风波，无端生造，从其正文中言内言外、言前言后而得之也。既可令人捧腹，又能令人沁心，即谓之大藏真言，亦无不可。然则谑语何一而非正言也哉？以为谑语，以为正言，亦随读者之见而已矣。评者亦如之何哉？评者亦如之何哉？

编者按，《西游记》原刻本中大部分是眉批，夹批很少，但眉批很多地方只有三两个字，为了节省篇幅，我们在出版时，将眉批均处理成文中夹批，特此说明，请读者留意。

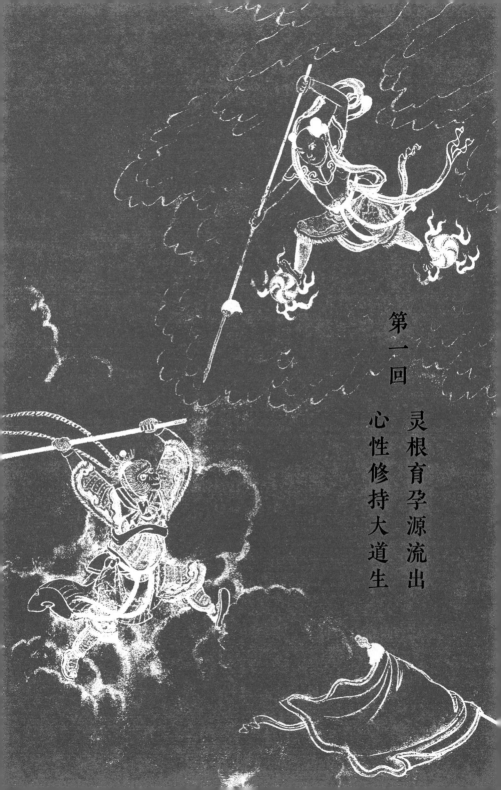

第一回　灵根育孕源流出　心性修持大道生

霊根孕源流出心性修持大道生

诗曰：

混沌未分天地乱，茫茫渺渺无人见。自从盘古破鸿濛，开辟从兹清浊辨。覆载群生仰至仁，发明万物皆成善。欲知造化会元功，须看西游释厄传。“释厄”二字，着眼。不能释厄，不如不读《西游》。

盖闻天地之数，有十二万九千六百岁为一元，将一元分为十二会，乃子、丑、寅、卯、辰、巳、午、未、申、酉、戌、亥之十二支也，每会该一万八百岁。且就一日而论：子时得阳气，而丑则鸡鸣；寅不通光，而卯则日出；辰时食后，而巳则挨排；日午天中，而未则西蹉；申时晡，而日落酉；戌黄昏，而人定亥。说得明白。譬于大数，若到戌会之终，则天地昏矇，而万物否矣；再去五千四百岁，交亥会之初，则当黑暗，而两间人物俱无矣，故曰混沌。又五千四百岁，亥会将终，贞下起元，近子之会，而复逐渐开明，邵康节曰："冬至子之半，天心无改移。一阳初动处，万物未生时。"到此，天始有根；再五千四百岁，正当子会，轻清上腾，有日，有月，有星，有辰，日、月、星、辰，谓之四象，故曰：天开于子。从大道理说起，是会白嚼舌者。又经五千四百岁，子会将终，近丑之会，而遂渐坚实，易曰："大哉乾元！至哉坤元！万物资生，乃顺承天。"至此，地始凝结；再五千四百岁，正当丑会，重浊下凝，有水，有火，有山，有石，有土，水、火、山、石、土谓之五形，故曰：地辟于丑。又经五千四百岁，丑会终而寅会之初，发生万物，历曰："天气下降，地气上升；天地交合，群物皆生。"至此，天清地爽，阴阳交合；再五千四百岁，正当寅会，生人，生兽，生禽，正谓天地人三才定位，故曰：人生于寅。感盘古开辟，三皇治世，五帝定伦，世界之间，遂分为四大部洲：曰东胜神洲，曰西牛贺洲，曰南赡部洲，曰北俱芦洲。这部书单表东胜神洲。海外有一国土，名曰傲来国。国近大海，海中有一座名山，唤为花果山。此山乃十洲之祖脉，三岛之来龙，自开清浊而立，鸿濛判后而成。真个好山！有词赋为证。赋曰：

势镇汪洋，威灵瑶海。势镇汪洋，潮涌银山鱼入穴；威灵瑶海，波翻雪浪蜃离渊。木火方隅高积土，东海之处耸崇巅。_{凡《西游》诗赋，只要好听，原为只说而设，若以文理求之，则腐矣。}丹崖怪石，削壁奇峰。丹崖上，彩凤双鸣；削壁前，麒麟独卧。峰头时听锦鸡鸣，石窟每观龙出入。林中有寿鹿仙狐，树上有灵禽玄鹤。瑶草奇花不谢，青松翠柏长春。仙桃常结果，修竹每留云。一条涧壑藤萝密，四面原堤草色新。正是：百川会处擎天柱，万劫无移大地根。

那座山，正当顶上，有一块仙石。其石有三丈六尺五寸高，有二丈四尺围圆。三丈六尺五寸高，按周天三百六十五度；二丈四尺围圆，按政历二十四气；上有九窍八孔，按九宫八卦。_{以说心之始也，勿认说猴。}四面更无树木遮阴，左右倒有芝兰相衬。盖自开辟以来，每受天真地秀，日精月华，感之既久，遂有灵通之意，内育仙胎，一日迸裂，产一石卵，似圆球样大。因见风，化作一个石猴，五官俱备，四肢皆全。便就学爬学走，拜了四方，目运两道金光，射冲斗府。惊动高天上圣大慈仁者玉皇大天尊玄穹高上帝，驾座金阙云宫灵霄宝殿，聚集仙卿，见有金光焰焰，即命千里眼、顺风耳开南天门观看。二将果奉旨出门外，看的真，听的明，须臾回报道："臣奉旨观听金光之处，乃东胜神洲海东傲来小国之界。有一座花果山，山上有一仙石，石产一卵，见风化一石猴，在那里拜四方，眼运金光，射冲斗府。如今服饵水食，金光将潜息矣。"着眼。玉帝垂赐恩慈曰："下方之物乃天地精华所生，不足为异。"

那猴在山中，却会行走跳跃。食草木，饮涧泉，采山花，觅树果；与狼虫为伴，虎豹为群，獐鹿为友，猕猿为亲；夜宿石崖之下，朝游峰洞之中。真是"山中无甲子，寒尽不知年"。一朝天气炎热，与群猴避暑，都在松阴之下顽耍。你看他一个个：

跳树攀枝，采花觅果。抛弹子，耶么儿，跑沙窝，砌宝塔，赶蜻蜓，扑虮蜡，参老天，拜菩萨；扯葛藤，编草帓，捉虱子，咬又掐，理毛衣，剔指甲。画出老猴。挨的挨，擦的擦，推的推，压的压，扯的扯，拉的拉。青松林下任他顽，绿水涧边随洗濯。

一群猴子耍了一会，却去那山涧中洗澡。见那股涧水奔流，真个似滚瓜涌溅。古云："禽有禽言，兽有兽语。"众猴都道："这股水不知是那里的水，我们今日赶闲无事，顺涧边往上溜头，寻看源流耍子去耶！"喊一声，都拖男挈女，呼弟呼兄，一齐跑来。顺涧爬山，直至源流之处，乃是一股瀑布飞泉。但见那：

一派白虹起，千寻雪浪飞。海风吹不断，江月照还依。冷气分青嶂，馀流润翠微。潺湲名瀑布，真似挂帘帷。

众猴拍手称扬道："好水！好水！原来此处远通山脚之下，直接大海之波。"又道："那一个有本事的，钻进去寻个源头出来，着眼！今世上那一个有本事钻进去讨出个源头来。可叹！可叹！不伤身体者，我等即拜他为王。"连呼了三声，忽见丛杂中跳出一名石猴，应声高叫道："我进去！我进去！"好猴！也是他：

今日方名显，时来大运通。

有缘居此地，天遣入仙宫。

你看他：瞑目蹲身，将身一纵，径跳入瀑布泉中。忽睁睛，抬头观看，那里边却无水无波，明明朗朗的一架桥梁。他住了身，定了神，仔细再看，原来是座铁板桥。桥下之水，冲贯于石窍之间，倒挂流出去，遮闭了桥门。却又欠身上桥头，再走再看，却似有人家住处一般，真个好所在。但见那：

翠藓堆蓝，白云浮玉，光摇片片烟霞。虚窗静室，滑凳板生花。乳窟龙珠倚挂，萦回满地奇葩。锅灶傍崖有火迹，樽罍靠案见肴渣。石座石床真可爱，石盆石碗更堪夸。又见那一竿两竿修竹，三点五点梅花。几树青松常带雨，浑然相个人家。

看罢多时，跳过桥中间。左右观看，只见正当中有一石碣，碣上有一行楷书大字，镌着"花果山福地，水帘洞洞天"。人人俱有此洞天福地，惜不曾看见耳！石猴喜不自胜，急抽身往外便走，复瞑目蹲身，跳出水外。打了两个呵呵道："大造化，大造化！"众猴把他围住，问道："里面怎么样？水有多深？"石猴道："没水，没水！原来是一座铁板桥。桥那边是一座天造地设的家当。"那个没有个家当，只是不能受用。众猴道："怎见得是个家当？"石猴笑道："这股水乃是桥下冲贯石窍，倒挂下来遮闭门户的。桥边有花有树，乃是一座石房，房内有石锅、石灶、石碗、石盆、石床、石凳，中间一块石碣，上镌着'花果山福地，水帘洞洞天'。真个是我们安身之处。里面且是宽阔，容得千百口老小，我们都进去住，也省得受老天之气。省得受老天之气，如此说话，谁说得出？这里边：

刮风有处躲，下雨好存身。霜雪全无惧，雷声永不闻。烟霞常照耀，祥瑞每蒸熏。松竹年年秀，奇花日日新。"

众猴听得，个个欢喜，都道："你还先走，带我们进去，进去！"石猴却又瞑目蹲身，往里一跳，叫道："都随我进来，进来！"那些猴有胆大的，都跳进去了；胆小的，一个个伸头缩颈，抓耳挠腮，大声叫喊，缠一会，也都进去了。跳过桥头，一个个抢盆夺碗，占灶争床，搬过来，移过去，正是猴性顽劣，再无一个宁时，着眼。只搬得力倦神疲方止。石猿端坐上面道："列位呵，'人而无信，不知其可。'老猴也曾读《论语》？你们才说有本事进得来，出得去，不伤身体者，就拜他为王。我如今进来又出去，出去又进来，寻了这一个洞天与列位安眠稳睡，各享成家之福，何不拜我为王？"众猴听说，即拱伏无违，一个个序齿排班，朝上礼拜，都称"千岁大王"。自此，石猿高登王位，将"石"字儿隐了，^{着眼。}遂称美猴王。有诗为证。诗曰：

三阳交泰产群生，仙石胞含日月精。借卵化猴完大道，假他名姓配丹成。内观不识因无相，外合明知作有形。历代人人皆属此，称王称圣任纵横。^{此物原是外王内圣的，故有美猴王、齐天大圣之号。着眼！着眼！}

美猴王领一群猿猴、猕猴、马猴等，分派了君臣佐使，朝游花果山，暮宿水帘洞，合契同情，不入飞鸟之丛，不从走兽之类，独自为王，不胜欢乐。是以：

春采百花为饮食，夏寻诸果作生涯。

秋收芋栗延时节，冬觅黄精度岁华。

美猴王享乐天真，何期有三五百载。一日，与群猴喜宴之间，忽然忧恼，堕下泪来。众猴慌忙罗拜道："大王何为烦恼？"猴王道："我虽在欢喜之时，却有一点儿远虑，故此烦恼。"众猴又笑道："大王好不知足！我等日日欢会在仙山福地、古洞神州，不伏麒麟辖，不伏凤凰管，又不伏人间王位所拘束，自由自在，乃无量之福，为何远虑而忧也？"猴王道："今日虽不归人王法律，不惧禽兽威服，将来年老血衰，暗中有阎王老子管着，一旦身亡，可不枉生世界之中，不得久注天人之内？"众猴闻此言一个个掩面悲啼，俱以无常为虑。只见那班部中，忽跳出一个通背猿猴，厉声高叫道："大王若是道心远虑，真所谓道心开发也。如今五虫之内，惟有三等名色，不伏阎王老子所管。"猴王道："你知那三等人？"猿猴道："乃是佛与仙与神圣。三者躲过轮回，不生不灭，与天地山川齐寿。"猴王道："此三者居于何所？"猿猴道："他只在阎浮世界之中，古洞仙山之内。"猴王闻之满心欢喜道："我明日就辞汝等下山，云游海角，远涉天涯，务必访此三者，学一个不老长生，常躲过阎君之难。"噫！这句话，顿教跳出轮回网，致使齐天大圣成。众猴鼓掌称扬，都道："善哉，善哉！我等明日越岭登山，广寻些果品，大设筵宴送大王也。"次日，众猴果去采仙桃，摘异果，刨山药，劚黄精，芝兰香蕙，瑶草奇花，般般件件，齐齐整整，摆开石凳石桌，排列仙酒仙肴。但见那：

金丸珠弹，红绽黄肥。金丸珠弹腊樱桃，色真甘美；红绽黄肥熟梅子，味果香酸。鲜龙眼，肉甜皮薄；火荔枝，核小囊红。林檎碧实连枝献，枇杷缃苞带叶擎。兔头梨子鸡心枣，消渴除烦更解酲。香桃烂杏，美甘甘似玉液琼浆；脆李杨梅，酸荫荫如脂酥膏酪。红囊黑子熟西瓜，四瓣黄皮大柿子。石榴裂破，丹砂粒现火晶珠；芋栗剖开，坚硬肉团蜜蜡珀。胡桃银杏可传茶，椰子葡萄能做酒。榛松榧柰满盘盛，藕蔗柑橙盈案摆。熟煨山药，烂煮黄精。捣碎茯苓兼薏苡，石锅微火漫炊羹。人间纵有珍羞味，怎比山猴乐更宁？

群猴尊美猴王上坐，各依齿肩排于下边，一个个轮流上前，奉酒，奉花，奉果，痛饮了一日。次日，美猴王早起，_{如此勇决，自然跳出生死。可美可法。}教："小的们，替我折些枯松，编作筏子，取个竹竿作篙，收拾些果品之类，我将去也。"果独自登筏，尽力撑开，飘飘荡荡，径向大海波中，趁天风，来渡南赡部洲地界。这一去，正是那：

天产仙猴道行隆，离山驾筏趁天风。飘扬过海寻仙道，立志潜修建大功。有分有缘休俗愿，无忧无虑会元龙。料应必遇知音者，说破源流万法通。

也是他运至时来，自登木筏之后，连日东南风紧，将他送到西北岸前，乃是南赡部洲地界。持篙试水，偶得浅水，弃了筏子，跳上岸来，只见海边有人捕鱼、打雁、挖蛤、淘盐。他走近前，弄个把戏，妆个㿑虎，吓得那些人丢筐弃网，四散奔跑，将那跑不动的拿住一个，剥了他的衣裳，也学人穿在身上，摇摇摆摆，穿州道府。在于市廛中，学人礼，学人话，朝餐夜宿，一心里访问佛仙神圣之道，觅个长生不老之方。_{真真。}见世人都是为名为利之徒，更无一个为身命者。正是那：

争名夺利几时休？早起迟眠不自由。_{世人可惜，世人可叹，不及那猴王多矣。}骑着驴骡思骏马，官居宰相望王侯。只愁衣食耽劳碌，何怕阎君就取勾？继子荫孙图富贵，更无一个肯回头。

猴王参访仙道，无缘得遇，在于南赡部洲，串长城，游小县，不觉八九年馀。忽行至西洋大海，他想着海外必有神仙，独自个依前作筏，又飘过西海，直至西牛贺洲地界。登岸遍访多时，忽见一座高山秀丽，林麓幽深，他也不怕狼虫，不惧虎豹，登山顶上观看。果是好山：

千峰列戟，万仞开屏。日映岚光轻锁翠，雨收黛色冷含青。枯藤缠老树，古渡界幽程。奇花瑞草，修竹乔松。修竹乔松，万载常青欺福地；奇花瑞草，四时不谢赛蓬瀛。幽鸟啼声近，源泉响溜清。重重谷壑芝兰绕，处处巉崖苔藓生。起伏峦头龙脉好，必有高人隐姓名。

正观看间，忽闻得林深之处，有人言语，急忙趋步，穿入林中，侧耳而听，原来是歌唱之声。歌曰：

观棋柯烂，伐木丁丁，云边谷口徐行。卖薪沽酒，狂笑自陶情。苍径秋高，对月枕松根，一觉天明。认旧林，登崖过岭，持斧断枯藤。收来成一担，行歌市上，易米三升。更无些子争竞，时价平平。不会机谋巧算，没荣辱，恬淡延生。好快活相逢处，非仙即道，静坐讲《黄庭》。

美猴王听得此言，满心欢喜道："神仙原来藏在这里！"即忙跳入里面，仔细再看，乃是一个樵子，在那里举斧砍柴。但看他打扮非常：

头上带箬笠，乃是新笋初脱之箨；身上穿布衣，乃是木绵拈就之纱；腰间系环绦，乃是老蚕口吞之丝；足下踏草履，乃是枯莎搓就之爽。手执衢钢斧，担挽火麻绳。扳松劈枯树，争似此樵能！

猴王近前叫道："老神仙！弟子起手。"那樵汉慌忙丢了斧，转身答礼道："不当人，不当人！我拙汉衣食不全，怎敢当'神仙'二字？"猴王道："你不是神仙，如何说出神仙的话来？"樵夫道："我说甚么神仙话？"猴王道："我才来至林边，只听的你说：'相逢处非仙即道，静坐讲《黄庭》。'《黄庭》乃道德真言，非神仙而何？"樵夫笑道："实不瞒你说，这个词名做《满庭芳》，乃一神仙教我的。那神仙与我舍下相邻，他见我家事劳苦，日常烦恼，教我遇烦恼时，即把这词儿念念，一则散心，二则解困。我才有些不足处思虑，故此念念，不期被你听了。"猴王道："你家既与神仙相邻，何不从他修行？学得个不老之方，却不是好？"樵夫道："我一生命苦，自幼蒙父母养育，至八九岁才知人事。不幸父丧，母亲居孀，再无兄弟姊妹，只我一人，没奈何早晚侍奉。如今母老，一发不敢抛离，却又田园荒芜，衣食不足，只得斫两束柴薪，挑向市廛之间，货几文钱，籴几升米，自炊自造，安排些茶饭，供养老母，所以不能修行。"猴王道："据你说起来，乃是一个行孝的君子，向后必有好处。但求你指与我那神仙住处，却好拜访去也。"樵夫道："不远，不远。此山叫做灵台方寸山，灵台方寸，心也。〇一部《西游》，此是宗旨。山中有座斜月三星洞，斜月像一勾，三星像三点，也是心。言学仙不必在远，只在此心。那洞中有一个神仙，称名须菩提祖师。那祖师出去的徒弟，也不计其数，见今还有三四十人从他修行。你顺那条小路儿，向南行七八里远近，即是他家了。"猴王用手扯住樵夫道："老兄，你便同我去去。若还得了好处，决不忘你指引之恩。"（痴猴。）樵夫道："你这汉子，甚不通变！我方才这般与你说了，你还不省？假若我与你去了，却不误了我的生意？老母何人奉养？我要斫柴，你自去，自去！"猴王听说，只得相辞，出深林，找上路，径过一山坡，约有七八里远，果然望见一座洞府。挺身观看，真好去处！但见：

烟霞散彩，日月摇光。千株老柏，万节修篁。千株老柏，带雨半空青冉冉；万节修篁，含烟一壑色苍苍。门外奇花布锦，桥边瑶草喷香。石崖突兀青苔润，悬壁高张翠藓长。时闻仙鹤唳，每见凤凰翔。仙鹤唳时，声振九皋霄汉远；凤凰翔起，翎毛五色彩云光。玄猿白鹿随隐见，金狮玉象任行藏。细观灵福地，真个赛天堂！（此是什么去处，人须自想。）

又见那洞门紧闭，静悄悄杳无人迹。忽回头，见崖头立一石牌，约有三丈馀高，八尺馀阔，上有一行十个大字，乃是"灵台方寸山，斜月三星洞"。美猴王十分欢喜道："此间人果是朴实，果有此山此洞。"看勾多时，不敢敲门，且去跳上松枝梢头，摘松子吃了顽耍。少顷间，只听得呀的一声，洞门开处，里面走出一个仙童，（此童子是什么人？自思之。）真个丰姿英伟，像貌清奇，比寻常俗子不同。但见他：

髦髶双丝绦，宽袍两袖风。貌和身自别，心与相俱空。物外长年客，山中永寿童。一尘全不染，甲子任翻腾。

那童子出得门来，高叫道："甚么人在此搔扰？"猴王扑的跳下树来，上前躬身道："仙童，我是个访道学仙之弟子，更不敢在此搔扰。"仙童笑道："你是个访道的么？"猴王道："是。"童子道："我家师父，正才下榻，登坛讲道，还未说出原由，就教我出来开门。说：'外面有个修行的来了，可去接待接待。'想必就是你了。"猴王笑道："是我，是我。"童子道："你跟我进来。"这猴王整衣端肃，随童子径入洞天深处观看：一层层深阁琼楼，一进进珠宫贝阙，说不尽那静室幽居。直至瑶台之下，见那菩提祖师端坐在台上，两边有三十个小仙侍立台下。果然是：

大觉金仙没垢姿，西方妙相祖菩提。不生不灭三三行，全气全神万万慈。空寂自然随变化，真如本性任为之。^{着眼。}与天同寿庄严体，历劫明心大法师。

美猴王一见，倒身下拜，磕头不计其数，口中只道："师父！师父！我弟子志心朝礼！志心朝礼！"祖师道："你是那方人氏？且说个乡贯姓名明白，再拜。"猴王道："弟子乃东胜神洲傲来国花果山水帘洞人氏。"祖师喝令："赶出去！他本是个撒诈捣虚之徒，那里修甚么道果！"猴王慌忙磕头不住道："弟子是老实之言，决无虚诈。"祖师道："你既老实，怎么说东胜神洲？那去处到我这里，隔两重大海，一座南赡部洲，如何就得到此？"猴王叩头道："弟子飘洋过海，登界游方，有十数个年头，方才访到此处。"祖师道："既是逐渐行来的，也罢，你姓甚么？"猴王又道："我无性。人若骂我，我也不恼；若打我，我也不嗔，只是陪个礼儿就罢了，一生无性。"祖师道："不是这个性，（好提醒）你父母原来姓甚么？"猴王道："我也无父母。"祖师道："既无父母，（着眼。无父母，就是自家做祖了。）想是树上生的？"猴王道："我虽不是树上生，却是石里长的。我只记得花果山上有一块仙石，其年石破，我便生也。"祖师闻言，暗喜道："这等说，却是个天地生成的。你起来走走我看。"猴王纵身跳起，拐呀拐的走了两遍。祖师笑道："你身躯虽是鄙陋，却像个食松果的猢狲，我与你就身上取个姓氏，意思教你姓'猢'。猢字去了个兽傍，乃是个古月，古者老也，月者阴也，老阴不能化育，（大道理。只是如今姓胡的，怎么处？）教你姓'狲'倒好。狲字去了兽傍，乃是个子系，子者儿男也，系者婴细也，正合婴儿之本论，教你姓'孙'罢。"猴王听说，满心欢喜，朝上叩头道："好！好！好！今日方知姓也。万望师父慈悲！既然有姓，再乞赐个名字，却好呼唤。"祖师道："我门中有十二个字，分派起名，到你乃第十辈之小徒矣。"猴王道："那十二个字？"祖师道："乃广、大、智、慧、真、如、性、海、颖、悟、圆、觉十二字。排到你，正当'悟'字，与你起个法名叫做'孙悟空'好么？"猴王笑道："好！好！好！自今就叫做孙悟空也！"正是：

鸿蒙初辟原无姓，打破顽空须悟空。

毕竟不知向后修些甚么道果，且听下回分解。

总批：

读《西游记》者，不知作者宗旨，定作戏论。余为一一拈出，庶几不埋没了作者之意。即如第一回有无限妙处，若得其意，胜如罄翻一大藏了也。篇中云："释厄传"，见此书读之可释厄也。若读了《西游》，厄仍不释，却不辜负了《西游记》么？何以言释厄，只是能解脱便是。又曰："高登王位，将'石'字儿隐了。"盖猴言心之动也，石言心之刚也。心不刚，斩世缘不断，不可以入道。入道之初，用得刚字着，故显个"石"字。心终刚，入道味不深，不可以得道。得道之后，用"刚"字不着，故隐了"石"字。大有微意，何可埋没。又："不入飞鸟之丛，不从走兽之类。"是得人不为圣贤，即为禽兽。今既登王入圣，便不为禽兽了，所以不入飞鸟之丛，不从走兽之类也。人何可不为圣贤，而甘为禽兽乎？又曰："子者儿男也，系者婴细也，正合婴儿之本论。"即是《庄子》"为婴儿"，《孟子》"不失赤子之心"之意。若如佛与仙与神圣三者，躲过轮回。又曰："世人都是为名为利之徒，更无一个为身命者。"已是明白说了也。余不必多为注脚，读者须自知之。

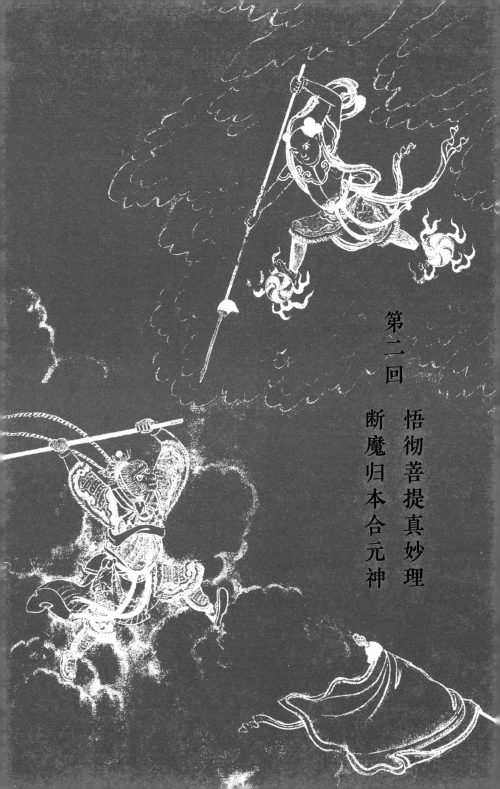

第二回

悟彻菩提真妙理

断魔归本合元神

悟善真理魔本元
徹理妙斷嫿合神

话表美猴王得了姓名，怡然踊跃，对菩提前作礼启谢。那祖师即命大众引悟空出二门外，教他洒扫应对，进退周旋之节。众仙奉行而出。悟空到门外，又拜了大众师兄，就于廊庑之间，安排寝处。次早，与众师兄学言语礼貌，讲经论道，习字焚香，每日如此。闲时即扫地锄园，养花修树，寻柴燃火，挑水运浆。凡所用之物，无一不备。在洞中不觉倏六七年。一日，祖师登坛高坐，唤集诸仙，开讲大道。真个是：

天花乱坠，地涌金莲。妙演三乘教，精微万法全。慢摇麈尾喷珠玉，响振雷霆动九天。说一会道，讲一会禅，三家配合本如然。开明一字皈诚理，指引无生了性玄。

孙悟空在旁闻讲，喜得他抓耳挠腮，眉花眼笑，忍不住手之舞之，足之蹈之。忽被祖师看见，叫孙悟空道："你在班中，怎么颠狂跃舞，不听我讲？"悟空道："弟子诚心听讲，听到老师父妙音处喜不自胜，故不觉作此踊跃之状。望师父恕罪！"祖师道："你既识妙音，我且问你，你到洞中多少时了？"悟空道："弟子本来懵懂，不知多少时节。只记得灶下无火，常去山后打柴，见一山好桃树，我在那里吃了七次饱桃矣。"祖师道："那山唤名烂桃山，你既吃七次，想是七年了。你今要从我学些甚么道？"悟空道："但凭尊师教诲，只是有些道气儿，弟子便就学了。"

祖师道："道字门中有三百六十傍门，傍门皆有正果，不知你学那一门哩？"悟空道："凭尊师意思，弟子倾心听从。"

祖师道："我教你个'术'字门中之道如何？"悟空道："术门之道怎么说？"祖师道："'术'字门中，乃是些请仙扶鸾、问卜揲蓍，能知趋吉避凶之理。"悟空道："似这般可得长生么？"^{着眼}祖师道："不能，不能。"悟空道："不学，不学。"

祖师道："教你'流'字门中之道，如何？"悟空又问："'流'字门中是甚义理？"祖师道："'流'字门中，乃是儒家、释家、道家、阴阳家、墨家、医家，或看经，或念佛，并朝真降圣之类。"悟空道："似这般可得长生么？"祖师道："若要长生，也似壁里安柱。"悟空道："师父，我是个老实人，不晓得打市语，怎么谓之壁里安柱？"祖师道："人家盖房，欲图坚固，将墙壁之间，立一顶柱，有日大厦将颓，他必朽矣。"悟空道："据此说，也不长久。不学，不学！"

祖师道："教你'静'字门中之道，如何？"悟空道："'静'字门中，是甚正果？"祖师道："此是休粮守谷，清静无为，参禅打坐，戒语持斋，或睡功，或立功，并入定坐关之类。"悟空道："这般也能长生么？"祖师道："也似窑头土坯。"悟空笑道："师父果有些滴达。一行说我不会打市语。怎么谓之窑头土坯？"祖师道："就如那窑头上造成砖瓦之坯，虽已成形，尚未经水火锻炼，道家^{只在水火既济才能得手。}一朝大雨滂沱，他必滥矣。"悟空道："也不长远。不学，不学。"^{着眼}

祖师道："教你'动'字门中之道，如何？"悟空道："动门之道，却又怎么？"祖师道："此是有为有作，采阴补阳，攀弓踏弩，摩脐过气，用方炮制，烧茅打鼎，进红铅，炼秋石，并服妇乳之类。"悟空道："似这等也得长生么？"祖师道："此欲长生，亦如水中捞月。"悟空道："师父又来了！怎么叫做水中捞月？"祖师道："月在长空，水中有影，虽然看见，只是无捞摸处，到底只成空耳。"悟空道："也不学！不学！"

祖师闻言，咄的一声，跳下高台，手持戒尺，指定悟空道："你这猢狲，这般不学，那般不学，却待怎么？"走上前，将悟空头上打了三下，倒背着手，走入里面，将中门关了，撇下大众而去。^{又打市语。}唬得那一班听讲的人人惊惧，皆怨悟空道："你这泼猴，十分无状！师父传你道法，如何不学，却与师父顶嘴？这番冲撞了他，不知几时才出来呵。"此时俱甚抱怨他，又鄙贱嫌恶他。悟空一些儿也不恼，只是满脸陪笑。^{老猴聪明。}原来那猴王，他打破盘中之谜，暗暗在心，所以不与众人争竞，只是忍耐无言。^{师父到底打市语。}祖师打他三下者，教他三更时分存心；倒背着手走入里面，将中门关上者，教他从后门进步，秘处传他道也。

当日悟空与众等，喜喜欢欢，在三星仙洞之前，盼望天色，急不能到晚。及黄昏时，却与众就寝，假合眼，定息存神。山中又没打更传箭，不知时分，只自家将鼻孔中出入之气调定。约到子时前后，轻轻的起身，穿了衣服，偷开前门，躲离大众，走出外，抬头观看。正是那：

月明清露冷，八极迥无尘。深树幽禽宿，源头水溜分。飞萤光散影，过雁字排云。正直三更候，应该访道真。

你看他从旧路径至后门外，只见那门儿半开半掩。悟空喜道："老师父果然注意与我传道，故此开着门也。"即曳步近前，侧身进得门里，直走到祖师寝榻之下。见祖师蹻跼身躯，朝里睡着了。悟空不敢惊动，即跪在榻前。那祖师不多时觉来，舒开两足，口中自吟道：

难难难，道最玄，莫把金丹作等闲。

不遇至人传妙诀，空言口困舌头干。

悟空应声叫道："师父！弟子在此跪候多时。"祖师闻得声音是悟空，即起披衣盘坐，喝道："这猢狲！你不在前边去睡，^{又打市语。}却来我这后边作甚？"悟空道："师父昨日坛前对众相允，教弟子三更时候，从后门里传我道理，故此大胆径拜老爷榻下。"祖师听说，十分欢喜，暗自寻思道："这厮果然是个天地生成的！不然，何就打破我盘中之暗谜也？"悟空道："此间更无六耳，止只弟子一人。望师父大舍慈悲，传与我长生之道罢，永不忘恩！"祖师道："你今有缘，我亦喜说。既识得盘中暗谜，你近前来，仔细听之，当传与你长生之妙道也。"悟空叩头谢了，洗耳用心，跪于榻下。祖师云：

显密圆通真妙诀，惜修性命无他说。都来总是精炁神，谨固牢藏休漏泄。休漏泄，体中藏，汝受吾传道自昌。口诀记来多有益，屏除邪欲得清凉。^{着眼。}得清凉，光皎洁，好向丹台赏明月。月藏玉兔日藏乌，自有龟蛇相盘结。相盘结，性命坚，却能火里种金莲。攒簇五行颠倒用，功完盘作佛和仙。

此时说破根源，悟空心灵福至，切切记了口诀，对祖师拜谢深恩，即出后门观看。但见东方天色微舒白，西路金光大显明。依旧路，转到前门，轻轻的推开进去，坐在原寝之处，故将床铺摇响道："天光了！天光了！起耶！"那大众还正睡哩，不知悟空已得了好事。当日起来打混，暗暗维持，子前午后，自己调息。

却早过了三年，祖师复登宝座，与众说法，谈的是公案比语，论的是外像包皮。忽问："悟空何在？"悟空近前跪下："弟子有。"祖师道："你这一向修些甚么道来？"悟空道："弟子近来法性颇通，根源日渐坚固矣。"祖师道："你既通法性，会得根源，已注神体，却只是防备着三灾利害。"悟空听说，沉吟良久道："师父之言谬矣。我常闻道高德隆，与天同寿，水火既济，_{着眼。}百病不生，却怎么有个三灾利害？"祖师道："此乃非常之道，夺天地之造化，侵日月之玄机。丹成之后，鬼神难容。虽注颜益寿，但到了五百年后，天降雷灾打你，须要见性明心，预先躲避，躲得过，寿与天齐，躲不过，就此绝命；再五百年后，天降火灾烧你，这火不是天火，亦不是凡火，唤做'阴火'，_{说得极明白，人还不知，何也？}自本身涌泉穴下烧起，直透泥垣宫，五脏成灰，四肢皆朽，把千年苦行，俱为虚幻；再五百年，又降风灾吹你，这风不是东西南北风，不是和薰金朔风，亦不是花柳松竹风，唤做'赑风'，自囟门中吹入六府，过丹田，穿九窍，骨肉消疏，其身自解。所以都要躲过。"悟空闻说，毛骨悚然，叩头礼拜道："万望老爷垂悯，传与躲避三灾之法，到底不敢忘恩。"祖师道："此亦无难，只是你比他人不同，故传不得。"悟空道："我也头圆顶天，足方履地，一般有九窍四肢，五脏六腑，何以比人不同？"祖师道："你虽然像人，却比人少腮。"
原来那猴子孤拐面，凹脸尖嘴。悟空伸手一摸，笑道："师父没
成算！我虽少腮，却比人多这个素袋，亦可准折过也。"趣。祖
师说："也罢，你要学那一般？有一般天罡数，该三十六般变
化；有一般地煞数，该七十二般变化。"悟空道："弟子愿多里
捞摸，学一个地煞变化罢。"祖师道："既如此，上前来，传与
你口诀。"遂附耳低言，不知说了些甚么妙法。这猴王也是他一
窍通时百窍通，当时习了口诀，自修自炼，将七十二般变化，都
学成了。

忽一日，祖师与众门人在三星洞前戏玩晚景。祖师道："悟
空，事成了未曾？"悟空道："多蒙师父海恩，弟子功果完备，
已能霞举飞升也。"祖师道："你试飞举我看。"悟空弄本事，
将身一耸，打了个连扯跟头，跳离地有五六丈，踏云霞。去勾有
顿饭之时，返复不上三里远近，落在面前，扠手道："师父，这
就是飞举腾云了。"祖师笑道："这个算不得腾云，只算得爬云
而已。自古道：'神仙朝游北海暮苍梧。'似你这半日，去不上
三里，即爬云也还算不得哩！"悟空道："怎么为'朝游北海暮
苍梧'？"祖师道："凡腾云之辈，早晨起自北海，游过东海、
西海、南海，复转苍梧，苍梧者，却是北海零陵之语话也。将四
海之外一日都游遍，方算得腾云。"悟空道："这个却难！却
难！"祖师道："世上无难事，只怕有心人。"着眼。悟空闻得此
言，叩头礼拜，启道："师父，为人须为彻，索性舍个大慈悲，
将此腾云之法，一发传与我罢，决不敢忘恩。"祖师道："凡诸
仙腾云，皆跌足而起，你却不是这般。我才见你去，连扯方才跳

上，我今只就你这个势，传你个筋斗云罢。"悟空又礼拜恳求，祖师却又传个口诀，道："这朵云，捻着诀，念动真言，攒紧了拳，将身一抖，跳将起来，一筋斗就有十万八千里路哩！"大众听说，一个个嘻嘻笑道："悟空造化！若会这个法儿，与人家当铺兵，送文书，递报单，不管那里，都寻了饭吃。" 众人见识，定是如此。师徒们天昏各归洞府。这一夜，悟空即运神炼法，会了筋斗云。逐日家无束无拘，自在逍遥。此一长生之美。

一日，春归夏至，大众都在松树下会讲多时。大众道："悟空，你是那世修来的缘法？前日师父附耳低言传与你的躲三灾变化之法，可都会么？"悟空笑道："不瞒诸兄长说，一则是师父传授，二来也是我昼夜殷勤，那几般儿都会了。"大众道："趁此良时，你试演演，让我等看看。"悟空闻说，抖擞精神，卖弄手段道："众师兄，请出个题目，要我变化甚？"大众道："就变棵松树罢。"悟空捻着诀，念动咒语，摇身一变，就变做一棵松树。真个是：

郁郁含烟贯四时，凌云直上秀贞姿。

全无一点妖猴像， 难道松树不是猴？ 尽是经霜耐雪枝。

大众见了，鼓掌呵呵大笑。都道："好猴儿！好猴儿！"不觉的嚷闹，惊动了祖师。祖师急拽杖出门来问道："是何人在此喧哗？"大众闻呼，慌忙检束，整衣向前。悟空也现了本相，杂在丛中道："启上尊师，我等在此会讲，更无外姓喧哗。"祖师怒喝道："你等大呼小叫，全不像个修行的体段！修行的人，口开神气散，舌动是非生。^{着眼。}如何在此嚷笑？"大众道："不敢瞒师父，适才孙悟空演变化耍子，教他变棵松树，果然是棵松树。弟子每俱称扬喝采，故高声惊冒尊师，望乞恕罪。"

祖师道："你等起去。"叫："悟空，过来！我问你弄甚么精神，变甚么松树？这个工夫，可好在人前卖弄？假如你见别人有，不要求他？别人见你有，必然求你。你若畏祸，却要传他，若不传他，必然加害，你之性命又不可保。"^{老成之语。}悟空叩道："望师父恕罪！"祖师道："我也不罪你，但只是你去罢。"悟空闻此言，满眼堕泪道："师父教我往那里去？"祖师道："你从那里来，便从那里去就是了。"^{着眼}悟空顿然醒悟道："我自东胜神洲傲来国花果山水帘洞来的。"祖师道："你快回去，全你性命，若在此间，断然不可！"悟空领罪："上告尊师，我也离家有二十年矣。虽是回顾旧日儿孙，但念师父厚恩未报，不敢去。"祖师道："那里甚么恩义？你只是不惹祸不牵带我就罢了！"^{可以为师矣。}悟空见没奈何，只得拜辞，与众相别。祖师道："你这去，定生不良。凭你怎么惹祸行凶，却不许说是我的徒弟，你说出半个字来，我就知之，把你这猢狲剥皮锉骨，将神魂贬在九幽之处，教你万劫不得翻身。"悟空道："决不敢提起师父一字，只说是我自家会的便罢。"^{如今弟子都是如此。}

悟空谢了。即抽身，捻着诀，丢个连扯，纵起筋斗云，径回东海。那里消一个时辰，早看见花果山水帘洞。美猴王自知快乐，暗暗的自称道：

去时凡骨凡胎重，得道身轻体亦轻。举世无人肯立志，立志修玄玄自明。^{着眼}当时过海波难进，今日回来甚易行。别语叮咛还在耳，何期顷刻见东溟。

悟空按下云头，直至花果山，找路而走。忽听得鹤唳猿啼：鹤唳声冲霄汉外，猿啼悲切甚伤情。即开口叫道："孩儿们，我来了也！"那崖下石坎边，花草中，树木里，若大若小之猴，跳出千千万万，把个美猴王围在当中，叩头叫道："大王，你好宽心！怎么一去许久？把我们俱闪在这里，望你诚如饥渴。近来被一妖魔在此欺虐，强要占我们水帘洞府，是我等舍死忘生，与他争斗。这些时，被那厮抢了我们家火，捉了许多子侄，教我们昼夜无眠，看守家业。幸得大王来了！大王若再几载不来，我等连山洞尽属他人矣。"悟空闻说，心中大怒道："是甚么妖魔，辄敢无状！你且细细说来，待我寻他报仇。"众猴叩头："告上大王，那厮是称混世魔王，住居在直北上。"悟空道："此间到他那里，有多少路程？"众猴道："他来时云，去时雾，或风或雨，或电或雷，我等不知有多少路。"悟空道："既如此，你们休怕，且自顽耍，等我寻他去来。"好猴王，将身一纵，跳起去，一路筋斗，直至北下观看，见一座高山，真是十分险峻。好山：

笔峰挺立，曲涧深沉。笔峰挺立透空霄，曲涧深沉通地户。两崖花木争奇，几处松篁斗翠。左边龙，熟熟驯驯；右边虎，平平伏伏。每见铁牛耕，常有金钱种。幽禽睍声，丹凤朝阳立。石磷磷，波净净，古怪跷蹊真恶狞。世上名山无数多，花开花谢繁还众。争如此景永长存，八节四时浑不动。诚为三界坎源山，滋养五行水脏洞。

美猴王正然观看景致，只听得有人言语，径自下山寻觅，原来那陡崖之前，乃是那水脏洞。洞门外有几个小妖跳舞，见了悟空就走。悟空道："休走！借你口中言，传我心内事。我乃正南方花果山水帘洞洞主。你家甚么混世鸟魔，屡次欺我儿孙，我特寻来，要与他见个上下。"那小妖听说，疾忙跑入洞里，报道："大王！祸事了！"魔王道："有甚祸事？"小妖道："洞外有猴头称为花果山水帘洞洞主，他说你屡次欺他儿孙，特来寻你，见个上下哩。"魔王笑道："我常闻得那些猴精说他有个大王，出家修行去，想是今番来了。你们见他怎生打扮，有甚兵器？"小妖道："他也没甚么器械，光着个头，穿一领红色衣，勒一条黄绦，足下踏一对乌靴，不僧不俗，又不像道士神仙，赤手空拳，在门外叫哩。"魔王闻说："取我披挂兵器来！"那小妖即时取出。那魔王穿了甲胄，绰刀在手，与众妖出得门来，即高声叫道："那个是水帘洞洞主？"悟空急睁睛观看，只见那魔王：

头戴乌金盔，映日光明；身挂皂罗袍，迎风飘荡。下穿着黑铁甲，紧勒皮条，足踏着花褶靴，雄如上将。腰广十围，身高三丈。手执一口刀，锋刃多明亮。称为混世魔，磊落凶模样。

猴王喝道："这泼魔这般眼大，看不见老孙。"魔王见了，笑道："你身不满四尺，年不过三旬，手内又无兵器，怎么大胆猖狂，要寻我见甚么上下。"悟空骂道："你这泼魔，原来没眼，你量我小，要大却也不难。你量我无兵器，我两只手勾着天边月哩。你不要怕，只吃老孙一拳！"纵一纵，跳上去，劈脸就打。那魔王伸手架住道："你这般矬矮，我这般高长，你要使拳，我要使刀，使刀就杀了你，也吃人笑。待我放下刀，与你使路拳看。"悟空道："说得是，好汉子走来！"那魔王丢开架子便打，这悟空钻进去相撞相迎，他两个拳捶脚踢，一冲一撞。原来长拳空大，短簇坚牢，那魔王被悟空掏短胁，撞丫裆，几下筋节，把他打重了。他闪过，拿起那板大的钢刀，望悟空劈头就砍，悟空急撤身，他砍了一个空。悟空见他凶猛，即使身外身法，拔一把毫毛，丢在口中嚼碎，望空中喷去，叫一声"变！"即变做三二百个小猴，周围攒簇。

原来人得仙体，出神变化无方，不知这猴王自从了道之后，身上有八万四千毛羽，根根能变，应物随心。那些小妖，眼乖会跳，刀来砍不着，枪去不能伤，你看他前踊后跃，钻上去，把个魔王围绕，抱的抱，扯的扯，钻裆的钻裆，扳脚的扳脚，踢打挦毛，抠眼睛，捻鼻子，抬屁鼓，直打做一个攒盘。这悟空才去夺得他的刀来，分开小猴，照顶门一下，砍为两段，〔不灭此魔，终不成道。〕领众杀进洞中，将那大小妖精，尽皆剿灭。却把毫毛一抖，收上身来，又见那收不上身者，却是那魔王在水帘洞中擒去的小猴，悟空道："汝等何为到此？"约有三五十个，都含泪道："我等因大王修仙去后，这两年被他争吵，把我们都摄将来，那不是我们洞中的家火？石盆、石碗都被这厮拿来也。"悟空道："既是我们的家火，你们都搬出外去。"随即洞里放起火来，把那水脏洞烧得枯干，尽归了一体。对众道："汝等跟我回去。"众猴道："大王，我们来时，只听得耳边风声，虚飘飘到于此地，更不识路径，今怎得回乡？"悟空道："这是他弄的个术法儿，有何难也。我如今一窍通，百窍通，我也会弄。你们都合了眼，休怕！"

好猴王，念声咒语，驾阵狂风，云头落下，叫："孩儿们，睁眼。"众猴脚蹋实地，^{着眼} 认得是家乡，个个欢喜，都奔洞门旧路。那在洞众猴，都一齐簇拥同入，分班序齿，礼拜猴王，安排酒果，接风贺喜，启问降魔救子之事。悟空备细言了一遍，众猴称扬不尽道："大王去到那方，不意学得这般手段！"悟空又道："我当年别汝等，随波逐流，飘过东洋大海，径至南赡部洲，学成人像，着此衣，穿此履，摆摆摇摇，云游八九年馀，更不曾有道。^{原来南赡部洲无道。}又渡西洋大海，到西牛贺洲地界，访问多时，幸遇一老祖，传了我与天同寿的真功果，不死长生的大法门。"众猴称贺，都道："万劫难逢也。"悟空又笑道："小的们，又喜我这一门皆有姓氏。"众猴道："大王姓甚？"悟空道："我今姓孙，法名悟空。"众猴闻说，鼓掌忻然道："大王是老孙，我们都是二孙、三孙、细孙、小孙、一家孙、一国孙、一窝孙矣！"^趣都来奉承老孙，大盆小碗的，椰子酒、葡萄酒、仙花、仙果，真个是合家欢乐。咦！

贯通一姓身归本，只待荣迁仙箓名。

毕竟不知怎生结果，居此界终始如何，且听下回分解。

总批：

样样不学，只学长生，猴且如此，而况人乎？

世人岂惟不学长生，且学短生矣。何也？酒、色、财、气，俱短生之术也。世人有能离此四者谁乎？

《西游记》极多寓言，读者切勿草草放过。如此回中"水火既济，百病不生""世上无难事，只怕有心人""口开神气散，舌动是非生""你从那里来，便从那里去"俱是性命微言也。〇篇中讥刺南赡部洲人极毒，鞭策南赡部洲人亦极慈。曰："着此衣，穿此履，摆摆摇摇，更不曾有道。"见得南赡部洲人，只会着衣，穿履，摇摆而已，并未尝有一个为道者也。

混世魔王处亦有意。盖道高一尺，魔高一丈，理势然也。若成道之后，不灭得魔，道非其道也。所以于小猴归处，露二语曰："脚蹋实地，认得是家乡。"此灭魔成道之真光景也。读者察之。

老师父数句市语，遂为今日方士骗人秘诀。

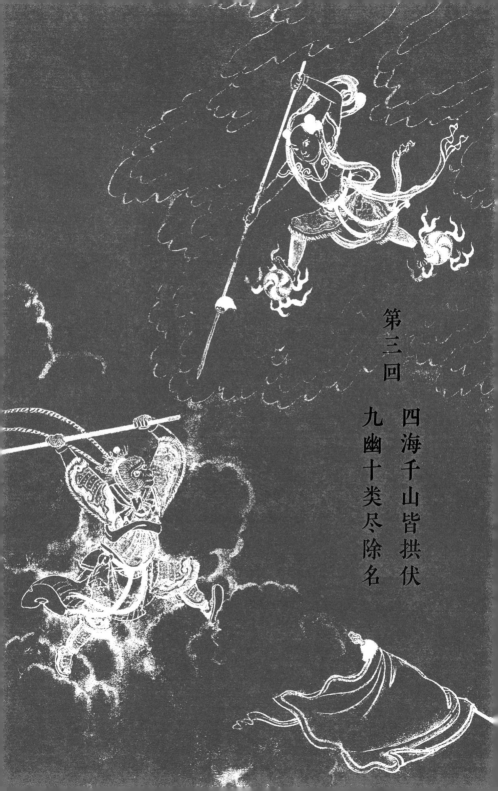

第三回

四海千山皆拱伏

九幽十类尽除名

　　却说美猴王荣归故里，自剿了混世魔王，夺了一口大刀，逐日操演武艺，教小猴砍竹为标，削木为刀，治旗幡，打哨子，一进一退，安营下寨，顽耍多时。忽然静坐处，思想道："我等在此，恐作耍成真，或惊动人王，或有禽王、兽王认此犯头，说我们操兵造反，兴师来相杀，汝等都是竹竿木刀，如何对敌？须得锋利剑戟方可。如今奈何？"众猴闻说，个个惊恐道："大王所见甚长，只是无处可取。"正说间，转上四个老猴，两个是赤尻马猴，两个是通背猿猴，走在面前道："大王，若要治锋利器械，甚是容易。"悟空道："怎见容易？"四猴道："我们这山向东去，有二百里水面，那厢有傲来国界，那国界中有一王位，满城中军民无数，必有金银铜铁等匠作。大王若去那里，或买或造些兵器，教演我等，守护山场，诚所谓保泰长久之机也。"悟空闻说，满心欢喜道："汝等在此顽耍，待我去来。"好猴王，急纵筋斗云，霎时间过了二百里水面。果然那厢有座城池，六街三市，万户千门，来来往往，人都在光天化日之下。悟空心中想道："这里定有现成的兵器，待我下去买他几件，还不如使个神通觅他几件倒好。"他就捻起诀来，念动咒语，向巽地上吸一口气呼的吹将去，便是一阵风，飞沙走石，好惊人也：

　　炮云起处荡乾坤，黑雾阴霾大地昏。江海波翻鱼蟹怕，山林树折虎狼奔。诸般买卖无商旅，各样生涯不见人。殿上君王归内院，阶前文武转衙门。千秋宝座都吹倒，五凤高楼幌动根。

风起处，惊散了那傲来国君王，三街六市，都慌得关门闭户，无人敢走。悟空才按下云头。径闯入朝门里，直寻到兵器馆、武库中，打开门扇看时，那里面无数器械：刀、枪、剑、戟、斧、钺、毛、镰、鞭、钯、挝、简、弓、弩、叉、矛，件件俱备。一见甚喜道："我一人能拿几何？还使个分身法搬将去罢。"好猴王，即拔一把毫毛，入口嚼烂，喷将出去，念动咒语，叫声："变！"变做千百个小猴，都乱搬乱抢，有力的拿五十件，力小的拿二三件，尽数搬个罄净。径踏云头，弄个摄法，唤转狂风，带领小猴，俱回本处。

却说那花果山大小猴儿，正在那洞门外顽耍。忽听得风声响处，见半空中叉叉丫丫无边无岸的猴精，唬得都乱跑乱躲。少时，美猴王按落云头，收了云雾，将身一抖，收了毫毛，将兵器都乱堆在山前，叫道："小的们！都来领兵器！"众猴看时，只见悟空独立在平阳之地，俱跑来叩头问故。悟空将前使狂风、搬兵器一应事说了一遍。众猴称谢毕，都去抢刀夺剑，挝斧争枪，扯弓扳弩，吆吆喝喝，耍了一日。次日，依旧排营，悟空会集群猴，计有四万七千馀口。早惊动满山怪兽，都是些狼、虫、虎、豹、麖、麂、獐、犯、狐、狸、獾、狢、狮、象、狻猊、猩猩、熊、鹿、野豕、山牛、羚羊、青兕、狡兔、神獒各样妖王，共有七十二洞，都来参拜猴王为尊。每年献贡，四时点卯，也有随班操演的，也有随节征粮的，齐齐整整，把一座花果山造得似铁桶金城。各路妖王，又有进金鼓，进彩旗，进盔甲的，纷纷攘攘，日逐家习舞兴师。

美猴王正喜间，忽对众说道："汝等弓弩熟谙，兵器精通，奈我这口刀着实榔槺，不遂我意，奈何？"四老猴上前启奏道：

"大王乃是仙圣，凡兵是不堪用，但不知大王水里可能去得？"悟空道："我自闻道之后，有七十二般地煞变化之功，筋斗云有莫大的神通，善能隐身遁身，起法摄法，上天有路，入地有门，步日月无影，入金石无碍，水不能溺，火不能焚。那些儿去不得？"四猴道："大王既有此神通。我们这铁板桥下，水通东海龙宫，大王若肯下去，寻着老龙王，问他要件甚么兵器，却不趁心？"悟空闻言，甚喜道："等我去来。"

好猴王，跳至桥头，使一个闭水法，捻着诀，扑的钻入波中，分开水路，径入东洋海底。正行间，忽见一个巡海的夜叉，挡住问道："那推水来的，是何神圣？说个明白，好通报迎接。"悟空道："吾乃花果山天生圣人孙悟空，是你老龙王的紧邻，为何不识？"那夜叉听说，急转水晶宫传报道："大王，外面有个花果山天生圣人孙悟空，口称是大王紧邻，将到宫也。"东海龙王敖广即忙起身，与龙子、龙孙、虾兵、蟹将出宫迎道："上仙请进，请进。"直至宫里相见，上坐献茶毕，问道："上仙几时得道，授何仙术？"悟空道："我自生身之后，出家修行，得一个无生无灭之体。近因教演儿孙，守护山洞，奈何没件兵器。久闻贤邻享乐瑶宫贝阙，必有多馀神器，特来告求一件。"龙王见说，不好推辞，即着鲌都司取出一把大杆刀奉上。悟空道："老孙不会使刀，乞另赐一件。"龙王又着鲌太尉领鳝力士，抬出一杆九股叉来。悟空跳下来，接在手中，使了一路，放下道："轻！轻！轻！又不趁手，再乞另赐一件。"龙王笑道："上仙，你不看这叉有三千六百斤重哩！"悟空道："不趁手！不趁手！"龙王心中恐惧，又着鲌提督、鲤总兵抬出画杆方天戟，那戟有七千二百斤重。悟空见了，跑近前接在手中，丢几个架子，撒两个解数，插在中间道："也还轻！轻！轻！"老龙王一发害怕道："上仙，我宫中只有这根戟重，再没甚么兵器了。"悟空笑道："古人云：'愁海龙王没宝哩。'你再去寻寻看，若有可意的，一一奉价。"龙王道："委的再无。"

正说处，后面闪过龙婆、龙女道："大王，观看此圣，决非小可。我们这海藏中那一块天河定底的神珍铁，这几日霞光艳艳，瑞气腾腾，敢莫是该出现遇此圣也？"龙王道："那是大禹治水之时，定江海浅深的一个定子，是一块神铁，能中何用？"龙婆道："莫管他用不用，且送与他，凭他怎么收造，送出宫门便了。"老龙王依言，尽向悟空说了。悟空道："拿出来我看。"龙王摇手道："扛不动，抬不动，须上仙亲去看看。"悟空道："在何处？你引我去。"龙王果引导至海藏中间。忽见金光万道，龙王指定道："那放光的便是。"悟空撩衣上前，摸了一把，乃是一根铁柱子，约有斗来粗，二丈有馀长，他尽力两手抟过道："忒粗忒长些，再短细些方可用。"说毕，那宝贝就短了几尺，细了一围。_{也奇！}悟空又颠一颠道："再细些更好！"那宝贝真个又细了几分。悟空十分欢喜，拿出海藏看时，原来两头是两个金箍，中间乃一段乌铁，紧挨箍有镌成的一行字，唤做"如意金箍棒，重一万三千五百斤"。心中暗喜道："想必这宝贝如人意。"一边走，一边心思口念，手颠着道："再短细些更妙。"拿出外面，只有二丈长短，碗口粗细。你看他弄神通，丢开解数，打转水晶宫里。唬得老龙王胆战心惊，小龙王魂飞魄散；龟鳖鼋鼍皆缩颈，鱼虾鳖蟹尽藏头。

悟空将宝贝执在手中，坐在水晶宫殿上，对龙王笑道："多谢贤邻厚意。"龙王道："不敢，不敢。"悟空道："这块铁虽然好用，还有一说。"龙王道："上仙还有甚说？"悟空道："当时若无此铁，倒也罢了。如今手中既拿着他，身上更无衣服相称，没奈何，你这里若有披挂，索性送我一件，一总奉谢。"龙王道："这个却是没有。"悟空道："'一客不犯二主。'若没有，我也定不出此门！"龙王道："烦上仙再转一海，或者有之。"悟空又道："'走三家不如坐一家。'千万告求一件。"龙王道："委的没有，如有即当奉承。"悟空道："真个没有，就和你试试此铁！"龙王慌了道："上仙，切莫动手，切莫动手！待我看舍弟处可有，当送一副。"悟空道："令弟何在？"龙王道："舍弟乃南海龙王敖钦、北海龙王敖顺、西海龙王敖闰是也。"悟空道："我老孙不去，不去！^{有识见}俗语谓'赊三不跌见二'，只望你随高就低的送一副便了。"老龙道："不须上仙去。我这里有一面铁鼓，一口金钟，凡有紧急事，擂得鼓响，撞得钟鸣，舍弟们就顷刻而至。"悟空道："既如此，快些去擂鼓撞钟。"真个那鼍将便去撞钟，鳖帅即来擂鼓。

霎时，钟鼓响处，果然惊动那三海龙王，须臾来到，一齐在外面会着。敖钦道："大哥，有甚紧事，擂鼓撞钟？"老龙道："贤弟！不好说！有一个花果山甚么天生圣人，早间来认我做邻居，后要求一件兵器，献钢叉嫌小，奉画戟嫌轻，将一块天河定底神珍铁，自己拿出，丢了些解数。如今坐在宫中，又要索甚么披挂。我处无有，故响钟鸣鼓，请贤弟来。你们可有甚么披挂，送他一副，打发他出门去罢了。"敖钦闻言，大怒道："我兄弟们点起兵，拿他不是！"老龙道："莫说拿，莫说拿，那块铁挽着些儿就死，磕着些儿就亡，挨挨儿皮破，擦擦儿筋伤。"西海龙王敖闰说："二哥不可与他动手，且只凑副披挂与他，打发他出了门。启表奏上上天，天自诛也。"北海龙王敖顺道："说的是。我这里有一双藕丝步云履哩。"西海龙王敖闰道："我带了一副锁子黄金甲。"南海龙王敖钦道："我有一顶凤翅紫金冠哩。"老龙大喜，引入水晶宫相见了，以此奉上。悟空将金冠、金甲、云履都穿戴停当，使动如意棒，一路打出去，对众龙道："聒噪！聒噪！"四海龙王甚是不平，一边商议进表上奏不题。

你看这猴王，分开水道，径回铁板桥头，撺将上去。只见四个老猴，领着众猴都在桥边等待，忽然见悟空跳出波外，身上更无一点水湿，金灿灿的走上桥来，唬得众猴一齐跪下道："大王，好华彩耶，好华彩耶！"悟空满面春风，高登宝座，将铁棒竖在当中。那些猴不知好歹，都来拿那宝贝，却便似蜻蜓撼铁树，分毫也不能禁动，一个个咬指伸舌道："爷爷呀！这般重，亏你怎的拿来也！"悟空近前，舒开手一把挝起，对众笑道："物各有主。这宝贝镇于海藏中，也不知几千百年，可可的今岁放光，龙王只认做是块黑铁，又唤做天河镇底神珍。那厮每都扛抬不动，请我亲去拿之。那时此宝有二丈多长，斗来粗细，被我挝他一把，意思嫌大，他就小了许多；再教小些，他又小了许多；再教小些，他又小了许多。急对天光看处，上有一行字，乃'如意金箍棒，一万三千五百斤'。你都站开！等我再叫他变一变着。"他将那宝贝颠在手中，叫："小！小！小！"即时就小做一个绣花针儿相似，可以揞在耳朵里面藏下。众猴骇

此棒也有些猴气。

然，叫道："大王！还拿出来耍耍。"猴王真个去耳朵里拿出，托放掌上叫："大！大！大！"即又大做斗来粗细，二丈长短。他弄到欢喜处，跳上桥，走出洞外，将宝贝撑在手中，使一个法天象地的神通，把腰一躬，叫声"长！"他就长的高万丈，头如泰山，腰如峻岭，眼如闪电，口似血盆，牙如剑戟。只是口太小了手中那棒，上抵三十三天，下至十八层地狱，把些虎豹狼虫、满山群怪、七十二洞妖王都唬得磕头礼拜，战兢兢魄散魂飞。霎时收了法像，将宝贝还变做个绣花针儿，藏在耳内，复归洞府，慌得那各洞妖王都来恭贺。

此时遂大开旗鼓，响振铜锣，广设珍羞百味，满斟椰液萄浆，与众饮宴多时，却又依前教演。猴王将那四个老猴封为健将：将两个赤尻马猴唤做马、流二元帅；两个通背猿猴唤做崩、芭二将军。将那安营下寨，赏罚诸事，都付与四健将维持。他放下心，日逐腾云驾雾，遨游四海，行乐千山，施武艺遍访英豪，弄神通广交贤友。此时又会了个七弟兄：乃牛魔王、蛟魔王、鹏魔王、狮狺王、猕猴王、猢狲王，连自家美猴王七个。日逐讲文论武，走斝传觞，弦歌吹舞，朝去暮回，无般儿不乐，把那个万里之遥，只当庭闱之路，所谓点头径过三千里，扭腰八百有馀程。

一日，在本洞分付四健将安排筵宴，请六王赴饮，杀牛宰马，祭天享地，着众怪跳舞欢歌，俱吃得酩酊大醉。送六王出去，却又赏劳大小头目，倚在铁板桥边松阴之下，霎时间睡着。四健将领众围护，不敢高声。只见那美猴王睡里见两人拿一张批文，上有"孙悟空"三字，走近身，不容分说，套上绳，就把美猴王的魂灵儿索了去，踉踉跄跄，直带到一座城边。猴王渐觉酒醒，忽抬头观看，那城上有一铁牌，牌上有三个大字，乃"幽冥界"。美猴王顿然醒悟道："幽冥界乃阎王所居，何为到此？"那两人道："你今阳寿该终，我两人领批，勾你来也。"猴王听说道："我老孙超出三界之外，不在五行之中，已不伏他管辖，怎么朦胧又敢来勾我！"那两个勾死人只管扯扯拉拉，定要拖他进去。

那猴王恼起性来，耳朵中掣出宝贝，幌一幌碗来粗细，略举手，把两个勾死人打为肉酱，自解其索，丢开手，轮着棒，打入城中。唬得那牛头鬼东躲西藏，马面鬼南奔北跑，众鬼卒奔上森罗殿报着："大王！祸事，祸事，外面一个毛脸雷公，打将来了！"慌得那十代冥王急整衣来看，见他相貌凶恶，即排下班次，应声高叫道："上仙留名！上仙留名！"猴王道："你既认不得我，怎么差人来勾我？"十王道："不敢，不敢！想是差人差了。"_{阎王也怕恶人。}猴王道："我本是花果山水帘洞天生圣人孙悟空，你等是甚么官位？"十王躬身道："我等是阴间天子十代冥王。"悟空道："快报名来，免打！"十王道："我等是秦广王、楚江王、宋帝王、忤官王、阎罗王、平等王、泰山王、都市王、卞城王、转轮王。"悟空道："汝等既登王位，乃灵显感应之类，为何不知好歹？我老孙修仙了道，与天齐寿，超升三界之外，跳出五行之中，为何着人拘我？"十王道："上仙息怒，普天下同名同姓者多，敢是那勾死人错走了也？"悟空道："胡说，胡说！常言道：'官差吏差，来人不差。'你快取生死簿子来我看！"十王闻言，即请上殿查看。

悟空执着如意棒，径登森罗殿上，正中间南面坐下。十王即命掌案的判官取出文簿来查。那判官不敢怠慢，便到司房里，捧出五六簿文书并十类簿子，逐一查看，蠃虫、毛虫、羽虫、昆虫、鳞介之属，俱无他名。又看到猴属之类，原来这猴似人相，不入人名；似裸虫，不居国界；似走兽，不伏麒麟管；似飞禽，不受凤凰辖，另有个簿子。悟空亲自检阅，直到那魂字一千三百五十号上，方注着孙悟空名字，乃天产石猴，该寿三百四十二岁，善终。悟空道："我也不记寿数几何，且只消了名字便罢，取笔过来！"那判官慌忙捧笔，饱掭浓墨。悟空拿过簿子，把猴属之类但有名者，一概勾之，捽下簿子道："了帐，了帐！今番不伏你管了！"一路棒打出幽冥界。那十王不敢相近，都去翠云宫，同拜地藏王菩萨，商量启表，奏闻上天，不在话下。

这猴王打出城中，忽然绊着一个草纥纥，跌了个跟踵，猛的醒来，乃是南柯一梦。才觉伸腰，只闻得四健将与众猴高叫道："大王吃了多少酒，睡这一夜，还不醒来？"悟空道："睡还小可，我梦见两个人，来此勾我，把我带到幽冥界城门之外。却才醒悟，是我显神通，直嚷到森罗殿，与那十王争吵，将我们的生死簿子看了，但有我等名号，俱是我勾了，都不伏那厮所辖也。"众猴磕头礼谢。自此，山猴多有不老者，以阴司无名故也。美猴王言毕前事，四健将报知各洞妖王，都来贺喜。不几日，六个义兄弟，又来拜贺，一闻销名之故，又个个欢喜，每日聚乐不提。

却表启那个高天上圣大慈仁者玉皇大天尊玄穹高上帝，一日，驾坐金阙云宫灵霄宝殿，聚集文武仙卿早朝之际。忽有邱弘济真人启奏道："万岁，通明殿外有东海龙王敖广进表，听天尊宣诏。"玉皇传旨，着宣来。敖广宣至灵霄殿下，礼拜毕。旁有引奏仙童接上表文。玉皇从头看过，表曰：

> 水元下界东胜神洲东海小龙臣敖广启奏大天圣王玄穹高上帝君：近因花果山生、水帘洞住妖仙孙悟空者，欺虐小龙，强坐水宅。索兵器，施法施威；要披挂，骋凶骋势。惊伤水族，唬走龟鼍。南海龙战战兢兢，西海龙凄凄惨惨，北海龙缩首归降，臣敖广舒身下拜。献神珍之铁棒，凤翅之金冠，与那锁子甲、步云履，以礼送出。他仍弄武艺，显神通，但云"聒噪！聒噪！"果然无敌，甚为难制。臣今启奏，伏望圣裁，恳乞天兵，收此妖孽，庶使海岳清宁，下元安泰。谨奏。

圣帝览毕，传旨："着龙神回海，朕即遣将擒拿。"老龙王顿首谢去。下面又有葛仙翁天师启奏道："万岁，有冥司秦广王赍奉幽冥教主地藏王菩萨表文进上。"旁有传言玉女接上表文，玉皇亦从头看过。表曰：

> 幽冥境界，乃地之阴司。天有神而地有鬼，阴阳轮转；禽有生而兽有死，反复雌雄。生生化化，孕女成男，此自然之数，不能易也。今有花果山水帘洞天产妖猴孙悟空，逞恶行凶，不服拘唤。弄神通，打绝九幽鬼使；恃势力，惊伤十代慈王。大闹罗森，强销名号。致使猴属之类无拘，猕猴之畜多寿。寂灭轮回，

各无生死。贫僧具表，冒渎天威，伏乞调遣神兵，收降此妖，整理阴阳，永安地府。谨奏。

玉皇览毕，传旨："着冥君回归地府，朕即遣将擒拿。"秦广王亦顿首谢去。

　　大天尊宣众文武仙卿，问曰："这妖猴是几何产育，何代出身，却就这般有道？"一言未已，班中闪出千里眼、顺风耳道："这猴乃三百年前天产石猴。当时不以为然，不知这几年在何方修炼成仙，降龙伏虎，强销死籍也。"玉帝道："那路神将下界收伏？"言未已，班中闪出太白长庚星，俯伏启奏道："上圣，三界中凡有九窍者，皆可修仙。^{着眼}奈此猴乃天地育成之体，日月孕就之身。他也顶天履地，服露餐霞，今既修成仙道，有降龙伏龙之能，与人何以异哉？臣启陛下，可念生化之慈恩，降一道招安圣旨，把他宣来上界，授他一个大小官职，与他籍名在箓，拘束此间。若受天命，再后升赏，若违天命，就此擒拿。一则不动众劳师，二则收仙有道也。"玉帝闻言甚喜，道："依卿所奏。"即着文曲星官修诏，着太白金星招安。

　　金星领了旨，出南天门外，按下祥云，直至花果山水帘洞。对众小猴道："我乃天差天使，有圣旨在此，请你大王上界，快快报知。"洞外小猴，一层层传至洞天深处，道："大王，外面有一老人，背着一角文书，言是上天差来的天使，有圣旨请你也。"美猴王听得大喜，道："我这两日，正思量要上天走走，却就有天使来请。"叫："快请进来！"猴王急整衣冠，门外迎接。金星径入当中，面南立定道："我是西方太白金星，奉玉帝招安圣旨，下界请你上天，拜受仙箓。"悟空笑道："多感老星降临。"教："小的们！安排筵宴款待。"金星道："圣旨在身，不敢久留。就请大王同往，待荣迁之后，再从容叙也。"悟空道："承光顾，空退！空退！"即唤四健将，分付："谨慎教演儿孙，待我上天去看看路，却好带你们上去同居住也。"四健将领诺。这猴王与金星纵起云头，升在空霄之上。正是那：

高迁上品天仙位，名列云班宝箓中。

毕竟不知授个甚么官爵，且听下回分解。

总批：

篇中云："凡有九窍者，皆可修仙。"今人且把自家身上检检看，谁人没有九窍，何凡人多而仙人少也？所云一窍不通者，非耶？

坐在龙王家里要兵器，要披挂，不肯出门，极有主张。但此是妖仙秘法，何今日世上，此法流行盛至此耶？妖矣，妖矣！

把生死簿子一笔勾消，此等举动，真是天生圣人，不可及也。彼自以为天生圣人，非妄也。

常言"鬼怕恶人"。今看十王之怕行者，信然，信然！奈何世上反有怕鬼之人乎？若怕鬼之人，定非人也，亦入耳！

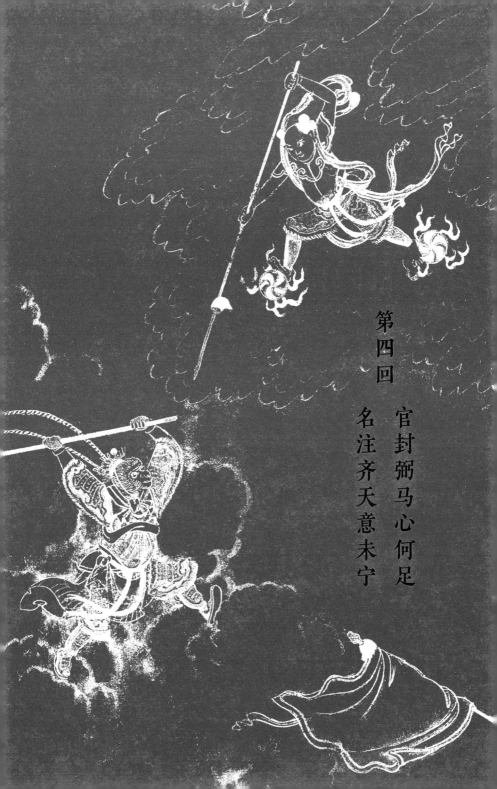

第四回　官封弼马心何足　名注齐天意未宁

那太白金星与美猴王同出了洞天深处，一齐驾云而起。原来悟空筋斗云比众不同，十分快疾，把个金星撇在脑后，先至南天门外。正欲收云前进，被增长天王领着庞、刘、苟、毕、邓、辛、张、陶一路大力天丁，枪刀剑戟，挡住天门，不肯放进。猴王道："这个金星老儿，乃奸诈之徒！既请老孙，如何教人动刀动枪，阻塞门路？"正嚷间，金星倏到，悟空就觌面发狠道："你这老儿，怎么哄我？被你说奉玉帝招安旨意来请，却怎么教这些人阻住天门，不放老孙进去？"金星笑道："大王息怒。你自来未曾到此天堂，却又无名，众天丁又与你素不相识，他怎肯放你擅入？等如今见了天尊，授了仙箓，注了官名，向后随你出入，谁复挡也？"悟空道："这等说，也罢，我不进去了。"金星又用手扯住道："你还同我进去。"

将近天门，金星高叫道："那天门天将，大小吏兵，放开路者。此乃下界仙人，我奉玉帝圣旨，宣他来也。"这增长天王与众天丁俱才敛兵退避。猴王始信其言，同金星缓步入里观看。真个是：

初登上界，乍入天堂。金光万道滚红霓，瑞气千条喷紫雾。只见那南天门，碧沉沉，琉璃造就；明幌幌，宝玉妆成。两边摆数十员镇天元帅，一员员顶盔贯甲，持铖拥旄；四下列十数个金甲神人，一个个执戟悬鞭，持刀仗剑。外厢犹可，入内惊人：里壁厢有几根大柱，柱上缠绕着金鳞耀日赤须龙；又有几座长桥，桥上盘旋着彩羽凌空丹顶凤。明霞幌幌映天光，碧雾蒙蒙遮斗口。这天上有三十三座天宫，乃遣云宫、毗沙宫、五明宫、太阳宫、化乐宫，一宫宫脊吞金稳兽；又有七十二重宝殿，乃朝会殿、凌虚殿、宝光殿、天王殿、灵官殿，一殿殿柱列玉麒麟。寿星台上，有千千年不卸的名花；炼药炉边，有万万载常青的瑞草。又至那朝圣楼前，绛纱衣，星辰灿烂；芙蓉冠，金璧辉煌。玉簪珠履，紫绶金章。金钟撞动，三曹神表进丹墀；天鼓鸣时，万圣朝王参玉帝。又至那灵霄宝殿，金钉攒玉户，彩凤舞朱门。复道回廊，处处玲珑别透；三檐四簇，层层龙凤翱翔。上面有个紫巍巍，明幌幌，圆丢丢，亮灼灼，大金葫芦顶；下面有天妃悬掌扇，玉女捧仙巾，恶狠狠掌朝的天将，气昂昂护驾的仙卿。正中间，琉璃盘内，放许多重重叠叠太乙丹；玛瑙瓶中，插几枝湾湾曲曲珊瑚树。正是天宫异物般般有，世上如他件件无。金阙银銮并紫府，琪花瑶草暨琼葩。朝王玉兔坛边过，参圣金乌着底飞。猴王有分来天境，不堕人间点污泥。

太白金星领着美猴王，到于灵霄殿外，不等宣诏，直至御前，朝上礼拜。悟空挺身在旁，且不朝礼，但侧耳以听金星启奏。金星奏道："臣领圣旨，已宣妖仙到了。"玉帝垂帘问曰："那个是妖仙？"悟空却才躬身答应道："老孙便是！"〔猴孙不知礼体固矣，如今又有一等君子猢狲，就在礼体内作要。〕仙卿们都大惊失色道："这个野猴！怎么不拜伏参见，辄敢这等答应道：'老孙便是！'却该死了，该死了！"玉帝传旨道："那孙悟空乃下界妖仙，初得人身，不知朝礼，且姑恕罪。"众仙卿叫声"谢恩！"猴王却才朝上唱个大喏。玉帝宣文选武选仙卿，看那处少甚官职，着孙悟空去除授。旁边转过武曲星君，启奏道："天宫里各宫各殿各方各处，都不少官，只是御马监缺个正堂管事。"玉帝传旨道："就除他做个'弼马温'罢。"^{老孙该造个}^{同卿第矣。}众臣叫谢恩，他也只朝上唱个大喏。玉帝又差木德星官送他去御马监到任。

当时美猴王欢欢喜喜，与木德星官径去到任。事毕，木德星官回宫。他在监里会聚了监丞、监副、典簿、力士，大小官员人等，查明御马监事务，止有天马千匹。乃是：

骅骝骐骥，𫘧骈纤离；龙媒紫燕，挟翼骕骦；駃騠银𬴂，騕褭飞黄；𬳿骒翻羽，赤兔超光；逾辉弥景，腾雾胜黄；追风绝地，飞翮奔霄；逸飘赤电，铜爵浮云；骢珑虎𫘬，绝尘紫鳞；四极大宛，八骏九逸，千里绝群。此等良马，一个个嘶风逐电精神壮，踏雾登云气力长。

这猴王查看了文簿，点明了马数。^{老孙却不尸}^{位素餐。}本监中典簿管征备草料，力士官管刷洗马匹、扎草、饮水、煮料，监丞、监副辅佐催办，弼马昼夜不睡，滋养马匹。日间舞弄犹可，夜间看管殷勤，但是马睡的赶起来吃草，走的捉将来靠槽。那些天马见了他，泯耳攒蹄，到养得肉肥膘满。不觉的半月有馀，一朝闲暇，众监官都安排酒席，一则与他接风，二则与他贺喜。

正在欢饮之间，猴王忽停杯问曰："我这'弼马温'是个甚么官衔？"众曰："官名就是此了。"又问："此官是个几品？"众道："没有品从。"猴王道："没品，想是大之极也。"^{妙。}众道："不大，不大，只唤做未入流。"猴王道："怎么叫做未入流？"众道："末等。这样官儿，最低最小，只可与他看马。似堂尊到任之后，这等殷勤，喂得马肥，只落得道声'好'字，如稍有些尪羸，还要见责，再十分伤损，还要罚赎问罪。"猴王闻此，不觉心头火起，咬牙大怒道："这般藐视老孙！老孙在那花果山称王称祖，怎么哄我来替他养马？养马者，乃后生小辈下贱之役，岂是待我的？不做他，不做他！我将去也！"^{大官便做，小官便不做，此猴尚有拣择在。}忽喇的一声，把公案推倒，耳中取出宝贝，幌一幌，碗来粗细，一路解数，直打出御马监，径至南天门。众天丁知他受了仙箓，乃是个弼马温，不敢阻当，让他打出天门去了。

须臾，按落云头，回至花果山上。只见那四健将与各洞妖王，在那里操演兵卒。这猴王厉声高叫道："小的们，老孙来了！"一群猴都来叩头，迎接进洞天深处，请猴王高登宝位，一壁厢办酒接风，都道："恭喜大王，上界去十数年，想必得意荣归也。"猴王道："我才半月有馀，那里有十数年？"众猴道："大王，你在天上不觉时辰。天上一日，就是下界一年哩。请问大王，官居何职？"猴王摇手道："不好说，不好说！活活的羞杀人！那玉帝不会用人，^{玉帝也不会用人，奈何！}他见老孙这般模样，封我做个甚么'弼马温'，原来是与他养马，不入流品之类。我初到任时不知，只在御马监中顽耍。只今日问我同寮，始知是这等卑贱。老孙心中大恼，推倒席面，不受官衔，因此走下来了。"众猴道："来得好，来得好！大王在这福地洞天之处为王，多少尊重快乐，怎么肯去与他做马夫？"教："小的们，快办酒来，与大王释闷。"正饮酒欢会间，有人来报道："大王，门外有两个独角鬼王，要见大王。"猴王道："教他进来。"那鬼王整衣跑入洞中，倒身下拜。美猴王问他："你见我何干？"鬼王道："久闻大王招贤，无由得见，今见大王授了天箓，得意荣归，_{鬼王亦势利。}特献赭黄袍一件，与大王称庆。肯不弃鄙贱，收纳小人，亦得效犬马之劳。"猴王大喜，将赭黄袍穿起，众等忻然，排班朝拜，即将鬼王封为前部总督先锋。鬼王谢恩毕，复启道："大王在天许久，所授何职？"猴王道："玉帝轻贤，封我做个甚么'弼马温'！"鬼王听言，又奏道："大王有此神通，如何与他养马？就做个'齐天大圣'，有何不可？"_{鬼王太阿谀。}猴王闻说欢喜不胜，连道几个"好！好！好！"教四健将："就替我快置个旌旗，旗上写'齐天大圣'四大字，立竿张挂。_{爽快！要做便自家做了，何必在他人喉下取气。}自此以后，只称我为齐天大圣，不许再称大王，亦可传与各洞妖王，一体知悉。"此不在话下。

却说那玉帝次日设朝，只见张天师引御马监监丞、监副在丹墀下拜奏道："万岁，新任弼马温孙悟空，因嫌官小，昨日反下天宫去了。"正说间，又见南天门外增长天王领众天丁亦奏道："弼马温不知何故，走出天门去了。"玉帝闻言，即传旨："着两路神元各归本职，朕遣天兵擒拿此怪。"班部中闪上托塔李天王与哪吒三太子，越班奏上道："万岁，微臣不才，请旨降此妖怪。"玉帝大喜，即封托塔天王李靖为降魔大元帅，哪吒三太子为三坛海会大神，即刻兴师下界。

李天王与哪吒叩头谢辞，径至本宫，点起三军，帅众头目，着巨灵神为先锋，鱼肚将掠后，药叉将催兵。一霎时出南天门外，径来到花果山，选平阳处安了营寨，传令教巨灵神挑战。巨灵神得令，结束整齐，轮着宣花斧，到了水帘洞外。只见那洞门外，许多妖魔，都是些狼虫虎豹之类，丫丫叉叉，轮枪舞剑，在那里跳斗咆哮。这巨灵神喝道："那业畜！快早去报与弼马温知道，吾乃上天大将，奉玉帝旨意到此收伏，教他早早出来受降，免致汝等皆伤残也。"那些怪奔奔波波，传报洞中道："祸事了，祸事了！"猴王问："有甚祸事？"众妖道："门外有一员天将，口称大圣官衔，道：奉玉帝圣旨，来此收伏，教早早出去受降，免伤我等性命。"猴王听说，教："取我披挂来。"就戴上紫金冠，贯上黄金甲，登上步云鞋，手执如意金箍棒，领众出门，摆开阵势。这巨灵神睁睛观看，真好猴王：

身穿金甲亮堂堂，头戴金冠光映映。手举金箍棒一根，足踏云鞋皆相称。一双怪眼似明星，两耳过眉查又硬。挺挺身才变化多，声音响亮如钟磬。尖嘴咨牙弼马温，心高要做齐天圣。

巨灵神厉声高叫道："那泼猴！你认得我么？"大圣听言，急问道："你是那路毛神？老孙不曾会你，你快报名来！"巨灵神道："我把你那欺心的猢狲！你是认不得我，我乃高上神霄托塔李天王部下先锋巨灵天将！今奉玉帝圣旨，到此收降你。你快卸下装束，归顺天恩，免得这满山诸畜遭诛。若道半个'不'字，教你顷刻化为齑粉！"猴王听说，心中大怒道："泼毛神！休夸大口，少弄长舌。我本待一棒打死你，恐无人去报信。且留你性命，快早回天，对玉皇说，他甚不用贤，老孙有无穷的本事，为何教我替他养马？你看我这旌旗上字号，若依此字号升官，_{连"依此字号升官"，也是多的。}我就不动刀兵，自然的天地清泰。如若不依，时间就打上灵霄宝殿，教他龙床定坐不成！"这巨灵神闻此言，急睁睛迎风观看，果见门外竖一高竿，竿上有旌旗一面，上写着"齐天大圣"四大字。巨灵神冷笑三声道："这泼猴，这等不知人事，辄敢无状！你就要做齐天大圣，好好的吃我一斧。"劈头就砍将去，那猴王正是会家不忙，将金箍棒应手相迎。这一场好杀：

　　棒名如意，斧号宣花。他两个乍相逢，不知深浅。斧和棒，左右交加。一个暗藏神妙，一个大口称夸。使动法，喷云嗳雾；展开手，播土扬沙。天将神通就有道，猴王变化实无涯。棒举却如龙戏水，斧来犹似凤穿花。巨灵名望传天下，原来本事不如他。大圣轻轻轮铁棒，着头一下满身麻。

　　巨灵神抵敌他不住，被猴王劈头一棒，慌忙将斧架隔，"扢扠"的一声，把个斧柄打做两截，急撤身败阵逃生。猴王笑道："脓包，脓包！我已饶了你，你快去报信，快去报信！"巨灵神回至营门，径见托塔天王，忙哈哈下跪道："弼马温是果神通广大！末将战他不过，败阵回来请罪。"李天王发怒道："这厮到我锐气，推出斩之！"旁边闪出哪吒太子，拜告："父王息怒，且恕巨灵之罪，待孩儿出师一遭，便知深浅。"天王听谏，且教回营待罪管事。

　　这哪吒太子，甲胄齐整，跳出营盘，撞至水帘洞外。那孙悟空正来收兵，见哪吒来的勇猛。好太子：

　　总角才遮囟，披毛未盖肩。神奇多敏悟，骨秀更清妍。诚为天上麒麟子，果是烟霞彩凤仙。龙种自然非俗相，妙龄端不类尘凡。身带六般神器械，飞腾变化广无边。今受玉皇金口诏，敕封海会号三坛。

悟空迎近前来问曰："你是谁家小哥？闯近吾门，有何事干？"哪吒喝道："泼妖猴！岂不认得我？我乃托塔父王三太子哪吒是也。今奉玉帝钦差，至此捉你。"悟空笑道："小太子，你的奶牙尚未退，胎毛尚未干，怎敢说这般大话？^{如今偏是奶牙未退、胎毛未干的会大话。}我且留你的性命不打你，你只看我旌旗上是甚么字号，拜上玉帝，是这般官衔，再也不须动众，我自皈依，若是不遂我心，定要打上灵霄宝殿。"哪吒抬头看处，乃"齐天大圣"四字。哪吒道："这妖猴能有多大神通，就敢称此名号。不要怕，吃吾一剑！"悟空道："我只站下不动，任你砍几剑罢。"^{猴！}那哪吒奋怒，大喝一声，叫"变！"即变做三头六臂，恶狠狠，手持着六般兵器，乃是斩妖剑、砍妖刀、缚妖索、降妖杵、绣球儿、火轮儿，丫丫叉叉，扑面打来。悟空见了，心惊道："这小哥倒也会弄些手段。莫无礼，看我神通。"好大圣，喝声"变"也变做三头六臂；把金箍棒幌一幌，也变作三条，六只手拿着三条棒架住。这场斗，真是个地动山摇，好杀也：

六臂哪吒太子，天生美石猴王。相逢真对手，正遇本源流。那一个蒙差来下界，这一个欺心闹斗牛。斩妖宝剑锋芒快，砍妖刀狠鬼神愁。缚妖索子如飞蟒，降妖大杵似狼头。火轮掣电烘烘艳，往往来来滚绣球。大圣三条如意棒，前遮后挡运机谋。苦争数合无高下，太子心中不肯休。把那六件兵器多教变，百千万亿照头丢。猴王不惧呵呵笑，铁棒翻腾自运筹。以一化千千化万，满空乱舞赛飞虹。唬得各洞妖王都闭户，遍山鬼怪尽藏头。神兵怒气云惨惨，金箍铁棒响飕飕。那壁厢，天丁呐喊人人怕；这壁厢，猴怪摇旗个个忧。发狠两家齐斗勇，不知那个刚强那个柔。

　　三太子与悟空各骋神威，斗了个三十回合。那太子六般兵器变做千千万万，孙悟空金箍棒变作万万千，半空中似雨点流星，不分胜负。原来悟空手疾眼快，正在那混乱之时，他拔下一根毫毛，叫声"变！"就变做他的本相，手挺着棒，演着哪吒。^{猴！}他的真身却一纵，赶至哪吒脑后，着左膊上一棒打来。哪吒正使法间，听得棒头风响，急躲间时，不能措手，被他着了一下，负痛逃走，收了法，把六件兵器，依旧归身，败阵而回。

　　那阵上李天王早已看见，急欲提兵助战。不觉太子倏至面前，战兢兢报道："父王！弼马温真个有本事。孩儿这般法力，也战他不过，已被他打伤膊也。"天王大惊失色道："这厮恁的神通，如何取胜？"太子道："他洞门外竖一竿旗，上写'齐天大圣'四字，亲口夸称，教玉帝就封他做齐天大圣，万事俱休，若还不是此号，定要打上灵霄宝殿哩。"天王道："既然如此，且不要与他相持，且去上界，将此言回奏，再多遣天兵，围捉这厮，未为迟也。"^{确是天王有主张。}太子负痛，不能复战，故同天王回天启奏不题。

　　你看那猴王得胜归山，那七十二洞妖王与那六弟兄，俱来贺喜。在洞天福地，饮乐无比。他却对六弟兄说："小弟既称齐天大圣，你们亦可以大圣称之。"^{公道平等}内有牛魔王忽然高声叫道："贤弟言之有理，我即称做个平天大圣。"蛟魔王道："我称做覆海大圣。"鹏魔王道："我称混天大圣。"狮驼王道："我称移山大圣。"猕猴王道："我称通风大圣。"獝狨王道："我称驱神大圣。"^{何圣之多也？极像讲道学先生，人人以圣自居，却不令人笑杀}此时七大圣自作自为，自称自号，耍乐一日，各散讫。

却说那李天王与三太子领着众将，直至灵霄宝殿，启奏道："臣等奉圣旨出师下界，收伏妖仙孙悟空，不则他神通广大，不能取胜，仍望万岁添兵剿除。"玉帝道："谅一妖猴，有多少本事，还要添兵？"太子又近前奏道："望万岁赦臣死罪！那妖猴使一条铁棒，先败了巨灵神，又打伤臣臂膊。洞门外立一竿旗，上书'齐天大圣'四字，道是封他这官职，即便休兵来投，若不是此官，还要打上灵霄宝殿也。"玉帝闻言，惊讶道："何敢这般狂妄！着众将即刻诛之。"正说间，班部中又闪出太白金星，奏道："那妖猴只知出言，不知大小。欲加兵与他争斗，想一时不能收伏，反又劳师，不若万岁大舍恩慈，还降招安旨意，就教他做个齐天大圣。只是加他个空衔，有官无禄便了。"^{好计较}玉帝道："怎么唤做有官无禄？"金星道："名是齐天大圣，只不与他事管，不与他俸禄，^{世上那个不为虚名所使？}且养在天壤之间，收他的邪心，使不生狂妄，庶乾坤安靖，海宇得清宁也。"玉帝闻言道："依卿所奏。"即命降了诏书，仍着金星领去。

金星复出南天门，直至花果山水帘洞外观看。这番比前不同，威风凛凛，杀气森森，各样妖精，无般不有，一个个都执剑拈枪，拿刀弄杖的在那里咆哮跳跃。一见金星，皆上前动手。金星道："那众头目来，累你去报你大圣知之。吾乃上帝遣来天使，有圣旨在此请他。"众妖即跑入报道："外面有一老者，他说是上界天使，有旨意请你。"悟空道："来得好，来得好！想是前番来的那太白金星。那次请我上界，虽是官爵不堪，却也天上走了一次，认得那天门内外之路。今番又来，定有好意。"教众头目大开旗鼓，摆队迎接。大圣即带引群猴，顶冠贯甲，甲上罩了赭黄袍，足踏云履，急出洞门，躬身施礼，高叫道："老星请进，恕我失迎之罪。"**此猴又知礼体矣。**金星趋步向前，径入洞内，面南立着道："今告大圣，前者因大圣嫌恶官小，躲离御马监，当有本监中大小官员奏了玉帝。玉帝传旨道：'凡授官职，皆由卑而尊，为何嫌小？'即有李天王领哪吒下界取战，不知大圣神通，故遭败北，回天奏道大圣立一竿旗，要做'齐天大圣'。众武将还要支吾，是老汉力为大圣冒罪奏闻，免兴师旅，请大王授箓。玉帝准奏，因此来请。"悟空笑道："前番动劳，今又蒙爱，多谢，多谢！但不知上天可有此'齐天大圣'之官衔也？"金星道："老汉以此衔奏准，方敢领旨而来，如有不遂，只坐罪老汉便是。"

悟空大喜，恳留饮宴不肯，遂与金星纵着祥云，到南天门外。那些天丁天将，都拱手相迎，径入灵霄殿下。金星拜奏道："臣奉诏宣弼马温孙悟空已到。"玉帝道："那孙悟空过来。今宣你做个'齐天大圣'，官品极矣，但切不可胡为。"这猴亦止朝上唱个喏，道声谢恩。玉帝即命工干官张、鲁二班在蟠桃园右首，起一座齐天大圣府，府内设个二司：一名安静司，一名宁神司。**"安静""宁神"四字可味。**司俱有仙吏，左右扶持。又差五斗星君送悟空去到任，外赐御酒二瓶，金花十朵，着他安心定志，再勿胡为。那猴王信受奉行，即日与五斗星君到府，打开酒瓶，同众尽饮。送星官回转本宫，他才遂心满意，喜地欢天，在于天宫快乐，无挂无碍。正是：

仙名永注长生箓，不堕轮回万古传。

毕竟不知向后如何，且听下回分解。

总批：

定要做齐天大圣，到底名根不断，所以还受人束缚，受人驱使。毕竟并此四字抹杀，方得自由自在。

齐天大圣府内，设安静、宁神两司，极有深意。若能安静、宁神，便是齐天大圣。若不能安静、宁神，还是个猴王。读者大须着眼。

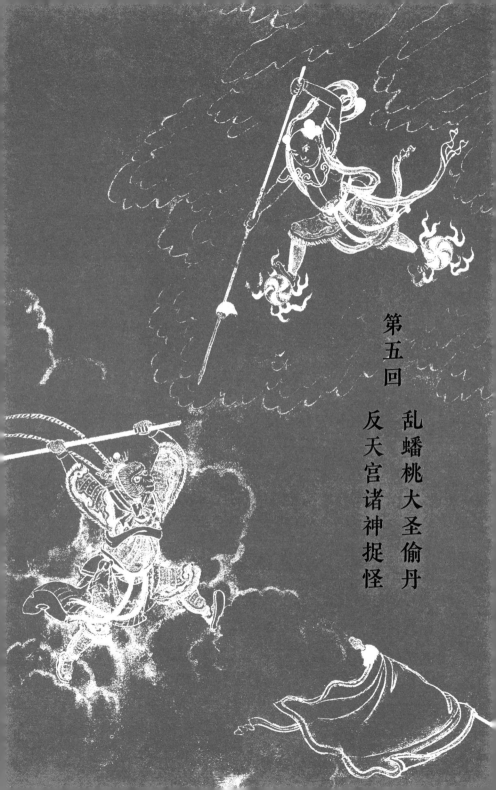

第五回　乱蟠桃大圣偷丹　反天宫诸神捉怪

乱蟠桃大聖偷反
開聖宮諸天神捉怪

话表齐天大圣到底是个妖猴，更不知官衔品从，也不较俸禄高低，但只注名便了。那齐天府下二司仙吏，早晚伏侍，只知日食三餐，夜眠一榻，无事牵萦，自由自在。闲时节会友游宫，交朋结义，见三清称个"老"字，逢四帝道个"陛下"，与那九曜星、五方将、二十八宿、四大天王、十二元辰、五方五老、普天星相、河汉群神，俱只以弟兄相待，彼此称呼。今日东游，明日西荡，云去云来，行踪不定。

何等快活！

一日，玉帝早朝，班部中闪出寿旌阳真人，颖囟启奏道："今有齐天大圣，日日无事闲游，结交天上众星宿，不论高低，俱称朋友。恐后来闲中生事，不若与他一件事管了，庶免别生事端。"玉帝闻言，即时宣诏。那猴王欣欣然而至，道："陛下，诏老孙有何升赏？"玉帝道："朕见你身闲无事，与你一件执事。你且权管那蟠桃园，早晚好生在意。"大圣欢喜谢恩，朝上唱喏而退。他等不得穷忙，即入蟠桃园内查勘。本园中有个土地拦住，问道："大圣何往？"大圣道："吾奉玉帝点差，代管蟠桃园，今来查勘也。"那土地连忙施礼，即呼那一班锄树力士、运水力士、修桃力士、打扫力士都来见大圣磕头，引他进去。但见那：

着他管蟠桃园，分明使猫管鱼，和尚守妇人也。

天天灼灼，颗颗株株。天天灼灼桃盈树，颗颗株株果压枝。果压枝头垂锦弹，花盈枝上簇胭脂。时开时结千年熟，无夏无冬万岁迟。先熟的，酡颜醉脸；晚结的，带蒂青皮。凝烟肌带绿，映日显丹姿。树下奇葩并异卉，四时不谢色齐齐。左右楼台并馆舍，盈空常见罩云霓。不是玄都凡俗种，瑶池王母自栽培。

大圣看玩多时，问土地道："此树有多少株数？"土地道："有三千六百株，前面一千二百株，花微果小，三千年一熟，人吃了成仙了道，体健身轻；中间一千二百株，层花甘实，六千年一熟，人吃了霞举飞升，长生不老；后面一千二百株，紫纹细核，九千年一熟，人吃了与天地齐寿，日月同庚。"大圣闻言，欢喜无任，当日查明了株数，点看了亭阁回府。自此后，三五日一次赏玩，也不交友，也不他游。

一日，见那老树枝头桃熟大半，他心里要吃个尝新。奈何本园土地、力士并齐天府仙吏紧随不便，忽设一计道："汝等且出门外伺候，让我在这亭上少憩片时。"那众仙果退。只见那猴王脱了冠服，爬上大树，拣那熟透的大桃，摘了许多，就在树枝上自在受用，吃了一饱。却才跳下树来，簪冠着服，唤众等仪从回府。迟三二日，又去设法偷桃，尽他享用。

一朝，王母娘娘设宴，大开宝阁，瑶池中做"蟠桃胜会"，即着那红衣仙女、青衣仙女、素衣仙女、皂衣仙女、紫衣仙女、黄衣仙女、绿衣仙女，各顶花篮，去蟠桃园摘桃建会。七衣仙女直至园门首，只见蟠桃园土地、力士同齐天府二司仙吏，都在那里把门。仙女近前道："我等奉王母懿旨，到此摘桃设宴。"土地道："仙娥且住，今岁不比往年了，玉帝点差齐天大圣在此督理，须是报大圣得知，方敢开园。"仙女道："大圣何在？"土地道："大圣在园内，因困倦，自家在亭子上睡哩。"仙女道："既如此，寻他去来，不可迟误。"土地即与同进，寻至花亭不见，只有衣冠在亭，不知何往，四下里都没寻处。原来大圣要了一会，吃了几个桃子，变做二寸长的个人儿，在那大树稍头浓叶之下睡着了。七衣仙女道："我等奉旨前来，寻不见大圣，怎敢空回？"旁有仙吏道："仙娥既奉旨来，不必迟疑。我大圣闲游惯了，想是出园会友去了。汝等且去摘桃，我们替你回话便是。"那仙女依言，入树林之下摘桃，先在前树摘了三篮，又在中树摘了三篮。到后树上摘取，只见那树上花果稀疏，止有几个毛蒂青皮的，原来熟的都是猴王吃了。七仙女张望东西，只见向南枝上止有一个半红半白的桃子，青衣女用手扯下枝来，红衣女摘了，却将枝子望上一放。原来那大圣变化了，正睡在此枝，被他惊醒。大圣即现本相，耳朵内擎出金箍棒，幌一幌，碗来粗细，咄的一声道："你是那方怪物，敢大胆偷摘我桃！"慌得那七仙女一齐跪下道："大圣息怒。我等不是妖怪，乃王母娘娘差来的七衣仙女，摘取仙桃，大开宝阁，做'蟠桃胜会'。适至此间，先见了本园土地等神，寻大圣不见。我等恐迟了王母懿旨，是以等不得大圣，故先在此摘桃，万望恕罪。"大圣闻言，回嗔作喜道："仙娥请起。王母开阁设宴，请的是谁？"仙女道："上会自有旧规。请的是西天佛老、菩萨、圣僧、罗汉，南方南极观音，东方崇恩圣帝，十洲三岛仙翁，北方北极玄灵，中央黄极黄角大仙，这个是五方五老。还有五斗星君、上八洞三清、四帝、太乙天仙等众、中八洞玉皇、九垒、海岳神仙，下八洞幽冥教主、注世地仙，各宫各殿，大小尊神，俱一齐赴蟠桃嘉会。"大圣笑道："可请我么？"_{猴头贪嘴。}仙女道："不曾听得说。"大圣道："我乃齐天大圣，就请我老孙做个席尊，有何不可？"仙女道："此是上会旧规，今会不知如何。"大圣道："此言也是，难怪汝等。你且立下，待老孙先去打听个消息，看可请老孙不请。”

好大圣，捻着诀，念声咒语，对众仙女道：“住，住，住。”这原来是个定身法，把那七衣仙女一个个睖睖睁睁，白着眼，都站在桃树之下。大圣纵朵祥云，跳出园内，径奔瑶池路上而去。正行时，只见那壁厢：

一天瑞霭光摇曳，五色祥云飞不绝。白鹤声鸣振九皋，紫芝色秀分千叶。中间现出一尊仙，相貌天然丰采别。神舞虹霓幌汉霄，腰悬宝篆无生灭。名称赤脚大罗仙，特赴蟠桃添寿节。

赤脚大仙觌面撞见大圣，大圣低头定计，赚哄真仙，他要暗去赴会，却问：“老道何往？”大仙道：“蒙王母见招，去赴蟠桃嘉会。”大圣道：“老道不知，玉帝因老孙筋斗云疾，着老孙五路邀请列位，先至通明殿下演礼，后方去赴宴。”大仙是个光明正大之人，就以他的诳语作真，道：“常年就在瑶池演礼谢恩，如何先去通明殿演礼，方去瑶池赴会？”无奈，只得拨转祥云，径往通明殿去了。

大圣驾着云，念声咒语，摇身一变，就变做赤脚大仙模样，前奔瑶池。不多时，直至宝阁，按住云头，轻轻移步，走入里面。只见那里：

琼香缭绕，瑞霭缤纷。瑶台铺彩结，宝阁散氤氲。凤翥鸾腾形缥纱，金花玉萼影浮沉。上排着九凤丹霞辇，八宝紫霓墩。妆彩描金桌，千花碧玉盆。桌上有龙肝和凤髓，熊掌与猩唇。珍羞百味般般美，异果嘉肴色色新。

那里铺设得齐齐整整，却还未有仙来。这大圣点看不尽，忽闻得一阵酒香扑鼻，忽转头，见右壁厢长廊之下，有几个造酒的仙官，盘糟的力士，领几个运水的道人，烧火的童子，在那里洗缸刷瓮，已造成了玉液琼浆，香醪佳酿。大圣止不住口角流涎，就要去吃，奈何那些人都在那里。他就弄个神通，把毫毛拔下几根，丢入口中嚼碎，喷将出去，念声咒语，叫"变！" 猴。即变做几个瞌睡虫，奔在众人脸上。你看那伙人，手软头低，闭眉合眼，丢了执事，都去盹睡。大圣却拿了些百味八珍，佳肴异品，走入长廊里面，就着缸，挨着瓮，放开量，痛饮一番，吃勾了多时，酕醄醉了。自揣自摸道："不好，不好！再过会，请的客来，却不怪我？一时拿住，怎生是好？不如早回府中睡去也。"

好大圣，摇摇摆摆，仗着酒，任情乱撞，一会把路差了，不是齐天府，却是兜率天宫。一见了，顿然醒悟道："兜率宫是三十三天之上，乃离恨天太上老君之处，如何错到此间？也罢，也罢！一向要来望此老，不曾得来，今趁此残步，就望他一望也好。"即整衣撞进去，那里不见老君，四无人迹。原来那老君与燃灯古佛在三层高阁朱丹陵台上讲道，众仙童、仙将、仙官、仙吏，都侍立左右听讲。这大圣直至丹房里面，寻访不遇，但见丹灶之旁，炉中有火，炉左右安放着五个葫芦，葫芦里都是炼就的金丹。大圣喜道："此物乃仙家之至宝，老孙自了道以来，识破了内外相同之理，也要炼些金丹济人，不期到家无暇，今日有缘，却又撞着此物，趁老子不在，等我吃他几丸尝新。"他就把那葫芦都倾出来，就都吃了，如吃炒豆相似。一时间丹满酒醒，又自己揣度道："不好，不好！这场祸，比天还大，若惊动玉帝，性命难存。走，走，走！不如下界为王去也！"他就跑出兜率宫，不行旧路，从西天门，使个隐身法逃去。即按云头，回至花果山界。但见那旌旗闪灼，戈戟光辉，原来是四健将与七十二洞妖王，在那里演习武艺。大圣高叫道："小的们，我来也！"众怪丢了器械，跪倒道："大圣好宽心，丢下我等，许久不来相顾！"大圣道："没多时，没多时！"且说且行，径入洞天深处。四健将打扫安歇叩头礼拜毕，俱道："大圣在天这百十年，实受何职？"大圣笑道："我记得才半年光景，怎么就说百十年话？"健将道："在天一日，即在下方一年也。"大圣道："且喜这番玉帝相爱，果封做'齐天大圣'，起一座齐天府，又设安静、宁神二司，司设仙吏侍卫。向后见我无事，着我去管蟠桃园。近因王母娘娘设'蟠桃大会'，未曾请我，是我不待他请，先赴瑶池，把他那仙品、仙酒，都是我偷吃了。走出瑶池，跟跟跄跄误入老君宫阙，又把他五个葫芦金丹也偷吃了。但恐玉帝见罪，方才走出天门来也。"

众怪闻言大喜。即安排酒果接风，将椰酒满斟一石碗奉上。大圣呷了一口，即咨牙俫嘴道："不好吃，不好吃！"崩、芭二将道："大圣在天宫吃了仙酒、仙肴，是以椰酒不甚美口。常言道：'美不美，乡中水。'"大圣道："你们就是'亲不亲，故乡人。'我今早在瑶池中受用时，见那长廊之下，有许多瓶罐，都是那玉液琼浆，你们都不曾尝着。待我再去偷他几瓶回来，你们各饮半杯，一个个也长生不老。"众猴欢喜不胜。大圣即出洞门，又翻一筋斗，使个隐身法，径至蟠桃会上。进瑶池宫阙，只见那几个造酒、盘糟、运水、烧火的，还鼾睡未醒。他将大的从左右胁下挟了两个，两手提了两个，即拨转云头回来，会众猴在于洞中，就做个"仙酒会"，各饮了几杯，快乐不题。

却说那七衣仙女自受了大圣的定身法术，一周天方能解脱，各提花篮，回奏王母，说道："齐天大圣使法术困住我等，故此来迟。"王母问道："汝等摘了多少蟠桃？"仙女道："只有两篮小桃，三篮中桃。至后面，大桃半个也无，想都是大圣偷吃了。及正寻间，不期大圣走将出来，行凶拷打，又问设宴请谁，我等把上会事说了一遍，他就定住我等，不知去向。直到如今，才得醒解回来。"王母闻言，即去见玉帝，备陈前事，说不了，又见那造酒的一班人，同仙官等来奏："不知甚么人，搅乱了'蟠桃大会'，偷吃了玉液琼浆，其八珍百味，亦俱偷吃了。"又有四大天师来奏上："太上道祖来了。"玉帝即同王母出迎。老君朝礼毕，道："老道宫中，炼了些'九转金丹'，伺候陛下做'丹元大会'，不期被贼偷去，特启陛下知之。"玉帝见奏悚惧。少时，又有齐天府仙吏叩头道："孙大圣不守执事，自昨日出游，至今未转，更不知去向。"玉帝又添疑思。只见那赤脚大仙又顿首上奏道："臣蒙王母诏昨日赴会，偶遇齐天大圣，对臣言万岁有旨，着他邀臣等先赴通明殿演礼，方去赴会。臣依他言语，即返至通明殿外，不见万岁龙车凤辇，又急来此伺候。"玉帝越发大惊道："这厮假传旨意，赚哄贤卿，快着纠察灵官缉访这厮踪迹！"

灵官领旨，即出殿遍访，尽得其详细，回奏道："搅乱天宫

者，乃齐天大圣也。"又将前事尽诉一番。玉帝大恼^{玉帝还恼，}，

者，乃齐天大圣也。"又将前事尽诉一番。玉帝大恼，玉帝还恼，
如道力何！
即差四大天王协同李天王并哪吒太子，点二十八宿、九曜星官、
十二元辰、五方揭谛、四值功曹、东西星斗、南北二神、五岳四
渎、普天星相，共十万天兵，布一十八架天罗地网下界，去花果
山围困，定捉获那厮处治。众神即时兴师，离了天宫。这一去，
但见那：

黄风滚滚遮天暗，紫雾腾腾罩地昏。只为妖猴欺上帝，致令
众圣降凡尘。四大天王，五方上帝，四大天王权总制，五方大圣
调多兵。李托塔中军掌号，恶哪吒前部先锋。罗睺星为头检点，
计都星随后峥嵘。太阴星精神抖擞，太阳星照耀分明。五行星偏
能豪杰，九曜星最喜相争。元辰星子午卯酉，一个个都是大力
天丁。五瘟五岳东西摆，六丁六甲左右行。四渎龙神分上下，
二十八宿密层层。角亢氐房为总领，奎娄胃昴惯翻腾。斗牛女虚
危室壁，心尾箕星个个能。井鬼柳星张翼轸，轮枪舞剑显威灵。
停云降雾临凡世，花果山前扎下营。

诗曰：

天产猴王变化多，偷丹偷酒乐山窝。
只因搅乱蟠桃会，十万天兵布网罗。

当时李天王传了令，着众天兵扎了营，把那花果山围得水泄
不通，上下布了十八架天罗地网，先差九曜恶星出战。九曜即提

兵径至洞外，只见那洞外大小群猴跳跃顽耍，星官厉声高叫道：
"那小妖！你那大圣在那里？我等乃上界差调的天神，到此降你
这造反的大圣，教他快快来归降，若道半个'不'字，教汝等一
概遭诛！"那小妖慌忙传入道："大圣，祸事了，祸事了！外面
有九个凶神，口称上界差来的天神，收降大圣。"那大圣正与
七十二洞妖王并四健将分饮仙酒，一闻此报，公然不理道："今
朝有酒今朝醉，莫管门前是与非！"^{好度量!}说不了，一起小妖又跳
来道："那九个凶神，恶言泼语，在门前骂战哩。"大圣笑道：
"莫睬他，'诗酒且图今日乐，功名休问几时成。'"说犹未
了，又一起小妖来报："爷爷，那九个凶神已把门打破了，杀进
来也！"大圣怒道："这泼毛神，老大无礼，本待不与他计较，
如何上门来欺我？"即命独角鬼王领帅七十二洞妖王出阵，老孙
领四健将随后。那鬼王疾帅妖兵，出门迎敌，却被九曜恶星一齐
掩杀，抵住在铁板桥头，莫能得出。

正嚷间，大圣到了，叫一声"开路！"掣开铁棒，幌一幌，
碗来粗细，丈二长短，丢开架子，打将出来。九曜星那个敢抵，
一时打退。那九曜星立住阵势道："你这不知死活的弼马温，你
犯了十恶之罪，先偷桃，后偷酒，搅乱了蟠桃大会，又窃了老君
仙丹，又将御酒偷来此处享乐。你罪上加罪，岂不知之？"大圣
笑道："这几桩事，实有，实有！但如今你怎么？"九曜星道：
"吾奉玉帝金旨，帅众到此收降你，快早皈依，免教这些生灵纳
命。不然，就踏平了此山，掀翻了此洞也。"大圣大怒道："量
你这些毛神，有何法力，敢出浪言，不要走，请吃老孙一棒。"
这九曜星一齐踊跃，那美猴王不惧分毫，轮起金箍棒，左遮右

挡，把那九曜星战得筋疲力软，一个个倒拖器械，败阵而走。急入中军帐下，对托塔天王道："那猴王果十分骁勇，我等战他不过，败阵来了。"李天王即调四大天王与二十八宿，一路出师来斗。大圣也公然不惧，调出独角鬼王、七十二洞妖王与四个健将，就于洞门外列成阵势。你看这场混战，好惊人也：

寒风飒飒，怪雾阴阴。那壁厢旌旗飞彩，这壁厢戈戟生辉。滚滚盔明，层层甲亮。滚滚盔明映太阳，如撞天的银磬；层层甲亮砌岩崖，似压地的冰山。大捍刀，飞云掣电；楮白枪，度雾穿云。方天戟，虎眼鞭，麻林摆列；青铜剑，四明铲，密树排阵。弯弓硬弩雕翎箭，短棍蛇矛挟了魂。大圣一条如意棒，翻来覆去战天神。杀得那空中无鸟过，山内虎狼奔，扬砂走石乾坤黑，播土飞尘宇宙昏。只听兵兵扑扑惊天地，煞煞威威振鬼神。

这一场自辰时布阵，混杀到日落西山。那独角鬼王与七十二洞妖怪，尽被众天神捉拿去了，止走了四健将与那群猴，深藏在水帘洞底。这大圣一条棒，抵住了四大天神与李托塔、哪吒太子，俱在半空中，杀勾多时。大圣见天色将晚，即拔毫毛一把，丢在口中，嚼碎了，喷将出去，叫声"变！"就变了千百个大圣，都使的是金箍棒，打退了哪吒太子，战败了五个天王。

大圣得胜，收了毫毛，急转身回洞，早又见铁板桥头，四个健将，领众叩迎那大圣，哽哽咽咽大哭三声，又唏唏哈哈大笑三声。怪猴。大圣道："汝等见了我，又哭又笑，何也？"健将道："今早帅众将与天王交战，把七十二洞妖王与独角鬼王，尽被众神捉了，我等逃生，故此该哭。这见大圣得胜回来，未曾伤损，故此该笑。"^{贼猴。}大圣道："胜负乃兵家之常，古人云：'杀人一万，自损三千。'况捉了去的头目乃是虎豹、狼虫、獾獐、狐狢之类，我同类者未伤一个，何须烦恼？他虽被我使个分身法杀退，他还要安营在我山脚下，我等且紧紧防守，饱食一顿，安心睡觉，养养精神。天明看我使个大神通，拿这些天将，与众报仇。"四将与众猴将椰酒吃了几碗，安心睡觉不题。

那四大天王收兵罢战，众各报功，有拿住虎豹的，有拿住狮象的，有拿住狼虫狐狢的，更不曾捉着一个猴精。当时果又安猿营，下大寨，赏劳了得功之将，分付了天罗地网之兵，各各提铃喝号，围困了花果山，专待明早大战。各人得令，一处处谨守。此正是：妖猴作乱惊天地，布网张罗昼夜看。毕竟天晓后如何处治，且听下回分解。

总批：

尝见一士子，两个公人到家，便合家失惊大怪，这猴王十万天兵，只当耍子。

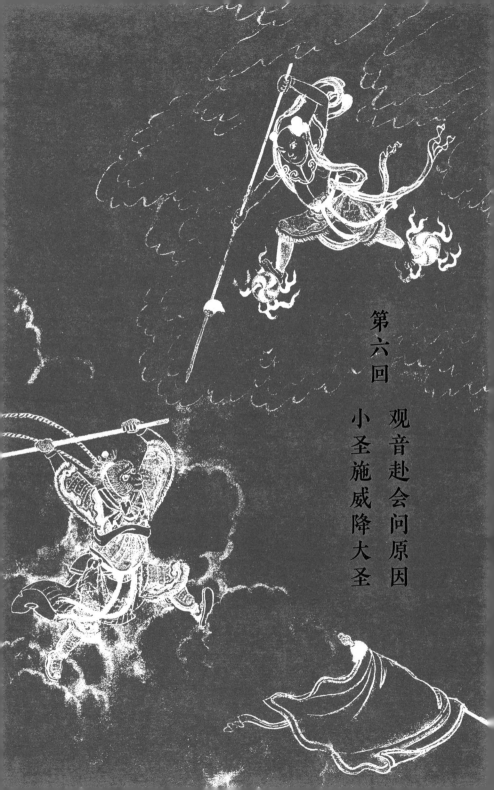

第六回　观音赴会问原因　小圣施威降大圣

　　且不言天神围绕，大圣安歇。话表南海普陀落伽山大慈大悲救苦救难灵感观世音菩萨，自王母娘娘请赴蟠桃大会，与大徒弟惠岸行者同登宝阁瑶池。见那里荒荒凉凉，席面残乱，虽有几位天仙，俱不就座，都在那里乱纷纷讲论。菩萨与众仙相见毕，众仙备言前事，菩萨道："既无盛会，又不传杯，汝等可跟贫僧去见玉帝。"<small>原来上界神佛都不戒酒。</small>众仙依言随往，至通明殿前，早有四大天师、赤脚大仙等众，俱在此迎着菩萨，即道玉帝烦恼，调遣天兵，擒怪未回等因。菩萨道："我要见见玉帝，烦为转奏。"天师丘弘济即入灵霄宝殿，启知宣入。时有太上老君在上，王母娘娘在后。菩萨引众同入里面，与玉帝礼毕，又与老君、王母相见，各坐下，便问："蟠桃盛会如何？"玉帝道："每年请会，喜喜欢欢，今年被妖猴作乱，甚是虚邀也。"菩萨道："妖猴是何出处？"玉帝道："妖猴乃东胜神洲傲来国花果山石卵化生的。当时生出，即目运金光，射冲斗府，始不介意，继而成精，降龙伏虎，自削死籍。当有龙王、阎王启奏，朕欲擒拿，是长庚星启奏道：'三界之间，凡有九窍者，可以成仙。'<small>着眼，只难为六窍皆通者耳。</small>朕即施教育贤，宣他上界，封为御马监弼马温官。那厮嫌恶官小，反了天宫，即差李天王与哪吒太子收降，又降诏抚安，宣至上界，就封他做个'齐天大圣'，只是有官无禄。他因没事干管理，东游西荡，朕又恐别生事端，着他代管蟠桃园，他又不遵法律，将老树大桃，尽行偷吃，及至设会，他乃无禄人员，不曾请他，<small>原不该有许多名色分别，还是玉皇不是。</small>他就设计赚哄赤脚大仙，却自变他相貌入会，将仙肴仙酒尽偷吃了，又偷老君仙丹，又偷御酒若干，去与本山众猴享乐。朕心为此烦恼，故调十万天兵，天罗地网收伏。这一日不见回报，不知胜负如何。"

菩萨闻言，即命惠岸行者道："你可快下天宫，到花果山打探军情如何，如遇相敌，可就相助一功，务必的实回话。"惠岸行者整整衣裙，执一条铁棍，架云离阙，径至山前。见那天罗地网，密密层层，各营门提铃喝号，将那山围绕的水泄不通。惠岸立住，叫："把营门的天丁，烦你传报，我乃李天王二太子木叉，南海观音大徒弟惠岸，特来打探军情。"那营里五岳神兵，即传入辕门之内。早有虚日鼠、昴日鸡、星日马、房日兔，将言传到中军帐下，李天王发下令旗，教开天罗地网，放他进来，此时东方才亮。惠岸随旗进入，见四大天王与李天王下拜。拜讫，李天王道："孩儿，你自那厢来者？"惠岸道："愚男随菩萨赴蟠桃会，菩萨见胜会荒凉，瑶池寂寞，引众仙并愚男去见玉帝。玉帝备言父王等下界收伏妖猴，一日不见回报，胜负未知，菩萨因命愚男到此打听虚实。"李天王道："昨日到此安营下寨，着九曜星挑战，被这厮大弄神通，九曜星俱败走而回。后我等亲自提兵，那厮也排开阵势。我等十万天兵，与他混战至晚，他使个分身法战退。及收兵查勘时，止捉得些狼虫虎豹之类，不曾捉得他半个妖猴。今日还未出战。"说不了，只见辕门外有人来报道："那大圣引一群猴精，在外面叫喊。"四大天王与李天王并太子正议出兵，木叉道："父王，愚男蒙菩萨分付，下来打探消息，就说若遇战时，可助一功。今不才愿往，看他怎么个大圣！"天王道："孩儿，你随菩萨修行这几年，想必也有些神通，切须在意。"

好太子，双手轮着铁棍，束一束绣衣，跳出辕门，高叫：

"那个是齐天大圣？"大圣挺如意棒，应声道："老孙便是。你是甚人，辄敢问我？"木叉道："吾乃李天王第二太子木叉，今在观音菩萨宝座前为徒弟护教，法名惠岸是也。"大圣道："你不在南海修行，却来此见我做甚？"木叉道："我蒙师父差来打探军情，见你这般猖獗，特来擒你。"大圣道："你敢说那等大话，且休走，吃老孙这一棒！"木叉全然不惧，使铁棒劈手相迎。他两个在那半山中，辕门外，这场好斗：

棍虽对棍铁各异，兵纵交兵人不同。一个是太乙散仙呼大圣，一个是观音徒弟正元龙。浑铁棍乃千锤打，六丁六甲运神功；如意棒是天河定，镇海神珍法力洪。两个相逢真对手，往来解数实无穷。这个的混铁棍万千凶，绕腰贯索疾如风；那个的夹枪棒不放空，左遮右挡怎相容。那阵上旌旗闪闪，这阵上鼍鼓冬冬。万员天将团团绕，一洞妖猴簇簇丛。怪雾愁云漫地府，狼烟煞气射天宫。昨朝混战还犹可，今日争持更又凶。堪美猴王真本事，木叉复败又逃生。

这大圣与惠岸战经五六十合，惠岸臂膊酸麻，不能迎敌，虚幌一幌，败阵而走。大圣也收了猴兵，安扎在洞门之外。只见天王营门外，大小天兵，接住了太子，让开大路，径入辕门，对四天王、李托塔、哪吒，气哈哈的喘息未定："好大圣，好大圣！着实神通广大。孩儿战不过，又败阵而来也。"李天王见了心惊，即命写表求助，便差大力鬼王与木叉太子上天启奏。

二人当时不敢停留，闯出天罗地网，驾起瑞霭祥云，须臾径至通明殿下，见了四大天师，引至灵霄宝殿，呈上表章。惠岸又见菩萨施礼，菩萨道："你下界的如何？"惠岸道："始领命到花果山，叫开天罗地网，拜见了父亲，道师父差命之意。父王道：'昨日与那猴王战了一场，止捉得他虎豹狮象之类，更未捉他一个猴精。'正讲间，他又索战，是弟子使铁棍与他战经五六十合，不能取胜，败走回营。父亲因此差大力鬼王同弟子上界求助。"菩萨低头思忖。

却说玉帝拆开表章，见有求助之言，笑道："叵耐这个猴精，能有多大手段，就敢敌过十万天兵。李天王又来求助，却将那路神兵助之？"言未毕，观音合掌启奏："陛下宽心，贫僧举一神，可擒这猴。"玉帝道："所举者何神？"菩萨道："乃陛下令甥显圣二郎真君，见居灌洲灌江口，享受下方香火。他昔日曾力诛六怪，又有梅山兄弟与帐前一千二百草头神，神通广大，奈他只是听调不听宣，陛下可降一道调兵旨意，着他助力，便可擒也。"玉帝闻言，即传调兵的旨意，就差大力鬼王赍调。

那鬼王领了旨，即驾起云，径至灌江口，不消半个时辰，直至真君之庙。早有把门的鬼判，传报至里道："外有天使，捧旨而至。"二郎即与众兄弟出门迎接旨意，焚香开读。旨意上云：

花果山妖猴齐天大圣作乱，因在宫偷桃、偷酒、偷丹，搅乱蟠桃大会，见着十万天兵，一十八架天罗地网，围山收伏，未曾得胜。今特调贤甥同义兄弟即赴花果山助力剿除，成功之后，高升重赏。

真君大喜道："天使请回，吾当就去拔刀相助也。"鬼王回奏不题。

这真君即唤梅山六兄弟——乃康、张、姚、李四太尉，郭申、直健二将军，聚集殿前道："适才玉帝调遣我等往花果山收降妖猴，同去去来。"众兄弟俱忻然愿往。即点本部神兵，驾鹰牵犬，踏弩张弓，纵狂风，霎时过了东洋大海，径至花果山。见那天罗地网，密密层层，不能前进。因叫道："把天罗地网的将校听着，吾乃二郎显圣真君，蒙玉帝调来，擒拿妖猴者，快开营门放行。"一时，各神一层层传入，四大天王与李天王俱出辕门迎接。相见毕，问及胜败之事，天王将上项事备陈一遍，真君笑道："小圣来此，必须与他斗个变化，列公将天罗地网，不要幔了顶上，只四围紧密，待我赌斗。若我输与他，不必列位相助，我自有兄弟扶持，若赢了他，也不必列位绑缚，我自有兄弟动手。只请托塔天王与我使个照妖镜，住立宫中，恐他一时败阵，逃窜他方，切须与我照耀明白，勿走了他。"天王各居四维，众天兵各挨排列阵去讫。

这真君领着四太尉、二将军，连本身七兄弟，出营挑战，分付众将，紧守营盘，收拴了鹰犬，众草头神得令。真君直到那水帘洞外，见那一群猴，齐齐整整，排作个蟠龙阵势，中军里立一竿旗，上书"齐天大圣"四字。真君道："那泼猴，怎么称得起齐天之职？"梅山六弟道："且休赞叹，叫战去来。"那营口小猴见了真君，急走去报知。那猴王即掣金箍棒，整黄金甲，登步云履，按一按紫金冠，腾出营门。急睁睛观看，那真君的相貌，果是清奇，打扮得又秀气。真个是：

仪容清俊貌堂堂，两耳垂肩目有光。头戴三山飞凤帽，身穿一领淡鹅黄。缕金靴衬盘龙袜，玉带团花八宝妆。腰卦弹弓新月样，手执三尖两刃枪。斧劈桃山曾救母，弹打棕罗双凤凰。力诛八怪声名远，义结梅山七圣行。心高不认天家眷，性傲归神住灌江。赤城昭惠英灵圣，显化无边号二郎。

大圣见了，笑嘻嘻的将金箍棒掣起，高叫道："你是何方小将，乃敢大胆到此挑战？"真君喝道："你这厮有眼无珠，认不得我也，吾乃玉帝外甥，敕封昭惠灵显王二郎是也。今蒙上命，到此擒你这反天宫的弼马温猢狲，你还不知死活。"大圣道："我记得当年玉帝妹子思凡下界，配合杨君，生一男子，曾使斧劈桃山的，是你么？我待要骂你几声，曾奈无甚冤仇，待要打你一棒，可惜了你的性命。^{猴！}你这郎君小辈，可急急回去，唤你四大天王出来。"真君闻言，心中大怒道："泼猴！休得无礼，吃吾一刃。"大圣侧身躲过，疾举金箍棒，劈手相还。他两个这场好杀：

昭惠二郎神，齐天孙大圣。这个心高欺敌美猴王，那个面生压伏真梁栋。两个乍相逢，各人皆赌兴。从来未识浅和深，今日方知轻与重。铁棒赛飞龙，神锋如舞凤。左挡右攻，前迎后映。这阵上梅山六弟助威风，那阵上马流四将传军令。摇旗擂鼓各齐心，呐喊筛锣都助兴。两个钢刀有见机，一来一往无丝缝。金箍棒是海中珍，变化飞腾能取胜。若还身慢命该休，但要差池为蹭蹬。

真君与大圣斗经三百馀合，不知胜负。那真君抖擞神威，摇身一变，变得身高万丈，两只手，举着三尖两刃神锋，好便似华山顶上之峰，青脸獠牙，朱红头发，恶狠狠，望大圣着头就砍；这大圣也使神通，变得与二郎身躯一样，猴！嘴脸一般，举一条如意金箍棒，却就是昆仑顶上擎天之柱，抵住二郎神。唬得那马、流元帅，战兢兢摇不得旌旗；形容。崩、芭二将，虚怯怯使不得刀剑。这阵上，康、张、姚、李、郭申、直健传号令，撒放草头神，向他那水帘洞外，纵着鹰犬，搭弩张弓，一齐掩杀。可怜冲散妖猴四健将，捉拿灵怪二三千。那些猴，抛戈弃甲，撇剑丢枪，跑的跑，喊的喊，上山的上山，归洞的归洞，好似夜猫惊宿鸟，飞渐满天星。众兄弟得胜不题。

却说真君与大圣变做法天象地的规模，正斗时，大圣忽见本营中妖猴惊散，自觉心慌，收了法象，掣棒抽身就走。真君见他败走，大步赶上道："那里走，趁早归降，饶你性命。"大圣不恋战，只情跑起，将近洞口，正撞着康、张、姚、李四太尉，郭申、直健二将军，一齐帅众挡住道："泼猴，那里走。"大圣慌了手脚，就把金箍棒捏做绣花针，幻笔。藏在耳内，摇身一变，变作个麻雀儿，飞在树稍头钉住。那六兄弟，慌慌张张，前后寻觅不见，一齐吆喝道："走了这猴精也，走了这猴精也。"

正嚷处，真君到了，问："兄弟们，赶到那厢不见了？"众神道："才在这里围住，就不见了。"二郎圆睁凤目观看，见大圣变了麻雀儿，钉在树上，就收了法象，撇了神锋，卸下弹弓，摇身一变，变作个饿鹰儿，抖开翅，飞将去扑打。大圣见了，抖的一翅飞起去，变作一只大鹚老，冲天而去。二郎见了，急抖翎毛，摇身一变，变作一只大海鹤，钻上云霄来嗛。大圣又将身按下，入涧中，变作一个鱼儿淬入水内。二郎赶至涧边，不见踪迹。心中暗想道："这猢狲必然下水去也，定变作鱼虾之类。等我再变变拿他。"果一变变作个鱼鹰儿，飘荡在下溜头波面上，等待片时。

那大圣变鱼儿，顺水正游，忽见一只飞禽，_{老思飞涌。}似青庄毛片不青，似鹭鸶顶上无缨，似老鹳腿又不红，"想是二郎变化了等我哩！"急转头，打个花就走。二郎看见道："打花的鱼儿，似鲤鱼尾耙不红，似鳜鱼花鳞不见，似黑鱼头上无星，似鲂鱼腮上无针。他怎么见了我就回去了？必然是那猴变的。"赶上来，刷的啄一嘴，那大圣就撺出水中，一变变作一条水蛇，游近岸，钻入草中。二郎因嗛他不着，他见水响中，见一条蛇撺出去，认得是大圣，急转身，又变了一只朱绣顶的灰鹤，伸着一个长嘴，与一把尖头铁钳子相似，径来吃这水蛇。水蛇跳一跳，又变做一只花鸨，_{老猴做了老鸨，粉头定是老猪做了。}木木樗樗的立在蓼汀之上。二郎见他变得低贱，花鸨乃鸟中至贱至淫之物，不拘鸾、凤、鹰、鸦都与交群——故此不去拢傍，即现原身，走将去，取过弹弓拽满，一弹子把他打个跰踵。

那大圣趁着机会，滚下山崖，伏在那里又变，变一座土地庙儿，大张着口，似个庙门，牙齿变做门扇，舌头变做菩萨，眼睛变做窗棂，_{匪夷所思。}只有尾耙不好收拾，竖在后面，变做一根旗竿。真君赶到崖下，不见打倒的鸨鸟，只有一间小庙，急睁凤眼，仔细看之，见旗竿立在后面，笑道："是这猢狲了，他今又在那里哄我，我也曾见庙宇，更不曾见一个旗竿竖在后面的，断是这畜生弄喧。他若哄我进去，他便一口咬住。我怎肯进去？等我挈拳先捣窗棂，后踢门扇。"大圣听得，心惊道："好狠，好狠！门扇是我牙齿，窗棂是我眼睛。若打了牙，捣了眼，却怎是好？"扑的一个虎跳，又冒在空中不见。

真君前前后后乱赶，只见四太尉、二将军一齐拥至道："兄长，拿住大圣了么？"真君笑道："那猴儿才自变座庙宇哄我。我正要捣他窗棂，踢他门扇，他就纵一纵，又渺无踪迹。可怪，可怪。"众皆愕然，四望更无形影。真君道："兄弟们在此看守巡逻，等我上去寻他。"急纵身驾云，起在半空。见那李天王高擎照妖镜，与哪吒住立云端，真君道："天王，曾见那猴王么？"天王道："不曾上来。我这里照着他哩。"真君把那眺变化，弄神通，拿群猴一事说毕，却道："他变庙宇，正打处，就走了。"李天王闻言，又把照妖镜四方一照，呵呵的笑道："真君，快去，快去！那猴使了个隐身法，走出营围，往你那灌江口去也。"二郎听说，即取神锋，回灌江口来赶。

却说那大圣已至灌江口，摇身一变，^{猴！}变作二郎爷爷的模样，按下云头，径入庙里。鬼判不能相认，一个个磕头迎接。他坐中间，点查香火，见李虎拜还的三牲，张龙许下的保福，赵甲求子的文书，钱丙告病的良愿。正看处，有人报："又一个爷爷来了。"众鬼判急急观看，无不惊心，真君却道："有个甚么齐天大圣，才来这里否？"众鬼判道："不曾见甚么大圣，只有一个爷爷在里面查点哩。"真君撞进门，大圣见了，现出本相道："郎君不消嚷，庙宇已姓孙了。"^{猴！}这真君即举三尖两刃神锋，劈脸就砍，那猴王使个身法，让过神锋，挈出那绣花针儿，幌一幌，碗来粗细，赶到前，对面相还。两个嚷嚷闹闹，打出庙门，半雾半云，且行且战，复打到花果山。慌得那四大天王等众堤防愈紧，这康、张太尉等迎着真君，合心努力，把那美猴王围绕不题。

话表大力鬼王既调了真君与六兄弟提兵擒魔去后，却上界回奏。玉帝与观音菩萨、王母并众仙卿，正在灵霄殿讲话，道："既是二郎已去赴战，这一日还不见回报？"观音合掌道："贫僧请陛下同道祖出南天门外，亲去看看虚实何如？"玉帝道："言之有理。"即摆驾，同道祖、观音、王母与众仙卿至南天门。早有些天丁力士接着，开门遥观，只见众天丁布罗网，围住四面，李天王与哪吒擎照妖镜，立在空中，真君把大圣围绕中间，纷纷赌斗哩。菩萨开口对老君说："贫僧所举二郎神如何？果有神通，已把那大圣围困，只是未得擒拿。我如今助他一功，决拿住他也。"老君道："菩萨将甚兵器，怎么助他？"菩萨道："我将那净瓶杨柳抛下去，打那猴头，即不能打死，也打个一跌，教二郎小圣好去拿他。"老君道："你这瓶是个磁器，常打着他便好，如打不着他的头，或撞着他的铁棒，却不打碎了？你且莫动手，等我老君助他一功。"菩萨道："你有甚么兵器？"老君道："有，有，有。"捋起衣袖，左膊上取下一个圈子，说道："这件兵器，乃锟钢抟炼的，被我将还丹点成，养就一身灵气，善能变化，水火不侵，又能套诸物，一名'金钢琢'，又名'金钢套'。当年过函关，化胡为佛，甚是亏他，早晚最可防身。等我丢下去打他一下。"

话毕，自天门上往下一掼，滴流流，径落花果山营盘里，可可的着猴王头上一下。猴王只顾苦战七圣，却不知天上坠下这兵器，打中了天灵，立不稳脚，跌了一跤，爬将起来就跑，被二郎爷爷的细犬赶上，照腿肚子上一口，又扯了一跌。他睡倒在地，骂道：“这个亡人，你不去妨家长，^趣! 却来咬老孙。”急翻身爬不起来，被七圣一拥按住，即将绳索捆绑，使勾刀穿了琵琶骨，再不能变化。

那老君收了金钢琢，请玉帝同观音、王母、众仙等，俱回灵霄殿。这下面四大天王与李天王诸神，俱收兵拔寨，近前向小圣贺喜，都道：“此小圣之功也。”小圣道：“此乃天尊洪福，众神威权，我何功之有？”康、张、姚、李道：“兄长不必多叙，且押这厮去上界见玉帝，请旨发落去也。”真君道：“贤弟，汝等未受天箓，不得面见玉帝，教六甲神兵押着，我同天王等上界回旨，你们帅众在此搜山，搜净之后，仍回灌口，待我请了赏，讨了功，回来同乐。”四太尉、二将军依言领诺。这真君与众即驾云头，唱凯歌，得胜朝天。不多时，到通明殿外，天师启奏道：“四大天王等众已捉了妖猴齐天大圣了，来此听宣。”玉帝传旨，即命大力鬼王与天丁等众，押至斩妖台，将这厮碎剁其尸。咦！正是：

欺诳今遭刑宪苦，英雄气概等时休。

毕竟不知那猴王性命何如，且听下回分解。

总批：

千变万化，到大士手内即住，亦有微意。盖菩萨只是"自在"两字，由他千怪万怪，到底跳不出自在圈子，此作者之意也。〇世上只有自在好，千怪万怪无益也，徒自作丑态耳。

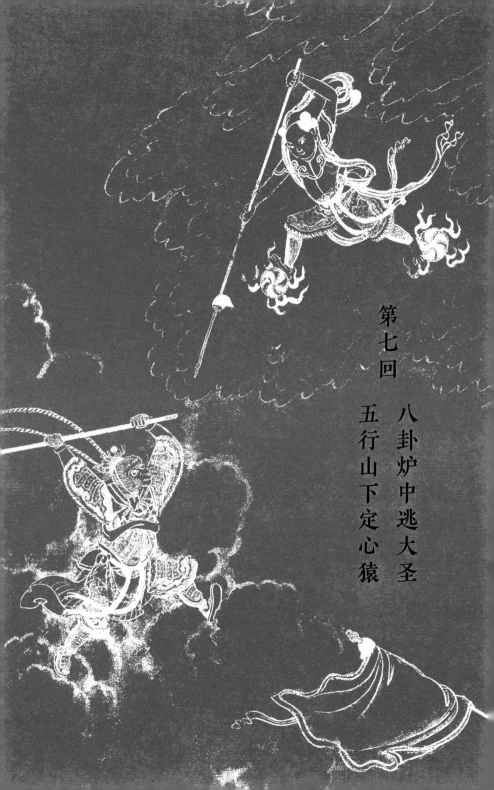

第七回　八卦炉中逃大圣　五行山下定心猿

兜率宮

八卦爐中逃大聖
五行叢下定心猿

富贵功名，前缘分定，为人切莫欺心。正大光明，忠良善果弥深。些些狂妄天加谴，眼前不遇待时临。问东君因甚，如今祸害相侵。只为心高图罔极，不分上下乱规箴。

话表齐天大圣被众天兵押去斩妖台下，绑在降妖柱上，刀砍斧刴，枪刺剑刓，莫想伤及其身。南斗星奋令大部众神，放火煨烧，亦不能烧着，又着雷部众神，以雷屑钉打，越发不能伤损一毫。那大力鬼王与众启奏道："万岁，这大圣不知是何处学得这护身之法，臣等用刀砍斧刴，雷打火烧，一毫不能伤损，却如之何？"玉帝闻言道："这厮这等妖力，如何处治？"太上老君即奏道："那猴吃了蟠桃，饮了御酒，又盗了仙丹。我那五壶丹，有生有熟，被他都吃在肚里，运用三昧火，煅成一块，所以浑做金钢之躯，急不能伤。不若与老道领去，放在八卦炉中，以文武火煅炼，炼出我的丹来，他身自为灰烬矣。"玉帝闻言，即教六丁、六甲将他解下，付与老君，老君领旨去讫。一壁厢宣二郎显圣，赏赐金花百朵，御酒百瓶，还丹百粒，异宝明珠，锦绣等件，教与义兄弟分享。真君谢恩，回灌江口不题。

那老君到兜率宫，将大圣解去绳索，放了穿琵琶骨之器，推入八卦炉中，命看炉的道人，架火的童子，将火扇起煅炼。原来那炉是乾、坎、艮、震、巽、离、坤、兑八卦，他即将身钻在"巽宫"位下，巽乃风也，有风则无火，只是风搅得烟来，把一双眼熸红了，弄做个老害病眼，故唤作"火眼金睛"。^猴

真个光阴迅速，不觉七七四十九日，老君的火候俱全。忽一日，开炉取丹，那大圣双手侮着眼，正自揉搓流涕，只听得炉头声响，猛睁睛看见光明，他就忍不住将身一纵，跳出丹炉，忽喇的一声，蹬倒八卦炉，往外就走。慌得那架火、看炉，与丁甲一班人来扯，被他一个个都放倒，好似癫痫的白额虎、风狂的独角龙。老君赶上抓一把，被他一摔，摔了个倒栽葱，脱身走了。即去耳中掣出如意棒，迎风幌一幌，碗来粗细，依然拿在手中，不分好歹，却又大乱天宫，形容。打得那九曜星闭门闭户，四天王无影无形。好猴精！有诗为证。诗曰：

混元体正合先天，万劫千番只自然。渺渺无为浑太乙，如如不动号初玄。炉中久炼非铅汞，物外长生是本仙。变化无穷还变化，三皈五戒总休言。

又诗：

一点灵光彻太虚，那条拄杖亦如之。或长或短随人用，横竖横排任卷舒。

又诗：

猿猴道体配人心，心即猿猴意思深。大圣齐天非假论，官封弼马是知音。马猿合作心和意，紧缚牢拴莫外寻。万相归真从一理，如来同契住双林。

这一番，那猴王不分上下，使铁棒东打西敌，更无一人可挡，只打到通明殿里，灵霄殿外。幸有佑圣真君的佐使王灵官直殿，他见大圣纵横，掣金鞭近前挡住道："泼猴何往！有吾在此，切莫猖狂。"这大圣不由分说，举棒就打，那灵官急起相迎，两个在灵霄殿前厮浑一处。好杀：

　　赤胆忠良名誉大，欺天诳上声名坏。一低一好幸相持，豪杰英雄同赌赛。铁棒凶，金鞭快，正直无私怎忍耐。这个是太乙雷声应化尊，那个是齐天大圣猿猴怪。金鞭铁棒两家能，都是神宫仙器械。今日在灵霄宝殿弄威风，各展雄才真可爱。一个欺心要夺斗牛宫，一个竭力匡扶元圣界。苦争不让显神通，鞭棒往来无胜败。

　　他两个斗在一处，胜败未分，早有佑圣真君，又差将佐发文到雷府，调三十六员雷将齐来，把大圣围在垓心，各骋凶恶鏖战。那大圣全无一毫惧色，使一条如意棒，左遮右挡，后架前迎。一时见那众雷将的刀、枪、剑、戟、鞭、简、挝、锤、钺、斧、金瓜、旄镰、月铲，来的甚紧，他即摇身一变，变做三头六臂，把如意棒幌一幌，变作三条，六只手使开三条棒，好便似纺车儿一般，滴流流，在那垓心里飞舞，众雷神莫能相近。真个是：

　　圆陀陀，光灼灼，亘古常存人怎学。入火不能焚，入水何曾溺。光明一颗摩尼珠，剑戟刀枪伤不着。也能善，也能恶，眼前善恶凭他作。_{和盘托出。}善时成佛与成仙，恶处披毛并带角。无穷变化闹天宫，雷将神兵不可捉。

当时众神把大圣攒在一处，却不能近身，乱嚷乱斗。早惊动玉帝，遂传旨着游弈灵官同翊圣真君上西方请佛老降伏。那二圣得了旨，径到灵山胜境、雷音宝刹之前，对四金刚、八菩萨礼毕，即烦转达。众神随至宝莲台下启知如来，君请二圣礼佛三匝，侍立台下，如来问："玉帝何事，烦二圣下临？"二圣即启道："向时花果山产一猴，在那里弄神通，聚众猴搅乱世界。玉帝降招安旨，封为'弼马温'，他嫌官小反去，当遣李天王、哪吒太子擒拿未获。复招安他，封做'齐天大圣'，先有官无禄，着他待管蟠桃园，他即偷桃；又走至瑶池，偷肴、偷酒搅乱大会，仗酒又暗入兜率宫，偷老君仙丹，反出天宫。玉帝复遣十万天兵，亦不能收伏，后观世音举二郎真君同他义兄弟追杀，他变化多端，亏老君抛金钢琢打重，二郎方得拿住。解赴御前，即命斩之，刀砍斧剁，火烧雷打，俱不能伤，老君准奏领去，以火煅炼，四十九日开鼎，他却又跳出八卦炉，打退天丁，径入通明殿里，灵霄殿外，被佑圣真君的佐使王灵官挡住苦战，又调三十六员雷将，把他困在垓心，终不能相近。事在紧急，因此，玉帝特请如来救驾。"如来闻说，即对众菩萨道："汝等在此稳坐法堂，休得乱了禅位，待我炼摩救驾去来。"

如来即唤阿难、迦叶二尊者相随，离了雷音，径至灵霄门外。忽听得喊声振耳，乃三十六员雷将围困着大圣哩，佛祖传法旨："教雷将停息干戈，放开营所，叫那大圣出来，等我问他有何法力。"众将果退，大圣也收了法象，现出原身近前，怒气昂

昂，厉声高叫道："你是那方善士，敢来止住刀兵问我？"如来
笑道："我是西方极乐世界释迦牟尼尊者，南无阿弥陀佛。今闻
你猖狂村野，屡反天宫，不知是何方生长，何年得道，为何这等
暴横？"大圣道："我本：

　　天地生成灵混仙，花果山中一老猿。水帘洞里为家业，拜友
寻师悟太玄。炼就长生多少法，学来变化广无边。因在凡间嫌地
窄，立心端要住瑶天。灵霄宝殿非他久，历代人王有分传。^{说得是。}
强者为尊该让我，英雄只此敢争先。"

　　佛祖听言，呵呵冷笑道："你那厮乃是个猴子成精，怎敢欺
心，要夺玉皇上帝尊位。他自幼修持，苦历过一千五百五十劫，
每劫该十二万九千六百年。你算他该多少年数，方能享受此无极
大道，你那个初世为人的畜生，如何出此大言？^{只为初世为人，所以敢出大言。}不当
人子，不当人子！折了你的寿算，趁早皈依，切莫胡说，但恐遭
了毒手，性命顷刻而休，可惜了你的本来面目！"大圣道："他
虽年劫修长，也不应久住在此。常言道：'皇帝轮流做，明年到
我家。'只教他搬出去，将天宫让与我便罢了，若还不让，定要
搅乱，未能清平！"佛祖道："你除了生长变化之法，再有何
能，敢占天宫胜境？"大圣道："我的手段多哩！我有七十二般
变化，万劫不老长生，会驾筋斗云，一纵十万八千里，如何坐不
得天位？"佛祖道："我与你打个赌赛：你若有本事，一筋斗打
出我这右手掌中，算你赢，再不用动刀兵苦争战，就请玉帝到西
方居住，把天宫让你，若不能打出手掌，你还下界为妖，再修几

劫，却来争吵。"

那大圣闻言，暗笑道："这如来十分好呆！我老孙一筋斗去十万八千里，他那手掌，方圆不满一尺，如何跳不出去？"急发声道："既如此说，你可做得主张？"佛祖道："做得，做得！"伸开右手，却似个荷叶大小。那大圣收了如意棒，抖擞神威，将身一纵，站在佛祖手心里，却道声："我出去也。"你看他一路云光，无影无形去了。佛祖慧眼观看，见那猴王风车子一般相似不住，只管前进。大圣行时，忽见有五根肉红柱子，撑着一股青气，他道："此间乃尽头路了，这番回去，如来作证，灵霄宫定是我坐也。"又思量说："且住，等我留下些记号，方好与如来说话。"_{趣甚，妙甚。何物文人思笔变幻乃尔！}拔下一根毫毛，吹口仙气，叫"变！"变作一管浓墨双毫笔，在那中间柱子上写一行大字云："齐天大圣到此一游。"写毕，收了毫毛，又不妆尊，却在第一根柱子根下撒了一泡猴尿。翻转筋斗云，径回本处，站在如来掌内道："我已去，今来了，你教玉帝让天宫与我。"如来骂道："我把你这个尿精猴子，你正好不曾离了我掌哩。"大圣道："你是不知，我去到天尽头，见五根肉红柱，撑着一股青气，我留个记在那里，你敢和我同去看么？"如来道："不消去，你只自低头看看。"那大圣睁圆火眼金睛，低头看时，原来佛祖右手中指写着"齐天大圣，到此一游"。大指丫里，还有些猴尿臊气。大圣大吃了一惊道："有这等事，有这等事！我将此字写在撑天柱子上，如何却在他手指上？莫非有个未卜先知的法术？我决不信，不信！等我再去来。"

好大圣，急纵身又要跳出，被佛祖翻掌一扑，把这猴王推出西天门外，将五指化作金、木、水、火、土五座联山，唤名"五行山"，轻轻的把他压住。众雷神与阿难、迦叶，一个个合掌称扬道："善哉，善哉！"

当年卵化学为人，立志修行果道真。万劫无移居胜境，一朝有变散精神。欺天罔上思高位，凌圣偷丹乱大伦。恶贯满盈今有报，不知何日得翻身。

如来佛祖殄灭了妖猴，即唤阿难、迦叶同转西方极乐世界。时有天蓬、天佑急出灵霄宝殿道："请如来少待，我主大驾来也。"佛祖闻言，回首瞻仰。须臾，果见八景鸾舆，九光宝盖，声奏玄歌妙乐，咏哦无量神章，散宝花，喷真香，直至佛前谢曰："多蒙大法收灭妖邪，望如来少停一日，请诸仙做一会筵奉谢。"如来不敢违悖，即合掌谢道："老僧承大天尊宣命来此，有何法力？还是天尊与众神洪福，敢劳致谢？"玉帝传旨，即着雷部众神分头请三清、四御、五老、六司、七元、八极、九曜、十都、千真万圣，来此赴会，同谢佛恩。又命四大天师、九天仙女，大开玉京金阙、太玄宝宫、洞阳玉馆，请如来高坐七宝灵台。调设各班坐位，安排龙肝凤髓，玉液蟠桃。不一时，那：

玉清元始天尊、上清灵宝天尊、太清道德天尊、五炁真君、五斗星君、三官四圣、九曜真君、左辅、右弼、天王、哪吒、玄虚一应灵通，对对旌旗，双双幡盖，都捧着明珠异宝，寿果奇花。

向佛前拜献曰："感如来无量法力，收伏妖猴，蒙大天尊设宴，呼唤我等皆来陈谢。请如来将此会立一名，如何？"如来领众神之托曰："今欲立名，可作个'安天大会'。"各仙老异口同声，俱道："好个'安天大会'，好个'安天大会'！"言讫，各坐座位，走斝传觞，簪花鼓瑟，果好会也。有诗为证：

宴设蟠桃猴搅乱，安天大会胜蟠桃。龙旗鸾辂祥光蔼，宝节幢幡瑞气飘。仙乐玄歌音韵美，凤箫玉管响声高。琼香缭绕群仙集，宇宙清平贺圣朝。

众皆畅然喜会，只见王母娘娘引一班仙子、仙娥、美姬、毛女飘飘荡荡舞向佛前施礼曰："前被妖猴搅乱蟠桃嘉会，请众仙众佛俱来成功。今蒙如来大法，炼锁顽猴，喜庆'安天大会'，无物可谢，今是我净手亲摘大株蟠桃数颗奉献。"真个是：

半红半绿喷香雾，艳丽仙根万载长。堪笑武陵源上种，争如天府更奇强。紫纹娇嫩寰中少，缃核清甜世莫双。延寿延年能易体，有缘食者自非常。

佛祖合掌向王母谢讫。王母又着仙姬、仙子唱的唱，舞的舞，满会群仙，又皆赏赞。正是：

缥缈天香满座，缤纷仙蕊仙花。玉京金阙大荣华，异品奇珍无价。对对与天齐寿，双双万劫增加。桑田沧海任更差，他自无惊无讶。

王母正着仙姬仙子歌舞，觥筹交错，不多时，忽又闻得：

一阵异香来鼻臭，惊动满堂星与宿。天仙佛祖把杯停，各各抬头迎目候。霄汉中间现老人，手捧灵芝飞蔼绣。葫芦藏蓄万年丹，宝箓名书千纪寿。洞里乾坤任自由，壶中日月随成就。遨游四海乐清闲，散淡十洲容辐辏。曾赴蟠桃醉几遭，醒时明月还依旧。长头大耳短身躯，南极之方称老寿。

寿星又到，见玉帝礼毕，又见如来，申谢曰："始闻那妖猴被老君引至兜率宫煅炼，以为必致平安，不期他又反出。幸如来善伏此怪，设宴奉谢，故此闻风而来，更无他物可献，特具紫芝瑶草，碧藕金丹奉上。"诗曰：

碧藕金丹奉释迦，如来万寿若恒沙。清平永乐三乘锦，康泰长生九品花。无相门中真法主，色空天上是仙家。乾坤大地皆称祖，丈六金身福寿华。

如来欣然领谢。寿星就座，依然走斝传觞。只见赤脚大仙来至，向玉帝前颅囟礼毕，又对佛祖谢道："深感法力降伏妖猴，无物可以表敬，特具交梨二颗，火枣数枚奉献。"诗曰：

大仙赤脚枣梨香，敬献弥陀寿算长。七宝莲台山样稳，千金花座锦般妆。寿同天地言非谬，福比洪波话岂狂。福寿如期真个是，清闲极乐那西方。

如来又称谢了。叫阿难、迦叶，将各所献之物，一一收起，方向玉帝前谢宴。众各酩酊，只见个巡视灵官来报道："那大圣伸出头来了。"佛祖道："不妨，不妨。"袖中只抽出一张帖子，上有六个金字"唵、嘛、呢、叭、咪、吽"，递与阿难，叫贴在那山顶上。这尊者即领帖子，拿出天门，到那五行山顶上，紧紧的贴在一块四方石上，那座山即生根合缝，可运用呼吸之气，手儿爬出，可以摇挣。阿难回报道："已将帖子贴了。"

如来即辞了玉帝众神，与二尊者出天门之外，又发一个慈悲心，念动真言咒语，将五行山召一尊土地神祇，会同五方揭谛，居住此山监押。但他饥时，与他铁丸子吃；渴时，与他溶化的铜汁饮。待他灾愆满日，自有人救他。正是：

妖猴大胆反天宫，却被如来伏手降。渴饮溶铜捱岁月，饥餐铁弹度时光。天灾苦困遭磨蛰，人事凄凉喜命长。若得英雄重展挣，他年奉佛上西方。

又诗曰：

伏逞豪强大势兴，降龙伏虎弄乖能。偷桃偷酒游天府，受箓承恩在玉京。恶贯满盈身受困，善根不绝气还升。果然脱得如来手，且待唐朝出圣僧。

毕竟不知向后何年何月，方满灾殃，且听下回分解。

总批：

齐天筋斗，只在如来掌上见，出不得如来手也。如来非他，此心之常便是；妖猴非他，此心之变便是。饶他千怪万变，到底不离本来面目。常固常，变亦常耳。万千变态，何益，何益！人可不自省乎？

又批：

妖猴刀砍斧剁，雷打火烧，一毫不能伤损，亦有微意。见此性不坏，故《记》中亦已明言之矣，《记》曰："光明一颗摩尼珠，剑戟刀枪伤不着。也能善，也能恶，眼前善恶凭他作。善时成佛与成仙，恶处披毛并带角。"盖不啻详哉其言之，只要读者着眼耳。

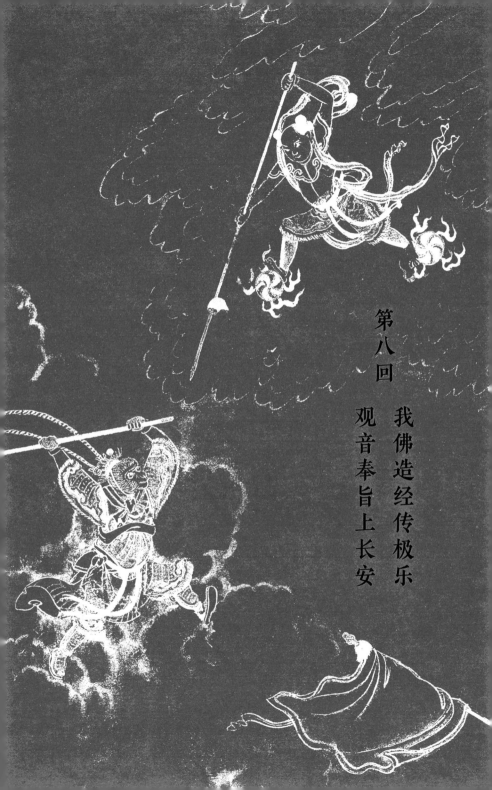

第八回　我佛造经传极乐　观音奉旨上长安

我佛造
經傳
極樂觀
晉奉
音上長
安

　　试问禅关，参求无数，往往到头虚老。磨砖作镜，积雪为粮，迷了几多年少？毛吞大海，芥纳须弥，金色头陀微笑。悟时超十地三乘，凝滞了四生六道。谁听得绝想崖前，无阴树下，杜宇一声春晓？曹溪路险，鹫岭云深，此处故人音杳。千丈冰崖，五叶莲开，古殿帘垂香袅。那时节，识破源流，便见龙王三宝。

　　这一篇词名《苏武慢》。话表我佛如来，辞别了玉帝，回至雷音宝刹。但见那三千诸佛、五百阿罗、八大金刚、无边菩萨，一个个都执着幢幡宝盖，异宝仙花，摆列在灵山仙境、婆罗双林之下接迎。如来驾住祥云，对众道："我以甚深般若，遍观三界，根本性原，毕竟寂灭。同虚空相，一无所有。殄伏乖猴，是事莫识。名生死始，法相如是。"说罢，放舍利之光，满空有白虹四十二道，南北通连。大众见了，皈身礼拜。少顷间，聚庆云彩雾，登上品莲台，端然坐下。那三千诸佛、五百罗汉、八金刚、四菩萨合掌近前礼毕，问曰："闹天宫搅乱蟠桃者，何也？"如来道："那厮乃花果山产的一妖猴，罪恶滔天，不可名状，概天神将，俱莫能降伏，虽二郎捉获，老君用火锻炼，亦莫能伤损。我去时，正在雷将中间扬威耀武，卖弄精神，被我止住兵戈，问他来历，他言有神通，会变化，能驾筋斗云，一去十万八千里，我与他打了个赌赛，他出不得我手，却将他一把抓住，指化五行山，封压他在那里。玉帝大开金阙瑶宫，请我坐了首席，立'安天大会'谢我，却方辞驾而回。"大众听言喜悦，极口称扬。谢罢，各分班而退，各执乃事，共乐天真。果然是：

瑞霭漫天竺，虹光拥世尊。西方称第一，无相法王门。常见玄猿献果，麋鹿衔花。青鸾舞，彩凤鸣。灵龟捧寿，仙鹤噙芝。安享净土祇园，受用龙宫法界。日日开花，时时果熟。习静归真，参禅果正。不灭不生，不增不减。烟霞缥缈随来往，寒暑无侵不记年。

诗曰：

去来自在任优游，也无恐怖也无愁。

极乐场中俱坦荡，大千之处没春秋。

佛祖居于灵山大雷音宝刹之间，一日，唤聚诸佛、阿罗、揭谛、菩萨、金刚、比丘僧、尼等众，曰："自伏乖猿，安天之后，我处不知年月，料凡间有半千年矣。今值孟秋望日，我有一宝盆，盆中具设百样奇花、千般异果等物，与汝等享此'盂兰盆会'，如何？"概众一个个合掌礼佛三匝，领会。如来却将宝盆中花果品物着阿难捧定，着迦叶布散，大众感激，各献诗伸谢。

〔既说不知年月，缘何又说孟秋望日？〕

福诗曰：

福星光耀世尊前，福纳弥深远更绵。福德无疆同地久，福缘有庆与天连。福田广种年年盛，福海洪深岁岁坚。福满乾坤多福荫，福增无量永周全。

禄诗曰：

禄重如山彩凤鸣，禄随时泰祝长庚。禄添万斛身康健，禄享千钟世太平。禄俸齐天还永固，禄名似海更澄清。禄恩远继多瞻仰，禄爵无边万国荣。

寿诗曰：

寿星献彩对如来，寿域光华自此开。寿果满盘生瑞霭，寿花新采插莲台。寿诗清雅多奇妙，寿曲调音按美才。寿命延长同日月，寿如山海更悠哉。

众菩萨献毕，因请如来明示根本，指解源流。那如来微开善口，敷演大法，宣扬正果，讲的是三乘妙典，五蕴楞严。但见那天龙围绕，花雨缤纷。正是：禅心朗照千江月，真性清涵万里天。

如来讲罢，对众言曰："我见四大部洲，众生善恶者，各方不一。东胜神洲者，敬天敬地，心爽气平；北俱芦洲者，虽好杀生，只因糊口，性拙情疏，无多作贱；我西牛贺洲者，不贪不杀，养气潜灵，虽无上真，人人固寿；但那南赡部洲者，贪淫乐祸，多杀多争，正所谓口舌凶场，是非恶海。^{真真}我今有三藏真经，可以劝人为善。"^{那怕你万藏真经。}诸菩萨闻言，合掌皈依，向佛前问曰："如来有那三藏真经？"如来曰："我有法一藏谈天，论一藏说地，经一藏度鬼。三藏共计三十五部，该一万五千一百四十四卷，乃是修真之经，正善之门。我待要送上东土，颇耐那生愚蠢，毁谤真言，^{真真。}不识我法门之旨要，怠慢了瑜迦之正宗。怎么得一个有法力的，去东土寻一个善信，交他苦历千山，询经万水，^{如来恁也妆腔，然不妆腔不得，只为东土愚顽故耳。}到我处求取真经，永传东土，劝化众生，却乃是个山大的福缘，海深的善庆。谁肯去走一遭来？"当有观音菩萨，行近莲台，礼佛三匝，道："弟子不才，愿上东土寻一个取经人来也。"诸众抬头观看，那菩萨：

理圆四德，智满金身。璎络垂珠翠，香环结宝明。乌云巧叠盘龙髻，绣带轻飘彩凤翎。碧玉纽，素罗袍，祥光笼罩；锦绒裙，金落索，瑞气遮迎。眉如小月，眼似双星。玉面天生喜，朱唇一点红。净瓶甘露年年盛，斜插垂杨岁岁青。解八难，度群生，大慈悯。故镇太山，居南海，救苦寻声，万称万应，千圣千灵。兰山欣紫竹，蕙性爱香藤。他是落伽山上慈悲主，潮音洞里活观音。

如来见了，心中大喜，道："别个是也去不得，须是观音尊者，神通广大，方可去得。"菩萨道："弟子此去东土，有甚言语分付？"如来道："这一去，要踏看路道，不许在霄汉中行，须是要半云半雾，目过山水，谨记程途远近之数，叮咛那取经人。但恐善信难行，我与你五件宝贝。"即命阿傩、迦叶，取出锦襕袈裟一领，九环锡杖一根，对菩萨言曰："这袈裟、锡杖，可与那取经人亲用。若肯坚心来此，穿我的袈裟，免堕轮回，持我的锡杖，不遭毒害。"这菩萨皈依拜领，如来又取三个箍儿，递与菩萨道："此宝唤做'紧箍儿'，虽是一样三个，但只是用各不同，我有'金、紧、禁'的咒语三篇。假若路上撞见神通广大的妖魔，你须是劝他学好，跟那取经人做个徒弟，他若不伏使唤，可将此箍儿与他戴在头上，自然见肉生根，各依所用的咒语念一念，眼胀头痛，脑门皆裂，管交他入我门来。"

那菩萨闻言，踊跃作礼而退。即唤惠岸行者随行，那惠岸使一条浑铁棍，重有千斤，只在菩萨左右，作一个降魔的大力士。菩萨遂将锦襕袈裟作一个包裹，令他背了，菩萨将金箍藏了，执了锡杖，径下灵山。这一去，有分交：佛子还来归本愿，金蝉长老裹栴檀。

那菩萨到山脚下，有玉真观金顶大仙，在观门首接住，请菩萨献茶。菩萨不敢久停，曰："今领如来法旨，上东土寻取经人去。"大仙道："取经人几时方到？"菩萨道："未定，约莫二三年间，或可至此。"遂辞了大仙，半云半雾，约记程途。有诗为证，诗曰：

万里相寻自不言，却云谁得意难全。求人忽若浑如此，是我平生岂偶然。传道有方成妄说，说明无信也虚传。愿倾肝胆寻相识，料想前头必有缘。

师徒二人正走间，忽然见弱水三千，乃是流沙河界，菩萨道："徒弟呀。此处却是难行。取经人浊骨凡胎，如何得渡？"惠岸道："师父，你看河有多远？"那菩萨停云步看时，只见：

东连沙碛，西抵诸番。南达乌戈，北通鞑靼。径过有八百里遥，上下有千万里远。水流一似地翻身，浪滚却如山耸背。洋洋浩浩，漠漠茫茫，十里遥闻万丈洪。仙槎难到此，莲叶莫能浮。衰草斜阳流曲浦，黄云影日暗长堤。那里得客商来往，何曾有渔叟依栖。平沙无雁落，远岸有猿啼。只是红蓼花繁知景色，白苹香细任依依。

菩萨正然点看，只见那河中，泼剌一声响亮，水波里跳出一个妖魔来，十分丑恶。他生得：

青不青，黑不黑，晦气色脸；长不长，短不短，赤脚筋躯。眼光闪烁，好似灶底双灯；口角丫叉，就如屠家火钵。獠牙撑剑刃，红发乱蓬松。一声叱咤如雷吼，两脚奔波似滚风。

那怪物手执一根宝杖，走上岸就捉菩萨，却被惠岸掣浑铁棒挡住，喝声："休走！"那怪物就持宝杖来迎。两个在流沙河边，这一场恶杀，真个惊人：

木叉浑铁棒，护法显神通。怪物降妖杖，努力逞英雄。双条银蟒河边舞，一对神僧岸上冲。那一个威镇流沙施本事，这一个力保观音建大功。那一个翻波跃浪，这一个吐雾喷风。翻波跃浪乾坤暗，吐雾喷云日月昏。那个降妖杖，好便似出山的白虎；这个浑铁棒，却就如卧道的黄龙。那个使将来，寻蛇拨草；这个丢开去，扑鹞分松。只杀得昏漠漠，星辰灿烂；雾腾腾，天地朦胧。那个久居弱水夸他狠，这个初出灵山第一功。

　　他两个来来往往，战上数十合，不分胜负。那怪物架住了铁棒道："你是那里和尚，敢来与我抵敌？"木叉道："我是托塔天王二太子木叉惠岸行者，今保我师父往东土寻取经人去，你是何怪，敢大胆阻路？"那怪方才醒悟道："我记得你跟南海观音在紫竹林中修行，你为何来此？"木叉道："那岸上不是我师父？"怪物闻言，连声喏喏，收了宝杖，让木叉揪了去见观音，纳头下拜，告道："菩萨，恕我之罪，待我诉告：我不是妖邪，我是灵霄殿下侍銮舆的卷帘大将，只因在蟠桃会上，失手打碎了玻璃盏，玉帝把我打了八百，贬下界来，变得这般模样。又教七日一次，_{今人飞剑岂止七日一次。可怜，可怜！}将飞剑来穿我胸胁百馀下方回，故此这般苦恼。没奈何饥寒难忍，三二日间，出波涛寻一个行人食用。不期今日无知，冲撞了大慈菩萨。"菩萨道："你在天有罪，既贬下来，今又这等伤生，正所谓罪上加罪。我今领了佛旨，上东土寻取经人，你何不入我门来，皈依善果，跟那取经人做个徒弟，上西天拜佛求经？我教飞剑不来穿你。那时节功成免罪，复你本职，心下如何？"那怪道："我愿皈正果。"乃向前道："菩萨，我在此间吃人无数，向来有几次取经人来，都被我吃了。凡吃的人头，抛落流沙，竟沉水底。这个水，鹅毛也不能浮。惟有九个取经人的骷髅，浮在水面，再不能沉。我以为异物，将索儿穿在一处，闲时拿来顽耍。这去，但恐取经人不得到此，却不是反误了我的前程也？"菩萨曰："岂有不到之理？你可将骷髅儿挂在头项下，等候取经人，自有用处。"怪物道："既然如此，愿领教诲。"菩萨方与他摩顶受戒，指沙为姓，就姓了沙，起个法名，叫做个沙悟净。当时入了沙门，送菩萨过了河，他洗心涤虑，再不伤生，专等菩萨。

菩萨与他别了，同木叉径奔东土。行了多时，又见一座高山，山上有恶气遮漫，不能步上。正欲驾云过山，不觉狂风起处，又闪上一个妖魔。他生得又甚凶险，但见他：

卷脏莲蓬吊搭嘴，耳如蒲扇显金睛。獠牙锋利如钢锉，长嘴张开似火盆。金盔紧系腮边带，勒甲丝绦蟒退鳞。手执钉钯龙探爪，腰挎弯弓月半轮。纠纠威风欺太岁，昂昂志气压天神。

他撞上来，不分好歹，望菩萨，举钉钯就筑，被木叉行者挡住，大喝一声道："那泼怪，休得无礼，看棒！"妖魔道："这和尚不知死活，看钯！"两个在山底下，一冲一撞，赌斗输赢。真好杀：

妖魔凶猛，惠岸威能。铁棒分心捣，钉钯劈面迎。播土扬尘天地暗，飞砂走石鬼神惊。九齿钯，光耀耀，双环响喨；一条棒，黑悠悠，两手飞腾。这个是天王太子，那个是元帅精灵。一个在普陀为护法，一个在山洞作妖精。这场相遇争高下，不知那个亏输那个赢。

他两个正杀到好处。观世音在半空中，抛下莲花，隔开钯杖，怪物见了心惊，便问："你是哪里和尚，敢弄甚么'眼前花'哄我？"木叉道："我把你这个肉眼凡胎的泼物！我是南海菩萨的徒弟，这是我师父抛来的莲花，你也不认得哩！"那怪道："南海菩萨，可是扫三灾、救八难的观世音么？"木叉道：

"不是他是谁？"怪物撇了钉钯，纳头下礼道："老兄，菩萨在哪里？累烦你引见一引见。"木叉仰面指道："那不是？"怪物朝上磕头，厉声高叫道："菩萨，恕罪，恕罪！"观音按下云头，前来问道："你是那里成精的野豕，何方作怪的老彘，敢在此间挡我？"那怪道："我不是野豕，亦不是老彘，我本是天河里天蓬元帅。只因带酒戏弄嫦娥，玉帝把我打了二千锤，贬下尘凡，一灵真性，径来夺舍投胎，不期错了道路，投在个母猪胎里，变得这般模样。是我咬杀母猪，打死群彘，在此处占了山场，吃人度日。不期撞着菩萨，万望拔救拔救。"菩萨道："此山叫做甚么山？"怪物道："叫做福陵山，山中有一洞，叫做云栈洞。洞里原有个卯二姐，他见我有些武艺，招我做个家长，又唤做'倒踏门'，不上一年，他死了，将一洞的家当尽归我受用。在此日久年深，没有个赡身的勾当，只是依本等吃人度日。万望菩萨恕罪。"菩萨道："古人云：'若要有前程，莫做没前程。'你既上界违法，今又不改凶心，伤生造孽，却不是二罪俱罚？"　著眼。　那怪道："前程，前程！若依你，教我嗑风。常言道：'依着官法打杀，依着佛法饿杀。'　今人见识个个如此。　去也，去也！还不如捉个行人，肥腻腻的吃他家娘。管甚么二罪，三罪，千罪，万罪！"菩萨道："'人有善愿，天必从之。'汝若肯归依正果，自有养身之处。世有五谷，不能济饥？为何吃人度日？"怪物闻言，似梦方觉，向菩萨道："我欲从正，奈何'获罪于天，无所祷也'。"菩萨道："我领了佛旨，上东土寻取经人。你可跟他做个徒弟，往西天走一遭来，将功折罪，管教你脱离灾瘴。"那怪满口道："愿随，愿随！"菩萨才与他摩顶受戒，指身为姓，就姓了猪，替他起个法名，就叫做猪悟能。遂此领命归真，持斋把素，断绝了五荤三厌，专候那取经人。

菩萨却与木叉辞了悟能，半兴云雾前来。正走处，只见空中有一条玉龙叫唤，菩萨近前问曰："你是何龙，在此受罪？"那龙道："我是西海龙王敖闰之子。因纵火烧了殿上明珠，我父王表奏天庭，告了忤逆。玉帝把我吊在空中，打了三百，不日遭诛。望菩萨搭救搭救。"观音闻言，即与木叉撞上南天门里。早有丘、张二天师接着，问道："何往？"菩萨道："贫僧要见玉帝一面。"二天师即忙上奏，玉帝遂下殿迎接，菩萨上前礼毕道："贫僧领佛旨上东土寻取经人，路遇孽龙悬吊，特来启奏，饶他性命，赐与贫僧，教他与取经人做个脚力。"玉帝闻言，即传旨赦宥，差天将解放，送与菩萨，菩萨谢恩而出。这小龙叩头谢活命之恩，听从菩萨使唤。菩萨把他送在深涧之中，只等取经人来，变做白马，上西方立功。小龙领命潜身不题。

菩萨带引木叉行者过了此山，又奔东土。行不多时，忽见金光万道，瑞气千条，木叉道："师父，那放光之处，乃是五行山了，见有如来的'压帖'在那里。"菩萨道："此却是那搅乱蟠桃会大闹天宫的齐天大圣，今乃压在此也。"木叉道："正是，正是。"师徒俱上山来，观看帖子，乃是"唵嘛呢叭咪吽"六字真言。菩萨看罢，叹惜不已，作诗一首，诗曰：

堪叹妖猴不奉公，当年狂妄逞英雄。欺心搅乱蟠桃会，大胆私行兜率宫。十万军中无敌手，九重天上有威风。自遭我佛如来困，何日舒伸再显功。

师徒们正说话处，早惊动了那大圣。大圣在山根下，高叫道："是那个在山上吟诗，揭我的短哩？"菩萨闻言，径下山来寻看。只见那石崖之下，有土地、山神、监押大圣的天将，都来拜接了菩萨。引至那大圣面前看时，他原来压于石匣之中，口能言，身不能动。至人不压在石匣之中，也只是口能言，身不能动。何也？菩萨道："姓孙的，你认得我么？"大圣睁开火眼金睛，点着头儿高叫道："我怎么不认得你，你好像是那南海普陀落伽山救苦救难大慈大悲南无观世音菩萨。承看顾，承看顾！我在此度日如年，更无一个相知的来看我一看，你从那里来也？"菩萨道："我奉佛旨，上东土寻取经人去，从此经过，特留残步看你。"大圣道："如来哄了我，把我压在此山，五百馀年了，不能展挣。万望菩萨方便一二，救我老孙一救。"菩萨道："你这厮罪业弥深，救你出来，恐你又生祸害，反为不美。"大圣道："我已知悔了，但愿大慈悲指条门路，情愿修行。"这才是：

人心生一念，天地尽皆知。善恶若无报，乾坤必有私。

那菩萨闻得此言，满心欢喜，对大圣道："圣经云：'出其言善，则千里之外应之；出其言不善，则千里之外远之。'你既有此心，待我到了东土大唐国寻一个取经的人来，教他救你。你可跟他做个徒弟，秉教加持，入我佛门，再修正果，如何？"大圣声声道："愿去，愿去！"菩萨道："既有善果，我与你起个法名。"大圣道："我已有名了，叫做孙悟空。"菩萨又喜道："我前面也有二人归降，正是'悟'字排行，你今也是'悟'字，却与他相合，甚好，甚好。这等也不消叮嘱，我去也。"那大圣见性明心归佛教，这菩萨留情在意访神僧。

他与木叉离了此处，一值东来，不一日，就到了长安大唐国。敛雾收云，师徒们变作两个疥癞游僧，入长安城里，早不觉天晚。行至大市街旁，见一座土地庙祠，二人径入，唬得那土地心慌，鬼兵胆战，知是菩萨，叩头接入。那土地又急跑报与城隍、社令，及满长安城各庙神祇，都知是菩萨，参见告道："菩萨，恕众神接迟之罪。"菩萨道："汝等切不可走漏一毫消息。我奉佛旨，特来此处寻访取经人，借你庙宇，权住几日，待访着真僧即回。"众神各归本处，把个土地赶在城隍庙里暂住，他师徒们隐遁真形。毕竟不知寻出那个取经人来，且听下回分解。

总批：

老孙是名悟空，老猪是名悟能，老沙是名悟净，如此提醒叫唤，不止三番四覆。空者何在？能者何在？净者何在？毕竟求一个悟的，真如龟之毛，兔之角也。可胜浩叹，可胜浩叹！

如来曰："南赡部洲，正所谓口舌凶场，是非恶海。"逼真佛语也。然此犹从未取经之前言之，今大藏真经，俨然在也，何反从凶场中多起干戈，恶海内猛翻波浪，何耶？真可为之痛哭流涕者矣！

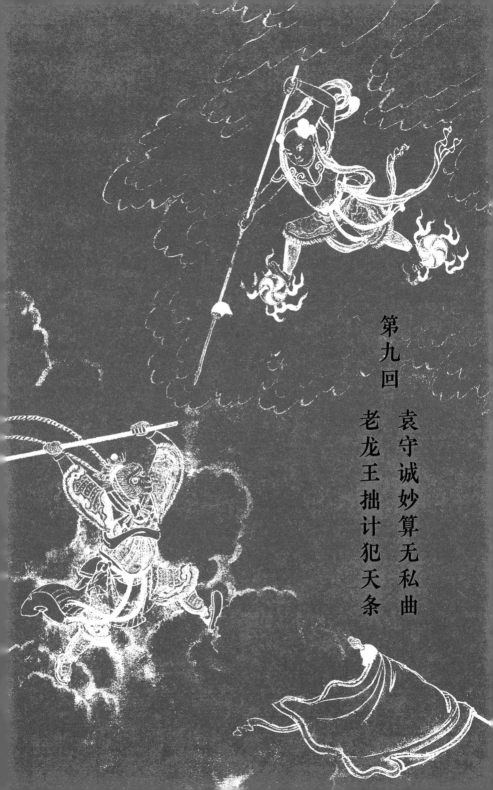

第九回　袁守诚妙算无私曲　老龙王拙计犯天条

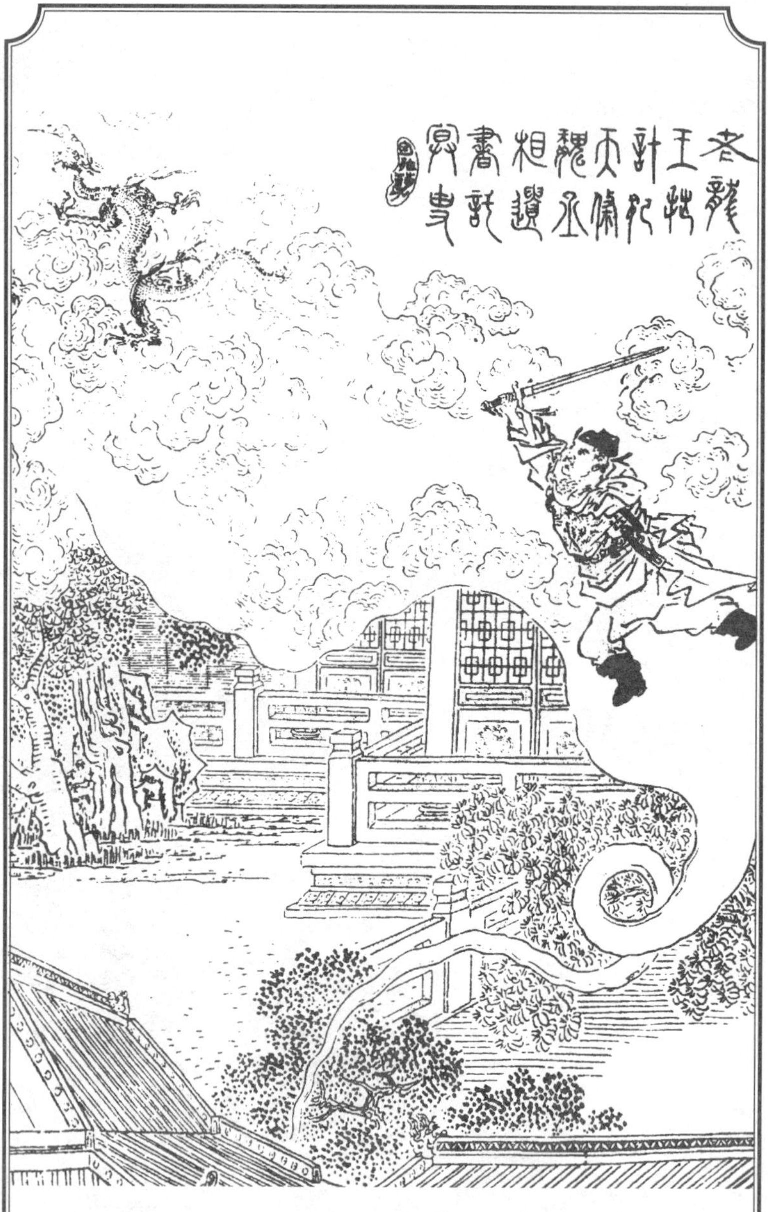
老龍王拙計犯天條
魏丞相遺書託冥吏

诗曰：

都城大国实堪观，八水周流绕四山。

多少帝王兴此处，古来天下说长安。

此单表陕西大国长安城，乃历代帝王建都之地。自周、秦、汉以来，三川花似锦，八水绕城流；三十六条花柳巷，七十二座管弦楼；华夷图上看，天下最为头，真是个奇胜之方。今却是大唐太宗文皇帝登基，改元龙集贞观。此时已登极十三年，岁在己巳。且不说他驾前有安邦定国的英豪，与那创业争疆的杰士。却说长安城外泾河岸边，有两个贤人：一个是渔翁，名唤张稍；一个是樵子，名唤李定。他两个是不登科的进士，能识字的山人。一日，在长安城里，卖了肩上柴，货了篮中鲤，同入酒馆之中，吃了半酣，各携一瓶，顺泾河岸边，徐步而回。张稍道："李兄，我想那争名的，因名丧体；夺利的，为利亡身；受爵的，抱虎而眠；承恩的，袖蛇而走。算起来，还不如我们水秀山青，逍遥自在，甘淡薄，随缘而过。"人人晓此，人人不晓此。李定道："张兄说得有理。但只是你那水秀不如我的山青。"张稍道："你山青不如我的水秀，有一《蝶恋花》词为证，词曰：

烟波万里扁舟小，静依孤篷，西施声音绕。涤虑洗心名利少，闲攀蓼穗兼葭草。数点沙鸥堪乐道，柳岸芦湾，妻子同欢笑。一觉安眠风浪悄，无荣无辱无烦恼。"

李定道：“你的水秀，不如我的山青，也有个《蝶恋花》词为证，词曰：

云林一段松花满，默听莺啼，巧舌如调管。红瘦绿肥春正暖，倏然夏至光阴转。又值秋来容易换，黄花香，堪供玩。迅速严冬如指拈，逍遥四季无人管。”

渔翁道：“你山青不如我水秀，受用些好物，有一《鹧鸪天》为证：

仙乡云水足生涯，摆橹横舟便是家。活剖鲜鳞烹绿鳖，旋蒸紫蟹煮红虾。青芦笋，水荇芽，菱角鸡头更可夸。娇藕老莲芹叶嫩，慈菇茭白乌英花。”

樵夫道：“你水秀不如我山青，受用些好物，亦有一《鹧鸪天》为证：

崔巍峻岭接天涯，草舍茅庵是我家。腌腊鸡鹅强蟹鳖，獐犯兔鹿胜鱼虾。香椿叶，黄楝芽，竹笋山茶更可夸。紫李红桃梅杏熟，甜梨酸枣木樨花。”

渔翁道：“你山青真个不如我的水秀，又有《天仙子》一首：

一叶小舟随所寓，万叠烟波无恐惧。垂钩撒网捉鲜鳞，没酱腻，偏有味，老妻稚子团圆会。鱼多又货长安市，换得香醪吃个醉。蓑衣当被卧秋江，鼾鼾睡，无忧虑，不恋人间荣与贵。"

樵子道："你水秀还不如我的山青，也有《天仙子》一首：

茆舍数椽山下盖，松竹梅兰真可爱。穿林越岭觅干柴，没人怪，从我卖，或少或多凭世界。将钱沽酒随心快，瓦钵磁瓯殊自在。快活，快活，真快活。酕醄醉了卧松阴，无挂碍，无利害，不管人间兴与败。"

渔翁道："李兄，你山中不如我水上生意快活，有一《西江月》为证：

红蓼花繁映月，黄芦叶乱摇风。碧天清远楚江空，牵搅一潭星动。入网大鱼捉队，吞钩小鳜成丛。得来烹煮味偏浓，笑傲江湖打哄。"

樵夫道："张兄，你水上还不如我山中的生意快活，亦有《西江月》为证：

败叶枯藤满路，破梢老竹盈山。女萝干葛乱牵攀，折取收绳杀担。虫蛀空心榆柳，风吹断头松楠。采来堆积备冬寒，换酒换钱从俺。"

渔翁道："你山中虽可比过，还不如我水秀的幽雅，有一《临江仙》为证：

潮落旋移孤艇去，夜深罢棹歌来。蓑衣残月甚幽哉，宿鸥惊不起，天际彩云开。困卧芦洲无个事，三竿日上还捱。随心尽意自安排，朝臣待漏，怎似我宽怀。"

樵夫道："你水秀的幽雅，还不如我山青更幽雅，亦有《临江仙》可证：

苍径秋高拽斧去，晚凉抬担回来。野花插鬓更奇哉，拨云寻路出，待月叫门开。稚子山妻欣笑接，草床木枕敲捱。蒸梨吹黍旋铺排，瓮中新酿熟，真个壮幽怀。"

渔翁道："这都是我两个生意，赡身的勾当，你却没有我闲时节的好处，有诗为证，诗曰：

闲看苍天白鹤飞，停舟溪畔掩苍扉。倚蓬教子搓钩线，罢棹同妻晒网围。^{快活}性定果然知浪静，身安自是觉风微。绿蓑青笠随时着，胜挂朝中紫绶衣。"

樵夫道："你那闲时又不如我的闲时好也，亦有诗为证：

闲观缥缈白云飞，独坐茅庵掩竹扉。无事训儿开卷读，有时对客把棋围。喜来策杖歌芳径，兴到携琴上翠微。草履麻绦粗布被，心宽强似着罗衣。"

张稍道："李定，我两个'真是微吟可相押，不须檀板共金樽'。但散道词章，不为稀罕，且各联几句，看我们渔樵攀话何如？"李定道："张兄言之最妙，请兄先吟。"

舟停绿水烟波内，家住深山旷野中。偏爱溪桥春水涨，最怜岩岫晓云蒙。龙门鲜鲤时烹煮，虫蛀干柴日燎烘。钓网多般堪赡老，担绳二事可容终。小舟仰卧观飞雁，草径斜攲听唳鸿。口舌场中无我分，是非海内少吾踪。*快活。* 溪边挂晒缯如锦，石上重磨斧似锋。秋月晖晖常独钓，春山寂寂没人逢。鱼多换酒同妻饮，柴剩沽壶共子丛。自唱自斟随放荡，长歌长叹任颠风。呼兄唤弟邀船伙，挈友携朋聚野翁。行令猜拳频递盏，拆牌道字漫传钟。烹虾煮蟹朝朝乐，炒鸭爊鸡日日丰。愚妇煎茶情散淡，山妻造饭意从容。晓来举杖淘轻浪，日出担柴过大街。雨后披蓑擒活鲤，风前弄斧伐枯松。潜踪避世妆痴蠢，隐姓埋名作哑聋。

张稍道："李兄，我才僭先起句，今到我兄，也先起一联，小弟亦当续之。"

风月佯狂山野汉，江湖寄傲老馀丁。清闲有分随消洒，口舌无闻喜太平。月夜身眠茅屋稳，天昏体盖箬蓑轻。忘情结识松梅友，乐意相交鸥鹭盟。*都教衍得好。* 名利心头无算计，干戈耳畔不闻声。

随时一酌香醪酒，度日三餐野菜羹。两束柴薪为活计，一竿钓线
是营生。闲呼稚子磨钢斧，静唤憨儿补旧缯。春到爱观杨柳绿，
时融喜看荻芦青。夏天避暑修新竹，六月乘凉摘嫩菱。霜降鸡肥
常日宰，重阳蟹壮及时烹。冬来日上还沉睡，数九天高自不寒。
八节山中随放性，四时湖里任陶情。采薪自有仙家兴，垂钓全无
世俗形。门外野花香艳艳，船头绿水浪平平。身安不说三公位，
性定强如十里城。十里城高防阃令，三公位显听宣声。乐山乐水
真是罕，谢天谢地谢神明。

　　他二人既各道词章，又相联诗句，行到那分路去处，躬身作
别。张稍道："李兄呵，途中保重。上山仔细看虎，假若有些凶
险，正是'明日街头少故人'。"李定闻言，大怒道："你这厮
忒懒！好朋友也替得生死，你怎么咒我？我若遇虎遭害，你必遇
浪翻江。"张稍道："我永世也不得翻江。"李定道："天有不测
风云，人有暂时祸福。你怎么就保得无事？"张稍道："李兄，
你虽这等说，你还没捉摸，不若我的生意有捉摸，定不遭此等
事。"李定道："你那水面上营生，极凶极险，隐隐暗暗，有甚
么捉摸？"张稍道："你是不晓得，这长安城里西门街上，有一
个卖卦的先生，我每日送他一尾金色鲤，他就与我袖占一课，依
方位，百下百着。今日我又去买卦，他教我在泾河湾头东边下
网，西岸抛钓，定获满载鱼虾而归。明日上城来，卖钱沽酒，再
与老兄相叙。"二人从此叙别。这正是"路上说话，草里有
人"。原来这泾河水府有一个巡水的夜叉，听见了百下百着之
言，急转水晶宫，慌忙报与龙王道："祸事了，祸事了！"

如此转湾
也奇。龙王问："有甚祸事？"夜叉道："臣巡水去到河边，只听得两个渔樵攀话，相别时，言语甚是利害。那渔翁说：长安城里西门街上，有个卖卦先生，算得最准。他每日送他鲤鱼一尾，他就占一课，教他百下百着。若依此等算准，却不将水族尽情打下？何以壮观水府，何以跃浪翻波，辅助大王威力？"龙王甚怒，急提了剑就要上长安城，诛灭这卖卦的。旁边闪过龙子、龙孙、虾臣、蟹士、鲥军师、鳜少卿、鲤太宰，一齐启奏道："大王且息怒，常言道：'过耳之言，不可听信。'大王此去，必有云从，必有雨助，恐惊了长安黎庶，上天见责。大王隐显莫测，变化无方，但只变一秀士，到长安城内，访问一番。果有此辈，容加诛灭不迟，若无此辈，可不是妄害他人也？"龙王依奏，遂弃宝剑，也不兴云雨，登岸上，摇身一变，变作一个白衣秀士，真个：

丰姿英伟，耸壑昂霄。步履端祥，循规蹈矩。语言遵孔孟，礼貌体周文。身穿绿色罗襕服，头戴逍遥一字巾。

上路来拽开云步，径到长安城西门大街上。只见一簇人，济济杂杂，闹闹哄哄，内有高谈阔论的道："属龙的本命，属虎的相冲。寅辰巳亥，虽称合局，但只怕的是日犯岁君。"龙王闻言，情知是那卖卜之处。先上前，分开众人，望里观看，只见：

四壁珠玑，满堂绮绣。宝鸭香无断，磁瓶水恁清。两边罗列王维画，座上高悬鬼谷形。端溪砚，金烟墨，相衬着霜毫大笔；

火珠林，郭璞数，谨对了台政新经。六爻熟谙，八卦精通。能知
天地理，善晓鬼神情。一盘子午安排定，满腹星辰布列清。真个
那未来事，过去事，观如月镜；几家兴，几家败，鉴若神明。知
凶定吉，断死言生。开谈风雨迅，下笔鬼神惊。招牌有字书名
姓，神课先生袁守诚。

　　此人是谁？原来是当朝钦天监台正先生袁天罡的叔父，袁守
诚是也。那先生果然相貌稀奇，仪容秀丽，名扬大国，术冠长
安。龙王入门来，与先生相见，礼毕，请龙上坐，童子献茶。先
生问曰："公来问何事？"龙王曰："请卜天上阴晴事如何。"先
生即袖占一课，断曰："云迷山顶，雾罩林梢，若占雨泽，准在
明朝。"龙王曰："明日甚时下雨，雨有多少尺寸？"先生道：
"明日辰时布云，巳时发雷，午时下雨，未时雨足，共得水三
尺三寸零四十八点。"龙王笑曰："此言不可作戏。如是明日有
雨，依你断的时辰、数目，我送课金五十两奉谢。若无雨，或不
按时辰、数目，我与你实说，定要打坏你的门面，扯碎你的招
牌，即时赶出长安，不许在此惑众。"先生欣然而答："这个一
定任你。请了，请了。明朝雨后来会。"

　　龙王辞别，出长安，回水府。大小水神接着，问曰："大王
访那卖卦的如何？"龙王道："有，有，有！但是一个掉嘴口讨
春的先生。如今卖卜的，那一个不是讨春的么？我问他几时下雨，他就说明日下雨，问
他甚么时辰，甚么雨数，他就说辰时布云，巳时发雷，午时下
雨，未时雨足，得水三尺三寸零四十八点。我与他打了个赌赛，
若果如他言，送他谢金五十两，如略差些，就打破他门面，赶他

起身，不许在长安惑众。"众水族笑曰："大王是八河都总管，司雨大龙神，有雨无雨，惟大王知之，他怎敢这等胡言？那卖卦的定是输了，定是输了！"此时龙子、龙孙与那鱼卿、蟹士正欢，笑谈此事未毕，只听得半空中叫："泾河龙王接旨。"众抬头上看，是一个金衣力士，手擎玉帝敕旨，径投水府而来。慌得龙王整衣端肃，焚香接了旨。金衣力士回空而去，龙王谢恩，拆封看时，上写着：

敕命八河总，驱雷掣电行。

明朝施雨泽，普济长安城。

旨意上时辰、数目，与那先生判断者毫发不差，唬得那龙王魂飞魄散。少顷苏醒，对众水族曰："尘世上有此灵人，真个是能通天地理，却不输与他呵！"鲥军师奏云："大王放心，要赢他有何难处？臣有小计，管教灭那厮的口嘴。"龙王问计，军师道："行雨差了时辰，少些点数，^{此等想头，随何而来，可笑，可笑！}就是那厮断卦不准，怕不赢他？那时捽碎招牌，赶他跑路，果何难也？"龙王依他所奏，果不担忧。

至次日，点札风伯、雷公、云童、电母，直至长安城九霄空上。他挨到那巳时方布云，午时发雷，未时落雨，申时雨止，却只得二尺零四十点：改了他一个时辰，克了他三寸八点。雨后发放众将班师。他又按落云头，还变作白衣秀士，到那西门里大街上，撞入袁守诚卦铺，不容分说，就把他招牌、笔、砚等一齐捽碎。^{老龙也管闲事，寻闲气，惹闲祸。今人都是如此。}那先生坐在椅上，公然不动。这龙王又轮起门板，便打骂道："这妄言祸福的妖人，擅惑众心的泼汉。你卦又不灵，言又狂谬。说今日下雨的时辰、点数俱不相对，你还危然高坐，趁早去，饶你死罪！"守诚犹公然不惧分毫，仰面朝天冷笑道："我不怕，我不怕！我无死罪，只怕你倒有个死罪哩。别人好瞒，只是难瞒我也。我认得你，你不是秀士，乃是泾河龙王。你违了玉帝敕旨，改了时辰，克了点数，犯了天条，你在那剐龙台上，恐难免一刀，你还在此骂我？"龙王见说，心惊胆战，毛骨悚然，急丢了门板，整衣伏礼，向先生跪下道："先生休怪，前言戏之耳。岂知弄假成真，果然违犯天条，奈何？望先生救我一救，不然，我死也不放你。"守诚曰："我救你不得，只是指条生路与你投生便了。"龙曰："愿求指教。"先生曰："你明日午时三刻，该赴人曹官魏徵处听斩。你果要性命，须当急急去告当今唐太宗皇帝方好。那魏徵是唐王驾下的丞相，若是讨他个人情，方保无事。"龙王闻言，拜辞含泪而去。不觉红日西沉，太阴星上，但见：

烟凝山紫归鸦倦，路远行人投旅店。渡头新雁宿汀沙，银河现，催更箭，孤村灯火光无焰。风袅炉烟清道院，蝴蝶梦中人不见。月移花影上栏杆，星光乱，漏声换，不觉深沉夜已半。

这泾河龙王也不回水府，只在空中，等到子时前后，收了云头，敛了雾角，径来皇宫门首。此时唐王正梦出宫门之外，步月花阴，忽然龙王变作人相，上前跪拜。口叫："陛下，救我，救我！"太宗云："你是何人？朕当救你？"龙王云："陛下是真龙，臣是业龙。臣因犯了天条，该陛下贤臣人曹官魏徵处斩，故来拜求，望陛下救我一救！"太宗曰："既是魏徵处斩，朕可以救你。你放心前去。"龙王欢喜，叩谢而去。

却说太宗梦醒后，念念在心。早已至五更三点，太宗设朝，聚集两班文武官员。但见那：

烟笼凤阙，香蔼龙楼。光摇丹扆动，云拂翠华流。君臣相契同尧舜，礼乐威严近汉周。侍臣灯，宫女扇，双双映彩；孔雀屏，麒麟殿，处处光浮。山呼万岁，华祝千秋。静鞭三下响，衣冠拜冕旒。宫花灿烂天香袭，堤柳轻柔御乐讴。珍珠帘，翡翠帘，金钩高控；龙凤扇，山河扇，宝辇停留。文官英秀，武将抖擞。御道分高下，丹墀列品流。金章紫绶乘三象，地久天长万万秋。

众官朝贺已毕，各各分班。唐王闪凤目龙睛，一一从头观看，只见那文官内是房玄龄、杜如晦、徐世勣、许敬宗、王珪等，武官内是马三宝、段志贤、殷开山、程咬金、刘洪纪、胡敬德、秦叔宝等，一个个威仪端肃，却不见魏徵丞相。唐王召徐世勣上殿道："朕夜间得一怪梦：梦见一人迎面拜谒，口称是泾河龙王，犯了天条，该人曹官魏徵处斩，拜告寡人救他，朕已许诺。今日班前独不见魏徵，何也？"世勣对曰："此梦告徵，须唤魏徵来朝，陛下不要放他出门，过此一日，可救梦中之龙。"唐王大喜，即传旨，着当驾官宣魏徵入朝。

却说魏徵丞相在府，夜观乾象，正爇宝香，正闻得鹤唳九霄，却是天差仙使，捧玉帝金旨一道，着他午时三刻，梦斩泾河老龙。这丞相谢了天恩，斋戒沐浴，在府中试慧剑，运元神，故此不曾入朝。一见当驾官赍旨来宣，惶惧无任，又不敢违迟君命，只得急急整衣束带，同旨入朝，在御前叩头请罪。唐王出旨道："赦卿无罪。"那时诸臣尚未退朝，至此，却命卷帘散朝，独留魏徵，宣上金銮，召入便殿，先议论安邦之策，定国之谋。将近巳末午初时候，却命宫人取过大棋来，"朕与贤卿对弈一局。"众嫔妃随取棋枰，铺设御案。魏徵谢了恩，即与唐王对着。毕竟不知胜负如何，且听下回分解。

总批：

种种想头，出人意表，大作手也。

一味扯淡，又成一回矣，说家荒唐，大率如此。然此亦具见才思，拘儒俗笔，正不能有此。

渔樵之争，只争山水，不比世人名利之争。所云其争也君子，非乎？

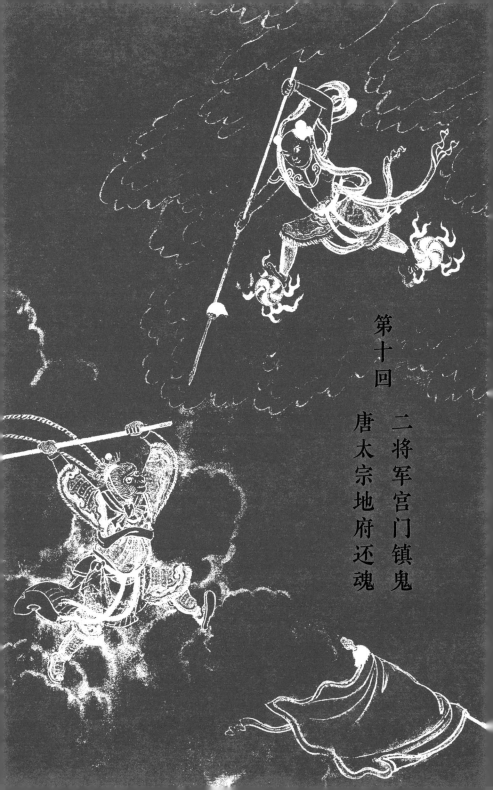

第十回　二将军宫门镇鬼　唐太宗地府还魂

却说太宗与魏徵在便殿对弈，一第一着，摆开阵势，正合《烂柯经》云：

博弈之道，贵乎严谨。高者在腹，下者在边，中者在角，此棋家之常法。法曰："宁输一子，不失一先。"世界如棋局，做人如下棋，不独言弈已也。击左则视右，攻后则瞻前。有先而后，有后而先。两生勿断，皆活勿连。阔不可太疏，密不可太促。与其恋子以求生，不若弃之而取胜；与其无事而独行，不若固之而自补。彼众我寡，先谋其生；我众彼寡，务张其势。善胜者不争，善阵者不战；善战者不败，善败者不乱。夫棋始以正合，终以奇胜。凡敌无事而自补者，有侵绝之意；弃小而不救者，有图大之心；随手而下者，无谋之人；不思而应者，取败之道。《诗》云："惴惴小心，如临于谷。"此之谓也。

诗曰：

棋盘为地子为天，色按阴阳造化全。

下到玄微通变处，笑夸当日烂柯仙。

君臣两个对弈此棋，正下到午时三刻，一盘残局未终，魏徵忽然俯伏在案边，鼾鼾盹睡。太宗笑曰："贤卿真是匡扶社稷之心劳，创立江山之力倦，所以不觉盹睡。"太宗任他睡着，更不呼唤。不多时，魏徵醒来，俯伏在地道："臣该万死，臣该万死！却才倦困，不知所为，望陛下赦臣慢君之罪。"太宗道："卿有何慢罪？且起来，拂退残棋，与卿从新更着。"魏徵谢了恩，却才拈子在手，只听得朝门外大呼小叫，原来是秦叔宝、徐茂公等将着一个血淋淋的龙头，掷在帝前，启奏道："陛下，海浅河枯曾有见，这般异事却无闻。"太宗与魏徵起身道："此物何来？"叔宝、茂公道："千步廊南，十字街头，云端里落下这颗龙头，微臣不敢不奏。"唐王惊问魏徵："此是何说？"魏徵转身叩头道："是臣才一梦斩的。"唐王闻言，大惊道："贤卿盹睡之时，又不曾见动身动手，又无刀剑，如何却斩此龙？"魏徵奏道："主公，臣的

身在君前，梦离陛下。身在君前对残局，合眼朦胧；梦离陛下乘瑞云，出神抖搜。那条龙在剐龙台上，被天兵将绑缚其中，是臣道：'你犯天条，合当死罪。我奉天命，斩汝残生。'龙闻哀苦，臣抖精神。龙闻哀苦，伏爪收鳞甘受死；臣抖精神，撩衣进步举霜锋。挖扠一声刀过处，龙头因此落虚空。"

太宗闻言，心中悲喜不一。喜者，夸奖魏徵好臣，朝中有此豪杰，愁甚江山不稳；悲者，谓梦中曾许救龙，不期竟致遭诛。只得强打精神，传旨着叔宝将龙头悬挂市曹，晓谕长安黎庶，一壁厢赏了魏徵，众官散讫。当晚回宫，心中只是忧闷，想那梦中之龙，哭啼啼哀告求生，岂知无常，难免此患。思念多时，渐觉神魂倦怠，身体不安。当夜二更时分，只听得宫门外有号泣之声，太宗愈加惊恐，正朦胧睡间，又见那泾河龙王，手提着一颗血淋淋的首级，高叫："唐太宗！还我命来，还我命来！你昨夜满口许诺救我，怎么天明时反宣人曹官来斩我？你出来，你出

来，我与你到阎君处折辨折辨。"他扯住太宗，再三嚷闹不放，太宗箝口难言，只挣得汗流遍体。正在那难分难解之时，只见正南上香云缭绕，彩雾飘飘，有一个女真人上前，将杨柳枝用手一摆，那没头的龙，悲悲啼啼，径往西北而去。原来这是观音菩萨，领佛旨上东土寻取经人，此住长安城都土地庙里，夜闻鬼泣神号，特来喝退业龙，救脱皇帝。那龙径到阴司地狱具告不题。

却说太宗苏醒回来，只叫"有鬼，有鬼"。慌得那三宫皇后、六院嫔妃与近侍太监，战兢兢一夜无眠。不觉五更三点，那满朝文武多官都在朝门外候朝，等到天明，犹不见临朝，唬得一个个惊惧踌躇，及日上三竿，方有旨意出来道："朕心不快，众官免朝。"不觉候五七日，众官忧惶，都正要撞门见驾问安。只见太后有旨，召医官入宫用药，众人在朝门等候讨信，少时，医官出来，众问何疾，医官道："皇上脉气不正，虚而又数，狂言见鬼，又诊得十动一代，五脏无气，恐不讳只在七日之内矣。"众官闻言大惊失色。

正怆惶间，又听得太后有旨宣徐茂公、护国公、尉迟公见驾。三公奉旨急入，到分宫楼下拜毕，太宗正色强言道："贤卿，寡人十九岁领兵，南征北伐，东挡西除，苦历数载，更不曾见半点邪祟，今日之下，却反见鬼。"尉迟公道："创立江山，杀人无数，何怕鬼乎？"太宗道："卿是不信，朕这寝宫门外入夜就抛砖弄瓦、鬼魅呼号，着然难处，白日犹可，昏夜难禁。"叔宝道："陛下宽心，今晚臣与敬德把守宫门，看有甚么鬼祟。"太宗准奏，茂公谢恩而出。当日天晚，各取披挂，他两个介胄整齐，执金瓜钺斧，在宫门外把守。好将军，你看他怎生打扮：

头戴金盔光烁烁，身披铠甲龙鳞。护心宝镜幌祥云，狮蛮收紧扣，绣带彩霞新。这一个凤眼朝天星斗怕，那一个环睛映电月光浮。他本是英雄豪杰旧勋臣，只落得千年称户尉，万古作门神。

二将军侍立门旁，一夜天晓，更不曾见一点邪祟。是夜，太宗在宫，安寝无事，晓来宣二将军，重重赏劳道："朕自得疾，数日不能得睡，今夜仗二将军威势甚安。卿且请出安息安息，待晚间再一护卫。"二将谢恩而出。遂此二三夜把守俱安，只是御膳减损，病转觉重，太宗又不忍二将辛苦，又宣叔宝、敬德与杜、房诸公入宫，分付道："这两日朕虽得安，却只难为秦、胡二将军彻夜辛苦。朕欲召巧手丹青，传二将军真容，贴于门上，免得劳他，如何？"众臣即依旨，选两个会写真的，着胡、秦二公依前披挂，照样画了，贴在门上，夜间也即无事。

如此二三日，又听得后宰门乒乒乓乓砖瓦乱响，晓来急宣众臣曰："连日前门幸喜无事，今夜后门又响，却不又惊杀寡人也。"茂公进前奏道："前门不安，是敬德、叔宝护卫，后门不安，该着魏徵护卫。"太宗准奏，又宣魏徵今夜把守后门。徵领旨，当夜结束整齐，提着那诛龙的宝剑，侍立在后宰门前。真个的好英雄也，他怎生打扮：

熟绢青巾抹额，锦袍玉带垂腰，兜风鹤袖采霜飘，压赛垒茶神貌。脚踏乌靴坐折，手持利刃凶骁。圆睁两眼四边瞧，那个邪神敢到？

　　一夜通明，也无鬼魅。虽是前后门无事，只是身体渐重。一日，太后又传旨，召众臣商议殡殓之事，太宗又宣徐茂公分付国家大事，叮嘱仿刘蜀主托孤之意。言毕，沐浴更衣，待时而已，旁闪魏徵，手扯龙衣，奏道："陛下宽心，臣有一事，管保陛下长生。"太宗道："病势已入膏肓，命将危矣，如何保得？"徵云："臣有书一封，进与陛下，稍去到阴司，付酆都判官崔珏。"太宗道："崔珏是谁？"徵云："崔珏乃是太上先皇帝驾前之臣，先受兹州令，后升礼部侍郎。在日与臣八拜为交，相知甚厚，他如今已死，现在阴司做掌生死文簿的酆都判官，梦中常与臣相会。此去若将此书付与他，他念微臣薄分，必然放陛下回来，管教魂魄还阳世，定取龙颜转帝都。"太宗闻言，接在手中，笼入袖里，遂瞑目而亡。那三宫六院、皇后嫔妃、侍长储君及两班文武，俱举哀戴孝，又在白虎殿上，停着梓宫不题。

魏丞相会
说鬼话。

　　却说太宗渺渺茫茫，魂灵径出五凤楼前，只见那御林军马，请大驾出朝采猎。太宗欣然从之，缥渺而去，行多时，人马俱无，独自一个散步荒郊草野之间。正惊惶难寻道路，只见那一边有一人高声大叫道："大唐皇帝，往这里来，往这里来！"太宗闻言，抬头观看，只见那人：

　　头带乌纱，腰悬犀角。头顶乌纱飘软带，腰围犀带显金厢。手擎牙笏凝祥霭，身着罗袍隐瑞光。脚踏一双粉底靴，登云促雾；怀揣一本生死簿，注定存亡。鬓发蓬松飘耳上，胡须飞舞绕腮傍。昔日曾为唐国相，如今掌案侍阎王。

太宗行到那边，只见他跪拜路旁，口称："陛下，赦臣失误远迎之罪。"太宗问曰："你是何人，因甚事前来接拜？"那人道："微臣半月前，在森罗殿上见泾河鬼龙告陛下许救反诛之故，第一殿秦广大王即差鬼使催请陛下，要三曹对案，臣已知之，故来此间候接。不期今日来迟，望乞恕罪恕罪。"太宗道："你姓甚名谁，是何官职？"那人道："微臣存日，在阳曹侍先君驾前，为兹州令，后拜礼部侍郎，姓崔名珏，今在阴司得受酆都掌案判官。"太宗大喜，近前来御手忙搀道："先生远劳，朕驾前魏徵有书一封，正寄与先生，却好相遇。"判官谢恩，问书在何处，太宗即袖中取出递与，崔珏拜接了，拆封而看，其书曰：

辱爱弟魏徵顿首书拜大都案契兄崔老先生台下：^{幻甚。}忆昔交游，音容如在。倏尔数载，不闻清教。常只是遇节令设蔬品奉祭，未卜享否？又承不弃，梦中临示，始知我兄长大人高迁。奈何阴阳两隔，各天一方，不能面觌。今因我太宗文皇帝倏然而故，料是对案三曹，必然得与兄长相会。^{荒唐极矣，可发一笑。}万祈俯念生日交情，方便一二，放我陛下回阳，殊为爱也。容再修谢。不尽。

那判官看了书，满心欢喜道："魏人曹前日梦斩老龙一事，臣已早知，甚是夸奖不尽。又蒙他早晚看顾臣的子孙，^{原来阴司亦说分上。}

今日既有书来，陛下宽心，微臣管送陛下还阳，重登玉阙。"太宗称谢了。二人正说间，只见那边有一对青衣童子，执幢幡宝盖，高叫道："阎王有请，有请。"太宗遂与崔判官并二童子举步前进。忽见一座城，城门上挂着一面大牌，上写着"幽冥地府鬼门关"七个大金字。那青衣将幢幡摇动，引太宗径入城中，顺街而走。只见那街旁边有先主李渊、先兄建成、故弟元吉，上前道："世民来了，世民来了！" _{此等点缀，妙不可言。}那建成、元吉就来揪打索命，太宗躲闪不及，被他扯住。幸有崔判官唤一青面獠牙鬼使，喝退了建成、元吉，太宗方得脱身而去。行不数里，见一座碧瓦楼台，真个壮丽，但见：

飘飘万叠彩霞堆，隐隐千条红雾现。耿耿檐飞怪兽头，辉辉五叠鸳鸯片。门钻几路赤金钉，槛设一横白玉段。窗牖近光放晓烟，帘栊幌亮穿红电。楼台高耸接青霄，廊庑平排连宝院。兽鼎香云袭御衣，绛纱灯火明宫扇。左边猛烈摆牛头，右下峥嵘罗马面。接亡送鬼转金牌，引魄招魂垂素练。唤作阴司总会门，下方阎老森罗殿。

太宗正在外面观看，只见那壁厢环珮叮当，仙香奇异，外有两对提烛，后面却是十代阎王降阶而至，是那十代阎君：

秦广王、楚江王、宋帝王、忤官王、阎罗王、平等王、泰山王、都市王、卞城王、转轮王。

十王出在森罗宝殿，控背躬身迎迓太宗，太宗谦下，不敢前行，十王道："陛下是阳间人王，我等是阴间鬼王，凡所当然，何须过让？"太宗道："朕得罪麾下，岂敢论阴阳人鬼之道？"逊之不已。太宗前行，径入森罗殿上，与十王礼毕，分宾主坐定。

约有片时，秦广王拱手而进言曰："泾河鬼龙告陛下许救而反杀之，何也？"太宗道："朕曾夜梦老龙求救，实是允他无事。不期他犯罪当刑，该我那人曹官魏徵处斩，朕宣魏徵在殿着棋，不知化一梦而斩。这是那人曹官出没神机，又是那龙王犯罪当死，岂是朕之过也？"十王闻言，伏礼道："自那龙未生之前，南斗星死簿上已注定该遭杀于人曹之手，我等早已知之。但只是他在此折辨，定要陛下来此三曹对案，是我等将他送入轮藏，转生去了。今又有劳陛下降临，望乞恕我催促之罪。"言毕，命掌生死簿判官："急取簿子来，看陛下阳寿天禄该有几何？"崔判官急转司房，将天下万国国王天禄总簿，先逐一简阅。只见南赡部洲大唐太宗皇帝注定"贞观一十三年"。崔判官吃了一惊，急取浓墨大笔，将"一"字上添了两画，**判官作弊，如何定罪？** 却将簿子呈上。十王从头一看，见太宗名下注定"三十三年"，阎王惊问："陛下登基多少年了？"太宗道："朕即位，今一十三年了。"阎王道："陛下宽心勿虑，还有二十年阳寿，此一来已是对案明白，请返本还阳。"太宗闻言，躬身称谢。十阎王差崔判官、朱太尉二人，送太宗还魂。太宗出森罗殿，又起手问十王道："朕宫中老少安否如何？"十王道："俱安，但恐御妹寿似不永。"太宗又再拜启谢："朕回阳世，无物可酬谢，惟答瓜果而已。"十王喜曰："我处颇有东瓜、西瓜，只少南瓜。"太宗道："朕回去即送来，即送来。"如此十个南瓜，便可作一场预修矣。一笑！从此遂相揖而别。

那太尉执一首引魂幡，在前引路，崔判官随后保着太宗，径出幽司。太宗举目而看，不是旧路，问判官曰："此路差矣？"判官道："不差，阴司里是这般，有去路无来路，如今送陛下自转轮藏出身，一则请陛下游观地府，一则教陛下转托超生。"太宗只得随他两个，引路前来。径行数里，忽见一座高山，阴云垂地，黑雾迷空，太宗道："崔先生，那厢是甚么山？"判官道："乃幽冥背阴山。"太宗悚惧道："朕如何去得？"判官道："陛下宽心，有臣等引领。"太宗战战兢兢，相随二人，上得山岩，抬头观看，只见：

形多凸凹，势更崎岖。峻如蜀岭，高似庐岩。非阳世之名山，实阴司之险地。荆棘丛丛藏鬼怪，石崖磷磷隐邪魔。耳畔不闻兽鸟噪，眼前惟见鬼妖行。阴风飒飒，黑雾漫漫。阴风飒飒，是神兵口内哨来烟；黑雾漫漫，是鬼祟暗中喷出气。一望高低无景色，相看左右尽猖亡。那里山也有，峰也有，岭也有，洞也有，涧也有；只是山不生草，峰不插天，岭不行客，洞不纳云，涧不流水。岸前皆魍魉，岭下尽神魔。洞中收野鬼，洞底隐邪魂。山前山后，牛头马面乱喧呼；半掩半藏，饿鬼穷魂时对泣。催命的判官，急急忙忙传信票；追魂的太尉，吆吆喝喝趱公文。急脚子，旋风滚滚；勾司人，黑雾纷纷。谁知阳间人，尚作千年料。

太宗全靠着那判官保护，过了阴山前进，又历了许多衙门，一处处俱是悲声振耳，恶怪惊心。太宗又道："此是何处？"判官道："此是阴山背后一十八层地狱。"太宗道："是那十八层？"判官道："你听我说：

吊筋狱、幽枉狱、火坑狱，寂寂寥寥，烦烦恼恼，尽皆是生前作下千般业，死后通来受罪名；酆都狱、拔舌狱、剥皮狱，哭哭啼啼，凄凄惨惨，只因不忠不孝伤天理，佛口蛇心堕此门；磨捱狱、碓捣狱、车崩狱，皮开肉绽，抹嘴咨牙，乃是瞒心昧己不公道，巧语花言暗损人；寒冰狱、脱壳狱、抽肠狱，垢面蓬头，愁眉皱眼，都是大斗小秤欺痴蠢，致使灾迍累自身；油锅狱、黑暗狱、刀山狱，战战兢兢，悲悲切切，皆因强暴欺良善，藏头缩颈苦伶仃；血池狱、阿鼻狱、秤杆狱，脱皮露骨，折臂断筋，也只为谋财害命，宰畜屠生，堕落千年难解释，沉沦永世不翻身。一个个紧缚牢拴，绳缠索绑，差些赤发鬼、黑脸鬼，长枪短剑；牛头鬼、马面鬼，铁简铜锤；只打得皱眉苦面血淋淋，叫地叫天无救应。正是人生却莫把心欺，神鬼昭彰放过谁。善恶到头终有报，只争来蚤与来迟。"

人人看看，胜翻三藏十二部也。

太宗听说，心中惊惨。进前又走不多时，见一伙鬼卒，各执幢幡，路傍跪下道："桥梁使者来接。"判官喝令起去，上前引着太宗，从金桥而过。太宗又见那一边有一座银桥，桥上行几个忠孝贤良之辈，公平正大之人，亦有幢幡接引。那壁厢又有一桥，寒风滚滚，血浪滔滔，号泣之声不绝，太宗问道："那座桥

是何名色？"判官道："陛下，那叫做奈何桥，若到阳间，切须传记。那桥下都是些：

奔流浩浩之水，险峻窄窄之路。俨如匹练搭长江，却似火坑浮上界。阴气逼人寒透骨，腥风扑鼻味钻心。波翻浪滚，往来并没渡人船；赤脚蓬头，出入尽皆作业鬼。桥长数里，阔只三戤，高有百尺，深却千重。_{形容奈何桥，是没奈何耳！}_只上无扶手栏杆，下有抢人恶怪。枷杻缠身，打上奈河险路。你看那桥边神将甚凶顽，河内孽魂真苦恼。丫杈树上，挂的是青红黄紫色丝衣；_{误人。}壁斗崖前，蹲的是毁骂公婆淫泼妇。铜蛇铁狗任争餐，永堕奈河无出路。

诗曰：

时闻鬼哭与神号，血水浑波万丈高。

无数牛头并马面，狰狞把守奈河桥。

正说间，那几个桥梁使者，早已回去了。太宗心又惊惶，点头暗叹，默默悲伤，相随着判官、太尉，早过了奈河恶水，血盆苦界。前又到枉死城，只听哄哄人嚷，分明说"李世民来了，李世民来了！"太宗听叫，心惊胆战，见一伙拖腰折臂、有足无头的鬼魅_{好点缀}上前拦住，都叫道："还我命来，还我命来！"慌得那太宗藏藏躲躲，只叫"崔先生救我，崔先生救我！"判官道："陛下，那些人都是那六十四处烟尘，七十二处草寇，众王子、众头目的鬼魂，尽是枉死的冤业，无收无管，不得超生，又无钱钞盘缠，都是孤寒饿鬼。陛下得些钱钞与他，我才救得哩。"太宗道："寡人空身到此，却那里得有钱钞？"判官道："陛下，阳间有一人，金银若干在我这阴司里寄放。陛下可出名立一约，小判可作保，且借他一库 <small>阴间亦有处借债，穷人不愁矣。或曰：穷人阳间尚无借处，况阴司乎？大笑！</small> 给散这些饿鬼，方得过去。"太宗问曰："此人是谁？"判官道："他是河南开封府人氏，姓相名良，他有十三库金银在此，陛下若借用过他的，到阳间还他便了。"太宗甚喜，情愿出名借用，遂立了文书与判官，借钱金银一库，着太尉尽行给散。判官复分付道："这些金银，汝等可均分用度，放你大唐爷爷过去，他的阳寿还早哩。我领了十王钧语，送他还魂，教他到阳间做一个水陆大会，度汝等超生，再休生事。"众鬼闻言，得了金银，多唯唯而退。判官令太尉摇动引魂幡，领太宗出离了枉死城中，奔上平阳大路，飘飘荡荡而去。毕竟不知从那条路出身，且听下回分解。

总批：

说虽荒唐，然说地狱处亦能唤醒愚人，有大功德也。只是愚人虽唤不醒耳。可奈何，可奈何！

只是崔判官作弊，不曾与太宗说得。这叫做出了灯油钱，却在暗里坐。如何，如何？

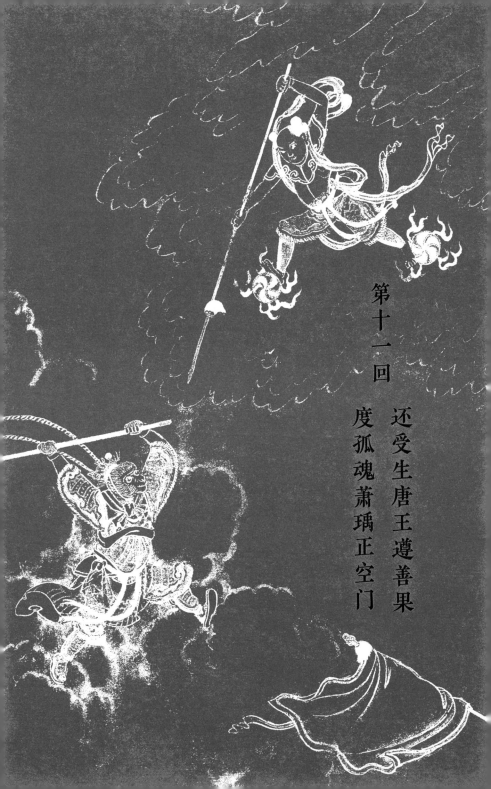

第十一回　还受生唐王遵善果　度孤魂萧瑀正空门

诗曰：

百岁光阴似水流，一生事业等浮沤。昨朝面上桃花色，今日头边雪片浮。白蚁阵残方是幻，子规声切早回头。古来阴骘能延寿，善不求怜天自周。

却说唐太宗随着崔判官、朱太尉，自脱了冤家债主，前进多时。却来到六道轮回之所，又见那腾云的身披霞帔，受篆的腰挂金鱼，僧尼道俗、走兽飞禽、魑魅魍魉滔滔都奔走那轮回之下，各进其道。唐王问曰："此意何如？"判官道："陛下明心见性，是必记了，传与阳间人知。这唤做'六道轮回'。那行善的升化仙道，进忠的超生贵道，行孝的再生福道，公平的还生人道，积德的转生富道，恶毒的沉沦鬼道。"唐王听说，点头叹曰：

善哉真善哉，作善果无灾。善心常切切，善道大开开。莫教兴恶念，是必少刁乖。休言不报应，神鬼有安排。

判官送唐王直至那超生贵道门，拜呼唐王道："陛下呵，此间乃出头之处，小判告回，着朱太尉再送一程。"唐王谢道："有劳先生远涉。"判官道："陛下到阳间，千万做个水陆大会，超度那无主的冤魂，切勿忘了。若是阴司里无报怨之声，阳世间方得享太平之庆。凡百不善之处，俱可一一改过，普谕世人为善，管教你后代绵长，江山永固。"唐王一一准奏，辞了崔判官，随着朱太尉，同入门来。那太尉见门里有一匹海骝马，鞍鞯齐备，急请唐王上马，太尉左右扶持，马行如箭，早到了渭水河边。只见那水面上有一对金色鲤鱼在河里翻波跳斗，唐王见了心喜，兜马贪看不舍，太尉道："陛下，趱动些，趁早赶时辰进城去也。"那唐王只管贪看，不肯前行，被太尉撮着脚，高呼道："还不走，等甚！"扑的一声，望那渭河推下马去，却就脱了阴司，径回阳世。

却说那唐朝驾下有徐茂公、秦叔宝、胡敬德、段志贤、马三宝、程咬金、高士廉、张公瑾、房玄龄、杜如晦、萧瑀、傅奕、张道源、张士衡、王珪等两班文武，俱保着那东宫太子与皇后、嫔妃、宫娥、侍长，都在那白虎殿上举哀。一壁厢议传哀诏，要晓谕天下，欲扶太子登基。时有魏徵在旁道："列位且住。不可，不可！假若惊动州县，恐生不测。且再按候一日，我王必还魂也。"下边闪上许敬宗道："魏丞相言之甚谬。自古云：'泼水难收，人逝不返'，你怎么还说这等虚言，惑乱人心，是何道理？"魏徵道："不瞒许先生说，下官自幼得授仙术，推算最明，管取陛下不死。"

正讲处，只听得棺中连声大叫道："淹杀我耶！"唬得个文官武将心慌，皇后嫔妃胆战。一个个：

面如秋后黄桑叶，腰似春前嫩柳条。储君脚软，难扶丧杖进哀仪；侍长魂飞，怎戴梁冠遵孝礼。嫔妃打跌，彩女欹斜。嫔妃打跌，却如狂风吹倒败芙蓉；彩女欹斜，好似骤雨冲歪娇菡萏。众臣悚惧，骨软筋麻。战战兢兢，痴痴哑哑。把一座白虎殿却相断梁桥，闹丧台就如倒塌寺。

此时众宫人走得精光，那个敢近灵扶枢。多亏了正直的徐茂公，理冽的魏丞相，有胆量的秦琼，忒猛撞的敬德，上前来扶着棺材，叫道："陛下有甚么放不下心处，说与我等，不要弄鬼，惊骇了眷族。"魏徵道："不是弄鬼，此乃陛下还魂也。快取器械来打开棺盖。"果见太宗坐在里面，还叫："淹死我了，是谁救捞？"茂公等上前扶起道："陛下苏醒莫怕，臣等都在此护驾哩。"唐王方才开眼道："朕当好苦，躲过阴司恶鬼难，又遭水面丧身灾。"众臣道："陛下宽心勿惧，有甚水灾来？"唐王道："我骑着马，正行至渭水河边，见双头鱼戏，被朱太尉欺心，将朕推下马来，跌落河中，几乎淹死。"魏徵道："陛下鬼气尚未解。"急着太医院进安神定魄汤药，又安排粥膳，连服一二次，方才反本还原，知得人事。一计唐王死去，已三昼夜，复回阳间为君。有诗为证：

> 万古江山几变更，历来数代败和成。
> 周秦汉晋多奇事，谁似唐王死复生？

当日天色已晚，众臣请王归寝，各各散讫。次早，脱却孝衣，换了彩服，一个个红袍乌帽，一个个紫绶金章，在那朝门外等候宣召。

却说太宗自服了安神定魄之剂，连进了数次粥汤，被众臣扶入寝室，一夜稳睡，保养精神，直至天明方起，抖擞威仪，你看他怎生打扮：

戴一顶冲天冠，穿一领赭黄袍。系一条蓝田碧玉带，踏一对创业无忧履。貌堂堂，赛过当朝；威冽冽，重兴今日。好一个清平有道的大唐王，起死回生的李陛下。

唐王上金銮宝殿，聚集两班文武，山呼已毕，依品分班。只听得传旨道："有事出班来奏，无事退朝。"那东厢闪过徐世、魏徵、王珪、杜如晦、房玄龄、袁天罡、李淳风、许敬宗等，西厢闪过殷开山、刘洪基、马三保、段志贤、程咬金、秦叔宝、胡敬德、薛仁贵等，一齐上前，在白玉阶前俯伏启奏道："陛下前朝一梦，如何许久方觉？"太宗道："朕前接得魏徵书，自觉神魂出殿，只见羽林军请朕出猎。正行时，人马无踪，又见那先君父王与先兄弟争嚷。正难解处，见一人乌帽皂袍，乃是判官崔珏，喝退先兄弟，朕将魏徵书传递与他。正看时，又见青衣者执幢幡，引朕入内，到森罗殿上，与十代阎王叙坐。他说那泾河龙诬告我许救转杀之事，是朕将前言陈具一遍。他说已三曹对过案了，急命取生死文簿，检看我的阳寿。时有崔判官传上簿子，阎王看了道，寡人有三十三年天禄，才过得一十三年，还该我二十年阳寿，即着朱太尉、崔判官送朕回来。朕与十王作别，允了送他瓜果谢恩。自出了森罗殿，见那阴司里，不忠不孝、非礼非义、作践五谷、明欺暗骗、大斗小秤、奸盗诈伪、淫邪欺罔之徒，^{着眼}受那些磨烧舂锉之苦，煎熬吊剥之刑，有千千万万，看之不足。又过着枉死城中，有无数的冤魂，尽都是六十四处烟尘的草寇，七十二处叛贼的魂灵，挡住了朕之来路。幸亏崔判官作保，借得河南相老儿的金银一库，买转鬼魂，方解前行。崔判官教朕回阳世，千万作一场'水陆大会'，超度那无主的孤魂，将此言叮咛分别。出了那'六道轮回'之下，有朱太尉请朕上马，飞也相似，行到渭水河边，我看见那水面上有双头鱼戏。正欢喜处，他将我撮着脚，推下水中，朕方得还魂也。"众臣闻此言，无不称贺，遂此编行传报，天下各府县官员，上表称庆不题。

却说太宗又传旨赦天下罪人，又查狱中重犯，时有审官将刑部绞斩罪人，查有四百馀名呈上，太宗放赦回家，拜辞父母兄弟，托产与亲戚子侄，明年今日赴曹，仍领应得之罪，众犯谢恩而退；又出恤孤榜文；又查宫中老幼彩女共有三千人，出旨配军。自此，内外俱善。有诗为证，诗曰：

大国唐王恩德洪，道过尧舜万民丰。死囚四百皆离狱，怨女三千放出宫。天下多官称上寿，朝中众宰贺元龙。善心一念天应佑，福荫应传十七宗。

太宗既放宫女、出死囚已毕，又出御制榜文，遍传天下。榜曰：

乾坤浩大，日月照鉴分明；宇宙宽洪，天地不容奸党。使心用术，果报只在今生；善布浅求，获福休言后世。千般巧计，不如本分为人；万种强徒，争似随缘节俭。心行慈善，何须努力看经？意欲损人，空读如来一藏。

自此时，盖天下无一人不行善者。一壁厢又出招贤榜，招人进瓜果到阴司里去；一壁厢将宝藏库金银一库，差鄂国公胡敬德上河南开封府，访相良还债。榜张数日，有一赴命进瓜果的贤者，本是均州人，姓刘名全。家有万贯之资，只因妻李翠莲在门首拔金钗斋僧，刘全骂了他几句，说他不遵妇道，善出闺门。李氏忍气不过，自缢而死，撇下一双儿女年幼，昼夜悲啼。刘全又不忍见，无奈，遂舍了性命，弃了家缘，撇了儿女，情愿以死进瓜，_{此等想头奇甚。}将皇榜揭了，来见唐王。王传旨意，教他去金亭馆里，头顶一对南瓜，袖带黄钱，口噙药物。

那刘全果服毒而死，一点魂灵，顶着瓜果，早到鬼门关上。把门的鬼使喝道："你是甚人，敢来此处？"刘全道："我奉大唐太宗皇帝钦差，特进瓜果与十代阎王受用的。"那鬼使欣然接引。刘全径至森罗宝殿，见了阎王，将瓜果进上道："奉唐王旨意，远进瓜果，以谢十王宽宥之恩。"阎王大喜道："好一个有信有德的太宗皇帝！"遂此收了瓜果，便问那进瓜的人姓名，那方人氏。刘全道："小人是均州城民籍，姓刘名全。因妻李氏缢死，撇下儿女无人看管，小人情愿舍家弃子，捐躯报国，特与我王进贡瓜果，谢众大王厚恩。"十王闻言，即命查勘刘全妻李氏。那鬼使速取来在森罗殿下，与刘全夫妻相会。诉罢前言，回谢十王恩宥，那阎王却检生死簿子看时，那夫妻们都有登仙之寿，急差鬼使送回。鬼使启上道："李翠莲归阴日久，尸首无存，魂将何付？"阎王道："唐御妹李玉英，今该促死，你可借他尸首，教他还魂去也。"那鬼使领命，即将刘全夫妻二人还魂。待定出了阴司，那阴风绕绕，径到了长安大国，将刘全的魂灵，推入金亭馆里，将翠莲的灵魂，带进皇宫内院。只见那玉英宫主，正在花阴下，徐步绿苔而行，被鬼使扑个满怀，推倒在地，活捉了他魂，却将翠莲的魂灵，推入玉英身内。鬼使回转阴司不题。

却说宫院中的大小侍婢，见玉英跌死，急走金銮殿，报与三宫皇后道："宫主娘娘跌死也。"皇后大惊，随报太宗，太宗闻言点头叹曰："此事信有之也。朕曾问十代阎君：'老幼安乎？'他道：'俱安，但恐御妹寿促。'果中其言。"合宫人都来悲切，尽到花阴下看时，只见那宫主微微有气。唐王道："莫哭，莫哭，休惊了他。"遂上前将御手扶起头来，叫道："御妹苏醒，苏醒。"那宫主忽的翻身，叫："丈夫慢行，等我一等。"太宗道："御妹，是我等在此。"宫主抬头睁眼观看道："你是谁人，敢来扯我？"太宗道："是你皇兄、皇嫂。"宫主道："我那里得个甚么皇兄、皇嫂！我娘家姓李，我的乳名唤做李翠莲，我丈夫姓刘名全，两口儿都是均州人氏。因为我三个月前，拔金钗在门首斋僧，我丈夫怪我擅出内门，不遵妇道，骂了我几句，是我气塞胸堂，将白绫带悬梁缢死，撇下一双儿女，昼夜悲啼。今因我丈夫被唐王钦差，付阴司进瓜果，阎王怜悯，放我夫妻回来。他在前走，因我来迟，赶不上他，我绊了一跌。你等无礼，不知姓名，怎敢扯我。"太宗闻言，与众宫人道："想是御妹跌昏了，胡说哩。"传旨教太医院进汤药，将玉英扶入宫中。

唐王当殿，忽有当驾官奏道："万岁，今有进瓜果人刘全还魂，在朝门外等旨。"唐王大惊，急传旨将刘全召进，俯伏丹墀。太宗问道："进瓜果之事何如？"刘全道："臣顶瓜果，径至鬼门关，引上森罗殿，见了那十代阎君，将瓜果奉上，备言我王殷勤致谢之意。阎君甚喜，多多拜上我王道：'真是个有信有德的太宗皇帝！'"唐王道："你在阴司见些甚么来？"刘全道："臣不曾远行，没见甚的，只闻得阎王问臣乡贯、姓名。臣将弃家舍子、因妻缢死、愿来进瓜之事，说了一遍。他急差鬼使，引过我妻，就在森罗殿下相会，一壁厢又检看死生文簿，说我夫妻都有登仙之寿，便差鬼使送回。臣在前走，我妻后行，幸得还魂。但不知妻投何所。"唐王惊问道："那阎王可曾说你妻甚么？"刘全道："阎王不曾说甚么，只听得鬼使说，'李翠莲归阴日久，尸首无存。'阎王道：'唐御妹李玉英今该促死，教翠莲即借玉英尸还魂去罢。'臣不知唐御妹是甚地方，家居何处，我还未曾得去寻哩。"

唐王闻奏，满心欢喜，当对多官道："朕别阎君，曾问宫中之事，他言老幼俱安，但恐御妹寿促。却才御妹玉英，花阴下跌死，朕急扶看，须臾苏醒，口叫'丈夫慢行，等我一等！'朕只道是他跌昏了胡言。又问他详细，他说的话，与刘全一般。"魏徵奏道："御妹偶尔寿促，少苏醒即说此言，此是刘全妻借尸还魂之事。此事也有，可请公主出来，看他有甚话说。"唐王道："朕才命太医院去进药，不知何如。"便教妃嫔入宫去请。那宫主在里面乱嚷道："我吃甚么药！这里那是我家，我家是清凉瓦屋，不像这个害黄病的房子，花狸狐哨的门扇。放我出去，放我出去。"

正嚷处，只见四五个女官，两三个太监，扶着他直至殿上。唐王道："你可认得你丈夫么？"玉英道："说那里话，我两个从小儿的结发夫妻，与他生男育女，怎的不认得？"唐王叫内官搀他下去。那宫主下了宝殿，直至白玉阶前，见了刘全，一把扯住道："丈夫，你往那里去，就不等我一等。我跌了一跌，被那些没道理的人围住我嚷，这是怎的说。"那刘全听他说的话是妻之言，观其人非妻之面，不敢相认。唐王道："这正是山崩地裂有人见，捉生替死却难逢。"好一个有道的君王，即将御妹的妆奁、衣物、首饰，尽赏赐了刘全，就如陪嫁一般，又赐与他永免差徭的御旨，着他带领御妹回去。他夫妻两个，便在阶前谢了恩，欢欢喜喜还乡。有诗为证：

> 人生人死是前缘，短短长长各有年。
>
> 刘全进瓜回阳世，借尸还魂李翠莲。

他两个辞了君王，径来均州城里，见旧家业儿女俱好，两口儿宣扬善果不题。

却说那尉迟公将金银一库，上河南开封府访看相良。原来卖水为活，同妻张氏在门首贩卖乌盆瓦器营生，但赚得些钱儿，只以盘缠为足，其多少斋僧布施，买金银纸锭记库焚烧，故有此善果臻身。阳世间是一条好善的穷汉，那世里却是个积玉堆金的长者。尉迟公将金银送上他门，唬得那相公、相婆魂飞魄散，又兼有本府官员，茅舍外车马骈集，那老两口子如痴如哑，跪在地下，只是磕头礼拜。尉迟公道："老人家请起。我虽是个钦差官，却赍着我王的金银送来还你。"他战兢兢的答道："小的没有甚么金银放债，如何敢受这不明之财？"尉迟公道："我也访得你是个穷汉，只是你斋僧布施，尽其所用，就买办金银纸锭，烧记阴司，阴司里有你积下的钱钞。是我太宗皇帝死去三日，还魂复生，曾在那阴司里借了你一库金银，今此照数送还与你。你可一一收下，等我好去回旨。"那相良两口儿只是朝天礼拜，那里敢受，道："小的若受了这些金银，就死得快了。虽然是烧纸记库，此乃冥冥之事，况万岁爷爷那世里借了金银，亦何凭据？我决不敢受。"尉迟公道："陛下说，借你的东西，有崔判官作保可证，你收下罢。"相良道："就死也是不敢受的。"

尉迟公见他苦苦推辞，只得具本差人启奏。太宗见了本，知相良不受金银，道："此诚为善良长者。"即传旨教胡敬德将金银与他修理寺院，起盖生祠，请僧作善，就当还他一般。旨意到日，敬德望阙谢恩宣旨，众皆知之。遂将金银买到城里军民无碍的地基一段，周围有五十亩宽阔，在上兴工，起盖寺院，名"敕建相国寺"，左有相公相婆的生祠，镌碑刻石，上写着"尉迟公监造"，即今大相国寺是也。

工完回奏，太宗甚喜，却又聚集多官，出榜招僧，修建水陆大会，超度冥府孤魂。榜行天下，着各处官员推选有道的高僧，上长安做会。那消个月之期，天下多僧俱到。唐王传旨，着太史丞傅奕选举高僧，修建佛事。傅奕闻旨，即上疏止浮图，以言无佛。*傅奕大是秀才气。*表曰：

西域之法，无君臣父子，以三涂六道蒙诱愚蠢，追既往之罪，窥将来之福，口诵梵言，以图偷免。且生死寿夭本诸自然，刑德威福系之人主，今闻俗徒矫托，皆云由佛。自五帝三王，未有佛法，君明臣忠，年祚长久，至汉明帝始立胡神。然惟西域桑门，自传其教，实乃夷犯中国，不足为信。

　　太宗闻言，遂将此表掷付群臣议之。时有宰相萧瑀出班俯囵奏曰："佛法兴自屡朝，弘善遏恶，冥助国家，理无废弃。佛，圣人也，非圣者无法，请置严刑。"傅奕与萧瑀论辩，言"礼本于事亲事君，而佛背亲出家，以匹夫抗天子，以继体悖所亲。萧瑀不生于空桑，乃遵无父之教，正所谓非孝者无亲"。萧瑀但合掌曰："地狱之设，正为是人。"太宗召太仆卿张道源、中书令张士衡，问："佛事营福，其应何如？"二臣对曰："佛在清净仁恕，果正佛空。周武帝以三教分次，大慧禅师有赞幽远，历众供养而无不显，五祖投胎、达摩现象。自古以来，皆云三教至尊而不可毁，不可废。伏乞陛下圣鉴明裁。"太宗甚喜道："卿之言合理。再有所陈者，罪之。"遂着魏徵与萧瑀、张道源，邀请诸佛，选举一名有大德行者作坛主，设建道场。众皆顿首谢恩而退。自此时出了法律，但有毁僧谤佛者，断其臂。

<small>傅奕，傅奕，凭你会说，只是免地狱不得</small>

　　次日，三位朝臣，聚众僧，在那山川坛里，逐一从头查选，内中选得一名有德行的高僧。你道他是谁人？

　　灵通本讳号金蝉，只为无心听佛讲。转托尘凡苦受磨，降生世俗遭罗网。投胎落地就逢凶，未出之前临恶党。父是海州陈状元，外公总管当朝长。出身命犯落红星，顺水随波逐浪泱。海岛金山有大缘，迁安和尚将他养。年方十八认亲娘，特赴京都求外祖。总管开山调大军，洪州剿寇诛凶党。状元光蕊脱天罗，子父相逢堪贺奖。复谒当今受主恩，凌烟阁上贤名响。恩官不受愿为僧，洪福沙门将道访。小字江流古佛儿，法名唤做陈玄奘。

　　当日对众举出玄奘法师。这个人自幼为僧，出娘胎，就持斋受戒；他外公见是当朝一路总管殷开山；他父亲陈光蕊，中状元，官拜文渊殿大学士；一心不爱荣华，只喜修持寂灭；查得他根源又好，德行又高，千经万典无所不通，佛号仙音无般不会。当时三位引至御前，扬尘舞蹈，拜罢奏曰："臣瑀等，蒙圣旨，选得高僧一名陈玄奘。"太宗闻其名，沉思良久道："可是学士陈光蕊之儿玄奘否？"江流儿叩头曰："臣正是。"太宗喜道："果然举之不错，诚为有德行有禅心的和尚。朕赐你左僧纲、右僧纲、天下大阐都僧纲之职。"玄奘顿首谢恩，受了大阐官爵。又赐五彩织金袈裟一件，毗卢帽一顶。教他用心再拜明僧，排次阇黎班首，书办旨意，前赴化生寺，择定吉日良时，开演经法。

　　玄奘再拜领旨而出，遂到化生寺里，聚集多僧，打造禅榻，妆修功德，整理音乐。选得大小名僧共计一千二百名，分派上中下三堂。诸所佛前，物件皆齐，头头有次。选到本年九月初三日，黄道良辰，开启做七七四十九日"水陆大会"。即具表申奏，太宗及文武国戚皇亲，俱至期赴会，拈香听讲。毕竟不知圣事何如，且听下回分解。

总批：

　　此回最为奇幻。刘全、李翠莲、相公、相婆，俱从笔端幻出，殊为骇异。而贯串傅奕、萧瑀事，尤为妙合。常笑傅奕执着道理，以秀才见识，欲判断天下事理，不大愚痴乎？善乎！萧公地狱之言，可为片言折狱也。

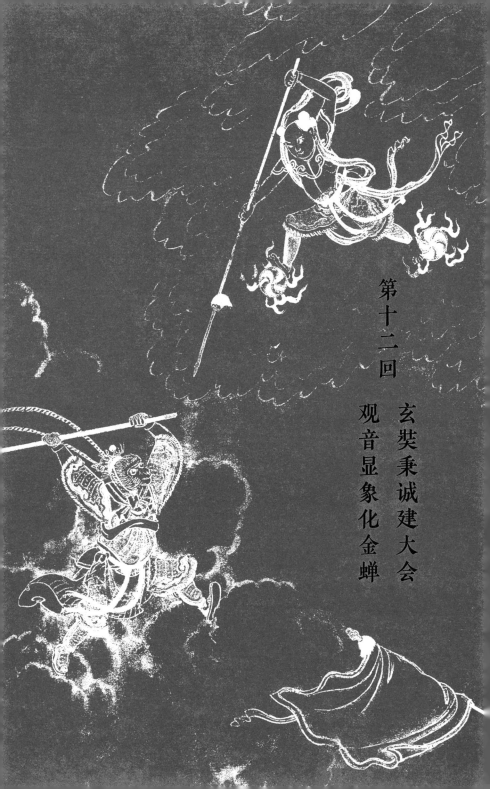

第十二回　玄奘秉诚建大会　观音显象化金蝉

佐
奖
兼
晋
會
誠
觀
建
顧
象
大
盒
蟬
僚
化
音

龙集贞观正十三，王宣大众把经谈。道场开演无量法，云雾光乘大愿龛。御敕垂恩修上刹，金蝉脱壳化西涵。普施善果超沉没，秉教宣扬前后三。

贞观十三年，岁次己巳，九月甲戌初三日，癸卯良辰。陈玄奘大阐法师，聚集一千二百名高僧，都在长安城化生寺开演诸品妙经。那皇帝早朝已毕，帅文武多官，乘凤辇龙车，出离金銮宝殿，径上寺来拈香。怎见那銮驾，真个是：

一天瑞气，万道祥光。仁风轻淡荡，化日丽非常。千官环佩分前后，五卫旌旗列两旁。执金瓜，擎斧钺，双双对对；绛纱烛，御炉香，霭霭堂堂。龙飞凤舞，鹗荐鹰扬。圣明天子正，忠义大臣良。介福十年过舜禹，升平万代赛尧汤。又见那曲柄伞，滚龙袍，辉光相射；玉连环，彩凤扇，瑞霭飘扬。珠冠玉带，紫绶金章。护驾军千队，扶舆将两行。这皇帝沐浴虔诚尊敬佛，皈依善果喜拈香。

唐王大驾，早到寺前。分付住了音乐响器，下了车辇，引着多官，拜佛拈香。三匝已毕，抬头观看，果然好座道场，但见：

幢幡飘舞，宝盖飞辉。幢幡飘舞，凝空道道彩霞摇；宝盖飞辉，映日翩翩红电彻。世尊金象貌臻臻，罗汉玉容威烈烈。瓶插仙花，炉焚檀降。瓶插仙花，锦树辉辉漫宝刹；炉焚檀降，香云霭霭透清霄。时新果品砌朱盘，奇样糖酥堆彩案。高僧罗列诵真经，愿拔孤魂离苦难。

太宗文武俱各拈香，拜了佛祖金身，参了罗汉。又见那大阐都纲陈玄奘法师引众僧罗拜唐王，礼毕，分班各安楫位。法师献上济孤榜文与太宗看，榜曰：

至德渺茫，禅宗寂灭。清净灵通，周流三界。千变万化，统摄阴阳。体用真常，无穷极矣。观彼孤魂，深宜哀愍。此是奉太宗圣命，选集诸僧，参禅讲法。大开方便门庭，广运慈悲舟楫。普济苦海群生，脱免沉疴六趣。引归真路，普玩鸿蒙。动止无为，混成绝素。仗此良因，邀赏清都绛阙；乘吾胜会，脱离地狱凡笼。早登极乐任逍遥，来往西方随自在。诗曰：一炉永寿香，一卷超生箓。无边妙法宣，无际天恩沐。冤孽尽消除，孤魂皆出狱。愿保我邦家，清平万年福。

太宗看了满心欢喜，对众僧道：“汝等秉立丹衷，切休怠慢佛事，待后功成完备，各各福有所归，朕当重赏，决不空劳。”那一千二百僧，一齐顿首称谢。当日三斋已毕，唐王驾回，待七日正会，复请拈香。时天色将晚，各官俱退。怎见得好晚，你看那：

万里长空淡落辉，归鸦数点下栖迟。
满城灯火人烟静，正是禅僧入定时。

　　一宿晚景题过。次早，法师又升坐，聚众诵经不题。

　　却说南海普陀山观世音菩萨，自领了如来佛旨，在长安城访察取经的善人，日久未逢真实有德行者。忽闻得太宗宣扬善果，选举高僧，开建大会，又见得法师坛主，乃是江流儿和尚，正是极乐中降来的佛子，又是他原引送投胎的长老。菩萨十分欢喜，就将佛赐的宝贝，捧上长街，与木叉货卖。你道他是何宝贝？有一件锦襕异宝袈裟、九环锡杖，还有那金紧禁三个箍儿，密密藏收，以俟后用，只将袈裟、锡杖出卖。长安城里，有那选不中的愚僧，倒有几贯村钞，见菩萨变化个疥癞形容，身穿破衲，赤脚光头，将袈裟捧定，艳艳生光，他上前问道："那癞和尚，你的袈裟要卖多少价钱？"菩萨道："袈裟价值五千两，锡杖价值二千两。"那愚僧笑道："这两个癞和尚是疯子，是傻子！这两件粗物，就卖得七千两银子？只是除非穿上身长生不老，就得成佛作祖，也值不得这许多，拿了去，卖不成！"那菩萨更不争吵，与木叉往前又走。行的多时，来到东华门前，正撞着宰相萧瑀散朝而回，众头踏喝开街道。那菩萨公然不避，当街上拿着袈裟，径迎着宰相。宰相勒马观看，见袈裟艳艳生光，着手下人问那卖袈裟的要价几何。菩萨道："袈裟要五千两，锡杖要二千两。"萧瑀道："有何好处，值这般高价？"菩萨道："袈裟有好处，有不好处；有要钱处，有不要钱处。"萧瑀道："何为好，何为不好？"菩萨道："着了我袈裟，不入沉沦，不堕地狱，不遭恶毒之难，不遇虎狼之灾，便是好处；若贪淫乐祸的愚僧，不斋不戒的和尚，毁经谤佛的凡夫，难见我袈裟之面，这便是不好处。"又问道："何为要钱、不要钱？"菩萨道："不遵佛法，不敬三宝，强买袈裟、锡杖，定要卖他七千两，这便是要钱；若敬重三宝，见善随喜，皈依我佛，承受得起，我将袈裟、锡杖，情愿送他，与我结个善缘，这便是不要钱。"萧瑀闻言，倍添春色，知他是个好人，即便下马，与菩萨以礼相见，口称："大法长老，恕我萧瑀之罪。我大唐皇帝十分好善，满朝的文武，无不奉行。即今起建水陆大会，这袈裟正好与大都阐陈玄奘法师穿用。我和你入朝见驾去来。"

菩萨欣然从之，拽转步，径进东华门里。黄门官转奏，蒙旨宣至宝殿。见萧瑀引着两个疥癞僧人，立于阶下，唐王问曰："萧瑀来奏何事？"萧瑀俯伏阶前道："臣出了东华门前，偶遇二僧，乃卖袈裟与锡杖者。臣思法师玄奘可着此服，故领僧人启奏。"太宗大喜，便问那袈裟价值几何。菩萨与木叉侍立阶下，更不行礼，因问袈裟之价，答道："袈裟五千两，锡杖二千两。"太宗道："那袈裟有何好处，就值许多？"菩萨道：

这袈裟，龙披一缕，免大鹏蚕噬之灾；鹤挂一丝，得超凡入圣之妙。但坐处，有万神朝礼；凡举动，有七佛随身。这袈裟是冰蚕造茧抽丝，巧匠翻腾为线。仙娥织就，神女机成。方方簇幅绣花缝，片片相帮堆锦簇。玲珑散碎斗妆花，色亮飘光喷宝艳。穿上满身红雾绕，脱来一段彩云飞。三天门外透元光，五岳山前生宝气。重重嵌就西番莲，灼灼悬珠星斗象。四角上有夜明珠，攒顶间一颗祖母绿。虽无全照原本体，也有生光八宝攒。这袈裟，开时折叠，遇圣才穿。开时折叠，千层包裹透虹霓；遇圣才穿，惊动诸天神鬼怕。上边有如意珠、摩尼珠、辟尘珠、定风珠，又有那红玛瑙、紫珊瑚、夜明珠、舍利子。偷月沁白，与日争红。条条仙气盈空，朵朵祥光捧圣。条条仙气盈空，照彻了天关；朵朵祥光捧圣，影遍了世界。照山川，惊虎豹，影海岛，动鱼龙。沿边两道销金锁，叩领连环白玉琮。诗曰：三宝巍巍道可尊，四生六道尽评论。明心解养人天法，见性能传智慧灯。护体庄严金世界，身心清净玉壶冰。自从佛制袈裟后，万劫谁能敢断僧？

　　唐王在那宝殿上闻言，十分欢喜，又问："那和尚，九环杖有甚好处？"菩萨道：

　　我这锡杖，是那：铜镶铁造九连环，九节仙藤永驻颜。入手厌看青骨瘦，下山轻带白云还。摩呵五祖游天阙，罗卜寻娘破地关。不染红尘些子秽，喜伴神僧上玉山。

　　唐王闻言，即命展开袈裟，从头细看，果然是件好物，道："大法长老，实不瞒你，朕今大开善教，广种福田，见在那化生寺聚集多僧，敷演经法。内中有一个大有德行者，法名玄奘，朕买你这两件宝物，赐他受用。你端的要价几何？"菩萨闻言，与木叉合掌皈依，道声佛号，躬身上启道："既有德行，贫僧情愿送他，决不要钱。"说罢，抽身便走。唐王急着萧瑀扯住，欠身立于殿上，问曰："你原说袈裟五千两，锡杖二千两，你见朕要买，就不要钱，敢是说朕心倚恃君位，强要你的物件？更无此理。朕照你原价奉偿，却不可推避。"菩萨起手道："贫僧有愿在前，原说果有敬重三宝，见善随喜，皈依我佛，不要钱，愿送与他。今见陛下明德正善，敬我佛门，况又高僧有德有行，宣扬大法，理当奉上，决不要钱。贫僧愿留下此物告回。"唐王见他这等恳恳，甚喜，随命光禄寺大排素宴酬谢。菩萨又坚辞不受，畅然而去，依旧望都土地庙中隐避不题。

却说太宗设午朝，着魏徵赍旨，宣玄奘入朝。那法师正聚众登坛，讽经诵偈，一闻有旨，随下坛整衣，与魏徵同往见驾。太宗道："求证善事，有劳法师，无物酬谢。早间萧瑀迎着二僧，愿送锦襕异宝袈裟一件，九环锡杖一条。今特召法师领去受用。"玄奘叩头谢恩。太宗道："法师如不弃，可穿上与朕看看。"长老遂将袈裟抖开，披在身上，手持锡杖，侍立阶前。君臣个个欣然，诚为如来佛子，你看他：

凛凛威颜多雅秀，佛衣可体如裁就。辉光艳艳满乾坤，结彩纷纷凝宇宙。朗朗明珠上下排，层层金线穿前后。兜罗四面锦沿边，万样稀奇铺绮绣。八宝妆花缚钮丝，金环束领攀绒扣。佛天大小列高低，星象尊卑分左右。玄奘法师大有缘，现前此物堪承受。浑如十八阿罗汉，赛过西方真觉秀。锡杖叮当斗九环，毗卢帽映多丰厚。诚为佛子不虚传，胜似菩提无诈谬。

当时文武阶前喝采。太宗喜之不胜，即着法师穿了袈裟，持了宝杖，又赐两队仪从，着多官送出朝门，教他上大街行道往寺里去，就如中状元游街的一般。这去玄奘再拜谢恩，在那大街上，烈烈轰轰，摇摇摆摆。你看那长安城里，行商坐贾、公子王孙、墨客文人、大男小女，无不争看夸奖，俱道："好个法师，真是个罗汉下降，活菩萨临凡。"玄奘直至寺里，僧人出寺来迎，一见他披此袈裟，执此锡杖，都道是地藏王来了，各各归依，侍于左右。玄奘上殿，炷香礼佛，又对众感述圣恩已毕，各归禅座。又不觉红轮西坠，正是那：

日落烟迷草树，帝都钟鼓初鸣。叮叮三响断人行，前后街前寂静。上刹辉煌灯火，孤村冷落无声。禅僧入定理残经，正好炼魔养性。

光阴燃指，却当七日正会，玄奘又具表，请唐王拈香。此时善声遍满天下。太宗即排驾，率文武多官、后妃国戚，早赴寺里。那一城人，无论大小尊卑，俱诣寺听讲。当有菩萨与木叉道："今日是水陆正会，以一七继七七，可矣了。我和你杂在众人丛中，一则看他那会何如，二则看金蝉子可有福穿我的宝贝，三则也听他讲的是那一门经法。"两人随投寺里。正是：有缘得遇旧相识，般若还归本道场。入到寺里观看，真个是天朝大国，果胜袈婆，赛过祇园舍卫，也不亚上刹招提。那一派仙音响亮，佛号喧哗。这菩萨直至多宝台边，果然是明智金蝉之相。诗曰：

万象澄明绝点埃，大兴玄奘坐高台。超生孤魂暗中到，听法高流市上来。施物应机心路远，出生随意藏门开。对看讲出无量法，老幼人人放喜怀。

又诗曰：

因游法界讲堂中，逢见相知不俗同。尽说目前千万事，又谈尘劫许多功。法云容曳舒群岳，教网张罗满太空。检点人生归善念，纷纷天雨落花红。

那法师在台上，念一会《受生度亡经》，谈一会《安邦天宝篆》，又宣一会《劝修功卷》。这菩萨近前来拍着宝台，厉声高叫道："那和尚，你只会谈小乘教法，可会谈大乘教法么？"玄奘闻言，心中大喜，翻身跳下台来，对菩萨起手道："老师父，弟子失瞻，多罪。见前的盖众僧人都讲的是小乘教法，却不知大乘教法如何？"菩萨道："你这小乘教法，度不得亡者超升，只可浑俗和光而已。我有大乘佛法三藏，能超亡者升天，能度难人脱苦，能修无量寿身，能作无来无去。"

正讲处，有那司香巡堂官急奏唐王道："法师正讲谈妙法，被两个疥癞游僧，扯下来乱说胡话。"王令擒来，只见许多人将二僧推拥进后法堂，见了太宗，那僧人手也不起，拜也不拜，仰面道："陛下问我何事？"唐王却认得他，道："你是前日送袈裟的和尚？"菩萨道："正是。"太宗道："你既来此处听讲，只该吃些斋便了，为何与我法师乱讲，扰乱经堂，误我佛事？"菩萨道："你那法师讲的是小乘教法，度不得亡者升天。我有大乘佛法三藏，可以度亡脱苦，寿身无坏。"太宗正色喜问道："你那大乘佛法，在于何处？"菩萨道："在大西天天竺国大雷音寺我佛如来处。能解百冤之结，能消无妄之灾。"太宗道："你可记得么？”菩萨道：“我记得。”太宗大喜道：“教法师引去，请上台开讲。”

那菩萨带了木叉，飞上高台，遂踏祥云，直至九霄，现出救苦原身，托了净瓶杨柳，左边是木叉惠岸，执着棍，抖擞精神。喜的个唐王朝天礼拜，众文武跪地焚香，满寺中僧尼道俗，士人工贾，无一人不拜祷道：“好菩萨，好菩萨！”有诗为证，但见那：

瑞霭散缤纷，祥光护法身。九霄华汉里，现出女真人。那菩萨，头上戴一顶金叶纽、翠花铺、放金光、生瑞气的垂珠缨络；身上穿一领淡淡色、浅浅妆、盘金龙、飞彩凤的结素蓝袍；胸前挂一面对月明、舞清风、杂宝珠、攒翠玉的砌香环珮；腰间系一条冰蚕丝、织金边、登彩云、促瑶海的锦绣绒裙；面前又领一个飞东洋、游普世、感恩行孝、黄毛红嘴白鹦哥；手内托着一个施恩济世的宝瓶，瓶内插着一枝洒青霄、撒大恶、扫开残雾垂杨柳。玉环穿绣叩，金莲足下深。三天许出入，这才是救苦救难观世音。

喜的个唐太宗，忘了江山；爱的那文武官，失却朝礼。盖众多人，都念“南无观世音菩萨”。太宗即传旨，教巧手丹青，描下菩萨真像。旨意一声，选出个图神写圣远见高明的吴道子，此人即后图功臣于凌烟阁者，当时展开妙笔，图写真形。那菩萨祥云渐远，霎时间不见了金光。只见那半空中，滴流流落下一张简帖，上有几句颂子，写得明白，颂曰：

礼上大唐君，西方有妙文。程途十万八千里，乘大进殷勤。此经回上国，能超鬼出群。若有肯去者，求正果金身。

太宗见了颂子，即命众僧："且收胜会，待我差人取得大乘经来，再秉丹诚，从修善果。"众官无不遵依。当时在寺中问曰："谁肯领朕旨意，上西天拜佛求经？"问不了，旁边闪过法师，帝前施礼道："贫僧不才，愿效犬马之劳，与陛下求取真经，祈保我王江山永固。"唐王大喜，上前将御手扶起道："法师果能尽此忠贤，不怕程途遥远，跋涉山川，朕情愿与你拜为兄弟。"玄奘顿首谢恩。唐王果是十分贤德，就去那寺里佛前，与玄奘拜了四拜，口称"御弟圣僧"。玄奘感谢不尽道："陛下，贫僧有何德何能，敢蒙天恩眷顾如此？我这一去，定要捐躯努力，直至西天。如不到西天，不得真经，即死也不敢回国，永堕沉沦地狱。"随在佛前拈香，以此为誓。唐王甚喜，即命回銮，待选良利日辰，发牒出行，遂此驾回各散。

玄奘亦回洪福寺里。那本寺多僧与几个徒弟早闻取经之事，都来相见，因问："发誓愿上西天，实否？"玄奘道："是实。"他徒弟道："师父呵，尝闻人言，西天路远，更多虎豹妖魔，只怕有去无回，难保身命。"玄奘道："我已发了弘誓大愿，不取真经，永堕沉沦地狱，大抵是受王恩宠，不得不尽忠以报国耳。我此去真是渺渺茫茫，吉凶难定。"又道："徒弟们，我去之后，或三二年，或五七年，但看那山门里松枝头向东，我即回来。不然，断不回矣。"众徒将此言切切而记。

次早，太宗设朝，聚集文武，写了取经文牒，用了通行宝印。即有钦天监奏曰："今日是人专吉星，堪宜出行远路。"唐王大喜。又见黄门官奏道："御弟法师朝门外候旨。"随即宣上宝殿道："御弟，今日是出行吉日。这是通关文牒，朕又有一个紫金钵盂，送你途中化斋而用，再选两个长行的从者，又银揭的马一匹，送为远行脚力。你可就此行程。"玄奘大喜，即便谢了恩，领了物事，更无留滞之意。唐王排驾，与多官同送至关外。只见那洪福寺僧与诸徒将玄奘的冬夏衣服，俱送在关外相等。唐王见了，先教收拾行囊马匹俱备，然后着官人执壶酌酒，太宗举爵，又问曰："御弟雅号甚称？"玄奘道："贫僧出家人，未敢称号。"太宗道："当时菩萨说，西天有经三藏。御弟可指经取号，号作'三藏'何如？"玄奘又谢恩，接了御酒道："陛下，酒乃僧家头一戒，贫僧自为人，不会饮酒。"太宗道："今日之行，比他事不同。此乃素酒，只饮此一杯，以尽朕奉饯之意。"三藏不敢不受。接了酒，方待要饮。只见太宗低头，将御指拾一撮尘土弹入酒中。 捻土想头亦奇。 三藏不解其意，太宗笑道："御弟呵，这一去，到西天，几时可回？"三藏道："只在三年，径回上国。"太宗道："日久年深，山遥路远，御弟可进此酒，宁恋本乡一捻土，莫爱他乡万两金。"三藏方悟捻土之意，复谢恩饮尽，辞谢出关而去。唐王驾回。毕竟不知此去何如，且听下回分解。

总批:

　　菩萨自在，佛祖如来，已将自性本来面目招由。只此已了，缘何又要取经？大有微意，盖性教不可偏废，天人断当相凑。有性不学，也不济事。所以取经者，见当从经论入也。不从经论入者，此性光终不显露。此孔夫子所以亦从学字说起。

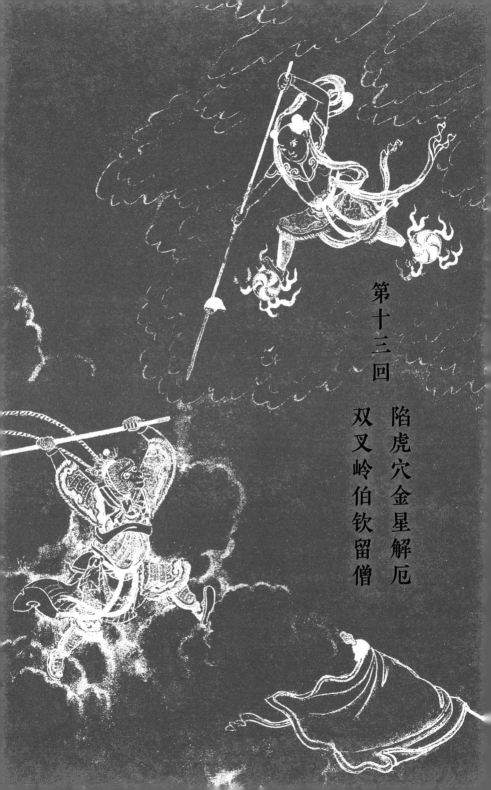

第十三回

陷虎穴金星解厄

双叉岭伯钦留僧

陷空穴金星解厄
顶双岐钦伯雷僧

大有唐王降敕封，钦差玄奘问禅宗。坚心磨琢寻龙穴，着意修持上鹫峰。边界远游多少国，云山前度万千重。自今别驾投西去，秉教迦持悟大空。

却说三藏自贞观十三年九月望前三日，蒙唐王与多官送出长安关外，一二日马不停蹄，早至法门寺。本寺住持、上房长老、滞头众僧，有五百馀人，两边罗列，接至里面，相见献茶。茶罢进斋，斋后不觉天晚。正是那：

影动星河近，月明无点尘。雁声鸣远汉，砧韵响西邻。归鸟栖枯树，禅僧讲梵音。蒲团一榻上，坐到夜将分。

众僧们灯下议论佛门定旨，上西天取经的原由。有的说水远山高，有的说路多虎豹，有的说峻岭陡崖难度，有的说毒魔恶怪难降。三藏钳口不言，但以手指自心，点头几度。众僧们莫解其意，合掌请问道："法师指心点头者，何也？"三藏答曰："心生，种种魔生；心灭，种种魔灭。我弟子曾在化生寺对佛说下洪誓大愿，不由我不尽此心，这一去，定要到西天见佛求经，使我们法轮回转，愿圣王皇图永固。"众僧闻得此言，人人称羡，个个宣扬，都叫一声"忠心赤胆大阐法师"，夸赞不尽，请师入榻安寝。

早又是竹敲残月落，鸡唱晓云生。那众僧起来，收拾茶水早斋。玄奘遂穿了袈裟，上正殿，佛前礼拜道："弟子陈玄奘，前往西天取经，但肉眼愚迷，不识活佛真形。今愿立誓：路中逢庙烧香，遇佛拜佛，遇塔扫塔。但愿我佛慈悲，早现丈六金身，赐真经留传东土。"祝罢，回方丈进斋。斋毕，那二从者整顿了鞍马，促趱行程。三藏出了山门，辞别众僧。众僧不忍分别，直送有十里之遥，擒泪而返。三藏遂直西前进，正是那季秋天气，但见：

数村木落芦花碎，几树枫杨红叶坠。路途烟雨故人稀，黄菊丽，山骨细，水寒荷破人憔悴。白蘋红蓼霜天雪，落霞孤鹜长空坠。依稀黯淡野云飞，玄鸟去，宾鸿至，嘹嘹呖呖声宵碎。

师徒们行了数日，到了巩州城。早有巩州合属官吏人等，迎接入城中。安歇一夜，次早出城前去。一路饥餐渴饮，夜住晓行，三日，又至河州卫。此乃是大唐的山河边界，早有镇边的总兵与本处僧道，闻得是钦差御弟法师，上西方见佛，无不恭敬，接至里面供给了，着僧纲请往福原寺安歇。本寺僧人，一一参见，安排晚斋。斋毕，分付二从者饱喂马匹，天不明就行。及鸡方鸣，随唤从者，却又惊动寺僧，整治茶汤斋供。斋罢，出离边界。

这长老心忙，太起早了。原来此时秋深时节，鸡鸣得早，只好有四更天气。一行三人，连马四口，迎着清霜，看着明月，行有数十里远近，见一山岭，只得拨草寻路，说不尽崎岖难走，又恐走错了路径。正疑思之间，忽然失足，三人连马都跌落坑坎之中。三藏心慌，从者胆战，却才悚惧，又闻得里面哮吼高呼，叫："拿将来，拿将来！"只见狂风滚滚，推出五六十个妖邪，将三藏、从者揪了上去。这法师战战兢兢的，偷睛观看，上面坐的那魔王，十分凶恶，真个是：

雄威身凛凛，猛气貌堂堂。电目飞光艳，雷声振四方。锯牙舒口外，凿齿露腮旁。锦绣围身体，文斑裹脊梁。钢须稀见肉，钩爪利如霜。东海黄公惧，南山白额王。

唬得个三藏魂飞魄散，二从者骨软筋麻。魔王喝令绑了，众妖一齐将三人用绳索绑缚。正要安摆吞食，只听得外面喧哗，有人来报："熊山君与特处士二位来也。"三藏闻言，抬头观看，前走的是一条黑汉，你道他是怎生模样：

雄豪多胆量，轻健夯身躯。涉水惟凶力，跑林逞怒威。向来符吉梦，今独露英姿。绿树能攀折，知寒善论时。准灵惟显处，故此号山君。

又见那后边来的是一条胖汉，你道怎生模样：

嵯峨双角冠，端肃耸肩背。性服青衣稳，蹄步多迟滞。宗名父作牯，原号母称牸。能为田者功，因名特处士。

这两个摇摇摆摆走入里面，慌得那魔王奔山迎接。熊山君道："寅将军，一向得意，可贺，可贺！"特处士道："寅将军丰姿胜常，真可喜，真可喜！"魔王道："二公连日如何？"山君

道："惟守素耳。"处士道："惟随时耳。" ^{若能守素随时，非畜类矣。} 三个叙
罢，各坐谈笑。

只见那从者绑得痛切悲啼，那黑汉道："此三者何来？"
魔王道："自送上门来者。"处士笑云："可能待客否？"魔王
道："奉承，奉承！"山君道："不可尽用，食其二，留其一可
也。"魔王领诺，即呼左右，将二从者剖腹剜心，剁碎其尸，
将首级与心肝奉献二客，将四肢自食，其馀骨肉，分给各妖。只
听得啯啅之声，真似虎啖羊羔，霎时食尽。把一个长老，几乎唬
死。这才是初出长安第一场苦难。

正怆慌之间，渐渐的东方发白，那二怪至天晓方散，俱道：
"今日厚扰，容日竭诚奉酬。"方一拥而退。不一时，红日高
升。三藏昏昏沉沉，也辨不得东西南北。正在那不得命处，忽然
见一老叟，手持拄杖而来，走上前，用手一拂，绳索皆断，对面
吹了一口气，三藏方苏。跪拜于地道："多谢老公公搭救贫僧性
命。"老叟答礼道："你起来。你可曾疏失了甚么东西？"三藏
道："贫僧的从人已是被怪食了，只不知行李马匹在于何处？"
老叟用杖指定道："那厢不是一匹马、两个包袱？"三藏回头看
时，果是他的物件，并不曾失落，心才略放下些，问老叟曰：
"老公公，此处是甚所在，公公何由在此？"老叟道："此是双
叉岭，乃虎狼巢穴处。你为何陷此？"三藏道："贫僧鸡鸣时，
出河州卫界，不料起得早了，冒霜拨露，忽失落此地。见一魔
王，凶顽太甚，将贫僧与二从者绑了；又见一条黑汉，称是熊山
君，一条胖汉，称是特处士，走进来，称那魔王是寅将军。他三
个把我二从者吃了，天明才散。不想我是那里有这大缘大分，感

得老公公来此救我？"老叟道："处士者是个野牛精，山君者是个熊罴精，寅将军者是个老虎精，左右妖邪，尽都是山精树鬼、怪兽苍狼。只因你的本性元明，所以吃不得你。你跟我来，引你上路。"三藏不胜感激，将包袱稍在马上，牵着缰绳，相随老叟径出了坑坎之中，走上大路，却将马拴在道旁草头上，转身拜谢那公公。那公公遂化作一阵清风，跨一只朱顶白鹤腾空而去。只见风飘飘遗下一张简帖，书上四句颂子，颂曰：

吾乃西天太白星，特来搭救汝生灵。
前行自有神徒助，莫为艰难报怨经。

三藏看了，对天礼拜道："多谢金星，度脱此难。"拜毕，牵了马匹，独自个孤孤恓恓，往前苦进。这岭上，真个是：

寒飒飒雨林风，响潺潺涧下水。香馥馥野花开，密丛丛乱石磊。闹嚷嚷鹿与猿，一队队獐和麂。喧杂杂鸟声多，静悄悄人事靡。那长老，战兢兢心不宁；这马儿，力怯怯蹄难举。

三藏舍身拚命，上了那峻岭之间，行经半日，更不见个人烟村舍，一则腹中饥了，二则路又不平。正在危急之际，只见前面有两只猛虎咆哮，后边有几条长蛇盘绕。左有毒虫，右有怪兽。三藏孤身无策，只得放下身心，听天所命，^{着眼。人能常持如此，则近道矣。}又无奈那马腰软蹄弯，即便跪下，伏倒在地，打又打不起，牵又牵不动。苦得个法师衬身无地，真个有万分凄楚，已自分必死，莫可奈何。却说他虽有灾迍，却有救星。正在那不得命处，忽然见毒虫奔走，妖兽飞逃，猛虎潜踪，长蛇隐迹。三藏抬头看时，只见一人，手执钢叉，腰悬弓箭，自那山坡前转出，果然是一条好汉。你看他：

头上戴一顶艾叶花斑豹皮帽，身上穿一领羊绒织锦匠罗衣，腰间束一条狮蛮带，脚下蹴一对麂皮靴。环眼圆睛如吊客，圈须乱扰似河奎。悬一囊毒药弓矢，拿一杆点钢大叉。雷声震破山虫胆，勇猛惊残野雉魂。

三藏见他来得渐近，跪在路旁合掌高叫道："大王救命，大王救命！"那条汉到跟前，放下钢叉，用手搀起道："长老休怕。我不是歹人，我是这山中的猎户，姓刘名伯钦，绰号镇山太保。我才自来，要寻两只山虫食用，不期遇着你，多有冲撞。"三藏道："贫僧是大唐驾下钦差往西天拜佛求经的和尚。适间来到此处，遇着些狼虎蛇虫，四边围绕，不能前进。忽见太保来，众兽皆走，救了贫僧性命。多谢，多谢！"伯钦道："我在这里住人，专倚打些狼虎为生，捉些蛇虫过活，故此众兽怕我走了。你既是唐朝来的，与我都是乡里。此间还是大唐的地界，我也是唐朝的百姓，我和你同食皇王的水土，诚然是一国之人。*如今一家分为吴越，况伯钦与三藏，乃肯认为一国，所见远矣。*你休怕，跟我来，到我舍下歇马，明朝我送你上路。"三藏闻言，满心欢喜，谢了伯钦，牵马随行。

过了山坡，又听得呼呼风响。伯钦道："长老休走，坐在此

间。风响处，是个山猫来了，等我拿他家去管待你。”三藏见
说，又胆战心惊，不敢举步。那太保执了钢叉，拽开步，迎将上
去，只见一只斑斓虎，对面撞见，他看见伯钦，急回头就走。这
太保霹雳一声，咄道：“业畜，那里走！”那虎见赶得急，转身
轮爪扑来，这太保三股叉举手迎敌。唬得个三藏软瘫在草地。这
和尚自出娘肚皮，那曾见这样凶险的勾当？太保与那虎在那山坡
下，人虎相持，果是一场好斗。但见：

　　怒气纷纷，狂风滚滚。怒气纷纷，太保冲冠多膂力；狂风滚
滚，斑彪逞势喷红尘。那一个张牙舞爪，这一个转步回身。三股
叉擎天幌日，千花尾扰雾飞云。这一个当胸乱刺，那一个劈面来
吞。闪过的再生人道，撞着的定见阎君。只听得那斑彪哮吼，太
保声哏。斑彪哮吼，振裂山川惊鸟兽；太保声哏，喝开天府现星
辰。那一个金睛怒出，这一个壮胆生嗔。可爱镇山刘太保，堪夸
据地兽之君。人虎贪生争胜负，些儿有慢丧三魂。

　　他两个斗了有一个时辰，只见那虎爪慢腰松，被太保举叉平
胸刺倒，可怜呵，钢叉尖穿透心肝，霎时间血流满地。揪着耳
朵，拖上路来。好男子，气不连喘，面不改色，对三藏道：“造
化，造化！这只山猫，勾长老食用几日。”三藏夸赞不尽，道：
“太保真山神也！”伯钦道：“有何本事，敢劳过奖，这个是长
老的洪福。去来，赶早儿剥了皮，煮些肉，管待你也。”他一只
手执着叉，一只手拖着虎，在前引路，三藏牵着马，随后而行，
迤逦行过山坡，忽见一座山庄。那门前真个是：

参天古树，漫路荒藤。万壑风尘冷，千崖气象奇。一径野花香袭体，数竿幽竹绿依依。卓门楼，篱笆院，堪描堪画；石板桥，白土壁，真乐真希。秋容萧索，爽气孤高。道旁黄叶落，岭上白云飘。疏林内山禽聒聒，庄门外细犬嘹嘹。

伯钦到了门首，将死虎掷下，叫："小的们何在？"只见走出三四个家僮，都是怪形恶相之类，上前拖拖拉拉，把只虎扛将进去。伯钦分付教："赶早剥了皮，安排将来待客。"复回头迎接三藏进内，彼此相见，三藏又拜谢伯钦厚恩怜悯救命，伯钦道："同乡之人，何劳致谢。"坐定茶罢，有一老妪，领着一个媳妇，对三藏进礼。伯钦道："此是家母、山妻。"三藏道："请令堂上坐，贫僧奉拜。"老妪道："长老远客，各请自珍，不劳拜罢。"伯钦道："母亲呵，他是唐王驾下差往西天见佛求经者。适间在岭头上遇着孩儿，孩儿念一国之人，请他来家歇马，明日送他上路。"老妪闻言，十分欢喜道："好！好！好！就是请他，不得这般。恰好明日你父亲周忌，就浼长老做些好事，念卷经文，到后日送他去罢。"这刘伯钦，虽是一个杀虎手、镇山的太保，他却有些孝顺之心，闻得母言，就要安排香纸，留住三藏。

说话间，不觉的天色将晚。小的们排开桌凳，拿几盘烂熟虎肉，热腾腾的放在上面。伯钦请三藏权用，再另办饭，三藏合掌当胸道："善哉！贫僧不瞒太保说，自出娘胎，就做和尚，更不晓得吃荤。"伯钦闻得此说，沉吟了半晌道："长老，寒家历代以来，不晓得吃素。是个人家。就是有些竹笋，采些木耳，寻些干菜，做些豆腐，也都是獐鹿虎豹的油煎，却无甚素处。有两眼锅灶，也都是油腻透了，这等如何，反是我请长老的不是。"三藏道："太保不必多心，请自受用。我贫僧就是三五日不吃饭，也可忍饥，只是不敢破了斋戒。"伯钦道："倘或饿死，却如之何？"三藏道："感得太保天恩，搭救出虎狼丛里，就是饿死，也强如喂虎。"伯钦的母亲闻说，叫道："孩儿不要与长老闲讲，我自有素物，可以管待。"伯钦道："素物何来？"母亲道："你莫管我，我自有素的。"叫媳妇将小锅取下，着火烧了油腻，刷了又刷，洗了又洗，却仍安在灶上。先烧半锅滚水别用，却又将些山地榆叶子，着水煎作茶汤，然后将些黄粮粟米，煮起饭来，又把些干菜煮熟，盛了两碗，拿出来铺在桌上。老母对着三藏道："长老请斋，这是老身与儿妇亲自动手整理的，极洁极净的茶饭。"三藏下来谢了，方才上坐。那伯钦另设一处，铺排些没盐没酱的老虎肉、香獐肉、蟒蛇肉、狐狸肉、兔肉，点剁鹿肉干巴，满盘满碗的，陪着三藏吃斋。方坐下，心欲举箸，只见三藏合掌诵经，唬得个伯钦不敢动箸，急起身立在旁边。三藏念不数句，却教"请斋"，伯钦道："你是个念短头经的和尚？"三藏道："此非是经，乃是一卷揭斋之咒。"伯钦道："你们出家人，偏有许多计教，吃饭便也念诵念诵。"

　　吃了斋饭，收了盘碗，渐渐天晚，伯钦引着三藏出中宅，到后边走走。穿过夹道，有一座草亭，推开门，入到里面。只见那四壁上挂几张强弓硬弩，插几壶箭，过梁上搭两块血腥的虎皮，墙根头插着许多枪刀叉棒，正中间设两张坐器。伯钦请三藏坐坐，三藏见这般凶险腌脏，不敢久坐，遂出了草亭。又往后再行，是一座大园子，却看不尽那丛丛菊蕊堆黄，树树枫杨挂赤，又见呼的一声，跑出十来只肥鹿，一大阵黄獐，见了人，呢呢痴痴，更不恐惧。三藏道："这獐鹿想是太保养家了的？"伯钦道："似你那长安城中人家，有钱的集财宝，有庄的集聚稻粮，似我们这打猎的，只得聚养些野兽，备天阴耳。"他两个说话闲行，不觉黄昏，复转前宅安歇。

次早，那家老小都起来，就整素斋，管待长老，请开启念经。这长老净了手，同太保家堂前拈了香，拜了家堂。三藏方敲响木鱼，先念了净口业的真言，又念了净身心的神咒，然后开《度亡经》一卷。诵毕，伯钦又请写荐亡疏一道，再开念《金刚经》《观音经》，一一朗音高诵。诵毕，吃了午斋，又念《法华经》《弥陀经》，各诵几卷，又念一卷《孔雀经》，及谈苾蒭洗业的故事。早又天晚，献过了种种香火，化了众神纸马，烧了荐亡文疏，佛事已毕，又各安寝。

却说那伯钦的父亲之灵，超荐得脱沉沦，鬼魂儿早来到东家宅内，托一梦与合宅长幼道："我在阴司里苦难难脱，日久不得超生。今幸得圣僧念了经卷，消了我的罪业，阎王差人送我上中华富地长者人家托生去了。你们可好生谢送长老，不要怠慢，不要怠慢！我去也。"这才是万法庄严端有意，荐亡离苦出沉沦。那合家儿梦醒，又早太阳东上，伯钦的娘子道："太保，我今夜梦见公公来家，说他在阴司苦难难脱，日久不得超生。今幸得圣僧念了经卷，消了他的罪业，阎王差人送他上中华富地长者人家托生去，教我们好生谢那长老，不得怠慢他。说罢，径出门，徜徉去了。我们叫他不应，留他不住，醒来却是一梦。"伯钦道："我也是那等一梦，与你一般。我们起去对母亲说去。"
他两口子正欲去说，只见老母叫道："伯钦孩儿，你来，我与你
说话。"二人至前，老母坐在床上道："儿呵，我今夜得了个喜
梦，梦见你父亲来家，说多亏了长老超度，已消了罪业，上中华
富地长者家去托生。"夫妻们俱呵呵大笑道："我与媳妇皆有此
梦，正来告禀，不期母亲呼唤，也是此梦。"遂叫一家大小起
来，安排谢意，替他收拾马匹，都至前拜谢道："多谢长老超荐
我亡父脱难超生，报答不尽！"三藏道："贫僧有何能处，敢劳
致谢。"

伯钦把三口儿的梦话，对三藏陈诉一遍，三藏也喜。早供给
了素斋，又具白银一两为谢，三藏分文不受，一家儿又恳恳拜
央，三藏毕竟分文未受，但道："是你肯发慈悲送我一程，足感
至爱。"伯钦与母妻无奈，急做了些粗面烧饼干粮，叫伯钦远
送，三藏欢喜收纳。太保领了母命，又唤两三个家僮，各带捕猎
的器械，同上大路，看不尽那山中野景，岭上风光。

行经半日，只见对面处，有一座大山，真个是高接青霄，崔
巍险峻。三藏不一时，到了边前。那太保登此山如行平地，正走
到半山之中，伯钦回身，立于路下道："长老，你自前进，我却
告回。"三藏闻言，滚鞍下马道："千万敢劳太保再送一程！"
伯钦道："长老不知，此山唤做两界山，东半边属我大唐所管，
西半边乃是鞑靼的地界。那厢狼虎，不伏我降，我却也不能过
界，故此告回，你自去罢。"三藏心惊，轮开手，牵衣执袂，滴
泪难分。正在叮咛拜别之际，只听得山脚下叫喊如雷道："我师
父来也，我师父来也！"唬得个三藏痴呆，伯钦打挣。毕竟不知

是甚人叫喊，且听下回分解。

　　总批：

　　"心生，种种魔生；心灭，种种魔灭。"一部《西游记》，只是如此，别无些子剩却矣。

　　刘太保是个爽直之人，比那等吃素而欺心者，天地悬隔。

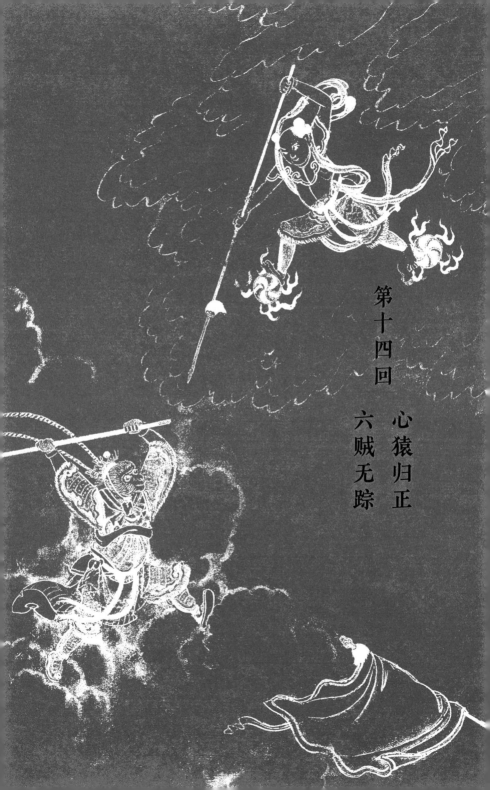

第十四回　心猿归正　六贼无踪

诗曰：

佛即心兮心即佛，心佛从来皆要物。若知无物又无心，便是真如法身佛。法身佛，没模样，一颗圆光涵万象。无体之体即真体，无相之相即实相。非色非空非不空，不来不向不回向。无异无同无有无，难舍难取难听望。内外灵光到处同，一佛国在一沙中。一粒沙含大千界，一个身心万法同。知之须会无心诀，不染不滞为净业。善恶千端无所为，便是南无释迦叶。

却说那刘伯钦与唐三藏惊惊慌慌，又闻得叫声"师父来也！"众家僮道："这叫的必是那山脚下石匣中老猿。"太保道："是他，是他！"三藏问："是甚么老猿？"太保道："这山旧名五行山，因我大唐王征西定国，改名两界山。先年间曾闻得老人家说，王莽篡汉之时，天降此山，下压着一个神猴，不怕寒暑，不吃饮食，自有土神监押，教他饥餐铁丸，渴饮铜汁，自昔到今，冻饿不死。这叫必定是他。长老莫怕，我每下山去看来。"三藏只得依从，牵马下山。行不数里，只见那石匣之间，果有一猴，露着头，伸着手，乱招手道："师父，你怎么此时才来？来得好，来得好！救我出来，我保你上西天去也。"这长老近前细看，你道他是怎生模样：

尖嘴缩腮，金睛火眼。头上堆苔藓，耳中生薜萝。鬓边少发多青草，颔下无须有绿莎。眉间土，鼻凹泥，十分狼狈；指头粗，手掌厚，尘垢馀多。还喜得眼睛转动，喉舌声和。语言虽利便，身体莫能那。正是五百年前孙大圣，今朝难满脱天罗。

刘太保诚然胆大，走上前来，与他拔去了鬓边草，颔下莎，问道："你有甚么说话？"那猴道："我没话说，教那个师父上来，我问他一问。"三藏道："你问我甚么？"那猴道："你可是东土大王差往西天取经去的么？"三藏道："我正是，你问怎么？"那猴道："我是五百年前大闹天宫的齐天大圣，只因犯了诳上之罪，被佛祖压于此处。前者有个观音菩萨，领佛旨意，上东土寻取经人，我教他救我一救，他劝我再莫行凶，归依佛法，尽殷勤保护取经人往西方拜佛，功成后自有好处。故此昼夜提心，晨昏吊胆，只等师父来救我脱身。我愿保你取经，与你做个徒弟。"三藏闻言，满心欢喜道："你虽有此善心，又蒙菩萨教诲，愿入沙门，只是我又没斧凿，如何救得你出？"那猴道："不用斧凿，你但肯救我，我自出来也。"三藏道："我自救你，你怎得出来？"那猴道："这山顶上有我佛如来的金字压帖。你只上山去将帖儿揭起，我就出来了。"三藏依言，回头央浼刘伯钦道："太保阿，我与你上山走一遭。"伯钦道："不知真假何如。"那猴高叫道："是真，决不敢虚谬。"伯钦只得呼唤家童，牵了马匹。他却扶着三藏，复上高山，攀藤附葛，只行到那极巅之处，果然见金光万道，瑞气千条，有块四方大石，石上贴着一封皮，却是"唵、嘛、呢、叭、咪、吽"六个金字。三藏近前跪下，朝石头，看着金字，拜了几拜，望西祷祝道："弟子陈玄奘，特奉旨意求经，果有徒弟之分，揭得金字，救出神猴，同证灵山。若无徒弟之分，此辈是个凶顽怪物，哄赚弟子，不成吉庆，便揭不得起。"祝罢，又拜，拜毕，上前将六个金字轻轻揭下。只闻得一阵香风，劈手把压帖儿刮在空中，叫道："吾乃监抑大圣者。今日他的难满，吾等回见如来，缴此封皮去也。"吓得个三藏与伯钦一行人，望空礼拜，径下高山，又至石匣边，对那猴道："揭了压帖矣，你出来么？"那猴欢喜，叫道："师父，你请走开些，我好出来，莫惊了你。"

伯钦听说，领着三藏，一行人回东即走。走了五七里远近，又听得那猴高叫道："再走，再走。"三藏又行了许远，下了山，只闻得一声响亮，真个是地裂山崩，众人尽皆悚惧。只见那猴早到了三藏的马前，赤淋淋跪下，道声："师父，我出来也。"对三藏拜了四拜，急起身，与伯钦唱个大喏道："有劳大哥送我师父，又承大哥替我脸上薅草。"谢毕，就去收拾行李，扣背马匹。那马见了他，腰软蹄矬，战兢兢的立站不住，盖因那猴原是弼马温，在天上看养龙马的，有些法则，故此凡马见他害怕。

三藏见他意思，实有好心，真个像沙门中的人物，便叫："徒弟啊，你姓甚么？"猴王道："我姓孙。"三藏道："我与你起个法名，却好呼唤。"猴王道："不劳师父盛意，我原有个法名，叫做孙悟空。"三藏欢喜道："也正合我们的宗派。你这个模样，就相那小头陀一般，我再与你起个混名，称为'行者'，好么？"悟空道："好，好，好！"自此时又称为孙行者。

那伯钦见孙行者一心收拾要行，却转身对三藏唱个喏道："长老，你幸此间收得个好徒，甚喜，甚喜，此人果然去得。我却告回。"三藏躬身作礼相谢道："多有拖步，感激不胜。回府多多致意令堂老夫人，令荆夫人，贫僧在府多扰，容回时踵谢。"伯钦回礼，遂此两下分别。

却说那孙行者请三藏上马，他在前边，背着行李，赤条条，拐步而行。不少时，过了两界山，忽然见一只猛虎，咆哮剪尾而来，三藏在马上惊心。行者在路旁欢喜道："师父莫怕他，他是送衣服与我的。"放下行李，耳朵里拔出一个针儿，迎着风，幌一幌，原来是个碗来粗细一条铁棒，他拿在手中，笑道："这宝贝，五百馀年不曾用着他，今日拿出来挣件衣服儿穿穿。"你看他拽开步，迎着猛虎，道声："业畜，那里去！"那只虎蹲着身伏在尘埃，动也不敢动动，却被他照头一棒，就打的脑浆迸万点桃红、牙齿喷几点玉块，唬得那陈玄奘滚鞍落马，咬指道声："天那，天那，刘太保前日打的斑斓虎，还与他斗了半日，今日孙悟空不用争持，把这虎一棒打得稀烂，正是'强中更有强中手'！"行者拖将虎来道："师父略坐一坐，等我脱下他的衣服来，穿了走路。"_{此所谓猴质虎皮。}三藏道："他那里有甚衣服？"行者道："师父莫管我，我自有处置。"好猴王，把毫毛拔下一根，吹口仙气，叫"变！"变作一把牛耳尖刀，从那虎腹上挑开皮，往下一剥，剥下个囫囵皮来，剁去了爪甲，割下头来，割个四四方方一块虎皮。提起来，量了一量道："阔了些儿，一幅可作两幅。"拿过刀来，又裁为两幅，收起一幅，把一幅围在腰间，路旁揪了一条葛藤，紧紧束定，遮了下体道："师父，且去，且去！到了人家，借些针线去缝不迟。"他把条铁棒，捻一捻，依旧相个针儿，收在耳里，背着行李，请师父上马。两个前进，长老在马上问道："悟空，你才打虎的铁棒，如何不见？"行者笑道："师父，你不晓得我这棍本是东洋大海龙宫里得来的，唤做'天河镇底神珍铁'，又唤做'如意金箍棒'。当年大反天宫，甚是亏他，随身变化，要大就大，要小就小，刚才变做一个绣花针儿模样，收在耳内矣。但用时，方可取出。"三藏闻言暗喜。又问道："方才那只虎见了你，怎么就不动动，让你自在打他，何说？"悟空道："不瞒师父说，莫道是只虎，就是一条龙，见了我也不敢无礼。我老孙颇有降龙伏虎的手段、翻江搅海的神通；见貌辨色，聆音察理；大之则量于宇宙，小之则摄于毫毛；变化无端，隐显莫测。剥这个虎皮，何为稀罕？若到那疑难处，看展本事么。"三藏闻得此言，愈加放怀无虑，策马前行，师徒两个走着路，说着话，不觉得太阳星坠，但见：

　　焰焰斜晖返照，天涯海角归云。千出鸟雀噪声频，觅宿投林成阵。野兽双双对对，回窝族族群群。一钩新月破黄昏，万点明星光晕。

　　行者道："师父走动些，天色晚了，那壁厢树木森森，想必是人家庄院，我们赶早投宿去来。"三藏果策马而行，径奔人家，到了庄院前下马。行者撇了行李，走上前，叫声"开门，开门！"那里面有一老者，扶筇而出，嗯喇的开了门，看见行者这般恶相，腰系着一块虎皮，好似雷公模样，唬得脚软身麻，口出谵语道："鬼来了，鬼来了！"三藏近前搀住叫道："老施主，休怕。他是我贫僧的徒弟，不是鬼怪。"老者抬头见了三藏的面貌清奇，方才立定，问道："你是那寺里来的和尚，带这恶人上我门来?"三藏道:"我贫僧是唐朝来的,往西天拜佛求经的,适路过此间,天晚特造檀府借宿一宵,明早不犯天光就行。万望方便一二。"老者道:"你虽是个唐人,那个恶的却非唐人。"悟空厉声高呼道:"你这个老儿全没眼色,唐人是我师父,我是他徒弟,我也不是甚'糖人''蜜人',我是齐天大圣。你们这里人家,也有认得我的,我也曾见你来。"那老者道:"你在那里见我?"悟空道:"你小时不曾在我面前扒柴?不曾在我脸上挑菜?"老者道:"这厮胡说,你在那里住,我在那里住,我来你面前扒柴挑菜?"悟空道:"我儿子便胡说。你是认不得我了,我本是这两界山石匣中的大圣。你再认认看。"老者方才省悟道:"你倒有些相他,但你是怎么得出来的?"悟空将菩萨劝善、令我等待唐僧揭帖脱身之事,对那老者细说了一遍。老者却才下拜,将唐僧请到里面,即唤老妻与儿女都来相见,具言前事,个个忻喜。又命看茶,茶罢,问悟空道:"大圣呵,你也有年纪了?"悟空道:"你今年几岁了?"老者道:"我痴长一百三十岁了。"行者道:"还是我重子重孙哩。我那生身的年纪,我不记得是几时,但只在这山脚下已五百馀年了。"老者道:"是有,是有。我曾记得祖公公说,此山乃从天降下,就压了一个神猴。只到如今,你才脱体。我那小时见你,是你头上有草,脸上有泥,还不怕你,如今脸上无了泥,头上无了草,却相瘦了些,腰间又苦了一块大虎皮,与鬼怪能差多少?"一家儿听得这般话说,都呵呵大笑。

这老儿颇贤,即令安排斋饭。饭后,悟空道:"你家姓甚?"老者道:"舍下姓陈。"三藏闻言,即下来起手道:"老施主，与贫僧是华宗。"行者道："师父，你是唐姓，怎的和他是华宗？"三藏道："我俗家也姓陈，乃是唐朝海州弘农郡聚贤庄人氏，我的法名叫做陈玄奘。只因我大唐太宗皇帝赐我做御弟三藏，指唐为姓，故名唐僧也。"那老者见说同姓，又十分欢喜。行者道："老陈，左右打搅你家，我有五百多年不洗澡了，你可去烧些汤来，与我师徒们洗浴洗浴，一发临行谢你。"那老儿即令烧汤拿盆，掌上灯火。师徒浴罢，坐在灯前，行者道："老陈，还有一事累你，有针线借我用用。"那老儿道："有，有，有。"即教妈妈取针线来，递与行者。行者又有眼色：见师父洗浴，脱下一件白布短小直裰未穿，他即扯过来披在身上，却将那虎皮脱下，联接一处，打一个马面样的折子，围在腰间，勒了藤条，走到师父面前道："老孙今日这等打扮，比昨日如何？"三藏道："好，好，好。这等样才相个行者。"三藏道："徒弟，你不嫌残旧，那件直裰儿，你就穿了罢。"悟空唱个喏道："承赐，承赐。"他又去寻些草料喂了马。此时各各事毕，师徒与那老儿，亦各归寝。

次早，悟空起来，请师父走路。三藏着衣，教行者收拾铺盖行李。正欲告辞，只见那老儿，早具脸汤，又具斋饭。斋罢，方才起身，三藏上马，行者引路，不觉饥餐渴饮，夜宿晓行，又直初冬时候，但见那：

霜凋红叶千林瘦，岭上几株松柏秀。未开梅蕊散香幽，暖短昼，小春候，菊残荷尽山茶茂。寒桥古树争枝斗，曲涧涓涓泉水溜。淡云欲雪满天浮，朔风骤，牵衣袖，向晚寒威人怎受？

师徒们正走多时，忽见路旁唿哨一声，闯出六个人来，各执长枪短剑，利刃强弓，大咤一声道："那和尚，那里走！赶早留下马匹，放下行李，饶你性命过去。"唬得那三藏魂飞魄散，跌下马来，不能言语。行者用手扶起道："师父放心，没些儿事，这都是送衣服送盘缠与我们的。"三藏道："悟空，你想有些耳闭？他说教我们留马匹、行李，你倒问他要甚么衣服、盘缠？"行者道："你管守着衣服、行李、马匹，待老孙与他争持一场，看是何如。"三藏道："好手不跌双拳，双拳不如四手，他那里六条大汉，你这般小小的一个人儿，怎么敢与他争持？"

行者的胆量原大，那容分说，走上前来，叉手当胸，对那六个人施礼道："列位有甚么缘故，阻我贫僧的去路？"那人道："我等是剪径的大王，行好心的山主，大名久播，你量不知！早早的留下东西，放你过去，若道半个不字，教你碎尸粉骨。"行者道："我也是祖传的大王，积年的山主，却不曾闻得列位有甚大名。"那人道："你是不知，我说与你听：一个唤做眼看喜，一个唤做耳听怒，一个唤做鼻嗅爱，一个唤作舌尝思，一个唤作意见欲，一个唤作身本忧。"悟空笑道："原来是六个毛贼！^{着眼}你却不认得我这出家人是你的主人公，你倒来挡路。把那打劫的珍宝拿出来，我与你作七分儿均分，饶了你罢。"那贼闻言喜的喜、怒的怒、爱的爱、思的思、忧的忧、欲的欲，一齐上前乱嚷道："这和尚无礼，你的东西全然没有，转来和我等要分东西。"^{着眼}他轮枪舞剑，一拥前来，照行者劈头乱砍，乒乒乓乓砍有七八十下，悟空停立中间，只当不知。那贼道："好和尚，真个的头硬。"行者笑道："将就看得过罢了，你们也打得手困了，却该老孙取出个针儿来耍耍。"那贼道："这和尚是一个行针灸的郎中变的。我们又无病症，说甚么动针的话。"

行者伸手去耳朵里拔出一根绣花针儿迎风一幌，却是一条铁棒，足有碗来粗细，拿在手中道："不要走，也让老孙打一棍儿试试手！"唬得这六个贼四散逃走，被他拽开步团团赶上，一个个尽皆打死。<small>世人心都要杀六贼者，只是没手段。</small>剥了他的衣服，夺了他的盘缠，笑吟吟走将来道："师父请行，那贼已被老孙剿了。"三藏道："你十分撞祸，他虽是剪径的强徒，就是拿到官司，也不该死罪。你纵有手段，只可退他去便了，怎么就都打死？这却是无故伤人的性命，如何做得和尚？出家人'扫地恐伤蝼蚁命，爱惜飞蛾纱罩灯'，你怎么不分皂白，一顿打死？全无一点慈悲好善之心。早还是山野中无人查考，若到城市，倘有人一时冲撞了你，你也行凶，执着棍子，乱打伤人，我可做得白客，怎能脱身？"悟空道："师父，我若不打死他，他却要打死你哩。"三藏道："我这出家人，宁死决不敢行凶。我就死也只是一身，你却杀了他六人，如何理说？此事若告到官，就是你老子做官，也说不过去。"行者道："不瞒师父说，我老孙五百年前，据花果山称王为怪的时节，也不知打死多少人。假似你说这般到官，倒也得些状告是。"三藏道："只因你没收没管，暴横人间，欺天诳上，才受这五百年前之难。今既入了沙门，若是还相当时行凶，一味伤生，去不得西天，做不得和尚。忒恶！忒恶！"

原来这猴子一生受不得人气，他见三藏只管绪绪叨叨，按不住心头火发道："你既是这等说我做不得和尚，上不得西天。不必恁般绪聒恶我，我回去便了！"那三藏却不曾答应，他就使一个性子，将身一纵，说一声"老孙去也！"三藏急抬头，早已不见，只闻得呼的一声回东而去。撇得那长老孤孤零零，点头自叹，悲怨不已，道："这厮，这等不受教诲，我略说他几句，他怎么就无形无影的径回去了？罢，罢，罢！也是我命里不该招徒弟、进人口。如今欲寻他无处寻，欲叫他叫不应，去来，去来！"正是舍身拚命归西去，莫倚旁人自主张。

那长老只得收拾行李稍在马上，也不骑马，一只手拄着锡杖，一只手揪着缰绳，凄凄凉凉，往西前进。行不多时，只见山路前面，有一个年高的老母，捧一件绵衣，绵衣上有一顶花帽。三藏见他来得至近，慌忙牵马，立于右侧让行。那老母问道："你是那里来的长老，孤孤恓恓独行于此？"三藏道："弟子乃东土大唐奉圣旨往西天拜佛求真经者。"老母道："西方佛乃大雷音寺天竺国界，此去有十万八千里路。你这等单人独马，又无个伴侣，又无个徒弟，你如何去得。"三藏道："弟子日前收得一个徒弟，他性泼凶顽，是我说了他几句，他不受教，遂渺然而去也。"老母道："我有这一领绵布直裰，一顶嵌金花帽，原是我儿子用的。他只做了三日和尚，不幸命短身亡，我才去他寺里，哭了一场，辞了他师父，将这两件衣帽拿来，做个忆念。长老呵，你既有徒弟，我把这衣帽送了你罢。"三藏道："承老母盛赐，但只是我徒弟已走了，不敢领受。"老母道："他那厢去了？"三藏道："我听得呼的一声，他回东去了。"老母道："东边不远，就是我家，想必往我家去了。我那里还有一篇咒儿，唤做'定心真言'，又名做'紧箍儿咒'。你可暗暗的念熟，牢记心头，再莫泄漏一人知道。我去赶上他，教他还来跟你，你却将此衣帽与他穿戴。他若不服你使唤，你就默念此咒，他再不敢行凶，也再不敢去了。”

三藏闻言，低头拜谢。那老母化一道金光，回东而去。三藏情知是观音菩萨授此真言，急忙撮土焚香，望东恳恳礼拜。拜罢，收了衣帽，藏在包袱中间，却坐于路旁，诵习那定心真言。来回念了几遍，念得烂熟，牢记心胸不题。

却说那悟空别了师父，一筋斗云，径转东洋大海，按住云头，分开水道，径至水晶宫前。早惊动龙王出来迎接，接至宫里坐下，礼毕，龙王道：“近闻得大圣难满，失贺，想必是重整仙山、复归古洞矣。”悟空道：“我也有此心性，只是又做了和尚了。”龙王道：“做甚和尚？”行者道：“我亏了南海菩萨劝善，教我正果，随东土唐僧，上西方拜佛，皈依沙门，又唤为行者了。”龙王道：“这等真是可贺，可贺！这才叫做改邪归正，惩创善心。既如此，怎么不西去，复东回何也？”行者笑道：“因是唐僧不识人性。有几个毛贼剪径，是我将他打死，唐僧就绪绪叨叨，说了我若干的不是。你想，老孙可是受得闷气的？是我撇了他，欲回本山，故此先来望你一望，求钟茶吃。”龙王道：“承降，承降。”当时龙子龙孙即捧香茶来献。

茶毕，行者回头一看，见后壁上挂着一幅《圯桥进履》的画儿，行者道：“这是甚么景致？”龙王道：“大圣在先，此事在后，故你不认得，这叫做‘圯桥三进履’。”行者道：“怎的是三进履？”龙王道：“此仙乃是黄石公，此子乃是汉世张良。石公坐在圯桥上，忽然失履于桥下，遂唤张良取来，此子即忙取来，跪献于前，如此三度，张良略无一毫倨傲怠慢之心，石公遂爱他勤谨，夜授天书，着他扶汉。后果然运筹帷幄之中，决胜千里之外。太平后，弃职归山，从赤松子游，悟成仙道。大圣，你若不保唐僧，不尽勤劳，不受教诲，到底是个妖仙，休想得成正果。"悟空闻言，沉吟半晌不语。龙王道："大圣自当裁处，不可图自在，误了前程。"^{着眼。}悟空道："莫多话，老孙还去保他便了。"龙王忻喜道："既如此，不敢久留，请大圣早发慈悲，莫要疏久了你师父。"行者见他催促请行，急耸身，出离海藏，驾着云，别了龙王。

正走，却遇着南海菩萨。菩萨道："孙悟空，你怎么不受教诲，不保唐僧，来此处何干？"慌得个行者在云端里施礼道："向蒙菩萨善言，果有唐朝僧到，揭了压帖，救了我命，跟他做了徒弟。他却怪我凶顽，我才闪了他一闪，如今就去保他也。"菩萨道："赶早去，莫错过了念头。"^{着眼。}言毕，各回。

这行者，须臾间看见唐僧在路旁闷坐。他上前道："师父，怎么不走路？还在此做甚？"三藏抬头道："你往那里去来？教我行又不敢行，动又不敢动，只管在此等你。"行者道："我往东洋大海老龙王家讨茶吃吃。"三藏道："徒弟呵，出家人不要说谎。你离了我，没多一个时辰，就说到龙王家吃茶？"行者笑道："不瞒师父说，我会驾筋斗云，一个筋斗有十万八千里路，故此得即去即来。"三藏道："我略略的言语重了些儿，你就怪我，使个性子丢了我去。象你这有本事的，讨得茶吃，象我这去不得的，只管在此忍饿。你也过不意去呀。"行者道："师父，你若饿了，我便去与你化些斋吃。"三藏道："不用化斋，我那包袱里，还有些干粮，是刘太保母亲送的，你去拿钵盂寻些水来，等我吃些儿走路罢。"

行者去解开包袱，在那包裹中间见有几个粗面烧饼，拿出来递与师父，又见那光艳艳的一领绵布直裰，一顶嵌金花帽，行者道："这衣帽是东土带来的？"三藏就顺口儿答应道："是我小时穿戴的。这帽子若戴了，不用教经就会念经，这衣服若穿了，不用演礼就会行礼。"行者道："好师父，把与我穿戴了罢。"三藏道："只怕长短不一，你若穿得，就穿了罢。"行者遂脱下旧白布直裰，将绵布直裰穿上，也就是比量着身体裁的一般，把帽儿戴上。三藏见他戴上帽子，就不吃干粮，却默默的念那紧箍咒一遍。行者叫道："头疼，头疼！"那师父不住的又念了几遍，把个行者疼得打滚，抓破了嵌金的纱帽，三藏又恐怕扯断金箍，住了口不念。不念时，他就不疼了，伸手去头上摸摸，似一条金线儿模样，紧紧的勒在上面，取不下，揪不断，已是生下根了。他就耳里取出针儿来，插入箍里，往外乱揪。三藏又恐怕他揪断了，口中又念起来，他依旧生疼，疼得竖蜻蜓，翻筋斗，耳红面赤，眼胀身麻。那师父见他这等，又不忍不舍，复住了口，他的头又不疼了。行者道："我这头，原来是师父咒我的。"三藏道："我念的是紧箍经，何曾咒你？"行者道："你再念念看。"三藏真个又念，行者真个又疼，只教："莫念，莫念！念动我就疼了，这是怎么说？"三藏道："你今番可听我教诲了？"行者道："听教了。""你再可无礼了？"行者道："不敢了。"

他口里虽然答应，心上还怀不善，把那针儿幌一幌，碗来粗细，望唐僧就欲下手，慌得长老口中又念了两三遍，这猴子跌倒在地，丢了铁棒，不能举手，只教："师父，我晓得了，再莫念，再莫念。"三藏道："你怎么欺心，就敢打我？"行者道：
"我不曾敢打，我问师父，你这法儿是谁教你的？"三藏道：
"是适间一个老母传授我的。"行者大怒道："不消讲了，这
个老母坐定是那个观世音，他怎么那等害我，等我上南海打他
去。"三藏道："此法既是他授与我，他必然先晓得了。你若寻
他，他念起来，你却不是死了？"行者见说得有理，真个不敢
动身，只得回心，跪下哀告道："师父，这是他奈何我的法儿，
教我随你西去。我也不去惹他，你也莫当常言只管念诵。我愿
保你，再无退悔之意了。"^{着眼}三藏道："既如此，伏侍我上马
去也。"那行者才死心塌地，抖擞精神，束一束绵布直裰，叩背
马匹，收拾行李，奔西而进。毕竟这一去，后面又有甚话说，且
听下回分解。

总批：

请问今世人还是打死六贼的，还是六贼打死的？

又批：

"心猿归正，六贼无踪。"八个字已分明说出，人亦容易明
白。但篇中尚多隐语，人当着眼。不然，何异痴人说梦，却不辜
负了作者苦心？今特一一拈出，读者须自领略：○"是你的主人
公。"○"你的东西全然没有，转来和我等要分东西。"○"我
若不打死他，他就要打死你。"○"莫倚傍人自主张。"○"东

边不远，就是我家，想必往我家去了。"〇"这才叫做改邪归正。"〇"不可图自在，误了前程。"〇"赶早去，莫错过了念头。"〇"再无退悔之意了。"此等言语，岂是寻常，可略不加之意乎？〇着眼，着眼，方不枉读了《西游记》也。

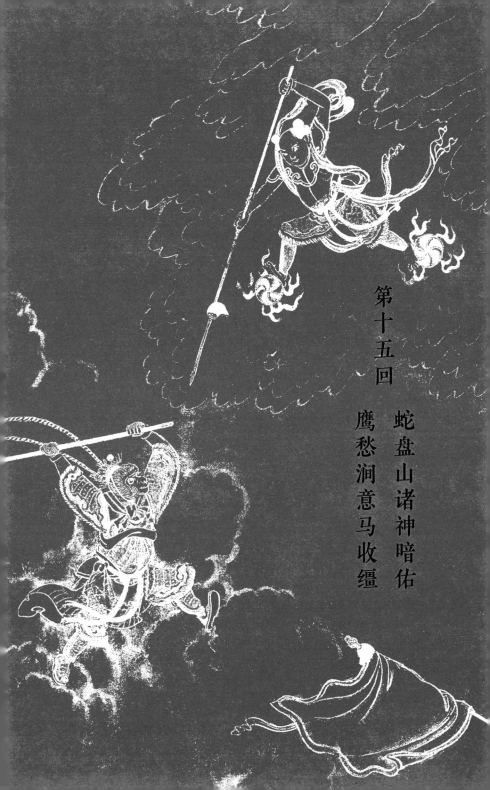

第十五回　蛇盘山诸神暗佑　鹰愁涧意马收缰

却说行者伏侍唐僧西进，行经数日。正是那腊月寒天，朔风凛凛，滑冻凌凌，去的是些悬崖峭壁崎岖路，叠岭层峦险峻山。三藏在马上，遥闻唿喇喇水声聒耳，回头叫："悟空，是那里水响？"行者道："我记得此处叫做蛇盘山鹰愁涧，想必是涧里水响。"说不了，马到涧边，三藏勒缰观看，但见：

涓涓寒脉穿云过，湛湛清波映日红。声摇夜雨闻幽谷，彩发朝霞眩太空。千仞浪飞喷碎玉，一泓水响吼清风。流归万顷烟波去，鸥鹭相忘没钓逢。

师徒两个正然看处，只见那涧当中响一声，钻出一条龙来，推波掀浪，撺出崖山，就抢长老。慌得个行者丢了行李，把师父抱下马来，回头便走。那条龙就赶不上，把他的白马连鞍辔一口吞下肚去，依然伏水潜踪。行者把师父送在那高阜上坐了，却来牵马挑担，止存得一担行李，不见了马匹。他将行李担送到师父面前道："师父，那业龙也不见踪影，只是惊走我的马了。"三藏道："徒弟呵，却怎生寻得马着么？"行者道："放心，放心，等我去看来。"

他打个唿哨，跳在空中，火眼金睛，用手搭凉篷，四下里观看，更不见马的踪迹。按落云头报道："师父，我们的马断乎是那龙吃了，四下里再看不见。"三藏道："徒弟呀，那厮能有多大口，却将那匹大马连鞍辔都吃了？想是惊张溜缰，走在那山凹之中。你再仔细看看。"行者道："你也不知我的本事。我这双眼，白日里常看一千里路的吉凶，相那千里之内蜻蜓儿展翅，我也看见，何况那匹大马我就不见。"三藏道："既是他吃了，我如何前进，可怜呵！这万水千山，怎生走得？"说着话，泪如雨落。行者见他哭将起来，他那里忍得住暴燥，发声喊道："师父莫要这等脓包形么，你坐着，坐着！等老孙去寻着那厮，教他还我马匹便了。"三藏却才扯住道："徒弟呵，你那里去寻他？只怕他暗地里撺将出来，却不又连我都害了？那时节人马两亡，怎生是好！"行者闻得这话，越加嗔怒，就叫喊如雷道："你忒不济，不济！又要马骑，又不放我去，似这般看着行李，坐到老罢。"

　　哏哏的吆喝正难息怒，只听得空中有人言语，叫道："孙大圣莫恼，唐御弟休哭。我等是观音菩萨差来的一路神祇，特来暗中保取经者。"那长老闻言，慌忙礼拜。行者道："你等是那几个？可报名来，我好点卯。"众神道："我等是六丁六甲、五方揭谛、四值功曹、一十八位护驾伽蓝，各各轮流值日听候。"行者道："今日先从谁起？"众揭谛道："丁甲、功曹、伽蓝轮次，我五方揭谛，惟金头揭谛昼夜不离左右。"行者道："既如此，不当值者且退，留下六丁神将与日值功曹和众揭谛保守着我师父。等老孙寻那涧中的业龙，教他还我马来。"众神遵令。三藏才放下心，坐在石崖之上，分付行者仔细。行者道："只管宽心。"好猴王，束一束绵布直裰，撩起虎皮裙子，撺着金箍铁棒，抖擞精神，径临涧壑，半云半雾的在那水面上高叫道："泼泥鳅，还我马来，还我马来！"

　　却说那龙吃了三藏的白马，伏在那涧底中间潜灵养性，只听得有人叫骂索马，他按不住心中火发，急纵身跃浪翻波，跳将上来道："是那个敢在那里海口伤吾？"行者见了他，大咤一声"休走，还我马来！"轮着棍劈头就打，那条龙张牙舞爪来抓，他两个在涧边前这一场赌斗，果是骁雄，但见那：

龙舒利爪，猴举金箍。那个须垂白玉线，这个眼幌赤金灯。那个须下明珠喷彩雾，这个手中铁棒舞狂风。那个是迷爷娘的业子，这个是欺天将的妖精。他两个都因有难遭磨折，今要成功各显能。

来来往往，战罢多时，盘旋良久，那条龙力软筋麻，不能抵敌，打一个转身，又撺于水内，深潜涧底，再不出头，被猴王骂詈不绝，他也只推耳聋。行者没及奈何，只得回见三藏道："师父，这个怪被老孙骂将出来，他与我赌斗多时，怯战而走，只躲在水中间，再不出来了。"三藏道："不知端的可是他吃了我马？"行者道："我看你说的话，不是他吃了，他还肯出来招声，与老孙犯对？"三藏道："你前日打虎时，曾说有降龙伏虎的手段，今日如何便不能降他？"原来那猴子吃不得人急他，见三藏抢白了他这一句，他就发起神威道："不要说，不要说，等我与他再见个上下！"

这猴王拽开步，跳到涧边，使出那翻江搅海的神通，把一条鹰愁陡涧彻底澄清的水，搅得似那九曲黄河泛涨的波。那孽龙在于深涧中，坐卧不宁，心中思想道："这才是福无双降，祸不单行。我才脱了天条死难，不上一年，在此随缘度日，又撞着这般个泼魔，他来害我。"你看他越思越恼，受不得屈气，咬着牙跳将出去，骂道："你是那里来的泼魔，这等欺我。"行者道："你莫管我那里不那里，你只还了马，我就饶你性命。"那龙道："你的马是我吞下肚去，如何吐得出来，不还你，便待怎的。"行者道："不还马时看棍，只打杀你，偿了我马的性命便罢！"他两个又在那山崖下苦斗，斗不数合，小龙委实难搪，将身一幌，变作一条水蛇儿，钻入草科中去了。猴王拿着棍，赶上前来，拨草寻蛇，那里得些影响？急得他三尸神咋，七窍烟生，念了一声唵字咒语，即唤出当坊土地、本处山神，一齐来跪下道："山神土地来见。"行者道："伸过孤拐来，各打五棍见面，与老孙散散心！"二神叩头哀告道："望大圣方便，容小神诉告。"行者道："你说甚么？"二神道："大圣一向久困，小神不知几时出来，所以不曾接得，万望恕罪。"行者道："既如此，我且不打你。我问你，鹰愁涧里，是那方来的怪龙？他怎么抢了我师父的白马吃了？"二神道："大圣自来不曾有师父，原来是个不伏天不伏地混元上真，如何得有甚么师父的马来？"行者道："你等是也不知。我只为那诳上的勾当，整受了这五百年的苦难。今蒙观音菩萨劝善，着唐朝驾下真僧救出我来，故我跟他做徒弟，往西天去拜佛求经。因路过此处，失了我师父的白马。"二神道："原来是如此。这涧中自来无邪，只是深陡宽阔，水光彻底澄清，鸦鹊不敢飞过，因水清照见自己的形影，便认做同群之鸟，往往身掷于水内，故名'鹰愁陡涧'。只是向年间，观音菩萨因为寻访取经人去，救了一条业龙，送他在此，教他等候那取经人，不许为非作歹，他只是饥了时，上岸来扑些鸟鹊吃，或是捉些獐鹿食用。不知他怎么无知，今日冲撞了大圣。"行者道："先一次他还与老孙侮手，盘旋了几合，后一次是老孙叫骂，他再不出，因此使了一个翻江搅海的法儿，搅混了他涧水，他就撺将上来，还要争持，不知老孙的棍重，他遮架不住，就变做一条水蛇，钻在草里。我赶来寻他，却无踪迹。"土地道："大圣不知，这条涧千万个孔窍相通，故此这波澜深远。想是此间也有一孔，他钻将下去。也不须大圣发怒，在此找寻，要擒此物，只消请将观世音来，自然伏了。"

行者见说，唤山神土地同来见了三藏，具言前事。三藏道："若要去请菩萨，几时才得回来？我贫僧饥寒怎忍！"说不了，只听得暗空中有金头揭谛叫道："大圣，你不须动身，小神去请菩萨来也。"行者大喜，道声"有累，有累！快行，快行！"那揭谛急纵云头，径上南海。行者分付山神、土地守护师父，日值功曹去寻斋供，他又去涧边巡绕不题。

却说金头揭谛一驾云，早到了南海，按祥光直至落伽山紫竹林中，托那金甲诸天与木叉惠岸转达，得见菩萨。菩萨道："汝来何干？"揭谛道："唐僧在蛇盘山鹰愁陡涧失了马，急得孙大圣进退两难。及问本处土神，说是菩萨送在那里的业龙吞了，那大圣着小神来告请菩萨降这业龙，还他马匹。"菩萨闻言道："这厮本是西海敖闰之子。他为纵火烧了殿上明珠，他父告他忤逆，天庭上犯了死罪。是我亲见玉帝，讨他下来，教他与唐僧做个脚力。他怎么反吃了唐僧的马？这等说，等我去来。"那菩萨降莲台，径离仙洞，与揭谛驾着祥光，过了南海而来，有诗为证：

佛说蜜多三藏经，菩萨扬善满长城。摩诃妙语通天地，般若真言救鬼灵。致死金蝉重脱壳，故令玄奘再修行。只因路阻鹰愁涧，龙子归真化马形。

那菩萨与揭谛，不多时到了蛇盘山，却在那半空里留住祥云，低头观看，只见孙行者正在涧边叫骂。菩萨着揭谛唤他来。那揭谛按落云头，不经由三藏，直至涧边，对行者道："菩萨来也。"行者闻得，急纵云跳到空中，对他大叫道："你这个七佛之师、慈悲的教主，你怎么生方法儿害我！"菩萨道："我把你这个大胆的马流、村愚的赤尻，我倒再三尽意，度得个取经人来，叮咛教他救你性命，你怎么不来谢我活命之恩，反来与我嚷闹？"行者道："你弄得我好哩，你既放我出来，让我逍遥自在耍子便了，你前日在海上迎着我，伤了我几句，教我来尽心竭力，伏侍唐僧便罢了，你怎么送他一顶花帽，哄我戴在头上受苦？把这个箍子长在老孙头上，又教他念一卷甚么'紧箍儿咒'，着那老和尚念了又念，教我这头上疼了又疼，这不是你害我也？"菩萨笑道："你这猴子，你不遵教令，不受正果，若不如此拘系你，你又诳上欺天，知甚好歹，再似从前撞出祸来，有谁收管？须是得这个魔头，你才肯入我瑜伽之门路哩。"行者道："这桩事，作做是我的魔头罢，你怎么又把那有罪的业龙，送在此处成精，教他吃了我师父的马匹？此又是纵放歹人为恶，太不善也。"菩萨道："那条龙，是我亲奏玉帝讨他在此，专为求经人做个脚力。你想那东土来的凡马，怎历得这万水千山，怎到得那灵山佛地？须是得这个龙马方才去得。"行者道：

"像他这般惧怕老孙，潜躲不出，如之奈何？"菩萨叫揭谛道："你去涧边叫一声'敖闰龙王玉龙三太子，你出来，有南海菩萨在此'，他就出来了。"那揭谛果去涧边叫了两遍。那小龙翻波跳浪，跳出水来，变作一个人相，踏了云头，到空中对菩萨礼拜道："向蒙菩萨解脱活命之恩，在此久等，更不闻取经人的音信。"菩萨指着行者道："这不是取经人的大徒弟？"小龙见了道："菩萨，这是我的对头。我昨日腹中饥馁，果然吃了他的马匹。他倚着有些力量，将我斗得力怯而回，又骂得我闭门不敢出来，他更不曾提着一个'取经'的字样。"行者道："你又不曾问我姓甚名谁，我怎么就说？"小龙道："我不曾问你是那里来的泼魔？你嚷道：'管甚么那里不那里，只还我马来。'何曾说出半个'唐'字。"菩萨道："那猴头专倚自强，_{着眼。}那肯称赞别人？今番前去，还有归顺的哩，若问时，先提起'取经'的字来，却也不用劳心，自然供伏。"

行者欢喜领教。菩萨上前，把那小龙的项下明珠摘了，将杨柳枝蘸出甘露，往他身上拂了一拂，吹口仙气，喝声叫"变！"那龙即变做他原来的马匹毛片，又将言语分付道："你须用心了还业障，_{着眼。}功成后，超越凡龙，还你个金身正果。"那小龙口衔着横骨，心心领诺。菩萨教："悟空，领他去见三藏，我回海上去也。"行者扯住菩萨不放道："我不去了，我不去了！西方路这等崎岖，保这个凡僧，几时得到？似这等多磨多折，老孙的性命也难全，如何成得甚么功果，我不去了，我不去了！"菩萨道："你当年未成人道，且肯尽心修悟，你今日脱了天灾，怎么倒生懒惰？我门中以寂灭成真，须是要信心正果。假若到了那伤身苦磨之处，我许你叫天天应，叫地地灵，十分再到那难脱之际，我也亲来救你。你过来，我再赠你一般本事。"菩萨将杨柳叶儿摘下三叶，放在行者的脑后，喝声"变！"即变做三根救命的毫毛，教他："若到那无济无生的时节，可以随机应变，救得你急苦之灾。"

行者闻了这许多好言，才谢了大慈大悲的菩萨。那菩萨香风绕绕，彩雾飘飘，径转普陀而去。这行者才按落云头，揪着那龙马的顶鬃，来见三藏道："师父，马有了也。"三藏一见大喜道："徒弟，这马怎么比前反肥盛了些，在何处寻着的？"行者道："师父，你还做梦哩，却才是金头揭谛请了菩萨来，把那涧里龙化作我们的白马，其毛片相同，只是少了鞍辔，着老孙揪将来也。"三藏大惊道："菩萨何在？待我去拜谢他。"行者道："菩萨此时已到南海，不耐烦矣。"三藏就撮土焚香，望南礼拜，拜罢起身，即与行者收拾前进。行者喝退了山神土地，分付了揭谛功曹，却请师父上马。三藏道："那无鞍辔的马，怎生骑得？且待寻船渡过涧去，再作区处。"行者道："这个师父好不知时务！这个旷野山中，船从何来？这匹马，他在此久住，必知水势，就骑着他做个船儿过去罢。"三藏无奈，只得依言，跨了划马，行者挑着行囊，到了涧边。

只见那上溜头，有一个渔翁，撑着一个枯木的筏子，顺流而下。行者见了，用手招呼道："老渔，你来，你来。我是东土取经去的，我师父到此难过，你来渡他一渡。"渔翁闻言，即忙撑拢。行者请师父下了马，扶持左右。三藏上了筏子，揪上马匹，安了行李。那老渔撑开筏子，如风似箭，不觉的过了鹰愁陡涧，上了西岸。三藏教行者解开包袱，取出大唐的几文钱钞，送与老渔。老渔把筏子一篙撑开道："不要钱，不要钱。"_{如今做官的倒要钱。}向中流渺渺茫茫而去。三藏甚不过意，只管合掌称谢，行者道："师父休致意了，你不认得他。他是此涧里的水神。不曾来接得我老孙，老孙还要打他哩，只如今免打就勾了他也，怎敢要钱。"那师父也似信不信，只得又跨着划马，随着行者，径投大路，奔西而去。这正是广大真如登彼岸，诚心了性上灵山。同师前进，不觉的红日沉西，天光渐晚，但见：

淡云撩乱，山月昏蒙。满天霜色生寒，四面风声透体。孤鸟去时苍渚阔，落霞明处远山低。疏林千树吼，空岭独猿啼。长途不见行人迹，万里归舟入夜时。

三藏在马上遥观，忽见路旁一座庄院。三藏道："悟空，前面人家可以借宿，明早再行。"行者抬头看见道："师父，不是人家庄院。"三藏道："如何不是？"行者道："人家庄院，却没飞鱼稳兽之脊，这断是个庙宇庵院。"

师徒们说着话，早已到了门首。三藏下了马，只见那门上有三个大字，乃"里社祠"，遂入门里。那里边有一个老者，顶挂着数珠儿，合掌来迎，教声："师父请坐。"三藏慌忙答礼，上殿去参拜了圣像，那老者即呼童子献茶。茶罢，三藏问老者道："此庙何为'里社'？"老者道："敝处乃西番哈咇国界。这庙后有一庄人家共发虔心，立此庙宇。里者，乃一乡里地；社者，乃一社土神。每遇春耕、夏耘、秋收、冬藏之日，各办三牲花果来此祭社，以保四时清吉、五谷丰登、六畜茂盛故也。"三藏闻言，点头夸赞："正是离家三里远，别是一乡风。我那里人家更无此善。"老者却问："师父仙乡是何处？"三藏道："贫僧是东土大唐国奉旨意上西天拜佛求经的。路过宝坊，天色将晚，特投圣祠告宿一宵，天光即行。"那老者十分欢喜，道了几声"失迎"，又叫童子办饭。三藏吃毕，谢了。行者的眼乖，见他房檐下，有一条搭衣的绳子，走将去，一把扯断，将马脚系住。那老者笑道："这马是那里偷来的？"行者怒道："你那老头子，说话不知高低，我们是拜佛的圣僧，又会偷马？"老儿笑道："不是偷的，如何没有鞍辔缰绳，却来扯断我晒衣的索子？"三藏陪礼道："这个顽皮，只是性躁。你要拴马，好生问老人家讨条绳子，如何就扯断他的衣索？老先，休怪，休怪。我这马，实不瞒你说，不是偷的。昨日东来，至鹰愁陡涧，原有骑的一匹白马，鞍辔俱全，不期那涧里有条孽龙，在彼成精，他把我的马连鞍辔一口吞之。幸亏我徒弟有些本事，又感得观音菩萨来涧边擒住那龙，教他就变做我原骑的白马，毛片俱同，驮我上西天拜佛。过了此涧，未经一日，却到了老先的圣祠，还不曾置得鞍辔哩。"那老者道："师父休怪，我老汉作笑耍子，谁知你高徒认真。我小时也有几个村钱，也好骑匹骏马，只因累岁迍邅，遭丧失火，到此没了下稍，故充为庙祝，侍奉香火，幸亏这后庄施主家募化度日。我那里倒还有一副鞍辔，是我平日心爱之物，就是这等贫穷，也不曾舍得卖了。才听老师父之言，菩萨尚且救护，神龙教他化马驮你，我老汉却不能少有周济，明日将那鞍辔取来，愿送老师父，叩背前去，乞为笑纳。"三藏闻言，称谢不尽。早又见童子拿出晚斋，斋罢，掌上灯，安了铺，各各寝歇。

至次早，行者起来道："师父，那庙祝老儿昨晚许我们鞍辔，问他要，不要饶他。"说未了，只见那老儿，果擎着一副鞍辔、衬屉缰笼之类，凡马上一切用的，无不全备，放在廊下道："师父，鞍辔奉上。"三藏见了，欢喜领受，教行者拿了，背上马，看可相称否。行者走上前，一件件的取起看了，果然是些好物，有诗为证，诗曰：

雕鞍彩幌束银星，宝凳光飞金线明。衬屉几层绒苫叠，牵缰三股紫丝绳。辔头皮札团花粲，云扇描金舞兽形。环嚼叩成磨炼铁，两垂蘸水结毛缨。

行者心中暗喜，将鞍辔背在马上，就似量着做的一般。三藏拜谢那老，那老慌忙搀起道："惶恐，惶恐！何劳致谢？"那老者也不再留，请三藏上马。那长老出得门来，攀鞍上马，行者担着行李。那老儿复袖中取出一条鞭儿来，却是皮丁儿寸札的香藤柄子，虎筋丝穿结的稍儿，在路旁拱手奉上道："圣僧，我还有一条挽手儿，一发送了你罢。"那三藏在马上接了道："多承布施，多承布施！"正打问讯，却早不见了那老儿，及回看那里社祠，是一片光地。只听得半空中有人言语道："圣僧，多简慢你。我是落伽山山神土地，蒙菩萨差送鞍辔与汝等的。汝等可努力西行，却莫一时怠慢。"慌得个三藏滚鞍下马，望空礼拜道："弟子肉眼凡胎，不识尊神圣面，望乞恕罪，烦转达菩萨，深蒙恩佑。"你看他只管朝天磕头，也不计其数，路旁边活活的笑倒个孙大圣，孜孜的喜坏个美猴王，上前来扯住唐僧道："师父，你起来罢，他已去得远了，听不见你祷祝，看不见你磕头，只管拜怎的？"长老道："徒弟呀，我这等磕头，你也就不拜他一拜，且立在旁边，只管哂笑，是何道理？"行者道："你那里知道，相他这个藏头露尾的，本该打他一顿，只为看菩萨面上，饶他打尽勾了，他还敢受我老孙之拜？老孙自小儿做好汉，不晓得拜人，就是见了玉皇大帝、太上老君，我也只是唱个喏便罢了。"三藏道："不当人子，莫说这空头话，快起来，莫误了走路。"那师父才起来收拾投西而去。

此去行有两个月太平之路，相遇的都是些庬庬、回回，狼虫虎豹。光阴迅速，又值早春时候，但见山林铺翠色，草木发青芽；梅英落尽，柳眼初开。师徒们行玩春光，又见太阳西坠。三藏勒马遥观，山凹里，有楼台影影、殿阁沉沉。三藏道："悟空，你看那里是甚么去处？"行者抬头看了道："不是殿宇，定是寺院。我们赶起些，那里借宿去。"三藏欣然从之，放开龙马，径奔前来。毕竟不知此去是甚么去处，且听下回分解。

总批：

篇中云："那猴头，专倚自强，他肯称赞他人？"这是学者第一个魔头，读者亦能着眼否？○心猿归正，意马收缰，此事便有七八分了。着眼，着眼。

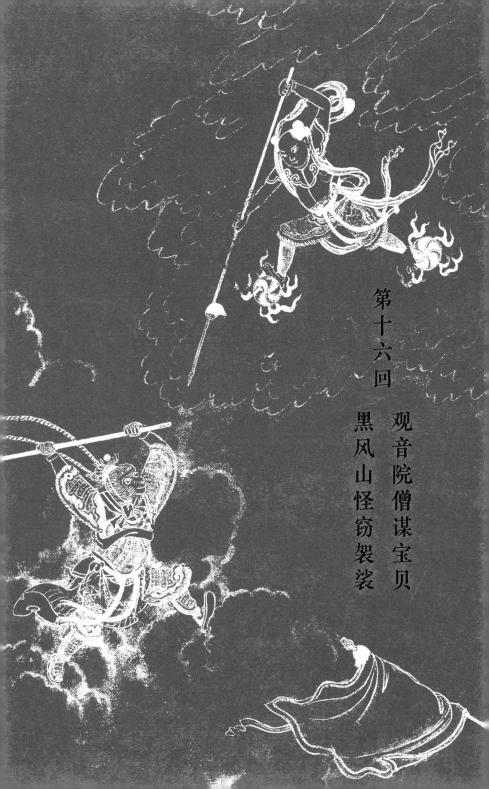

第十六回　观音院僧谋宝贝　黑风山怪窃袈裟

観音院謀観計山罷職装怪架

観音院僧謀観計山罷職装怪架

却说他师徒两个，策马前来，直至山门首观看，果然是一座寺院。但见那：

层层殿阁，叠叠廊房，三山门外，巍巍万道彩云遮；五福堂前，艳艳千条红雾绕。两路松篁，一林桧柏。两路松篁，无年无纪自清幽；一林桧柏，有色有颜随傲丽。又见那钟鼓楼高，浮屠塔峻。安禅僧定性，啼树鸟音关。寂寞无尘真寂寞，清虚有道果清虚。

诗曰：

上刹祇园隐翠窝，招提胜景赛裟婆。
果然净土人间少，天下名山僧占多。

长老下了马，行者歇了担，正欲进门，只见那门里走出一众僧来，你看他怎生模样：

头戴左笄帽，身穿无垢衣。铜环双坠耳，绢带束腰围。草履行来稳，木鱼手内提。口中常作念，般若总皈依。

三藏见了，侍立门旁，道个问讯，那和尚连忙答礼，笑道失瞻，问："是那里来的？请入方丈献茶。"三藏道："我弟子乃东土钦差，上雷音寺拜佛求经。至此处天色将晚，欲借上刹一宵。"那和尚道："请进里坐，请进里坐。"三藏方唤行者牵马进来。那和尚忽见行者相貌，有些害怕，便问："那牵马的是个甚么东西？"三藏道："悄声的言！他的性急，若听见你说是甚么东西，他就恼了。他是我的徒弟。"那和尚打了个寒噤，咬着指头道："这般一个丑头怪脑的，好招他做徒弟？"三藏道："你看不出来哩，丑自丑，甚是有用。"那和尚只得同三藏与行者进了山门。山门里，又见那正殿上书四个大字，是"观音禅院"，三藏又大喜道："弟子屡感菩萨圣恩，未及叩谢。今遇禅院，就如见菩萨一般，甚好拜谢。"那和尚闻言，即命道人开了殿门，请三藏朝拜。那行者拴了马，丢了行李，同三藏上殿。三藏展背舒身，铺胸纳地，望金像叩头，那和尚便去打鼓，行者就去撞钟，三藏俯伏台前，倾心祷祝。祝拜已毕，那和尚住了鼓，行者还只管撞钟不歇，或紧或慢，撞了许久，那道人道："拜已毕了，还撞钟怎么？"行者方丢了钟杵，笑道："你那里晓得，我这是做一日和尚撞一日钟的。"此时却惊动那寺里大小僧人、上下房长老，听得钟声乱响，一齐拥出道："那个野人在这里乱敲钟鼓？"行者跳将出来，咄的一声道："是你孙外公撞了耍子的。"那些和尚一见了，唬得跌跌滚滚，都爬在地下道："雷公爷爷！"行者道："雷公是我的重孙儿哩，起来起来，不要怕，我们是东土大唐来的老爷。"众僧方才礼拜，见了三藏，都才放心不怕。内有本寺院主请道："老爷们，到后方丈中奉茶。"遂而解缰牵马，抬了行李，转过正殿，径入后房，序了坐次。

那院主献了茶，又安排斋供。天光尚早，三藏称谢未毕，只见那后面有两个小童，搀着一个老僧出来。看他怎生打扮：

头上戴一顶毗卢方帽，猫睛石的宝顶光辉；身上穿一领锦绒褊衫，翡翠毛的金边幌亮。一对僧鞋攒八宝，一根拄杖嵌云星。满面皱痕，好似骊山老母；一双昏眼，却如东海龙君。口不关风因齿落，腰驼背屈为筋挛。

众僧道："师祖来了。"三藏躬身施礼迎接道："老院主，弟子拜揖。"那老僧还了礼，又各叙坐。老僧道："适间小的们说东土唐朝来的老爷，我才出来奉见。"三藏道："轻造宝山，不知好歹，恕罪恕罪。"老僧道："不敢不敢。"因问："老爷，东土到此有多少路程？"三藏道："出长安边界，有五千馀里，过两界山，收了一众小徒，一路来，行过西番哈呫国，经两个月，又有五六千里，才到了贵处。"老僧道："也有万里之遥了。我弟子虚度一生，山门也不曾出去，诚所谓坐井观天、樗朽之辈。"三藏又问："老院主高寿几何？"老僧道："痴长二百七十岁了。"行者听见道："这还是我万代孙儿哩。"三藏瞅了他一眼道："谨言，莫要不识高低冲撞人。"那和尚便问："老爷，你有多少年纪了？"行者道："不敢说。"那老僧也只当一句风话，便不介意，也再不问，只叫献茶。有一个小幸童，拿出一个羊脂玉的盘儿，有三个法蓝厢金的茶钟；又一童，提一把白铜壶儿，斟了三杯香茶，真个是色欺榴蕊艳，味胜桂花香。三藏见了，夸爱不尽道："好物件，好物件，真是美食美器。"那老僧道："污眼污眼，老爷乃天朝上国，广览奇珍，似这般器具，何足过奖。老爷自上邦来，可有甚么宝贝，借与弟子一观？"三藏道："可怜，我那东土无甚宝贝，就有时，路程遥远，也不能带得。"

行者在旁道:"师父,我前日在包袱里,曾见那领袈裟,不是件宝贝?拿与他看看何如?"众僧听说袈裟,一个个冷笑。行者道:"你笑怎的?"院主道:"老爷才说袈裟是件宝贝,言实可笑。若说袈裟,似我等辈者,不止二三十件,若论我师祖,在此处做了二百五六十年和尚,足有七八百件。"叫:"拿出来看看。"那老和尚,也是他一时卖弄,便叫道人开库房,头陀抬柜子,就抬出十二柜,放在天井中。开了锁,两边设下衣架,四围牵了绳子,将袈裟一件件抖开挂起,请三藏观看,果然是满堂绮绣,四壁绫罗。行者一一观之,都是些穿花纳锦、刺绣销金之物,笑道:"好,好,好,收起收起,把我们的也取出来看看。"三藏把行者扯住,悄悄的道:"徒弟,莫要与人斗富。你我是单身在外,只恐有错。"行者道:"看看袈裟,有何差错?"三藏道:"你不曾理会得。古人有云,'珍奇玩好之物,不可使见贪婪奸伪之人'。倘若一经人目,必动其心;既动其心,必生其计。汝是个畏祸的,索之而必应其求可也;不然,则殒身灭命皆起于此。事不小矣。"行者道:"放心放心,都在老孙身上。"你看他不由分说,急急的走了去,把个包袱解开,早有霞光迸迸,尚有两层油纸裹定,去了纸,取出袈裟,抖开时,红光满室,彩气盈庭。众僧见了,无一个不心欢口赞。真个好袈裟,上头有:

千般巧妙明珠坠,万样稀奇佛宝攒。上下龙须铺彩绮,兜罗四面锦沿边。体挂魍魉从此灭,身披魑魅入黄泉。托化天仙亲手制，不是真僧不敢穿。

那老和尚见了这般宝贝，果然动了奸心，戒之在得。走上前对三藏跪下，眼中垂泪道："我弟子真是没缘。"三藏搀起道："老院师有何话说？"他道："老爷这件宝贝，方才展开，天色晚了，奈何眼目昏花，不能看得明白，岂不是无缘。"三藏教："掌上灯来，让你再看。"那老僧道："爷爷的宝贝已是光亮，再点了灯，一发晃眼，莫想看得仔细。"三藏尚多一领袈裟。行者道："你要怎的看才好？"老僧道："老爷若是宽恩放心，教弟子拿到后房，细细的看一夜，明早送还老爷西去，不知尊意何如？"三藏听说，吃了一惊，埋怨行者道："都是你，都是你！"行者笑道："怕他怎的？等我包起来，等他拿了去看。但有疏虞，尽是老孙管整。"那三藏阻当不住，他把袈裟递与老僧道："凭你看去，只是明早照旧还我，不得损污些须。"老僧喜喜欢欢，着幸童将袈裟拿进去，却分付众僧，将前面禅堂扫净，取两张藤床，安设铺盖，请二位老爷安歇，一壁厢又分付安排早斋送行。遂而各散，师徒们关了禅堂，睡下不题。

却说那和尚把袈裟骗到手，拿在后房灯下，对袈裟号跳痛哭，曲尽世上老贪之态。慌得那本寺僧，不敢先睡，小幸童也不知为何，却去报与众僧道："公公哭到二更时候，还不歇声。"有两个徒孙是他心爱之人，上前问道："师公，你哭怎的？"老僧道："我哭无缘，看不得唐僧宝贝。"小和尚道："公公年纪高大，发过了他的袈裟，放在你面前，你只消解开看便罢了，何须痛哭？"老僧道："看的不长久，我今年二百七十岁，空挣了几百件袈裟，怎么得有他这一件？怎么得做个唐僧？ ^{既是二百七十岁，纵得此袈裟能得几年受享？独不曰六十不制衣乎？可为世情发一大笑。}小和尚道："师公差了，唐僧乃是离乡背井的一个行脚僧。你这等年高，享用也勾了，倒要相他做行脚僧，何也？"老僧道："我虽是坐家自在，乐乎晚景，却不得他这袈裟穿穿，若教我穿得一日儿，就死也闭眼，也是我来阳世间为僧一场。"众僧道："好没正经，你要穿他的，有何难处？我们明日留他住一日，你就穿他一日，留他住十日，你就穿他十日便罢了，何苦这般痛哭？"老僧道："总然留他住了半载，也只穿得半载，到底也不得气长，他要去时只得与他去，怎生留得长远？"正说话处，有一个小和尚，名唤广智，出头道："公公，要得长远也容易。"老僧闻言，就欢喜起来道："我儿，你有甚么高见？"广智道："那唐僧两个是走路的人，辛苦之甚，如今已睡着了。我们想几个有力量的，拿了枪刀，打开禅堂，将他杀了，把尸首埋在后园，只我一家知道，却又谋了他的白马、行囊，却把那袈裟留下，以为传家之宝，岂非子孙长久之计耶？"老和尚见说，满心欢喜，却才揩了眼泪道："好，好，好！此计绝妙！"即便收拾枪刀。内中又有一个小和尚，名唤广谋，就是那广智的师弟，上前来道："此计不妙。若要杀他，须要看看动静。那个白脸的似易，那个毛脸的似难。万一杀他不得，却不返招己祸？我有一个不动刀枪之法，不知你尊意如何？"老僧道："我儿，你有何法？"广谋道："依小孙之见，如今唤聚东山大小房头，每人要干柴一束，舍了那三间禅堂，^{三间禅堂换了一领袈裟，所得便宜处，失便宜也。}放起火来，教他欲走无门，连马一火焚之。就是山前山后人家看见，只说是他自不小心，走了火，将我禅堂都烧了。那两个和尚却不都烧死？

又好掩人耳目。袈裟岂不是我们传家之宝？"那些和尚闻言，无不欢喜，都道："强，强，强！此计更妙，更妙。"遂教各房头搬柴来。咦，这一计，正是弄得个高寿老僧该尽命，观音禅院化为尘。原来他那寺里有七八十个房头，大小有二百馀众，当夜一拥搬柴，把个禅堂前前后后四面围绕不通，安排放火不题。

却说三藏师徒安歇已定。那行者却是个灵猴，虽然睡下，只是存神炼气，朦胧着醒眼，忽听得外面不住的人走，查查的柴响风生，他心疑惑道："此时夜静，如何有人行得脚步之声？莫敢是贼盗谋害我们的？"他就一骨鲁跳起，欲要开门出看，又恐惊醒师父。你看他弄个精神，摇身一变，变做一个蜜蜂儿，真个是：

　　口甜尾毒，腰细身轻。穿花度柳飞如箭，粘絮寻香似落星。小小微躯能负重，嚣嚣薄翅会风云。却自檐棱下，钻出看分明。

只见那众僧们搬柴运草，已围住禅堂放火哩。行者暗笑道："果依我师父之言，他要害我们性命，谋我的袈裟，故起这等毒心。我待要拿棍打他啊，可怜又不禁打，一顿棍都打死了，师父又怪我行凶。罢，罢，罢！与他个顺手牵羊，将计就计，教他住不成罢。"好行者，一筋斗跳上南天门里，唬得个庞、刘、苟、毕躬身，马、赵、温、关控背，俱道："不好了，不好了！那闹天宫的主子又来了。"行者摇着手道："列位免礼休惊，我来寻广目天王的。"

说不了，却遇天王早到，迎着行者道："久阔，久阔。前闻得观音菩萨来见玉帝，借了四值功曹、六丁六甲并揭谛等，保护唐僧往西天取经去，说你与他做了徒弟，今日怎么得闲到此？"行者道："且休叙阔。唐僧路遇歹人，放火烧他，事在万分紧急，特来寻你借辟火罩儿，救他一救。快些拿来使使，即刻返上。"天王道："你差了，既是歹人放火，只该借水救他，如何要辟火罩？"行者道："你那里晓得就里，借水救之，却烧不起来，倒相应了他，^趣。只是借此罩，护住了唐僧无伤，其馀管他，尽他烧去，快些快些！此时恐已无及，莫误了我下边干事。"那天王笑道："这猴子还是这等起不善之心，只顾了自家，就不管别人。"^{着眼}行者道："快着快着，莫要调嘴，害了大事。"那天王不敢不借，遂将罩儿递与行者。

行者拿了，按着云头，径到禅堂房脊上，罩住了唐僧与白马、行李。他却去那后面老和尚住的方丈房上头坐着，意护那袈裟，看那些人放起火来，他转捻诀念咒，望巽地上吸一口气吹将去，一阵风起，把那火转刮得烘烘乱着，好火，好火，但见：

黑烟漠漠，红焰腾腾。黑烟漠漠，长空不见一天星；红焰腾腾，大地有光千里赤。起初时，灼灼金蛇；次后来，煜煜血马。南方三炁逞英雄，回禄大神施法力。燥干柴烧烈火性，说甚么燧人钻木；熟油门前飘彩焰，赛过了老祖开炉。正是那无情火发，^{着眼}怎禁这有意行凶，不去弭灾，返行助虐。风随火势，焰飞有千丈馀高；火逞风威，灰迸上九霄云外。乒乒乓乓，好便似残年爆竹；泼泼喇喇，却就如军中炮响。烧得那当场佛像莫能逃，东院伽蓝无处躲。胜如赤壁夜鏖兵，赛过阿房宫内火！

这正是星星之火，^{着眼。}能烧万顷之田。须臾间，风狂火盛，把一座观音院处处通红。你看那众和尚，般箱抬笼，抢桌端锅，满院里叫苦连天。孙行者护住了后边方丈，辟火罩罩住了前面禅堂，其馀前后火光大发，真个是照天红焰辉煌，透壁金光照耀。

不期火起之时，惊动了一山兽怪。这观音院正南二十里远近，^{这一转，亦有生发。}有座黑风山，山中有一个黑风洞。洞中有一个妖精，正在睡醒翻身，只见那窗间透亮，只道是天明，起来看时，却是正北下的火光幌亮，妖精大惊道："呀！这必是观音院里失了火，这些和尚好不小心，我看时与他救一救来。"好妖精，纵起云头，即至烟火之下，果然冲天之火，前面殿宇皆空，两廊烟火方灼，他大拽步，撞将进去，正呼唤叫取水来，只见那后房无火，房脊上有一人放风。他却情知如此，急入里面看时，见那方丈中间有些霞光彩气，台案上有一个青毡包袱，他解开一看，见是一领锦襕袈裟，乃佛门之异宝。正是财动人心，他也不救火，他也不叫水，拿着那袈裟，趁哄打劫，拽回云步，径转东山而去。^{这件袈裟僧偷怪窃，唐僧为他多了若干事，真是'着了袈裟事更多'也。}那场火只烧到五更天明，方才灭息。你看那众僧们，赤赤精精，啼啼哭哭，都去那灰内寻铜铁、拨腐炭、扑金银，有的在墙筐里苦搭窝棚，有的赤壁根头支锅造饭，叫冤叫屈，乱嚷乱闹不题。

却说行者取了辟火罩，一筋斗送上南天门，交与广目天王道："谢借，谢借！"天王收了道："大圣至诚了。我正愁你不还我的宝贝，无处寻讨，且喜就送来也。"行者道："老孙可是那当面骗物之人？这叫做'好借好还，再借不难'。"天王道："许久不面，请到宫少坐一时何如？"行者道："老孙比在前不同，'烂板凳高谈阔论了'，如今保唐僧，不得身闲。容叙，容叙！"急辞别坠云，又见那太阳星上，径来到禅堂前，摇身一变，变做蜜蜂儿，飞将进去，现了本相，看时那师父还沉睡哩。

行者叫道："师父，天亮了，起来罢。"三藏才醒觉，翻身道："正是。"穿了衣服，开门出来，忽抬头只见些倒壁红墙，不见了楼台殿宇，大惊道："呀！怎么这殿宇俱无？都是红墙，何也？"行者道："你还做梦哩，今夜走了火的。"三藏道："我怎不知？"行者道："是老孙护了禅堂，见师父浓睡，不曾惊动。"三藏道："你有本事护了禅堂，如何就不救别房之火？"行者笑道："好教师父得知。果然依你昨日之言，他爱上我们的袈裟，算计要烧杀我们，若不是老孙知觉，到如今皆成灰骨矣。"三藏闻言，害怕道："是他们放的火么？"行者道："不是他是谁？"三藏道："莫不是怠慢了你，你干的这个勾当？"行者道："老孙是这等怠懒之人，干这等不良之事？实实是他家放的。老孙见他心毒，果是不曾与他救火，只是与他略略助些风的。"三藏道："天那，天那，火起时，只该助水，怎转助风？"行者道："你可知古人云，'人没伤虎心，虎没伤人意。'_{着眼}他不弄火，我怎肯弄风？"三藏道："袈裟何在？敢莫是烧坏了也？"行者道："没事没事，烧不坏，那放袈裟的方丈无火。"三藏恨道："我不管你，但是有些儿伤损，我只把那话儿念动念动，你就是死了。"行者慌了道："师父，莫念莫念，管寻还你袈裟就是了，等我去拿来走路。"三藏就牵着马，行者挑了担，出了禅堂，径往后方丈去。

却说那些和尚，正悲切间，忽的看见他师徒牵马挑担而来，唬得一个个魂飞魄散道："冤魂索命来了。"^{妙。}行者喝道："甚么冤魂索命？快还我袈裟来。"众僧一齐跪倒叩头道："爷爷呀！冤有冤家，债有债主，要索命不干我们事，都是广谋与老和尚奸计害你的，莫问我们讨命。"行者咄的一声道："我把你这些该死的畜生！那个问你讨甚么命，只拿袈裟来还我走路。"其间有两个胆量大的和尚道："老爷，你们在禅堂里已烧死了，如今又来讨袈裟，端的还是人是鬼？"行者笑道："这伙业畜，那里有甚么火来？你去前面看看禅堂，再来说话。"众僧们爬起来往前观看，那禅堂外面的门窗槅扇，更不曾燎灼了半分。众人悚惧，才认得三藏是种神僧，行者是尊护法，一齐上前叩头道："我等有眼无珠，不识真人下界，你的袈裟在后面方丈中老师祖处哩。"三藏行过了三五层败壁破墙，嗟叹不已。只见方丈果然无火，众僧抢入里面，叫道："公公，唐僧乃是神人，未曾烧死，如今反害了自己家当，^{天理。}趁早拿出袈裟，还他去也。"

原来这老和尚寻不见袈裟，又烧了本寺的房屋，正在万分烦恼焦燥之处，一闻此言，怎敢答应，因寻思无计，进退无方，拽开步，躬着腰，往那墙上着实撞了一头，可怜只撞得脑破血流魂魄散，咽喉气断染红沙，有诗为证：

堪叹老衲性愚蒙，枉作人间一寿翁。欲得袈裟传远世，岂知佛宝不凡同。但将容易为长久，定是萧条取败功。广智广谋成甚用，损人利己一场空。^{说出。}

慌得个众僧哭道："师公已撞杀了，又不见袈裟，怎生是好？"行者道："想是汝等盗藏起也，都出来，开具花名手本，等老孙逐一查点。"那上下房的院主，将本寺和尚、头陀、幸童、道人尽行开具手本二张，大小人等，共计二百三十名。行者请师父高坐，他却一一从头唱名搜简，都要解放衣襟，分明点过，更无袈裟。又将那各房头搬抢出去的箱笼物件，从头细细寻遍，那里得有踪迹。三藏心中烦恼，懊恨行者不尽，却坐在上面念动那咒。行者扑的跌倒在地，抱着头，十分难禁，只教："莫念，莫念，管寻还了袈裟。"那众僧见了，一个个战兢的上前跪下劝解，三藏就合口不念。行者一骨鲁跳起来，耳朵里掣出铁棒，要打那些和尚，被三藏喝住道："这猴头，你头疼还不怕，还要无礼？休动手，且莫伤人，再与我审问一问。"众僧们磕头礼拜，哀告三藏道："老爷饶命，我等委实的不曾看见。这都是那老死鬼的不是，他昨晚看着你的袈裟，只哭到更深时候，看也不曾敢看，思量要图长久，做个传家之宝，设计定策，要烧杀老爷。自火起之候，狂风大作，各人只顾救火，搬抢物件，更不知袈裟去向。"

行者大怒，走进方丈屋里，把那触死鬼尸首抬出，选剥了细看，浑身更无那件宝贝，就把个方丈掘地三尺，也无踪影。行者忖量半晌，问道："你这里可有甚么妖怪成精么？"院主道："老爷不问，莫想得知。我这里正东南有座黑风山，黑风洞内有一个黑大王，我这老死鬼常与他讲道，他便是个妖精。别无甚物。"行者道："那山离此有多远近？"院主道："只有二十里，那望见山头的就是。"行者笑道："师父放心，不须讲了，一定是那黑怪偷去无疑。"三藏道："他那厢离此有二十里，如何就断得是他？"行者道："你不曾见夜间那火，光腾万里，亮透三天，且休说二十里，就是二百里也照见了。坐定是他见火光焜耀，趁着机会，暗暗的来到这里，看见我们袈裟是件宝贝，必然趁哄拕去也。等老孙去寻他一寻。"三藏道："你去了时，我却何倚？"行者道："这个放心，暗中自有神灵保护，明中等我叫那些和尚伏侍。"即唤众和尚过来道："汝等着几个去埋那老鬼，着几个伏侍我师父，看守我白马。"众僧领诺。行者又道："汝等莫顺口儿答应，等我去了，你就不来奉承，看师父的要怡颜悦色，养白马的要水草调匀，假有一毫儿差了，照依这个样棍，与你们看看。"他掣出棍子，照那火烧的砖墙扑的一下，把那墙打得粉碎，又振倒了有七八层墙。众僧见了，个个骨软身麻，跪着磕头滴泪道："爷爷宽心前去，我等竭力虔心，供奉老爷，决不敢一毫怠慢。"好行者，急纵筋斗云，径上黑风山，寻找这袈裟。正是那：

金禅求正出京畿，仗锡投西涉翠微。虎豹狼虫行处有，工商士客见时希。路逢异国愚僧妒，全仗齐天大圣威。火发风生禅院废，黑熊夜盗锦襕衣。

毕竟此去，不知袈裟有无，吉凶如何，且听下回分解。

总批：

饶他广智、广谋，直弄得家破人亡，亦一省之乎？

好个广智、广谋，袈裟又不曾得，家当烧了，老和尚死了。何益，何益！人人如此，可怜，可怜！善乎，篇中之言曰："广智广谋成甚用，损人利己一场空。"可谓老婆心急矣。○篇中又有隐语，亦一一拈出：○"只顾了自家，就不管别人。"○"那无情火发。"○"星星之火，能烧万顷之田。"○"他不弄火，我怎肯弄风？"都是醒世名言，不要寻常看过。

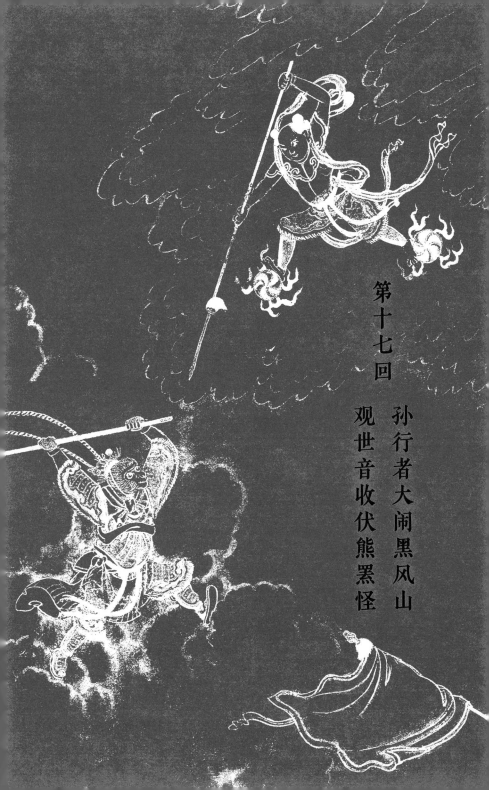

第十七回　孙行者大闹黑风山　观世音收伏熊罴怪

话说孙行者一筋斗跳将起去，唬得那观音院大小和尚并头陀、幸童、道人等一个个朝天礼拜道："爷爷呀，原来是腾云驾雾的神圣下界，怪道火不能伤，恨我那个不识人的老剥皮，使心用心，^{着眼。}今日反害了自己。"三藏道："列位请起，不须恨了。这去寻着袈裟，万事皆休，但恐找寻不着，我那徒弟性子有些不好，汝等性命不知如何，恐一人不能脱也。"众僧闻得此言，一个个提心吊胆，告天许愿，只要寻得袈裟，各全性命不题。

却说孙大圣到空中把腰儿扭了一扭，早来到黑风山上。住了云头，仔细看，果然是座好山，况正值春光时节，但见：

万壑争流，千崖竞秀。鸟啼人不见，花落树犹香。雨过天连青壁润，风来松卷翠屏张。山草发，野花开，悬崖峭嶂；薛萝生，佳木丽，峻岭平岗。不遇幽人，那寻樵子？涧边双鹤饮，石上野猿狂。蠢蠢堆螺排黛色，巍巍拥翠弄岚光。

那行者正观山景，忽听得芳草坡前有人言语，他却轻步潜踪，闪在那石崖之下，偷睛观看。原来是三个妖魔，席地而坐：上首的是一条黑汉，左首下是一个道人，右首下是一个白衣秀士，都在那里高谈阔论，讲的是立鼎安炉、持砂炼汞、白雪黄芽、旁门外道。正说中间，那黑汉笑道："后日是我母难之日，二公可光顾光顾？"白衣秀士道："年年与大王上寿，今年岂有不来之理？"黑汉道："我夜来得了一件宝贝，名唤锦襕佛衣，诚然是件玩好之物。我明日就以他为寿，大开筵宴，邀请各山道官庆贺佛衣，就称为'佛衣会'如何？"道人笑道："妙，妙，妙！我明日先来拜寿，后日再来赴宴。"行者闻得佛衣之言，定以为是他宝贝，他就忍不住怒气，跳出石崖，双手举起金箍棒，高叫道："我把你这伙贼怪，你偷了我的袈裟，要做甚么'佛衣会'，趁早儿将来还我！"喝一声"休走！"轮起棒照头一下，慌得那黑汉化风而逃，道人驾云而走，只把个白衣秀士，一棒打死，天下只有白衣秀士没用了。○我道秀士中蛇多龙少。拖将过来看处，却是一条白花蛇怪，索性提起来，摔做五七断。径入深山，找寻那个黑汉，转过尖峰，行过峻岭，又见那壁陡崖前，耸出一座洞府，但见那：

烟霞渺渺，松柏森森。烟霞渺渺采盈门，松柏森森青绕户。桥踏枯槎木，峰巅绕薜萝。鸟衔红蕊来云壑，鹿践芳丛上石台。那门前时催花发，风送花香。临堤绿柳转黄鹂，傍岸夭桃翻粉蝶。虽然旷野不堪夸，却赛蓬莱山下景。

行者到于门首，又见那两扇石门，关得甚紧，门上有一横石板，明书六个大字，乃"黑风山黑风洞"，即便轮棒，叫声"开门！"那里面有把门的小妖，开了门出来，问道："你是何人，敢来击吾仙洞？"行者骂道："你个作死的业畜，甚么个去处，敢称仙洞，仙字是你称的？快进去报与你那黑汉，教他快送老爷的袈裟出来，饶你一窝性命！"小妖急急跑到里面，报道："大王，佛衣会做不成了，门外有一个毛脸雷公嘴的和尚，来讨袈裟哩。"那黑汉被行者在芳草坡前赶将来，却才关了门，坐还未稳，又听得那话，心中暗想道："这厮不知是那里来的，这般无礼，他敢嚷上我的门来。"教："取披挂。"随结束了，绰一杆黑缨枪，走出门来。这行者闪在门外，执着铁棒，睁睛观看，只见那怪果生得凶险：

碗子铁盔火漆光，乌金铠甲亮辉煌。皂罗袍罩风兜袖，黑绿丝绦髇穗长。手执黑缨枪一杆，足踏乌皮靴一双。眼幌全睛如掣电，正是山中黑风王。

行者暗笑道："这厮真个如烧窑的一般，筑煤的无二，想必是在此处刷炭为生，怎么这等一身乌黑？"那怪大声高叫道："你是个甚么和尚，敢在我那里大胆？"行者执铁棒，撞至面前，大咤一声道："不要闲讲，快还你老外公的袈裟来。"那怪道："你是那寺里和尚？你的袈裟在那里失落了，敢来我这里索取？"行者道："我的袈裟，正直北观音院后方丈里放着。只因那院里失了火，你这厮趁哄掳掠，盗了来，要做佛衣会庆寿，怎敢抵赖？快快还我，饶你性命！若牙迸半个不字，我推倒了黑风山，蹦平了黑风洞，把你这一洞妖邪，都碾为齑粉！"

那怪闻言，呵呵冷笑道："你那个泼物，昨夜那火就是你放的，你在那方丈屋上行凶招风，是我把一件袈裟拿来了，你待怎么？你是那里来的？姓甚名谁？有多大手段，敢那等海口浪言！"行者道："是你也认不得你老外公哩，你老外公乃大唐上国驾前御弟三藏法师之徒弟，姓孙，名悟空行者。若问老孙的手段，说出来教你魂飞魄散，死在眼前。"那怪道："我不曾会你，有甚么手段，说来我听。"行者笑道："我儿子，你站稳

着，仔细听之，我

自小神通手段高，随风变化逞英豪。养性修真熬日月，跳出轮回把命逃。一点诚心曾访道，灵台山上采药苗。那山有个老仙长，寿年十万八千高。老孙拜他为师父，指我长生路一条。他说身内有丹药，外边采取枉徒劳。得传大品天仙诀，若无根本实难熬。回光内照宁心坐，身中日月坎离交。万事不忍全寡欲，六根清净体坚牢。返老还童容易得，超凡入圣路非遥。三年无漏成仙体，不同俗辈受煎熬。十洲三岛还游戏，海角天涯转一遭。活该三百多馀岁，不得飞升上九霄。下海降龙真宝贝，才有金箍棒一条。花果山前为帅首，水帘洞里聚群妖。玉皇大帝传宣诏，封我齐天极品高。几番大闹灵霄殿，吓得天王归上界，哪吒负重领兵逃。显圣真君能变化，老孙硬赌跌平交。道祖观音同玉帝，南天门上看降妖。却被老君助一阵，二郎擒我到天曹。将身绑在降妖柱，即命神兵把首枭。刀砍锤敲不得坏，又教雷打火来烧。老孙其实有手段，全然不怕半分毫。送在老君炉里炼，六丁神火慢煎熬。日满开炉我跳出，手持铁棒绕天跑。纵横到处无遮挡，三十三天闹一遭。我佛如来施法力，五行山压老孙腰。整整压该五百载，幸逢三藏出唐朝。吾今皈正西方去，转上雷音见玉毫。你去乾坤四海问一问，我是历代驰名第一妖！"

那怪闻言笑道："你原来是那闹天宫的弼马温么？"行者最恼的是人叫他弼马温，听见这一声，心中大怒，骂道："你这贼怪，偷了袈裟不还，倒伤老爷，不要走，看棍！"那黑汉侧身躲过，绰长枪，劈手来迎。两家这场好杀：

　　如意棒，黑缨枪，二人洞口逞刚强。分心劈脸刺，着臂照头伤。这个横丢阴棍手，那个直拈急三枪。白虎爬山来探爪，黄龙卧道转身忙。喷彩雾，吐毫光，两个妖仙不可量：一个是修正齐天圣，一个是成精黑大王。这场山里相争处，只为袈裟各不良。

　　那怪与行者斗了十数回合，不分胜负。渐渐红日当午，那黑汉举枪架住铁棒道：“孙行者，我两个且收兵，等我进了膳来，再与你赌斗。”行者道：“你这个业畜，教做汉子？好汉子半日儿就要吃饭？似老孙在山根下，整压了五百馀年，也未曾尝些汤水，那里便饿哩？莫推故，休走！还我袈裟来，方让你去吃饭。”那怪虚幌一枪，翻身入洞，关了石门，收回小怪，且安排筵宴，书写请帖，邀请各山魔王庆会不题。

　　却说行者攻门不开，也只得回观音院。那本寺僧人已葬埋了那老和尚，都在方丈里伏侍唐僧。早斋已毕，又摆尚午斋，正那里添汤换水，只见行者从空降下，众僧礼拜，接入方丈，见了三藏。三藏道：“悟空你来了，袈裟如何？”行者道：“已有了根由。早是不曾冤了这些和尚，原来是那黑风山妖怪偷了。老孙去暗暗的寻他，只见他与一个白衣秀士，一个老道人，坐在那芳草坡前讲话。也自个不打自招的怪物，他忽然说出道：后日是他母难之日，邀请诸邪来做生日，夜来得了一件锦襕佛衣，要以此为寿，作一大宴，唤做‘庆赏佛衣会’。是老孙抢到面前，打了一棍，那黑汉化风而走，道人也不见了，只把个白衣秀士打死，乃是一条白花蛇成精。我又急急赶到他洞口，叫他出来与他赌斗，他已承认了，是他拿回，战勾这半日，不分胜负，那怪回洞，却要吃饭，关了石门，惧战不出。老孙却来回看师父，先报此信，已是有了袈裟的下落，不怕他不还我。"

众僧闻言，合掌的合掌，磕头的磕头，都念声："南无阿弥陀佛！今日寻着下落，我等方有了性命矣。"行者道："你且休喜欢畅快，我还未曾到手，师父还未曾出门哩。只等有了袈裟，打发得我师父好好的出门，才是你们的安乐处，若稍有些须不虞，老孙可是好惹的主子！可曾有好茶饭与我师父吃？可曾有好草料喂马？"众僧俱满口答应道："有，有，有！更不曾一毫有怠慢了老爷。"三藏道："自你去了这半日，我已吃过了三次茶汤，两餐斋供了，他俱不曾敢慢我。但只是你还尽心竭力去寻取袈裟回来。"行者道："莫忙，既有下落，管情拿住这厮，还你原物。放心，放心！"

正说处，那上房院主，又整治素供，请孙老爷吃斋。行者却吃了些须，复驾祥云，又去找寻。正行间，只见一个小怪，左胁下夹着一个花梨木匣儿，从大路而来。行者度他匣内必有甚么柬札，举起棒劈头一下，可怜不禁打，就打得似个肉饼一般，却拖在路旁，揭开匣儿观看，果然是一封请帖，帖上写着：

侍生熊罴顿首拜，启上大阐金池老上人丹房：屡承慨惠，感激渊深。夜观回禄之难，有失救护，谅仙机必无他害。生偶得佛衣一件，欲作雅会，谨具花酌，奉扳清赏，至期千乞仙驾过临一叙。是荷。先二日具。

幻笔如此，奇矣！奇矣！

行者见了，呵呵大笑道："那个老剥皮，死得他一毫儿也不亏！他原来与妖精结党，怪道他也活了二百七十岁。想是那个妖精传他些甚么服气的小法儿，故有此寿。老孙还记得他的模样，等我就变做那和尚，_{猴！}往他洞里走走，看我那袈裟放在何处。假若得手，即便拿回，却也省力。"

好大圣，念动咒语，迎着风一变，果然就相那老和尚一般，藏了铁棒，拽开步径来洞口，叫声开门。那小妖开了门，见是这般模样，急转身报道："大王，金池长老来了。"那怪大惊道："刚才差了小的去下简帖请他，这时候还未到那里哩，如何他就来得这等迅速？想是小的不曾撞他，断是孙行者呼他来讨袈裟的。管事的，可把佛衣藏了，莫教他看见。"行者进了洞门，但见那天井中，松篁交翠，桃李争妍，丛丛花发，簇簇兰香，却也是个洞天之处。又见那二门上有一联对子，写着：静隐深山无俗虑，_{幻笔妙甚！}幽居仙洞乐天真。行者暗道："这厮也是个脱垢离尘、知命的怪物。"入门里，往前又进，到于三层门里，都是些画栋雕梁，明窗彩户。只见那黑汉子，穿的是黑绿绉丝袢袄，罩一领鸦青花绫披风，戴一顶乌角软巾，穿一双麂皮皂靴，见行者进来，整顿衣巾，降阶迎接道："金池老友，连日欠亲。请坐，请坐。"行者以礼相见，见毕而坐，坐定而茶。茶罢，妖精欠伸道："适有小简奉启，后日一叙，何老友今日就下顾也？"行者道："正来进拜，不期路遇华翰，见有佛衣雅会，故此急急奔来，愿求见见。"那怪笑道："老友差矣。这袈裟本是唐僧的，他在你处住札，你岂不曾看见，返来就我看看？"行者道："贫僧借来，因夜晚还不曾展看，不期被大王取来，又被火烧了荒山，失落了家私。那唐僧的徒弟，又有些骁勇，乱忙中，四下里都寻觅不见。原来是大王的洪福收来，故特来一见。"

正讲处，只见有一个巡山的小妖来报道："大王！祸事了，下请书的小校，被孙行者打死在大路旁边，他绰着经儿变化做金池长老，来骗佛衣也。"那怪闻言，暗道："我说那长老怎么今日就来，又来得迅速，果然是他。"急纵身，拿过枪来就刺行者。行者耳朵里急掣出棍子，现了本相，架住枪尖，就在他那中厅里跳出，自天井中斗到前门外，唬得那洞里群妖都丧胆，家间老幼尽无魂。这场在山头好赌斗，比前番更是不同。好杀：

那猴王胆大充和尚，这黑汉心灵隐佛衣。语去言来机会巧，随机应变不差池。袈裟欲见无由见，宝贝玄微真妙微。小怪寻山言祸事，老妖发怒显神威。翻身打出黑风洞，枪棒争持辨是非。棒架长枪声响亮，枪迎铁棒放光辉。悟空变化人间少，妖怪神通世上稀。这个要把佛衣来庆寿，那个不得袈裟肯善归？这番苦战难分手，就是活佛临凡也解不得围。

他两个从洞口打上山头，自山头杀在云外，吐雾喷风，飞砂走石，只斗到红日沉西，不分胜败。那怪道："姓孙的，你且住了手。今日天晚，不好相持。你去，你去！待明早来，与你定个死活。"行者叫道："儿子莫走！要战便相个战的，不可以天晚相推。"看他没头没脸的，只情使棍子打来，这黑汉又化阵清风，转回本洞，紧闭石门不出。

行者却无计策奈何，只得也回观音院里，按落云头，道声

"师父"。那三藏眼儿巴巴的正望他哩，忽见到了面前，甚喜，又见他手里没有袈裟，又惧。问道："怎么这番还不曾有袈裟来？"行者袖中取出个简帖儿来，递与三藏道："师父，那怪物与这死的老剥皮，原是朋友，他着一个小妖送此帖来，还请他去赴佛衣会。是老孙就把那小妖打死，变做那老和尚，进他洞去，骗了一钟茶吃，欲问他讨袈裟看看，他不肯拿出。正坐间，忽被一个甚么巡风的，走了风信，他就与我打将起来，只斗到这早晚，不分上下。他见天晚，闪回洞去，紧闭石门。老孙无奈，也暂回来。"三藏道："你手段比他何如？"行者道："我也硬不多儿，只战个手平。"三藏才看了简帖，又递与那院主道："你师父敢莫也是妖精么？"那院主慌忙跪下道："老爷，我师父是人，只因那黑大王修成人道，常来寺里与我师父讲经，他传了我师父些养神服气之术，故以朋友相称。"行者道："这伙和尚没甚妖精，他一个个头圆顶天，足方履地，但比老孙肥胖长大些儿，非妖精也。你看那帖儿上写着'侍生熊罴'，此物必定是个黑熊成精。"三藏道："我闻得古人云，熊与猩猩相类，都是兽物，他却怎么成精？"行者笑道："老孙是兽类，见做了齐天大圣，与他何异？大抵世间之物凡有九窍者，皆可以修行成仙。"三藏又道："你才说他本事与你手平，你却怎生得胜，取我袈裟回来？"行者道："莫管，莫管，我有处治。"

正商议间，众僧摆上晚斋，请他师徒们吃了。三藏教掌灯，仍去前面禅堂安歇。众僧都挨墙倚壁，苦搭窝棚，各各睡下，只把个后方丈让与那上下院主安身。此时夜静，但见：

银河现影，玉宇无尘。满天星灿烂，一水浪收痕。万籁声宁，千山鸟绝。溪边渔火息，塔上佛灯昏。昨夜阇黎钟鼓响，今宵一遍哭声闻。

是夜在禅堂歇宿。那三藏想着袈裟，那里得稳睡，忽翻身见窗外透白，急起叫道："悟空，天明了，快寻袈裟去。"行者一骨鲁跳将起来，早见众僧侍立供奉汤水，行者道："你等用心伏侍我师父，老孙去也。"三藏下床扯住道："你往那里去？"行者道："我想这桩事都是观音菩萨没理，妙人。他有这个禅院在此，受了这里人家香火，又容那妖精邻住。我去南海寻他，与他讲一讲，教他亲来问妖精讨袈裟还我。"三藏道："你这去，几时回来？"行者道："时少只在饭罢，时多只在晌午就成功了。那些和尚，可好伏侍，老孙去也。"

说声去，早已无踪。须臾间，到了南海，停云观看，但见那：

汪洋海远，水势连天。祥光笼宇宙，瑞气照山川。千层雪浪吼青霄，万叠烟波滔白昼。水飞四野振轰雷，浪滚周遭鸣霹雳。休言水势，且看中间。五色朦胧宝叠山，红黄紫皂绿和蓝。才见观音真胜境，试看南海落伽山。好去处，山峰高耸，顶透虚空。中间有千样奇花，百般瑞草。风摇宝树，日映金莲。观音殿瓦盖琉璃，潮音洞门铺玳瑁。绿杨影里语鹦哥，紫竹林中啼孔雀。罗纹石上，护法威严；玛瑙滩前，木叉雄壮。

这行者观不尽那异景非常，径直按云头到竹林之下，早有诸天迎接道："菩萨前者对众言大圣归善，甚是宣扬。今保唐僧，如何得暇到此？"行者道："因保唐僧，路逢一事，特见菩萨，烦为通报。"诸天遂来洞口报知。菩萨唤入，行者遵法而行，至宝莲台下拜了。菩萨问曰："你来何干？"行者道："我师父路遇你的禅院，你受了人间香火，容一个黑熊精在那里邻住，着他偷了我师父袈裟，屡次取讨不与，今特来问你要的。"菩萨道："这猴子说话，这等无状！既是熊精偷了你的袈裟，你怎来问我取讨？都是你这个业猴大胆，将宝贝卖弄，拿与小人看见，你却又行凶，唤风发火，烧了我的留云下院，返来我处放刁！"行者见菩萨说出这话，知他晓得过去未来之事，慌忙礼拜道："菩萨，乞恕弟子之罪，果是这般这等。但恨那怪物不肯与我袈裟，师父又要念那话儿咒语，老孙忍不得头疼，故此来拜烦菩萨。望菩萨慈悲之心，助我去拿那妖精，取衣西进也。"菩萨道："那怪物有许多神通，却也不亚于你。也罢，我看唐僧面上，和你去走一遭。"行者闻言，谢恩再拜。即请菩萨出门，遂同驾祥云，早到黑风山，坠落云头，依路找洞。

正行处，只见那山坡前，走出一个道人，手拿着一个玻璃盘儿，盘内安着两粒仙丹，往前正走，被行者撞个满怀，掣出棒就照头一下，打得脑里粉流出，腔中血迸撺。菩萨大惊道："你这个猴子，还是这等放泼，他又不曾偷你袈裟，又不与你相识，又无甚冤仇，你怎么就将他打死？"行者道："菩萨，你认他不得，他是那黑熊精的朋友。他昨日和一个白衣秀士，都在芳草坡前坐讲：后日是黑精的生日，请他们来庆佛衣会，今日他先来拜寿，明日来庆佛衣会，所以我认得，定是今日替那妖去上寿。"菩萨说："既是这等说来，也罢。"行者才去把那道人提起来看，却是一只苍狼。旁边那个盘儿底下却有字，刻道"凌虚子制"。

行者见了，笑道："造化，造化！老孙也是便益，菩萨也是省力。这怪叫做不打自招，那怪教他今日了劣。"菩萨说道："悟空，这教怎么说？"行者道："菩萨，我悟空有一句话儿，教做将计就计，不知菩萨可肯依我？"菩萨道："你说。"行者说道："菩萨，你看这盘儿中是两粒仙丹，便是我们与那妖魔的贽见，这盘儿后面刻的四个字，说凌虚子制，便是我们是那妖魔的勾头。菩萨若要依得我时，我好替你作个计较，也就不须动得干戈，也不须劳得征战，妖魔眼下遭瘟，佛衣眼下出现，菩萨要不依我时，菩萨往西，我悟空往东，佛衣只当相送，唐三藏只当落空。"菩萨笑道："这猴熟嘴。"行者道："不敢，倒是一个计较。"菩萨说："你这计较怎说？"行者道："这盘上刻那凌虚子制，想这道人就叫做凌虚子。菩萨，你要依我时，可就变做这个道人，我把这丹吃了一粒，变上一粒，略大些儿，菩萨你就捧了这假盘儿两粒仙丹，去与那妖上寿，把这丸大些的让与那妖，待那妖一口吞之，老孙便于中取事，他若不肯献出佛衣，老孙将他板肠，就也织将一件出来。"菩萨没法，只得也点点头儿。行者笑道："如何？"尔时菩萨乃以广大慈悲，无边法力，亿万化身，以心会意，以意会身，恍惚之间，变作凌虚仙子：

鹤氅仙风飒，飘飘欲步虚。苍颜松柏老，秀色古今无。去去还无住，如如自有殊。总来归一法，只是隔邪躯。

行者看道："妙呵，妙呵！还是妖精菩萨，还是菩萨妖精？"菩萨笑道："悟空，菩萨妖精，总是一念，若论本来，皆属无有。"行者心下顿悟，转身却就变做一粒仙丹：

走盘无不定，圆明未有方。三三勾漏合，六六少翁商。瓦铄黄金焰，牟尼白昼光。外边铅与汞，未许易论量。

行者变了那颗丹，终是略大些儿。菩萨认定，拿了那个玻璃盘儿，径到妖洞门口看时，果然是：

崖深岫险，云生岭上。柏苍松翠，风飒林间。崖深岫险，果是妖邪出没人烟少；柏苍松翠，也可仙真修隐道情多。山有涧，洞有泉，潺潺流水咽鸣琴，便堪洗耳；崖有鹿，林有鹤，幽幽仙籁动闲岑，亦可赏心。这是妖仙有分降菩提，弘誓无边垂恻隐。

菩萨看了，心中暗喜道："这业畜占了这座山洞，却是也有些道分。"因此心中已是有个慈悲。走到洞口，只见守洞小妖，都有些认得道："凌虚仙长来了。"一边传报，一边接引。那妖早已迎出一门道："凌虚，有劳仙驾珍顾，蓬荜有光。"菩萨道："小道敬献一粒仙丹，敢称千寿。"他二人拜毕，方才坐定，又叙起他昨日之事，菩萨不答，连忙拿丹盘道："大王，且见小道鄙意。"觑定一粒大的，推与那妖道："愿大王千寿。"

那妖亦推一粒，递与菩萨道："愿与凌虚子同之。"让毕，那妖才待要咽，那药顺口儿一直滚下。现了本相，理起四平，那妖滚倒在地。菩萨现相，问妖取了佛衣，行者早已从鼻孔中出去，菩萨又怕那妖无礼，却把一个箍儿，丢在那妖头上。那妖起来，提枪要刺行者，菩萨早已起在空中，菩萨将真言念起，那怪依旧头疼，丢了枪，落地乱滚。半空里笑倒个美猴王，平地下滚坏个黑熊怪。那怪满口道："心愿皈依，只望饶命。"行者道："耽搁了工夫。"意欲就打，菩萨急止住道："休伤他命，我有用他处哩。"行者道："这样怪物，不打死他，返留他在何处用他？"菩萨道："我那落伽山后，无人看管，我要带他去做个守山大神。"行者笑道："诚然是个救苦慈尊，一灵不损。若是老孙有这样咒语，就念上他娘千遍！这回儿就有许多黑熊，都教他了帐。"却说那怪苏醒多时，公道难禁疼痛，只得跪在地下哀告道："但饶性命，愿皈正果。"菩萨方坠落祥光，又与他摩顶受戒，教他执了长枪，跟随左右，那黑熊才一片野心今日定，无穷顽性此时收。着眼。菩萨分付道："悟空，你回去罢。好生伏侍唐僧，是休懈惰生事。"行者道："深感菩萨远来，弟子还当回送回送。"菩萨道："免送。"行者才捧着袈裟，叩头而别。菩萨亦带了熊黑，径回大海。有诗为证：

祥光霭霭凝金像，万道缤纷实可夸。普济世人垂悯恤，遍观法界现金莲。今来多为传经意，此去原无落点瑕。降怪成真归大海，空门复得锦袈裟。

（眉批：可笑！这猴子倒是老熊心上人。）

（眉批：贼猴，你就忘了那话儿咒了么？）

不知向后事情如何，且听下回分解。

总批：

只为一领袈裟，生出多少事来。古宿云："着了袈裟事更多。"谅哉。

黑熊偷了袈裟作"佛衣大会"，这叫做亲传衣钵，该与孙行者称同衣了。一笑，一笑。

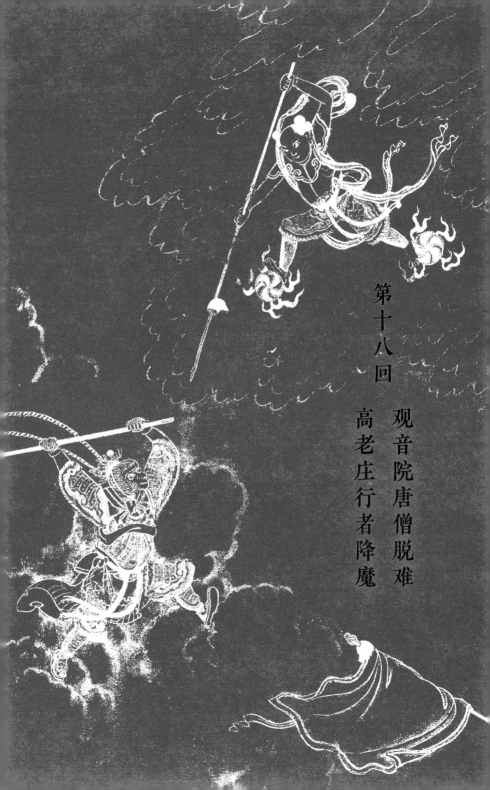

第十八回　观音院唐僧脱难　高老庄行者降魔

觀院僧傳授院唐雪

浲魔擊莊高阮名雅大

行者辞了菩萨，按落云头，将袈裟挂在香楠树上，掣出棒来，打入黑风洞里。那洞里那得一个小妖？原来是他见菩萨出现，降得那老怪就地打滚，急急都散走了。行者一发行凶，将他那几层门上，都积了干柴，前前后后，一齐发火，把个黑风洞烧做个红风洞，却拿了袈裟，驾祥光，转回直北。

话说那三藏望行者急忙不来，心甚疑惑，不知是请菩萨不至，不知是行者托故而逃。正在那胡猜乱想之中，只见半空中彩雾灿灿，行者忽坠阶前，叫道："师父，袈裟来了。"三藏大喜，众僧亦无不欢悦道："好了，好了！我等性命今日方才得全了。"三藏接了袈裟道："悟空，你早间去时，原约到饭罢晌午，如何此时日西方回？"行者将那请菩萨施变化降妖的事情备陈了一遍，三藏闻言，遂设香案朝南礼拜罢，道："徒弟呵，既然有了佛衣，可快收拾包裹去也。"行者道："莫忙，莫忙。今日将晚，不是走路的时候，且待明日早行。"众僧们一齐跪下道："孙老爷说得是。一则天晚，二来我等有些愿心儿，今幸平安，有了宝贝，待我还了愿，请老爷散了福，明早再送西行。"行者道："正是，正是。"你看那些和尚，都倾囊倒底，把那火里抢出的馀资，各出所有，整顿了些斋供，烧了些平安无事的纸，念了几卷消灾解厄的经。当晚事毕。

次早方刷扮了马匹，包裹了行囊出门。众僧远送方回。行者引路而去，正是那春融时节，但见那：

草衬玉骢蹄迹软，柳摇金线露华新。桃杏满林争艳丽，薜萝绕径放精神。沙堤日暖鸳鸯睡，山涧花香蛱蝶驯。这般秋去冬残春过半，不知何年行满得真文。

师徒们行了五七日荒路，忽一日天色将晚，远远的望见一村人家。三藏道："悟空，你看那壁厢有座山庄相近，我们去告宿一宵，明日再行何如？"行者道："且等老孙去看看吉凶，再作区处。"那师父挽住丝缰，这行者定睛观看，真个是：

竹篱密密，茅屋重重。参天野树迎门，曲水溪桥映户。道旁杨柳绿依依，园内花开香馥馥。此时那夕照沉西，处处山林喧鸟雀；晚烟出炊，条条道径转牛羊。又见那食饱鸡豚眠屋角，醉酣邻叟唱歌来。

行者看罢道："师父请行，定是一村好人家，正可借宿。"那长老催动白马，早到街衢之口。又见一个少年，头裹绵布，身穿蓝袄，持伞背包，敛裾札裤，脚踏着一双三耳草鞋，雄纠纠的出街忙走。行者顺手一把扯住道："那里去？我问你一个信儿，此间是甚么地方？"那个人只管苦挣，口里嚷道："我庄上没人，只是我好问信？"行者陪着笑道："施主莫恼，与人方便，自己方便，你就与我说说地名何害？我也可解得你的烦恼。"那人挣不脱手，气得乱跳道："蹭蹬，蹭蹬，家长的屈气受不了，又撞着这个光头，受他的清气。"行者道："你有本事劈开我的手，你便就去了也罢。"那人左扭右扭，那里扭得动，却似一把铁钳拑住一般，气得他丢了包袱撇了伞，两只手雨点般来抓行者。行者把一只手扶着行李，一只手抵住那人，凭他怎么支吾，只是不能抓着，行者愈加不放，急得爆燥如雷。三藏道："悟空，那里不有人来了？你再问那人就是，只管扯住他怎的？放他去罢。"行者笑道："师父不知，若是问了别人没趣，须是问他，才有买卖。"那人被行者扯住不过，只得说出道："此处乃是乌斯藏国界之地，叫做高老庄，一庄人家有大半姓高，故此唤做高老庄。你放了我去罢。"行者又道："你这样行装，不是个走近路的。你实与我说你要往那里去，端的所干何事，我才放你。"

这人无奈，只得以实情告诉道："我是高太公的家人，名唤高才。我那太公有一个女儿，年方二十岁，更不曾配人，三年前被一个妖精占了。那妖整做了这三年女婿，我太公不悦，说道女儿招了妖精，不是长法，一则败坏家门，二则没个亲家来往，一向要退这妖精，那妖精那里肯退，转把女儿关在他后宅，将有半年，再不放出与家内人相见。我太公与了我几两银子，教我寻访法师，拿那妖怪。我这些时不曾住脚，前前后后，请了有三四个人，都是不济的和尚、脓包的道士，降不得那妖精。刚才骂了我一场，说我不曾干事，又与了我五钱银子做盘缠，教我再去请好法师降他。不期撞着你这个纻刺星扯住，误了我走路，故此里外受气，我无奈，才与你叫喊。不想你又有些拿法，我挣不过你，所以说此实情。你放我去罢。"行者道："你的造化，我有营生，这才是凑四合六的勾当。你也不须远行，莫要花费了银子。我们不是那不济的和尚、脓包的道士，其实有些手段，惯会拿妖，这正是一来照顾郎中，二来又医得眼好。烦你回去上覆你那家主，说我们是东土驾下差来的御弟圣僧往西天拜佛求经者，善

能降妖缚怪。"高才道:"你莫误了我。我是一肚子气的人,你
若哄了我,没甚手段,拿不住那妖精,却不又带累我来受气?"
行者道:"管教不误了你。你引我到你家门首去来。"那人也无
计奈何,真个提着包袱,拿了伞,转步回身,领他师徒到于门
首道:"二位长老,你且在马台上略坐坐,等我进去报主人知
道。"行者才放了手,落担牵马,师徒们坐立门旁等候。

那高才入了大门,径往中堂上走,可可的撞见高太公,太公
骂道:"你那个蛮皮畜生,怎么不去寻人,又回来做甚?"高才
放下包伞道:"上告主人公得知,小人才行出街口,忽撞见两个
和尚:一个骑马,一个挑担。他扯住我不放,问我那里去。我再
三不曾与他说及,他缠得没奈何,不得脱手,遂将主人公的事
情,一一说与他知。他却十分欢喜,要与我们拿那妖怪哩。"高
老道:"是那里来的?"高才道:"他说是东土驾下差来的御弟
圣僧,前往西天拜佛求经的。"太公道:"既是远来的和尚,怕
不真有些手段。他如今在那里?"高才道:"现在门外等候。"
那太公即忙换了衣服,与高才出来迎接,叫声"长老"。三藏
听见,急转身,早已到了面前。那老者戴一顶乌绫巾,穿一领
葱白蜀锦衣,踏一双糙米皮的犊子靴,系一条黑绿绦子,出来
笑语相迎,便叫:"二位长老,作揖了。"三藏还了礼,行者站
着不动。那老者见他相貌凶丑,便就不敢与他作揖。行者道:
"怎么不唱老孙喏?"那老儿有几分害怕,叫高才道:"你这小
厮却不弄杀我也?家里现有一个丑头怪脑的女婿打发不开,怎么
又引这个雷公来害我?"行者道:"老高,你空长了许大年纪还
不省事,若专以相貌取人,干净错了,我老孙丑自丑,却有些本

事，替你家擒得妖精，捉得鬼魅，拿住你那女婿，还了你女儿，便是好事，何必谆谆以相貌为言！”太公见说，战兢兢的，只得强打精神，叫声“请进”。这行者见请，才牵了白马，教高才挑着行李，与三藏进去。他也不管好歹，就把马拴在敞厅柱上，扯过一张退光漆交椅，叫三藏坐下，他又扯过一张椅子，坐在旁边。那高老道：“这个小长老，倒也家怀。”行者道：“你若肯留我住得半年，还家怀哩。”坐定，高老问道：“适间小价说，二位长老是东土来的？”三藏道：“便是。贫僧奉朝命往西天拜佛求经，因过宝庄，特借一宿，明日早行。”高老道：“二位原是借宿的，怎么说会拿怪？”行者道：“因是借宿，顺便拿几个妖怪儿耍耍的。动问府上有多少妖怪？”高老道：“天哪，还吃得有多少哩，只这一个怪女婿也被他磨慌了。”行者道：“你把那妖怪的始末，有多大手段，从头儿说说我听，我好替你拿他。”高老道：“我们这庄上，自古至今，也不晓得有甚么鬼祟魍魉，邪魔作耗。只是老拙不幸，不曾有子，止生三个女儿：大的唤名香兰，第二的名玉兰，第三的名翠兰。那两个从小儿配与本庄人家，止有小的个，要招个女婿，指望他与我同家过活，做个养老女婿撑门抵户，做活当差。不期三年前，有一个汉子模样儿倒也精致，他说是福陵山上人家，姓猪，上无父母，下无兄弟，愿与人家做个女婿。我老拙见是这般一个无羁无绊的人，就招了他。一进门时，倒也勤谨，耕田耙地不用牛具，收割田禾不用刀杖，昏去明来，其实也好，只是一件，有些会变嘴脸。”行者道：“怎么样变？”高老道：“初来时，是一条黑胖汉，后来就变做一个长嘴大耳朵的呆子，脑后又有一溜鬃毛，身体粗糙怕人，头脸就象个猪的模样。食肠却又甚大，一顿要吃三五斗米饭，早间点心也得百十个烧饼才勾，喜得还吃斋素，若再吃荤酒，便是老拙这些家业田产之类，不上半年就吃个磬净。"三藏道："只因他做得，所以吃得。"高老道："吃还是件小事。他如今又会弄风，云来雾去，走石飞沙，唬得我一家并左邻右舍俱不得安生，又把那翠兰小女关在后宅子里，一发半年也不会见面，更不知死活如何。因此知他是个妖怪，要请个法师与他去退，去退。"行者道："这个何难？老儿你管放心，今夜管情与你拿住，教他写个退亲文书，还你女儿如何？"高老大喜道："我为招他不打紧，坏了我多少清名，疏了我多少亲眷。但得拿住他，要甚么文书？就烦与我除了根罢。"行者道："容易，容易。入夜之时，就见好歹。"

老儿十分欢喜，才教展抹桌椅，摆列斋供。斋罢将晚，老儿问道："要甚兵器？要多少人随？趁早好备。"行者道："兵器我自有。"老儿道："二位只是那根锡杖，锡杖怎么打得妖精？"行者随于耳内取出一个绣花针来，捻在手中，迎风幌了一幌，就是碗来粗细的一根金箍铁棒，对着高老道："你看这条棍子，比你家兵器如何，可打得这怪否？"高老又道："既有兵器，可要人跟？"行者道："我不用人，只是要几个年高有德的老儿，陪我师父清坐闲叙，我好撇他而去。等我把那妖精拿来，对众取供，替你除了根罢。"那老儿即唤家僮，请了几个亲故朋友。一时都到，相见已毕，行者道："师父，你放心稳坐，老孙去也。"

你看他撑着铁棒，扯着高老道："你引我去后宅子里妖精的住处看看。"高老遂引他到后宅门首，行者道："你去取钥匙来。"高老道："你且看看，若是用得钥匙，却不请你了。"行者笑道："你那老儿，年纪虽大，却不识耍。我把这话儿哄你一哄，你就当真。"走上前，摸了一摸，原来是铜汁灌的锁子。狠得他将金箍棒一捣，捣开门扇道："老高，你去叫你女儿一声，看他可在里面。"那老儿硬着胆叫道："三姐姐。"那女儿认得是他父亲的声音，才少气无力的应了一声道："爹爹，我在这里哩。"行者闪金睛，向黑影里仔细看时，你道他怎生模样？但见那：

云鬓乱堆无掠，玉容未洗尘缁。一片兰心依旧，十分娇态倾颓。樱唇全无气血，腰肢屈屈偎偎。愁蹙蹙，蛾眉淡，瘦怯怯，语声低。

他走来看见高老，一把扯住，抱头大哭。行者道："且莫哭，且莫哭。我问你，妖怪往那里去了？"女子道："不知往那里去。这些时天明就去，入夜方来，云云雾雾，往回不知何所。因是晓得父亲要祛退他，他也常常防备，故此昏来朝去。"行者道："不消说了，老儿，你带令爱往前边宅里，慢慢的叙阔，让老孙在此等他。他若不来，你却莫怪，他若来了，定与你剪草除根。"那老高欢欢喜喜的，把女儿带将前去。

行者却弄神通，摇身一变，变得就如那女子一般，独自个坐在房里等那妖精。不多时，一阵风来，真个是走石飞砂，好风：

起初时微微荡荡，向后来渺渺茫茫。微微荡荡乾坤大，渺渺茫茫无阻碍。凋花折柳胜揾麻，倒树摧林如拔菜。翻江搅海鬼神愁，裂石崩山天地怪。衔花麋鹿失来踪，摘果猿猴迷在外。七层铁塔侵佛头，八面幢幡伤宝盖。金梁玉柱起根摇，房上瓦飞如燕块。举棹梢公许愿心，开船忙把猪羊赛。当坊土地弃祠堂，四海龙王朝上拜。海边撞损夜叉船，长城刮倒半边塞。

那阵狂风过处，只见半空里来了一个妖精，果然生得丑陋：黑脸短毛，长喙大耳，穿一领青不青、蓝不蓝的梭布直裰，系一条花布手巾。行者暗笑道："原来是这个买卖。"好行者，却不迎他，也不问他，且睡在床上推病，口里哼哼喷喷的不绝。那怪不识真假，走进房，一把搂住，就要亲嘴。行者暗笑道："真个要来弄老孙哩。"即使个拿法，托着那怪的长嘴，叫做个小跌，漫头一料，扑的掼下床来。那怪爬起来，扶着床边道："姐姐，你怎么今日有些怪我，想是我来得迟了？"行者道："不怪，不怪！"那妖道："既不怪我，怎么就丢我这一跌？"行者道："你怎么就这等样小家子，就搂我亲嘴？我因今日有些不自在，若每常好时，便起来开门等你了。你可脱了衣服睡是。"那怪不解其意，真个就去脱衣。行者跳起来，坐在净桶上。那怪依旧复来床上摸一把，摸不着人，叫道："姐姐，你往那里去了？请脱衣服睡罢。"行者道："你先睡，等我出个恭来。"那怪果先解衣上床。行者忽然叹口气，道声："造化低了。"那怪道："你恼怎的，造化怎么得低的？我得到了你家，虽是吃了些茶饭，却也不曾白吃你的，我也曾替你家扫地通沟，搬砖运瓦，筑土打墙，耕田耙地，种麦插秧，创家立业。如今你身上穿的锦，戴的金，四时有花果观玩，八节有蔬菜烹煎，你还有那些儿不趁心处，这般短叹长吁，说甚么造化低了？”行者道：“不是这等说。今日我的父母，隔着墙，丢砖料瓦的，甚么打我骂我哩。”那怪道：“他打骂你怎的？”行者道：“他说我和你做了夫妻，你是他门下一个女婿，全没些儿礼体，这样个丑嘴脸的人，又会不得姨夫，又见不得亲戚，又不知你云来雾去的，端的是那里人家，姓甚名谁，败坏他清德，玷辱他门风，故此这般打骂，所以烦恼。”那怪道：“我虽是有些儿丑陋，若要俊，却也不难。我一来时，曾与他讲过，他愿意方才招我，今日怎么又说起这话？我家住在福陵山云栈洞，我以相貌为姓，故姓猪，官名叫做猪刚鬣。他若再来问你，你就以此话与他说便了。”

行者暗喜道：“那怪却也老实，不用动刑，就供得这等明白。既有了地方姓名，不管怎的也拿住他。”行者道：“他要请法师来拿你哩。”那怪笑道：“睡着，睡着，莫睬他！我有天罡数的变化、九齿的钉钯，怕甚么法师、和尚、道士？就是你老子有虔心，请下九天荡魔祖师下界，我也曾与他做过相识，他也不敢怎的我。”行者道：“他说请一个五百年前大闹天宫姓孙的齐天大圣，要来拿你哩。”那怪闻得这个名头，就有三分害怕道：“既是这等说，我去了罢，两口子做不成了。”行者道：“你怎的就去？”那怪道：“你不知道，那闹天宫的弼马温有些本事，只恐我弄他不过，低了名头，不像模样。”他套上衣服，开了门，往外就走，被行者一把扯住，将自己脸上抹了一抹，现出原身，喝道：“好妖怪，那里走！你抬头看看我是那个？”那怪转过眼来，看见行者咨牙俫嘴，火眼金睛，磕头毛脸，就是个活雷公相似，慌得他手麻脚软，划剌的一声，挣破了衣服，化狂风脱身而去。行者急上前，掣铁棒，望风打了一下。那怪化万道火光，径转本山而去。行者驾云，随后赶来，叫声："那里走！你若上天，我就赶到斗牛宫！你若入地，我就追至枉死狱！"咦！毕竟不知这一去赶至何方，有何胜败，且听下回分解。

总批：

真是一对好夫妻，毕竟老婆强似老公。大抵今日天下就有老猪做老公，还有老孙来做老婆降伏他。如何好不怕老婆，如何好不怕老婆！

行者妆女儿处，尚少描画；若能设身做出夫妻模样，更当令人绝倒。

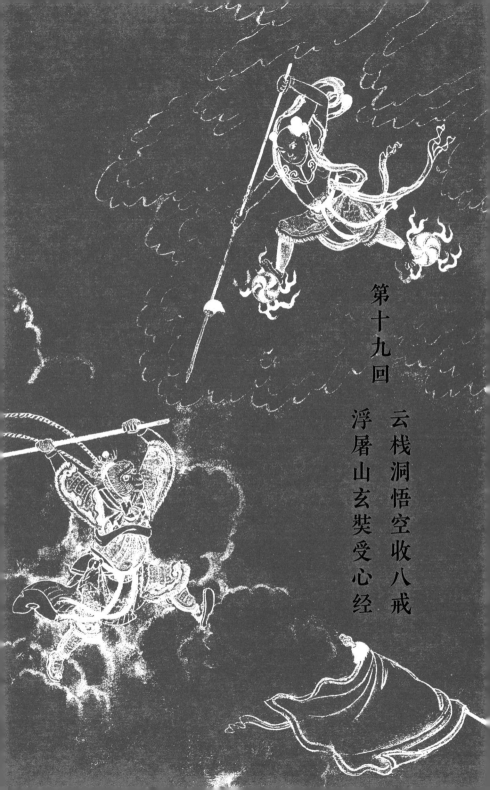

第十九回　云栈洞悟空收八戒　浮屠山玄奘受心经

雲棧洞悟空收八戒

浮屠山玄奘受心經

却说那怪的火光前走，这大圣的彩雾随跟。正行处，忽见一座高山，那怪把红光结聚，现了本相，撞入洞里，取出一柄九齿钉钯来战。行者喝一声道："泼怪！你是那里来的邪魔？怎么知道我老孙的名号？你有甚么本事，实实供来，饶你性命！"那怪道："是你也不知我的手段，上前来站稳着，我说与你听：我

自小生来心性拙，贪闲爱懒无休歇。不曾养性与修真，混沌迷心熬日月。忽朝闲里遇真仙，就把寒温坐下说。劝我回心莫堕凡，伤生造下无边业。有朝大限命终时，八难三途悔不喋。听言意转要修行，闻语心回求妙诀。有缘立地拜为师，指示天关并地阙。得传九转大还丹，工夫昼夜无时辍。上至顶门泥丸宫，下至脚板涌泉穴。周流肾水入华池，丹田补得温温热。婴儿姹女配阴阳，铅汞相投分日月。离龙坎虎用调和，灵龟吸尽金乌血。三花聚顶得归根，五气朝元通透彻。功圆行满却飞升，天仙对对来迎接。朗然足下彩云生，身轻体健朝金阙。玉皇设宴会群仙，各分品级排班列。敕封元帅管天河，总督水兵称符节。只因王母会蟠桃，开宴瑶池邀众客。那时酒醉意昏沉，东倒西歪乱撒泼。逞雄撞入广寒宫，风流仙子来相接。见他容貌挟人魂，旧日凡心难得灭。全无上下失尊卑，扯住嫦娥要陪歇。再三再四不依从，东躲西藏心不悦。色胆如天叫似雷，险些震倒天关阙。纠察灵官奏玉皇，那日吾当命运拙。广寒围困不通风，进退无门难得脱。却被诸神拿住我，酒在心头还不怯。押赴灵霄见玉皇，依律问成该处决。多亏太白李金星，出班俯囵亲言说。改刑重责二千锤，肉绽皮开骨将折。放生遭贬出天关，福陵山下图家业。我因有罪错投

胎，俗名唤做猪刚鬣。"

行者闻言道："你这厮原来是天蓬水神下界，怪道知我老孙名号。"那怪道声："哏！你这诳上的弼马温，当年撞那祸时，不知带累我等多少，今日又来此欺人。不要无礼，吃我一钯！"行者怎肯容情，举起棒，当头就打。他两个在那半山之中黑夜里赌斗。好杀：

行者金睛似闪电，妖魔环眼似银花。这一个口喷彩雾，那一个气吐红霞。气吐红霞昏处亮，口喷彩雾夜光华。金箍棒，九齿钯，两个英雄实可夸：一个是大圣临凡世，一个是元帅降天涯。那个因失威仪成怪物，这个幸逃苦难拜僧家。钯去好似龙伸爪，棒迎浑若凤穿花。那个道你破人亲事如杀父，这个道你强奸幼女正该拿。闲言语，乱喧哗，往往来来棒架钯。看看战到天将晓，那妖精两膊觉酸麻。

他两个自二更时分，直斗到东方发白。那怪不能迎敌，败阵而逃，依然又化狂风，径回洞内，把门紧闭，再不出头。行者在这洞门外看有一座石碣，上书"云栈洞"三字，见那怪不出，天又大明，心却思量："恐师父等候，且回去见他一见，再来捉此怪不迟。"随踏云点一点，早到高老庄。

却说三藏与那诸老谈今论古，一夜无眠，正想行者不来，只见天井里，忽然站下行者。行者收藏铁棒，整衣上厅，叫道："师父，我来了。"慌得那诸老一齐下拜。谢道："多劳，多劳！”三藏问道：“悟空，你去这一夜，拿得妖精在那里？”行者道：“师父，那妖不是凡间的邪祟，也不是山间的怪兽，他本是天蓬元帅临凡，只因错投了胎，嘴脸像一个野猪模样，其实灵性尚存，他说以相为姓，唤名猪刚鬣。是老孙从后宅里掣棒就打，他化一阵狂风走了，被老孙着风一棒，他就化道火光，径转他那本山洞内，取出一柄九齿钉钯，与老孙战了一夜，他适才天将明，怯战而走，把洞门紧闭不出。老孙还要打开那门，与他见个好歹，恐师父在此疑虑盼望，故先来回个信息。”说罢，那老高上前跪下道：“长老，没及奈何，你虽赶得去了，他等你去后复来，却怎区处？索性累你与我拿住，除了根，才无后患。我老夫不敢怠慢，自有重谢，将这家财田地凭众亲友写立文书，与长老平分。只是要剪草除根，莫教坏了我高门清德。”行者笑道：“你这老儿不知分限。那怪也曾对我说，他虽是食肠大，吃了你家些茶饭，他与你干了许多好事，这几年挣了许多家资，皆是他之力量，他不曾白吃了你东西，问你祛他怎的，据他说，原是一个天神下界，替你巴家做活，又未曾害了你家女儿。想这等一个女婿，也门当户对，不怎么坏了家声，辱了行止，当真的留他也罢。”老高道：“长老，虽是不伤风化，但名声不甚好听。动不动着人就说，高家招了一个妖怪女婿，这句话儿教人怎当？”三藏道：“悟空，你既是与他做了一场，一发与他做个决绝，才见始终。”行者道：“我才试他一试耍子，此去一定拿来与你们看，且莫忧愁。”叫：“老高，你还好生管待我师父，我去也。”

　　说声去，就无形无影的，跳到他那山上，来到洞口，一顿铁棒，把两扇门打得粉碎，口里骂道："那馕糠的夯货，快出来与老孙打么！"那怪正喘嘘嘘的睡在洞内，听见打得门响，又听见骂馕糠的夯货，他却恼怒难禁，只得拖着钯，抖擞精神，跑将出来，厉声骂道："你这个弼马温着实愆懒，与你有甚相干，你把我大门打破？你且去看看律条，打进大门而入，该个杂犯死罪哩。"行者笑道："这个呆子，我就打了大门，还有个辨处。像你强占人家女子，又没个三媒六证，又无些茶红酒礼，该问个真犯斩罪哩。"那怪道："且休闲讲，看老猪这钯。"行者使棒支住道："你这钯可是与高老家做园工筑地种菜的？有何好处怕你。"那怪道："你错认了，这钯岂是凡间之物？你且听我道来：

此是锻炼神水铁，磨琢成工光皎洁。老君自己动铃锤，荧惑亲身添炭屑。五方五帝用心机，六丁六甲费周折。造成九齿玉垂牙，铸就双环金坠叶。身妆六曜排五星，体按四时依八节。短长上下定乾坤，左右阴阳分日月。六爻神将按天条，八卦星辰依次列。名为上宝沁金钯，进与玉皇镇丹阙。因我修成大罗仙，为吾养就长生客。敕封元帅号天蓬，钦赐钉钯为御节。举起烈焰并毫光，落下猛风飘瑞雪。天曹神将尽皆惊，地府阎罗心胆怯。人间那有这般兵，世上更无此等铁。随身变化可心怀，任意翻腾依口诀。相携数载未曾离，伴我几年无日别。日食三餐并不丢，夜眠一宿浑无撇。也曾佩去赴蟠桃，也曾带他朝帝阙。皆因仗酒却行凶，只为倚强便撒泼。上天贬我降凡尘，下世尽我作罪业。石洞心邪曾吃人，高庄情喜婚姻结。这钯下海掀翻龙住窝，上山抓碎虎狼穴。诸般兵刃且休题，惟有吾当钯最切。相持取胜有何难，赌斗求功不用说。何怕你铜头铁脑一身钢，钯到魂消神气泄。"

行者闻言，收了铁棒道："呆子不要说嘴，老孙把这头伸在那里，你且筑一下儿，看可能魂消气泄？"那怪真个举起钯，着气力筑将来，扑的一下，钻起钯的火光焰焰，更不曾筑动一些儿头皮。唬得他手麻脚软，道声"好头，好头！"行者道："你是也不知。老孙因为闹天宫，偷了仙丹，盗了蟠桃，窃了御酒，被小圣二郎擒住，押在斗牛宫前，众天神把老孙斧剁锤敲，刀砍剑刺，火烧雷打，也不曾损动分毫。又被那太上老君拿了我去，放在八卦炉中，将神火锻炼，炼做个火眼金睛，铜头铁臂。不信，你再筑几下，看看疼与不疼？"那怪道："你这猴子，我记得你闹天宫时，家住在东胜神洲傲来国花果山水帘洞里，到如今久不闻名，你怎么来到这里上门子欺我？莫敢是我丈人去那里请你来的？"行者道："你丈人不曾去请我。因是老孙改邪归正，弃道从僧，保护一个东土大唐驾下御弟，叫做三藏法师，往西天拜佛求经，路过高庄借宿，那高老儿因话说起，就请我救他女儿，拿你这馕糠的夯货。"

那怪一闻此言，丢了钉钯，唱个大喏道："那取经人在那里？累烦你引见引见。"行者道："你要见他怎的？"那怪道："我本是观世音菩萨劝善，受了他的戒行，这里持斋把素，教我跟随那取经人往西天拜佛求经，将功折罪，还得正果。教我等他，这几年不闻消息。今日既是你与他做了徒弟，何不早说取经之事，只倚凶强，上门打我？"行者道："你莫诡诈欺心软我，欲为脱身之计。果然是要保护唐僧，略无虚假，你可朝天发誓，我才带你去见我师父。"那怪扑的跪下，望空似捣碓的一般，只管磕头道："阿弥陀佛南无佛，我若不是真心实意，还教我犯了天条，劈尸万段。"行者见他赌咒发愿，道："既然如此，你点把火来烧了你这住处，我方带你去。"那怪真个搬些芦苇荆棘，点着一把火，将那云栈洞烧得像个破瓦窑，对行者道："我今已无挂碍了，^{着眼。}你却引我去罢。"行者道："你把钉钯与我拿着。"那怪就把钯递与行者。行者又拔了一根毫毛，吹口仙气，叫"变！"即变做一条三股麻绳，走过来，把手背绑剪了。那怪真个倒背着手，凭他怎么绑缚。却又揪着耳朵，拉着他，叫："快走，快走！"那怪道："轻着些儿，你的手重，揪得我耳根子疼。"行者道："轻不成，顾你不得，常言道：'善猪恶拿'。^{趣！}只等见了我师父，果有真心，方才放你。"他两个半云半雾的，径转高家庄来。有诗为证：

金性刚强能克木，心猿降得木龙归。金从木顺皆为一，木恋金仁总发挥。一主一宾无间隔，三交三合有玄微。性情并喜贞元聚，同证西方话不违。

顷刻间，到了庄前。行者扢着他的钯，揪着他的耳道："你看那厅堂上端坐的是谁？乃吾师也。"那高氏诸亲友与老高，忽见行者把那怪背绑揪耳而来，一个个忻然迎到天井中，道声："长老，长老，他正是我家的女婿。"那怪走上前，双膝跪下，背着手对三藏叩头，高叫道："师父，弟子失迎，早知是师父住在我丈人家，我就来拜接，怎么又受到许多周折？"三藏道：
"悟空，你怎么降得他来拜我？"行者才放了手，拿钉钯柄儿
打着，喝道："呆子！你说么。"那怪把菩萨劝善事情，细陈了
一遍。

三藏大喜，便叫："高太公，取个香案用用。"老高即忙抬
出香案。三藏净了手焚香，望南礼拜道："多蒙菩萨圣恩。"那
几个老儿也一齐添香礼拜。拜罢，三藏上厅高坐，教悟空放了他
绳，行者才把身抖了一抖，收上身来，其缚自解。那怪从新礼拜
三藏，愿随西去，又与行者拜了，以先进者为兄，遂称行者为师
兄。三藏道："既从吾善果，要做徒弟，我与你起个法名，早晚
好呼唤。"他道："师父，我是菩萨已与我摩顶受戒，起了法
名，叫做猪悟能也。"三藏笑道："好，好！你师兄叫做悟空，
你叫做悟能，其实是我法门中的宗派。"悟能道："师父，我受
了菩萨戒行，断了五荤三厌，在我丈人家持斋把素，更不曾动
荤。^{难道高老女儿是素的？}今日见了师父，我开了斋罢。"三藏道："不可，
不可！你既是不吃五荤三厌，我再与你起个别名，唤为八戒。"
那呆子欢欢喜喜道："谨遵师命。"因此又叫做猪八戒。

高老见这等去邪归正，更十分喜悦，遂命家僮安排筵宴，酬
谢唐僧。八戒上前扯住老高道："爷，请我拙荆出来拜见公公伯
伯，如何？"^趣行者笑道："贤弟，你既入了沙门，做了和尚，
从今后再莫题起那拙荆的话说，世间只有个火居道士，那里有个
火居的和尚？^{火居和尚遍地皆是}我们且来叙了坐次，吃顿斋饭，赶早儿往
西天走路。"高老儿摆了桌席，请三藏上坐，行者与八戒，坐于
左右两旁，诸亲下坐。高老把素酒开樽，满斟一杯，奠了天地，

然后奉与三藏。三藏道："不瞒太公说，贫僧是胎里素，自幼儿不吃荤。"老高道："因知老师清素，不曾敢动荤。此酒也是素的，请一杯不妨。"三藏道："也不敢用酒，酒是我僧家第一戒者。"悟能慌了道："师父，我自持斋，却不曾断酒。"悟空道："老孙虽量窄，吃不上镡把，却也不曾断酒。"三藏道："既如此，你兄弟们吃些素酒也罢，只是不许醉饮误事。"遂而他两个接了头钟。各人俱照旧坐下，摆下素斋，说不尽那杯盘之盛，品物之丰。

师徒们燕罢，老高将一红漆丹盘，拿出二百两散碎金银，奉三位长老为途中之费，又将三领绵布褊衫，为上盖之衣。三藏道："我们是行脚僧，遇店化饭，逢处求斋，怎敢受金银财帛？"行者近前，轮开手抓了一把，叫："高才，昨日累你引我师父，今日招了一个徒弟，无物谢你，把这些碎金碎银，权作带领钱，拿了去买草鞋穿。以后但有妖精，多作成我几个，还有谢你处哩。"高才接了，叩头谢赏。老高又道："师父们既不受金银，望将这粗衣笑纳，聊表寸心。"三藏又道："我出家人，若受了一丝之贿，千劫难修。只是把席上吃不了的饼果，带些去做干粮足矣。"八戒在旁边道："师父、师兄，你们不要便罢，我与他家做了这几年女婿，就是挂脚粮也该三石哩。丈人呵，我的直裰，昨晚被师兄扯破了，与我一件青锦袈裟，鞋子绽了，与我一双好新鞋子。"高老闻言，不敢不与，随买一双新鞋，将一领褊衫，换下旧时衣物。

那八戒摇摇摆摆，对高老唱个喏道："上复丈母、大姨、二姨并姨夫、姑舅诸亲，我今日去做和尚了，不及面辞，休怪。丈人呵，你还好生看待我浑家，只怕我们取不成经时，好来还俗，照旧与你做女婿过活。"行者喝道："夯货，却莫胡说！"八戒道："哥呵，不是胡说，只恐一时间有些儿差池，却不是和尚误了做，老婆误了娶，两下里都耽搁了？"三藏道："少题闲话，我们赶早儿去来。"遂此收拾了一担行李，八戒担着；背了白马，三藏骑着；行者肩担铁棒，前面引路。一行三众，辞别高老及众亲友，投西而去。有诗为证：

满地烟霞树色高，唐朝佛子苦劳劳。饥餐一钵千家饭，寒着千针一衲袍。意马胞头休放荡，心猿乖劣莫教嚷。情和性定诸缘合，月满金华是伐毛。

三众进西路途，有个月平稳，行过了乌斯庄界，猛抬头见一座高山。三藏停鞭勒马道："悟空、悟能，前面山高，须索仔细，仔细。"八戒道："没事，这山唤做浮屠山，山中有一个乌巢禅师，在此修行，老猪也曾会他。"三藏道："他有些甚么勾当？"八戒道："他倒也有些道行。他曾劝我跟他修行，我不曾去罢了。"师徒们说着话，不多时，到了山上，好山，但见那：

山南有青松碧桧，山北有绿柳红桃。闹聒聒，山禽对语；舞翩翩，仙鹤齐飞。香馥馥，诸花千样色；青冉冉，杂草万般奇。涧下有滔滔绿水，崖前有朵朵祥云。真个是景致非常幽雅处，寂然不见往来人。

那师父在马上遥观，见香桧树前，有一柴草窝。左边有麋鹿衔花，右边有山猴献果；树梢头有青鸾彩凤齐鸣，玄鹤锦鸡咸集。八戒指道："那不是乌巢禅师。"三藏纵马加鞭，直至树下。却说那禅师见他三众前来，即便离了巢穴，跳下树来。三藏下马奉拜，那禅师用手搀道："圣僧请起，失迎，失迎。"八戒道："老禅师，作揖了。"禅师惊问道："你是福陵山猪刚鬣，怎么有此大缘，得与圣僧同行？"八戒道："前年蒙观音菩萨劝善，愿随他做个徒弟。"禅师大喜道："好，好，好！"又指定行者，问道："此位是谁？"行者笑道："这老禅怎么认得他，倒不认得我？"禅师道："因少识耳。"三藏道："他是我的大徒弟孙悟空。"禅师陪笑道："欠礼，欠礼。"

三藏再拜，请问西天大雷音寺还在那里。禅师道："远哩，远哩！只是路多虎豹难行。"三藏殷勤致意，再问："路途果有多远？"禅师道："路途虽远，终须有到之日，^{着眼。}却只是魔瘴难消。我有《多心经》一卷，凡五十四句，共计二百七十字。若遇魔瘴之处，但念此经，自无伤害。"三藏拜伏于地恳求，那禅师遂口诵传之。经云：

《摩诃般若波罗蜜多心经》：观自在菩萨，行深般若波罗蜜多，时照见五蕴皆空，度一切苦厄。舍利子，色不异空，空不异色；色即是空，空即是色。受相行识，亦复如是。舍利子，是诸法空相，不生不灭，不垢不净，不增不减。是故空中无色，无受相行识，无眼耳鼻舌身意，无色声香味触法，无眼界，乃至无意识界，无无明，亦无无明尽，乃至无老死，亦无老死尽。无苦寂灭道，无智亦无得。以无所得故，菩提萨埵。依般若波罗蜜多故，心无挂碍，无挂碍故无有恐怖。远离颠倒梦想，究竟涅槃，三世诸佛，依般若波罗蜜多故，得阿耨多罗三藐三菩提。故知般若波罗蜜多，是大神咒，是大明咒，是无上咒，是无等等咒，能除一切苦，真实不虚。故说般若波罗蜜多咒，即说咒曰："揭谛！揭谛！波罗揭谛！波罗僧揭谛！菩提莎婆诃！"

此时唐朝法师本有根源，耳闻一遍《多心经》，即能记忆，至今传世。此乃修真之总经，作佛之会门也。

那禅师传了经文，踏云光，要上乌巢而去，被三藏又扯住奉告，定要问个西去的路程端的，那禅师笑云：

道路不难行，试听我分付：千山千水深，多瘴多魔处。若遇接天崖，放心休恐怖。行来摩耳岩，侧着脚踪步。仔细黑松林，妖狐多截路。精灵满国城，魔主盈山住。老虎坐琴堂，苍狼为主簿。狮象尽称王，虎豹皆作御。野猪挑担子，水怪前头遇。多年老石猴，那里怀嗔怒。你问那相识，他知西去路。　着眼。

行者闻言，冷笑道："我们去，不必问他，问我便了。"三藏还不解其意，那禅师化作金光，径上乌巢而去。长老往上拜谢，行者心中大怒，举铁棒望上乱捣，只见莲花生万朵，祥雾护千层。行者纵有搅海翻江力，莫想挽着乌巢一缕藤。三藏见了，扯住行者道："悟空，这样一个菩萨，你捣他窝巢怎的？"行者道："他骂了我兄弟两个一场去了。"三藏道："他讲的西天路径，何尝骂你？"行者道："你那里晓得？他说野猪挑担子，是骂的八戒；多年老石猴，是骂的老孙。你怎么解得此意？"八戒道："师兄息怒。这禅师也晓得过去未来之事，但看他水怪前头遇这句话，不知验否，饶他去罢。"行者见莲花祥雾，近那巢边，只得请师父上马，下山往西而去。那一去：

> 管教清福人间少，致使灾魔山里多。

毕竟不知前程端的如何，且听下回分解。

总批：

游戏之中，暗传密谛。学者着意《心经》，方不枉读《西游》一记，孤负了作者婆心。不然宝山空手，亦付之无可奈何而已。〇凡读书，俱要如此。岂特《西游》一记已也。

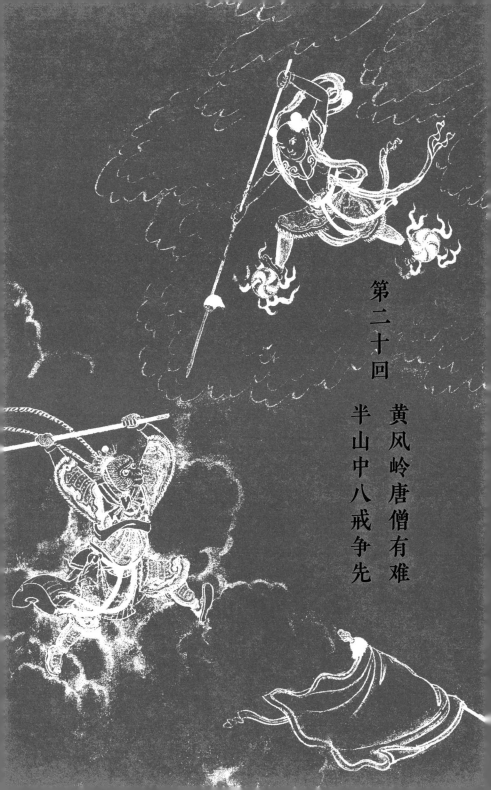

第二十回　黄风岭唐僧有难　半山中八戒争先

偈曰：

法本从心生，还是从心灭。生灭尽由谁，请君自辨别。既然皆己心，何用别人说？^{说出}只须下苦功，扭出铁中血。绒绳着鼻穿，挽定虚空结。拴在无为树，不使他颠劣。莫认贼为子，心法都忘绝。休教他瞒我，一拳先打彻。现心亦无心，现法法也辍，人牛不见时，碧天光皎洁。秋月一般圆，彼此难分别。

这一篇偈子，乃是玄奘法师悟彻了《多心经》，打开了门户，那长老常念常存，一点灵光自透。

且说他三众，在路餐风宿水，带月披星，早又至夏景炎天。但见那：

花尽蝶无情叙，树高蝉有声喧。
野蚕成茧火榴妍，沼内新荷出现。

那日正行时，忽然天晚，又见山路旁边，有一村舍。三藏道："悟空，你看那日落西山藏火镜，月升东海现水轮。幸而道旁有一人家，我们且借宿一宵，明日再走。"八戒道："说得是，我老猪也有些饿了，且到人家化些斋吃，有力气，好挑行李。"行者道："这个恋家鬼，你离了家几日，就生报怨！"八戒道："哥呵，比不得你这喝风呵烟的人。我从跟了师父这几日，长忍半肚饥，你可晓得？"三藏闻之道："悟能，你若是在家心重时，不是个出家的了，你还回去罢。"^{着眼}那呆子慌得跪

下道："师父，你莫听师兄之言。他有些赃埋人，我不曾报怨甚
的，他就说我报怨。我是个直肠的痴汉，我说道肚内饥了，好寻
个人家化斋，他就骂我是恋家鬼。师父呵，我受了菩萨的戒行，
又承师父怜悯，情愿要伏侍师父往西天去，誓无退悔，这叫做
恨苦修行，怎的说不是出家的话。"三藏道："既是如此，你且
起来。"

那呆子纵身跳起，口里絮絮叨叨的，抬着担子，只得死心塌
地，跟着前来。早到了路旁人家门首，三藏下马，行者接了缰
绳，八戒歇了行李，都伫立绿荫之下。三藏拄着九环锡杖，按按
藤缠篾织斗篷，先奔门前，只见一老者，斜倚竹床之上，口里嘤
嘤的念佛。三藏不敢高言，慢慢的叫一声："施主，问讯了。"
那老者一骨鲁跳将起来，忙敛衣襟，出门还礼道："长老，失
迎。你自那方来的？到我寒门何故？"三藏道："贫僧是东土大
唐和尚，奉圣旨上雷音寺拜佛求经。适至宝方天晚，意投檀府
告借一宵，万祈方便方便。"那老儿摆手摇头道："去不得，西
天难取经，要取经往东天去罢。"三藏口中不语，意下沉吟：
"菩萨指道西去，怎么此老说往东行？东边那得有经？"腼腆
难言，半晌不答。却说行者索性凶顽，忍不住，上前高叫道：
"那老儿，你这们大年纪，全不晓事，我出家人远来借宿，就把
这厌钝的话虎唬我。十分你家窄狭，没处睡时，我们在树底下，
好道也坐一夜，不打搅你。"那老者扯住三藏道："师父，你倒
不言语，你那个徒弟，那般拐子脸、别颏腮、雷公嘴、红眼睛
的一个痨病魔鬼，怎么反冲撞我这年老之人！"行者笑道："你
这个老儿，忒也没眼色！似那俊刮些儿的，叫做中看不中吃。

想我老孙虽小，颇结实，皮裹一团筋哩。"那老者道："你想必有些手段。"行者道："不敢夸言，也将就看得过。"老者道："你家居何处？因甚事削发为僧？"行者道："老孙祖贯东胜神洲海东傲来国花果山水帘洞居住，自小儿学做妖怪，称名悟空，凭本事，挣了一个齐天大圣，只因不受天禄，大反天宫，惹了一场灾愆。如今脱难消灾，转拜沙门，前求正果，保我这唐朝驾下的师父，上西天拜佛走遭，怕甚么山高路险，水阔波狂，我老孙也捉得怪，降得魔，伏虎擒龙，踢天弄井，都晓得些儿。倘若府上有甚么丢砖打瓦，锅叫门开，老孙便能安镇。"那老儿听得这篇言语，哈哈笑道："原来是个撞头化缘的熟嘴儿和尚。"行者道："你儿子便是熟嘴，我这些时只因跟我师父走路辛苦，还懒说话哩。"那老儿道："若是你不辛苦，不懒说话，好道活活的聒杀我，你既有这样手段，西方也还去得，去得。你一行几众？请至茅舍里安宿。"三藏道："多蒙老施主不叱之恩，我一行三众。"老者道："那一众在那里？"行者指着道："这老儿眼花，那绿荫下站的不是？"老儿果然眼花，忽抬头细看，一见八戒这般嘴脸，就唬得一步一跌，往屋里乱跑，只叫："关门，关门，妖怪来了！"行者赶上扯住道："老儿莫怕，他不是妖怪，是我师弟。"老者战兢兢的道："好，好，好！一个丑似一个的和尚！"八戒上前道："老官儿，你若以相貌取人，干净差了。我们丑自丑，却都有用。"

那老者正在门前与三个和尚相讲。只见那庄南边有两个少年人，带着一个老妈妈，三四个小男女，敛衣赤脚，插秧而回。他看见一匹白马，一担行李，都在他家门首喧哗，不知是甚来历，都一拥上前问道："做甚么的？"八戒调过头来，把耳朵摆了几摆，长嘴伸了一伸，吓得那些人东倒西歪，乱蹡乱跌。慌得那三藏满口招呼道："莫怕，莫怕，我们不是歹人，我们是取经的和尚。"那老儿才出了门，搀着妈妈道："婆婆起来，少要惊恐。这师父是唐朝来的，只是他徒弟脸嘴丑些，却也山恶人善。带男女们家去。"那妈妈才扯着老儿，二少年领着儿女进去。

三藏却坐在他门楼里竹床之上，埋怨道："徒弟呀，你两个相貌既丑，言语又粗，把这一家儿吓得七损八伤，都替我身造罪哩。"八戒道："不瞒师父说，老猪自从跟了你，这些时俊了许多哩。若像往常在高老庄走时，把嘴朝前一掬，把耳两头一摆，常吓杀二三十人哩。"行者笑道："呆子，不要乱说，把那丑也收拾起些。"三藏道："你看悟空说的话，相貌是生成的，你教他怎么收拾？"行者道："把那个耙子嘴，揣在怀里，莫拿出来，把那蒲扇耳，贴在后面，不要摇动，这就是收拾了。"那八戒真个把嘴揣了，把耳贴了，拱着头，立于左右。行者将行李拿入门里，将白马拴在桩上。

只见那老儿才引个少年，拿一个板盘儿，托三杯清茶来献。茶罢，又分付办斋。那少年又拿一张有窟窿无漆水的旧桌，端两条破头折脚的凳子，放在天井中，请三众凉处坐下。三藏方问道："老施主，高姓？"老者道："在下姓王。""有几位令嗣？"道："有两个小儿，三个小孙。"三藏道："恭喜，恭喜。"又问："年寿几何？"道："痴长六十一岁。"行者道："好，好，好，花甲重逢矣。"三藏后问道："老施主始初说西天经难取者，何也？"老者道："经非难取，只是道中艰涩难行。我们这向西去，只有三十里远近，有一座山，叫做八百里黄风岭，那山中多有妖怪，故言难取者，此也。若论此位小长老，说有许多手段，却也去得。"行者道："不妨，不妨！有了老孙与我这师弟，任他是甚么妖怪，不敢惹我。"

正说处，又见儿子拿将饭来，摆在桌上，道声"请斋"。三藏就合掌讽起斋经，八戒早已吞了一碗，长老的几句经还未了，那呆子又吃勾三碗，行者道："这个馕糠，好道撞着饿鬼了。"那老王倒也知趣，见他吃得快，道："这个长老，想着实饿了，快添饭来。"那呆子真个食肠大，看他不抬头，一连就吃有十数碗，三藏、行者俱各吃不上尚两碗，呆子不住，便还吃哩。老王道："仓卒无肴，不敢苦劝，请再进一箸。"三藏、行者俱道："勾了。"八戒道："老儿滴答甚么，谁和你发课，说甚么五爻六爻，有饭只管添将来就是。"呆子一顿，把他一家子饭都吃得罄尽，还只说才得半饱。却才收了家火，在那门楼下，安排了竹床板铺睡下。

次日天晓，行者去背马，八戒去整担，老王又教妈妈整治些点心汤水管待，三众方致谢告行。老者道："此去倘路间有甚不虞，是必还来茅舍。"行者道："老儿，莫说哈话。我们出家人，不走回头路。"遂此策马挑担西行。

噫！这一去，果无好路朝西域，定有邪魔降大灾。三众前来，不上半日，果逢一座高山，说起来，十分险峻。三藏马到临崖，斜挑宝镫观看，果然那：

高的是山，峻的是岭；陡的是崖，深的是壑；响的是泉，鲜的是花。那山高不高，顶上接青霄；这洞深不深，底中见地府。山前面，有骨都都白云，屹嶝嶝怪石，说不尽千丈万丈揳魂崖。崖后有弯弯曲曲藏龙洞，洞中有叮叮当当滴水岩。又见些丫丫叉叉带角鹿，泥泥蚩蚩看人獐；盘盘曲曲红鳞蟒，要要顽顽白面猿。至晚巴山寻穴虎，带晓翻波出水龙，登的洞门唿喇喇响。草里飞禽，扑轳轳起；林中走兽，掬咻咻行。猛然一阵狼虫过，吓得人心屹蹬蹬惊。正是那当倒洞当当倒洞，洞当当倒洞当山。青岱染成千丈玉，碧纱笼罩万堆烟。

那师父缓促银骢，孙大圣停云慢步，猪悟能磨担徐行。正看那山，忽闻得一阵旋风大作，三藏在马上心惊道："悟空，风起了。"行者道："风却怕他怎的，此乃天家四时之气，有何惧哉！"三藏道："此风其恶，比那天风不同。"行者道："怎见得不比天风？"三藏道："你看这风：

巍巍荡荡飒飘飘，渺渺茫茫出碧霄。过岭只闻千树吼，入林但见万竿摇。岸边摆柳连根动，园内吹花带叶飘。收网渔舟皆紧缆，落篷客艇尽抛锚。途半征夫迷失路，山中樵子担难挑。仙果林间猴子散，奇花丛内鹿儿逃。崖前桧柏颗颗倒，涧下松篁叶叶凋。播土扬尘迸迸，翻江搅海涛涛涛。"

八戒上前，一把扯住行者道："师兄，十分风大，我们且躲一躲儿干净。"行者笑道："兄弟不济，风大时就躲，倘或亲面撞见妖精，怎的是好？"八戒道："哥呵，你不曾闻得'避色如避仇，避风如避箭'哩，我们躲一躲，也不亏人。"行者道：
"且莫言语，等我把这风抓一把来闻一闻看。"八戒笑道："师
兄又扯空头谎了，风又好抓得过来闻？就是抓得来，便也钻了
去了。"行者道："兄弟，你不知道老孙有个抓风之法。"好
大圣，让过风头，把那风尾抓过来闻了一闻，有些腥气，道：
"果然不是好风，这风的味道不是虎风，定是怪风，断乎有些
蹊跷。"

说不了，只见那山坡下，剪尾跑蹄，跳出一只那班斓猛虎，
慌得那三藏坐不稳雕鞍，翻根头跌下白马，斜倚在路旁，真个是
魂飞魄散。八戒丢了行李，掣钉钯，不让行者走上前，大喝一声
道："业畜，那里走！"赶将去，劈头就筑。那只虎直挺挺站将
起来，把那前左爪轮起，抠住自家的胸膛，往下一抓，嗯剌的
一声，把个皮剥将下来，站立道旁。你看他怎生恶相！咦，那
模样：

血津津的赤剥身躯，红嬲嬲的湾环腿足。火焰焰的两鬓蓬
松，硬搠搠的双眉的竖。白森森的四个钢牙，光耀耀的一双金
眼。气昂昂的努力大哮，雄纠纠的厉声高喊。

喊道："慢来，慢来！吾党不是别人，乃是黄风大王部下的
前路先锋。今奉大王严命，在山巡逻，要拿几个凡夫去做案酒。
你是那里来的和尚，敢擅动兵器伤我？"八戒骂道："我把你这
个业畜，你是认不得我，我等不是那过路的凡夫，乃东土大唐御
弟三藏之弟子，奉旨上西方拜佛求经者。你早早的远避他方，让

开大路，休惊了我师父，饶你性命。若似前猖獗，钯举处，却不留情！"

那妖精那容分说，急近步，丢一个架子，望八戒劈脸来抓，这八戒忙闪过，轮钯就筑，那怪手无兵器，回头就走，八戒随后赶来。那怪到了山坡下乱石丛中，取出两口赤铜刀，急轮起转身来迎，两个在这坡前，一往一来，一冲一撞的赌斗。那里孙行者搀起唐僧道："师父，你莫害怕，且坐住，等老孙去助助八戒，打倒那怪好走。"三藏才坐将起来，战兢兢的，口里念着《多心经》不题。

那行者掣了铁棒，喝声叫"拿了！"此时八戒抖擞精神，那怪败下阵去。行者道："莫饶他，务要赶上！"他两个轮钉钯，举铁棒，赶下山来。那怪慌了手脚，使个金蝉脱壳计，打个滚，现了原身，依然是一只猛虎。行者与八戒那里肯舍，赶着那虎，定要除根。那怪见他赶得至近，却又抠着胸膛，剥下皮来，苫盖在那卧虎石上，脱真身，化一阵狂风，径回路口。路口上那师父正念《多心经》，被他一把拿住，驾长风摄将去了，可怜那三藏呵：江流注定多磨蛰，寂灭门中功行难。

那怪把唐僧擒来洞口，按住狂风，对把门的道："你去报大王说，前路虎先锋拿了一个和尚，在门外听令。"那洞主传令，教："拿进来。"那虎先锋，腰撒着两口赤铜刀，双手捧着唐僧，上前跪下道："大王，小将不才，蒙钧令差山上巡逻，忽遇一个和尚，他是东土大唐驾下御弟三藏法师，上西方拜佛求经，被我擒来奉上，聊具一馔。"

那洞主闻得此言，吃了一惊道："我闻得前者有人传说：三藏法师乃大唐奉旨意取经的神僧，他手下有一个徒弟，名唤孙行者，神通广大，智力高强。你怎么能勾捉得他来？"先锋道："他有两个徒弟：先来的使一柄九齿钉钯，他生得嘴长耳大；又一个，使一根金箍铁棒，他生得火眼金睛。正赶着小将争持，被小将使一个金蝉脱壳之计，撤身得空，把这和尚拿来，奉献大王，聊表一餐之敬。"洞主道："且莫吃他哩。"先锋道："大王，'见食不食，呼为劣蹶'。"洞主道："你不晓得，吃了他不打紧，只恐怕他那两个徒弟上门炒闹，未为稳便，且把他绑在后园定风桩上，待三五日，他两个不来搅扰，那时节，一则图他身子干净，二来不动口舌，却不任我们心意？或煮或蒸，或煎或炒，慢慢的自在受用不迟。"先锋大喜道："大王深谋远虑，说得有理。"教："小的们，拿了去。"旁边拥上七八个绑缚手，将唐僧拿去，好便似鹰拿燕雀，索绑绳缠。这的是苦命江流思行者，遇难神僧想悟能，道声："徒弟呵！不知你在那山擒怪，何处降妖，我却被魔头拿来，遭此毒害，几时再得相见？好苦呵，你们若早些儿来，还救得我命，若十分迟了，断然不能保矣！"一边嗟叹，一边泪落如雨。

　　却说那行者、八戒，赶那虎下山坡，只见那虎跑倒了，塌伏在崖前，行者举棒，尽力一下，转震得自己手疼，八戒复筑了一钯，亦将钯齿迸起，原来是一张虎皮，盖着一块卧虎石。行者大惊道："不好了，不好了，中了他计也！"八戒道："中他甚计？"行者道："这个叫做金蝉脱壳计，他将虎皮盖在此，他却走了。我们且回去看看师父，莫遭毒手。"两个急急转来，早已不见了三藏。行者大叫如雷道："怎的好！师父已被他擒去了。"八戒即便牵着马，眼中滴泪道："天那，天那！却往那里找寻！"行者抬着头跳道："莫哭，莫哭！一哭就挫了锐气。横竖想只在此山，我们寻寻去来。"

他两个果奔入山中，穿岗越岭，行勾多时，只见那石崖之下，耸出一座洞府。两人定步观瞻，果然凶险，但见那：

叠障尖峰，回峦古道。青松翠竹依依，绿柳碧梧冉冉。崖前有怪石双双，林内有幽禽对对。洞水远流冲石壁，山泉细滴漫沙堤。野云片片，瑶草芊芊。妖狐狡兔乱撺梭，角鹿香獐齐斗勇。劈崖斜挂万年藤，深壑半悬千岁柏。奕奕巍巍欺华岳，落花啼鸟赛天台。

行者道："贤弟，你可将行李歇在藏风山凹之间，撒放马匹，不要出头。等老孙去他门首，与他赌斗，必须拿住妖精，方才救得师父。"八戒道："不消分付，请快去。"行者整一整直裰，束一束虎裙，掣了棒，撞至门前，只见那门上有六个大字，乃"黄风岭黄风洞"，却便丁字脚站定，执着棒，高叫道："妖怪，趁早儿送我师父出来，省得掀翻了你窝巢，蹓平了你住处！"那小怪闻言，一个个害怕，战兢兢的，跑入里面报道："大王，祸事了！"那黄风怪正坐间，问："有何事？"小妖道："洞门外来了一个雷公嘴毛脸的和尚，手持着一根许大粗的铁棒，要他师父哩。"那洞主惊张，即唤虎先锋道："我教你去巡山，只该拿些山牛、野彘、犯鹿、胡羊，怎么拿那唐僧来，却惹他那徒弟来此闹吵，怎生区处？"先锋道："大王放心稳便，高枕勿忧。小将不才，愿带领五十个小较出去，把那甚么孙行者拿来凑吃。"洞主道："我这里除了大小头目，还有五七百名小较，凭你选择，领多少去。只要拿住那行者，我们才自自在在吃那和尚一块肉，情愿与你拜为兄弟，但恐拿他不得，返伤了你，那时休得埋怨我也。"

虎怪道："放心，放心，等我去来。"果然点起五十名精壮小妖，擂鼓摇旗，拈两口赤铜刀，腾出门来，厉声高叫道："你是那里来的个猴和尚，敢在此间大呼小叫的做甚？"行者骂道："你这个剥皮的畜生！你弄甚么脱壳法儿，把我师父摄了，倒转问我做甚，趁早好好送我师父出来，还饶你这个性命。"虎怪道："你师父是我拿了，要与我大王做顿下饭。你识起倒回去罢，不然，拿住你一齐凑吃，却不是买一个又饶一个？"行者闻言，心中大怒，挜进进钢牙错啮，滴流流火眼睁圆。掣铁棒喝道："你有多大手段，敢说这等大话，休走，看棒！"那先锋急持刀按住。这一场果然不善，他两个各显威能。好杀：

那怪是个真鹅卵，悟空是个鹅卵石。赤铜刀架美猴王，浑如垒卵来击石。乌鹊怎与凤凰争？鹁鸽敢和鹰鹞敌？那怪喷风灰满山，悟空吐雾云迷日。来往不禁三五回，先锋腰软全无力。转身败了要逃生，却被悟空抵死逼。

那虎怪抵架不住，回头就走。他原来在那洞主面前说了嘴，不敢回洞，径往山坡上逃生。行者那里口放，执着棒，随后赶来，呼呼吼吼，喊声不绝，却赶到那藏风山凹之间，正抬头，见八戒在那里放马。八戒忽听见呼呼声喊，回头观看，乃是行者赶败的虎怪，就丢了马，举起钯，刺斜着头一筑，可怜那先锋，脱身要跳黄丝网，岂知又遇罩鱼人，却被八戒一钯，筑得九个窟窿鲜血冒，一头脑髓尽流干。有诗为证：

> 三二年前归正宗，持斋把素悟真空。
> 诚心要保唐三藏，初秉沙门立此功。

那呆子一脚蹦住他的脊背，两手轮钯又筑。行者见了，大喜道："兄弟，正是这等，他领了几十个小妖，敢与老孙赌斗，被我打败了，他转不往洞跑，却跑来这里寻死。亏你接着，不然又走了。"八戒道："弄风摄师父去的可是他？"行者道："正是，正是。"八戒道："你可曾问他师父的下落么？"行者道："这怪把师父拿在洞里，要与他甚么鸟大王做下饭。是老孙恼了，就与他斗将这里来，却被你送了性命。兄弟呵，这个功劳算你的，你可还守着马与行李，等我把这死怪拖了去，再到那洞口索战。须是拿得那老妖，方才救得师父。"八戒道："哥哥说得有理。你去，你去，若是打败了这老妖，还赶将这里来，等老猪截住杀他。"好行者，一只手提着铁棒，一只手拖着死虎，径至他洞口。正是：

> 法师有难逢妖怪，情性相和伏乱魔。

毕竟不知此去可降得妖怪，救得唐僧，且听下回分解。

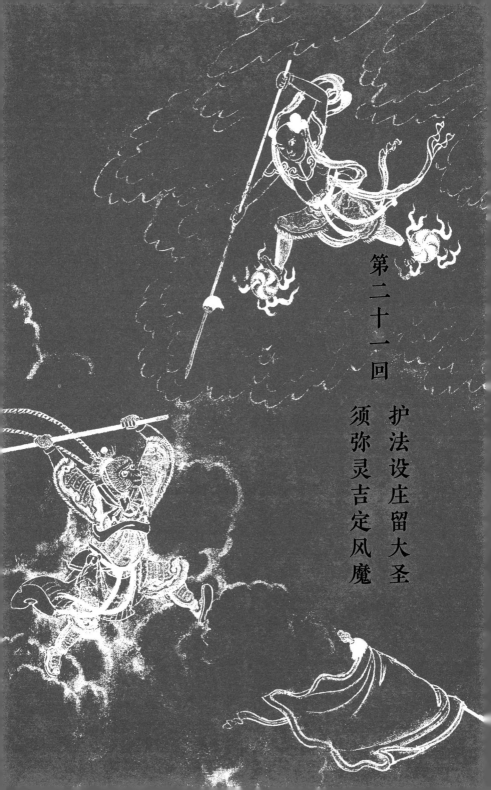

第二十一回

护法设庄留大圣

须弥灵吉定风魔

護設留聖弥言風
法庄大清霄定魔

却说那五十个败残的小妖，拿着些破旗破鼓，撞入洞里，报道："大王，虎先锋战不过那毛脸和尚，被他赶下东山坡去了。"老妖闻说，十分烦恼，正低头不语，默思计策，又有把前门的小妖道："大王，虎先锋被那毛脸和尚打杀了，拖在门口骂战哩。"那老妖闻言，愈加烦恼道："这厮却也无知，我倒不曾吃他师父，他转打杀我家先锋，可恨，可恨！"叫："取披挂来。我也只闻得讲甚么孙行者，等我出去看是个甚么九头八尾的和尚，拿他进来，与我虎先锋对命。"众小妖急急抬出披挂。老妖结束齐整，绰一杆三股钢叉，帅群妖跳出本洞。那大圣停立门外，见那怪走将出来，着实骁勇，看他怎生打扮，但见：

金盔晃日，金甲凝光。盔上缨飘山雉尾，罗袍罩甲淡鹅黄。勒甲绦盘龙耀彩，护心镜绕眼辉煌。鹿皮靴，槐花染色；锦围裙，柳叶绒妆。手持三股钢叉利，不亚当年显圣郎。

那老妖出得门来，厉声高叫道："那个是孙行者？"这行者脚踊着虎怪的皮囊，手执着如意的铁棒，答道："你孙外公在此，送出我师父来！"那怪仔细观看，见行者身躯鄙猥，面容羸瘦，不满四尺，笑道："可怜，可怜，我只道是怎么样扳翻不倒的好汉，原来是这般一个骷髅的病鬼。"行者笑道："你这个儿子忒没眼力，你外公虽是小小的，你若肯照头打一叉柄，就长六尺。"那怪道："你硬着头，吃吾一柄。"大圣公然不惧。那怪果打一下来，他把腰躬一躬，足长了六尺，有一丈长短，慌得那妖把钢叉按住，喝道："孙行者，你怎么把这护身的变化法儿，拿来我门前使出，莫弄虚头，走上来，我与你见见手段。"行者笑道："儿子阿，常言道：留情不举手，举手不留情。你外公手儿重重的，只怕你捱不起这一棒！"那怪那容分说，拈转钢叉，望行者当胸就刺。这大圣正是会家不忙，忙家不会，理开铁棒，使一个乌龙掠地势，拨开钢叉，又照头便打。他二人在那黄风洞口，这一场好杀：

妖王发怒，大圣施威。妖王发怒，要拿行者抵先锋；大圣施威，欲捉精灵救长老。叉来棒架，棒去叉迎。一个是镇山都总帅，一个是护法美猴王。初时还在尘埃战，后来各起在中央。点钢叉，尖明锐利；如意棒，身黑箍黄。戳着的魂归冥府，打着的定见阎王。全凭着手疾眼快，必须要力壮身强。两家舍死忘生战，不知那个平安那个伤。

那老妖与大圣斗经三十回合，不分胜败。这行者要见功绩，使一个身外身的手段：把毫毛揪下一把，用口嚼得粉碎，望上一喷，叫声"变！"变有百十个行者，都是一样打扮，各执一根铁棒，把那怪围在空中。那怪害怕，也使一般本事，急回头望着巽地上把口张了三张，嘑的一口气，吹将出去，忽然间，一阵黄风从空刮起，好风！真个利害：

冷冷飕飕天地变，无影无形黄沙旋。穿林折岭倒松梅，播土扬尘崩岭坫。黄河浪泼彻底浑，湘江水涌翻波转。碧天振动斗牛宫，争些刮倒森罗殿。五百罗汉闹喧天，八大金刚齐嚷乱。文殊走了青毛狮，普贤白象难寻觅。真武龟蛇失了群，梓橦骡子飘其鞚。行商喊叫告苍天，梢公拜许诸般愿。烟波性命浪中流，名利残生随水办。仙山洞府黑攸攸，海岛蓬莱昏暗暗。老君难顾炼丹炉，寿星收了龙须扇。王母正去赴蟠桃，一风吹乱裙腰钏。二郎迷失灌州城，哪吒难取匣中剑。天王不见手中塔，鲁班吊了金头钻。雷音宝阙倒三层，赵州石桥崩两断。一轮红日荡无光，满天星斗皆昏乱。南山乌往北山飞，东湖水向西湖漫。雌雄拆对不相呼，子母分离难叫唤。龙王遍海找夜叉，雷公到处寻闪电。十代阎王觅判官，地府牛头追马面。这风吹到普陀山，卷起观音经一卷。白莲花卸海边飞，吹倒菩萨十二院。盘古至今曾见风，不似这风来不善。唿喇喇，乾坤险不咋崩开，万里江山都是颤。

那妖怪使出这阵狂风，就把孙大圣毫毛变的小行者刮得在那半空中，却似纺车儿一般乱转，莫想轮得棒，如何拢得身？慌得行者将毫毛一抖，收上身来，独自个举着铁棒，上前来打，又被那怪劈脸喷了一口黄风，把两只火眼金睛，刮得紧紧闭合，莫能睁开，因此难使铁棒，遂败下阵来。那妖收风回洞不题。

却说猪八戒见那黄风大作，天地无光，牵着马，守着担，伏在山凹之间，也不敢睁眼，不敢抬头，口里不住的念佛许愿，又不知行者胜负何如，师父死活何如。正在那疑思之时，却早风定天晴，忽抬头往那洞门前看处，却也不见兵戈，不闻锣鼓。呆子又不敢上他门，又没人看守马匹、行李，果是进退两难，怆惶不已。忧虑间，只听得孙大圣从西边吆喝而来，他才欠身迎着道："哥哥，好大风呵，你从那里走来？"行者摆手道："利害，利害！我老孙自为人，不曾见这大风。那老妖使一柄三股钢叉，来与老孙交战，战到有三十馀合，是老孙使一个身外身的本事，把他围打，他甚着急，故弄出这阵风来，果是凶恶，刮得我站立不住，收了本事，冒风而逃。唏，好风！唏，好风！老孙也会呼风，也会唤雨，不曾似这个妖精的风恶！"八戒道："师兄，那妖精的武艺如何？"行者道："也看得过，又法儿倒也齐整，与老孙也战个手平。却只是风恶了，难得赢他。"八戒道："似这般怎生救得师父？"行者道："救师父且等再处，不知这里可有眼科先生，且教他把我眼医治医治。"八戒道："你眼怎的来？"行者道："我被那怪一口风喷将来，吹得我眼珠酸痛，这会子冷泪常流。"八戒道："哥啊，这半山中，天色又晚，且莫说要甚么眼科，连宿处也没有了。"行者道："要宿处不难。我料着那妖精还不敢伤我师父，我们且找上大路，寻个人家住下，过此一宵，明日天明再来降妖罢。"八戒道："正是，正是。"

他却牵了马，挑了担，出山凹，行上路口。此时渐渐黄昏，只听得那路南山坡下，有犬吠之声。二人停身观看，乃是一家庄院，影影的有灯火光明。他两个也不管有路无路，漫草而行，直至那家门首，但见：

紫芝翳翳，白石苍苍。紫芝翳翳多青草，白石苍苍半绿苔。数点小萤光灼灼，一林野树密排排。香兰馥郁，嫩竹新栽。清泉流曲涧，古柏倚深崖。地僻更无游客到，门前惟有野花开。

他两个不敢擅入，只得叫一声："开门，开门！"那里有一老者，带几个年幼的农夫，扛钯扫帚齐来，问道："甚么人，甚么人？"行者躬身道："我们是东土大唐圣僧的徒弟，因往西方拜

佛求经，路过此山，被黄风大王拿了我师父去了，我们还未救
得。天色已晚，特来府上告借一宵，万望方便方便。"那老者
答礼道："失迎，失迎。此间乃云多人少之处，却才闻得叫门，
恐怕是妖狐老虎及山中强盗等类，故此小介愚顽，多有冲撞，不
知是二位长老。请进，请进。"他兄弟们牵马挑担而入，径至里
边，拴马歇担，与庄老拜见叙坐。又有苍头献茶，茶罢捧出几碗
胡麻饭。饭毕，命设铺就寝，行者道："不睡还可，敢问善人，
贵地可有卖眼药的？"老者道："是那位长老害眼？"行者道：
"不瞒你老人家说，我们出家人自来无病，从不晓得害眼。"老
人道："既不害眼，如何讨药？"行者道："我们今日在黄风洞
口救我师父，不期被那怪将一口风喷来，吹得我眼珠酸痛。今有
些眼泪汪汪，故此要寻眼药。"那老者道："善哉，善哉！你这
个长老，小小的年纪，怎么说谎？那黄风大圣风最利害，他那
风，比不得甚么春秋风、松竹风与那东西南北风。"八戒道：
"想必是甲脑风、羊耳风、大麻风、偏正头风？"长者道："不
是，不是，他叫做三昧神风。"行者道："怎见得？"老者道：
"那风能吹天地暗，善刮鬼神愁，裂石崩崖恶，吹人命即休。你
们若遇着他那风吹了时，还想得活哩，只除是神仙，方可得无
事。"行者道："果然，果然！我们虽不是神仙，神仙还是我的
晚辈，这条命急切难休，却只是吹得我眼珠酸痛。"那老者道：
"既如此说，也是个有来头的人。我这敝处却无卖眼药的，老汉
也有些迎风冷泪，曾遇异人传了一方，名唤三花九子膏，能治一
切风眼。"行者闻言，低头唱喏道："愿求些儿点试试。"那老
者应承，即走进去，取出一个玛瑙石的小罐儿来，拔开塞口，用

玉簪儿蘸出少许与行者点上，教他不得睁开，宁心睡觉，明早就好。点毕，收了石罐，径领小介们退于里面。八戒解包袱，展开铺盖，请行者安置。行者闭着眼乱摸，顽皮。八戒笑道："先生，你的明杖儿呢？"行者道："你这个馕糟的呆子！你照顾我做瞎子哩。"那呆子哑哑的暗笑而睡，行者坐在铺上，转运神功，直到三更后，方才睡下。

不觉又是五更将晓，行者抹抹脸，睁开眼道："果然好药，比常更有百分光明。"却转头后边望望，呀！那里得甚房舍窗门，但只见些老槐高柳，兄弟们都睡在那绿莎茵上。那八戒醒来道："哥哥，你嚷怎的？"行者道："你睁开眼睛看看。"呆子忽抬头，见没了人家，慌得一毂辘爬将起来道："我的马哩？"行者道："树上拴的不是？""行李呢？"行者道："你头边放的不是？"八戒道："这家子也忒懒。他搬了，怎么就不叫我们一声？通得老猪知道，也好与你送些茶果。想是躲门户的，恐怕里长晓得，却就连夜搬了。趣。噫！我们也忒睡得死！怎么他家拆房子，响也不听见响响？"行者吸吸的笑道："呆子，不要乱嚷，你看那树上是个甚么纸帖儿。"八戒走上前，用手揭了，原来上面四句颂子云：

　　庄居非是俗人居，护法伽蓝点化庐。
　　妙药与君医眼痛，尽心降怪莫蹰躇。

行者道："这伙强神，自换了龙马，一向不曾点他，他倒又来弄虚头。"八戒道："哥哥莫扯架子，他怎么伏你点札？"行者道："兄弟，你还不知哩。这护教伽蓝、六丁六甲、五方揭谛、四值功曹，奉菩萨的法旨，暗保我师父者。自那日报了名，只为这一向有了你，再不曾用他们，故不曾点札罢了。"八戒道："哥哥，既奉法旨暗保师父，所以不能现身明显，故此点化仙庄。你莫怪他，昨日也亏他与你点眼，又亏他管了我们一顿斋饭，亦可谓尽心矣。你莫怪他，我们且去救师父来。"行者道："兄弟说得是。此处到那黄风洞口不远，你且莫动身，只在林子里看马守担，等老孙去洞里打听打听，看师父下落如何，再与他争战。"八戒道："正是这等，讨一个死活的实信。假若师父死了，各人好寻头干事，若是未死，我们好竭力尽心。"行者道："莫乱谈，我去也！"他将身一纵，径到他门首，门尚关着睡觉。行者不叫门，且不惊动妖怪，捻着诀，念个咒语，摇身一变，变做一个花脚蚊虫，真个小巧！有诗为证：

扰扰微形利喙，嘤嘤声细如雷。兰房纱帐善通随，正爱炎天暖气。只怕熏烟扑扇，偏怜灯火光辉。轻轻小小忒钻疾，飞入妖精洞里。

只见那把门的小妖，正打鼾睡，行者往他脸上叮了一口，那小妖翻身醒了道："我爷呀，好大蚊子！一口就叮了一个大疙疸。"忽睁眼道："天亮了。"又听得支的一声，二门开了。行者嘤嘤的飞将进去，只见那老妖分付各门上谨慎，一壁厢收拾兵器："只怕昨日那阵风不曾刮死孙行者，他今日必定还来，来时定教他一命休矣。"行者听说，又飞过那厅堂，径来后面，却见一层门关得甚紧，行者漫门缝儿钻将进去，原来是个大空园子，那壁厢定风桩上绳缠索绑着唐僧哩。那师父纷纷泪落，心心只念着悟空、悟能，不知都在何处。行者停翅，叮在他光头上，叫声"师父"。那长老认得他的声音道："悟空阿，想杀我也。你在那里叫我哩？"行者道："师父，我在你头上哩。你莫要心焦，少得烦恼，我们务必拿住妖精，方才救得你的性命。"唐僧道："徒弟阿，几时才拿得妖精么？"行者道："拿你的那虎怪，已被八戒打死了，只是老妖的风势利害。料着只在今日，管取拿他。你放心莫哭，我去哑。"说声去，嘤嘤的飞到前面，只见那老妖坐在上面，正点札各路头目，又见那洞前有一个小妖，把个令字旗磨一磨，撞上厅来报道："大王，小的巡山，才出门，见一个长嘴大耳朵的和尚坐在林里，若不是我跑得快些，几乎被他捉住，却不见昨日那个毛脸和尚。"老妖道："孙行者不在，想必是风吹死也，再不便去那里求救兵去了。"众妖道："大王，若果吹杀了他，是我们的造化，只恐吹不死他，他去请些神兵来，却怎生是好？"老妖道："怕他怎的，怕那甚么神兵。若还定得我的风势，只除了灵吉菩萨来是，其馀何足惧也。"行者在屋梁上，只听得他这一句言语，不胜欢喜，即抽身飞出，现本相来至林中，叫声"兄弟！"八戒道："哥，你往那里去来？刚才一个打令字旗的妖精，被我赶了去也。"行者笑道："亏你，亏你！老孙变做蚊虫儿，进他洞去探看师父，原来师父被他绑在定风桩上哭哩。是老孙分付，教他莫哭，又飞在屋梁上听了一听。只见那拿令字旗的，喘嘘嘘的走进去报道：只是被你赶他，却不见我。老妖乱猜乱说，说老孙是风吹杀了，又说是请神兵去了，他却自家供出一个人来。甚妙，甚妙！"八戒道："他供的是谁？"行者道："他说怕甚么神兵，那个能定他的风势，只除是灵吉菩萨来是。但不知灵吉住在何处？"

正商议处，只见大路旁走出一个老公公来，你看他怎生模样：

身健不扶拐杖，冰髯雪鬓蓬蓬。金花耀眼意朦胧，瘦骨衰筋强硬。屈背低头缓步，庞眉赤脸如童。看他容貌是人称，却似寿星出洞。

八戒望见大喜道："师兄，常言道，要知山下路，须问去来人。你上前问他一声，何如？"真个大圣藏了铁棒，放下衣襟，上前叫道："老公公，问讯了。"那老者半答不答的，还了个礼道："你是那里和尚？这旷野处有何事干？"行者道："我们是取经的圣僧，昨日在此失了师父，特来动问公公一声，灵吉菩萨在那里住？"老者道："灵吉在直南上，从此处到那里还有二千里路，有一山，呼名小须弥山，山中有个道场，乃是菩萨讲经禅院。汝等是取他的经去了？"行者道："不是取他的经，我有一事烦他，不知从那条路去。"老者用手向南指道："这条羊肠路就是了。"哄得那孙大圣回头看路，那公公化作清风，寂然不见，只见路旁遗下一张简帖，上有四句颂子云：

上复齐天大圣听，老人乃是李长庚。

须弥山有飞龙杖，灵吉当年受佛兵。

行者执了帖儿，转身下路。八戒道："哥呵，我们连日造化低了，这两日忤日里见鬼，那个化风去的老儿是谁？"行者把帖儿递与八戒，念了一遍道："李长庚是那个？"行者道："是西方太白金星的名号。"八戒慌得望空下拜道："恩人，恩人！老猪若不亏金星奏准玉帝时，性命也不知化作甚的了。"行者道："兄弟，你却也知感恩。但莫要出头，只藏在这树林深处，仔细看守行李、马匹，等老孙寻须弥山，请菩萨去耶。"八戒道："晓得，晓得！你只管快快前去，老猪学得个乌龟法，得缩头时且缩头。"

孙大圣跳在空中，纵觔斗云，径往直南上去，果然速快，他点头径过三千里，扭腰八百有馀程。须臾见一座高山，半中间有祥云出现，瑞霭纷纷，山凹里果有一座禅院，只听得钟磬悠扬，又见那香烟缥缈。大圣直至门前，见一道人项挂数珠，口中念佛。行者道："道人作揖。"那道人躬身答礼道："那里来的老爷？"行者道："这可是灵吉菩萨讲经处么？"道人道："此间正是，有何话说？"行者道："累烦你老人家与我传答传答，我是东土大唐驾下御弟三藏法师的徒弟，齐天大圣孙悟空行者。今有一事，要见菩萨。"道人笑道："老爷字多话多，我不能全记。"行者道："你只说是唐僧徒弟孙悟空来了。"道人依言，上讲堂传报。那菩萨即穿袈裟，添香迎接。这大圣才举步入门，往里观看，只见那：

满堂锦绣，一屋威严。好个"一屋威严"众门人齐诵《法华经》，老班首轻敲金铸磬。佛前供养，尽是仙果仙花；案上安排，皆是素肴素品。辉煌宝烛，条条金焰射虹霓；馥郁真香，道道玉烟飞彩雾。正是那讲罢心闲方入定，白云片片绕松稍。静收慧剑魔头绝，般若波罗善会高。

那菩萨整衣出迓，行者登堂，坐了客位，随命看茶。行者道："茶不劳赐，但我师父在黄风山有难，特请菩萨施大法力降怪救师。"菩萨道："我受了如来法令，在此镇押黄风怪，如来赐了我一颗定风丹，一柄飞龙宝杖。当时被我拿住，饶了他的性命，放他去隐性归山，不许伤生造孽，不知他今日欲害令师，有违教令，我之罪也。"那菩萨欲留行者治斋相叙，行者恳辞，随取了飞龙杖，与大圣一齐驾云。

不多时至黄风山上。菩萨道："大圣，这妖怪有些怕我，我只在云端内住定，你下去与他索战，诱他出来，我好施法力。"行者依言，按落云头，不容分说，擎铁棒把他洞门打破，叫道："妖怪，还我师父来也。"慌得那把门小妖，急忙传报。那怪道："这泼猴着实无礼！再不伏善，反打破我门，^{着眼。}这一出去，使阵神风，定要吹死。"仍前披挂，手绰钢叉，又走出门来，见了行者，更不打话，拈叉当胸就刺。大圣侧身躲过，举棒对面相还。战不数合，那怪吊回头，望巽地上才待要张口呼风，只见那半空里，灵吉菩萨将飞龙宝杖丢将下来，不知念了些甚么咒语，却是一条八爪金龙，拨剌的轮开两爪，一把抓住妖精，提着头，两三摔，摔在山石崖边，现了本相，却是一个黄毛貂鼠。行者赶上举棒就打，被菩萨拦住道："大圣，莫伤他命，我还要带他去见如来。"对行者道："他本是灵山脚下的得道老鼠，^{老鼠亦得道乎？得道尚偷油乎？}因为偷了琉璃盏内的清油，灯火昏暗，恐怕^{得偷油之道，如此今日得道者多矣。}

金刚拿他，故此走了，却在此处成精作怪。如来照见了他，不该死罪，故着我辖押，但他伤生造孽，拿上灵山。今又冲撞大圣，陷害唐僧，我拿他去见如来，明正其罪，才算这场功绩哩。"行者闻言，却谢了菩萨。菩萨西归不题。

却说猪八戒在那林内，正思量行者，只听得山坡下叫声："悟能兄弟，牵马挑担来耶。"那呆子认得是行者声音，急收拾跑出林外，见了行者道："哥哥，怎的干事来？"行者道："请灵吉菩萨使一条飞龙杖拿住妖精，原来是个黄毛貂鼠成精，被他带去灵山见如来去了。我和你洞里去救师父。"那呆子才欢欢喜喜。二人撞入里面，把那一窝狡兔、妖狐、香獐、角鹿，一顿钉钯铁棒尽情打死，却往后园拜救师父。师父出得门来，问道："你两人怎生捉得妖精，如何方救得我？"行者将那请灵吉降妖的事情陈了一遍，师父谢之不尽。他兄弟们把洞中素物，安排些茶饭吃了，方才出门，找大路向西而去。

毕竟不知向后如何，且听下回分解。

总批：

灵吉二字最可思，大抵凶恶悔吝都从痴愚不醒得来。人若不自知耳，知则有何悔吝哉？非深于易者，不能知此。

黄毛老鼠，我心之偷者。是问何以有风？曰偷则风矣，风则偷矣。

黄风是病，灵吉是药，都在本身寻取，勿认做事实，令作者笑人也。

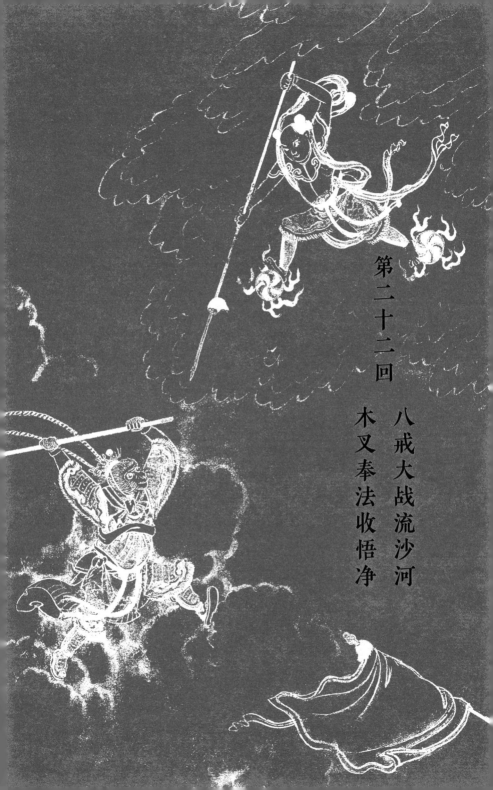

第二十二回　八戒大战流沙河　木叉奉法收悟净

　　话说唐僧师徒三众脱难前来，不一日行过了黄风岭，进西却是一脉平阳之地。光阴迅速，历夏经秋，见了些寒蝉鸣败柳，大火向西流。正行处，只见一道大水狂澜，浑波涌浪，三藏在马上忙呼道："徒弟，你看那前边水势宽阔，怎不见船只来往，我们从那里过去？"八戒见了道："果是狂澜，无舟可渡。"那行者跳在空中，用手搭凉篷而看，他也心惊道："师父呵，真个是难，真个是难！这条河若论老孙去时，只消把腰儿扭一扭，就过去了，若师父，诚十分难渡，万载难行。"三藏道："我这里一望无边，端的有多少宽阔？"行者道："径过有八百里远近。"八戒道："哥哥怎的定得个远近之数？"行者道："不瞒贤弟说，老孙这双眼，白日里常看得千里路上的吉凶。却才在空中看出此河上下不知多远，但只见这径过足有八百里。"长老忧嗟烦恼，兜回马，忽见岸上有一通石碑，三众齐来看时，见上有三个篆字，乃"流沙河"，腹上又有小小的四行真字云：

八百流沙界，三千弱水深。

鹅毛飘不起，芦花定底沉。

师徒们正看碑文，只听得那浪涌如山，波翻若岭，河当中滑辣的钻出一个妖精，十分凶丑：

　　一头红焰发蓬松，两只圆睛亮似灯。不黑不青蓝靛脸，如雷如鼓老龙声。身披一领鹅黄氅，腰束双攒露白藤。项下骷髅悬九个，手持宝杖甚峥嵘。

那怪一个旋风奔上岸来，径抢唐僧，慌得行者把师父抱住，急登高岸，回身走脱。那八戒放下担子，掣出铁钯，望妖精便筑，那怪使宝杖架住，他两个在流沙河岸，各逞英雄，这一场好斗：

九齿钯，降妖杖，二人相敌河崖上。这个是总督大天蓬，那个是谪下卷帘将。昔年曾会在灵霄，今日争持赌猛壮。这一个钯去探爪龙，那一个杖架磨牙象。伸开大四平，钻入迎风馅。这个没头没脸抓，那个无乱无空收。一个是久占流沙界吃人精，一个是秉教迦持修行将。

他两个来来往往，战经二十回合，不分胜负。

那大圣护了唐僧，牵着马，守定行李，见八戒与那怪交战，就恨得咬牙切齿，擦掌磨拳，忍不住要去打他，掣出棒来道："师父，你坐着，莫怕。等老孙和他耍耍而来。"那师父苦留不住。他打个嗑哨，跳到前边。原来那怪与八戒正战到好处，难解难分，被行者轮起铁棒，望那怪着头一下，那怪急转身，慌忙躲过，径钻入流沙河里。气得个八戒乱跳道："哥阿！谁着你来的。那怪渐渐手慢，难架我钯，再不上三五合，我就擒住他了。他见你凶险，败阵而逃，怎生是好。"行者笑道："兄弟，实不瞒你说，自从降了黄风怪，下山来这个把月不曾耍棒，我见你和他战的甜美，我就忍不住脚痒，故就跳将来耍耍的。那知那怪不识耍，就走了。"他两个搀着手，说说笑笑，转回见了唐僧。唐僧道："可曾捉得妖怪？"行者道："那妖怪不奈战，败回钻入水去也。"三藏道："徒弟，这怪久住在此，他知道浅深。似这般无边的弱水，又没了舟楫，须是得个知水性的，引领引领才好哩。"行者道："正是这等说。常言道：近朱者赤，近墨者黑。那怪在此，断知水性。我们如今拿住他，且不要打杀，只教他送师父过河，再做理会。"八戒道："哥哥不必迟疑，让你先去拿他，等老猪看守师父。"行者笑道："贤弟呀，这桩儿我不敢说嘴。水里勾当老孙不大十分熟，若是空走，还要捻诀，又念念避水咒，方才走得，不然，就要变化做甚么鱼虾蟹鳖之类，我才去得。若论赌手段，凭你在高山云里，干甚么蹊跷异样事儿，老孙都会，只是水里的买卖，有些儿狼犺。"八戒道："老猪当年总督天河，掌管了八万水兵大众，倒学得知些水性，却只怕那水里有甚么眷族老小，七窝八代的都来，我就弄他不过，一时被他捞去，却怎么好？"行者道："你若到他水中与他交战，却不要恋战，许败不许胜，把他引将出来，等老孙下手助你。"八戒道："言得是，我去耶。"说声去，就剥了青锦直裰，脱了鞋，双手舞钯，分开水路，使出那当年的旧手段，跃浪翻波，撞将进去，径至水底之下，往前正走。

　　却说那妖败了阵回，方才喘定，又听得有人推得水响，忽起身观看，原来是八戒执了钯推水。那怪举杖当面高叫道："那和尚那里走，仔细看打！"八戒使钯架住道："你是个甚么妖精，敢在此间挡路？"那妖道："你是也不认得我。我不是那妖魔鬼怪，也不是少姓无名。"八戒道："你既不是邪妖鬼怪，却怎生在此伤生？你端的甚么姓名，实实说来，我饶你性命。"那怪道："我自小生来神气壮，乾坤万里曾游荡。英雄天下显威名，豪杰人家做模样。万国九州任我行，五湖四海从吾撞。皆因学道荡天涯，只为寻师游地旷。常年衣钵谨随身，每日心神不可放。^{着眼}沿地云游数十遭，到处闲行百余荡。因此才得遇真人，引开大道金光亮。先将婴儿姹女收，后把木母金公放。明堂肾水入华池，重楼肝火投心脏。三千功满拜天颜，志心朝礼明华向。玉皇大帝便加升，亲口封为卷帘将。南天门里我为尊，灵霄殿前吾称上。腰间悬挂虎头牌，手中执定降妖杖。头顶金盔幌日光，身披铠甲明霞亮。往来护驾我当先，出入随朝予在上。只因王母降蟠桃，设宴瑶池邀众将。失手打破玉玻璃，天神个个魂飞丧。玉皇即便怒生嗔，却令掌朝左辅相。卸冠脱甲摘官衔，将身推在杀场上。多亏赤脚大天仙，越班启奏将吾放。饶死回生不典刑，遭贬流沙东岸上。饱时困卧此河中，饿去翻波寻食饷。樵子逢吾命不存，渔翁见我身皆丧。来来往往吃人多，翻翻复复伤生瘴。你敢行凶到我门，今日肚皮有所望。莫言粗糙不堪尝，拿住消停剁鲊酱。"

八戒闻言大怒，骂道："你这泼物，全没一些儿眼力！我老猪还掐出水沫儿来哩，你怎敢说我粗糙，要剁鲊酱，看起来，你把我认做个老走硝哩。休得无礼，吃你祖宗这一钯！"那怪见钯来，使一个凤点头躲过，两个在水中打出水面，各人踏浪登波，这一场赌斗，比前不同，你看那：

卷帘将，天蓬帅，各显神通真可爱。那个降妖宝杖着头轮，这个九齿钉钯随手快。跃浪振山川，推波昏世界。凶如太岁撞幢幡，恶似丧门掀宝盖。这一个赤心凛凛保唐僧，那一个犯罪滔滔为水怪。钯抓一下九条痕，杖打之时魂魄败。努力喜相持，用心要赌赛。算来只为取经人，怒气冲天不忍耐。搅得那鳊鲌鲤鳜退鲜鳞，龟鳖鼋鼍伤嫩盖；红虾紫蟹命皆亡，水府诸神朝上拜。只听得波翻浪滚似雷轰，日月无光天地怪。

二人整斗有两个时辰，不分胜败，这才是铜盆逢铁帚，玉磬对金钟。

却说那大圣保着唐僧，立在岸上，眼巴巴的望着他两个在水上争持，只是他不好动手，只见那八戒虚幌一钯，佯输诈败，转回头往东岸上走。那怪随后赶来，将近到了岸边，这行者忍耐不住，撇了师父，掣铁棒，跳到河边，望妖精劈头就打。那怪物不敢相迎，搜的又钻入河内。八戒嚷道："你这弼马温，真是个急猴子！你再缓缓些儿，等我哄他到了高处，你却阻住河边，教他不能回首时，却不拿住他也。他这进去，几时又肯出来？"行者笑道："呆子，莫嚷，莫嚷，我们且回去见师父去来。"八戒却同行者到高岸上见了三藏，三藏欠身道："徒弟辛苦哑。"八戒道："且不说辛苦，只是降了妖精，送得你过河，方是万全之策。"三藏道："你才与妖精交战何如？"八戒道："那妖的手段，与老猪是个对手。正战处，使一个诈败，他才赶到岸上，见师兄举着棍子，他就跑了。"三藏道："如此怎生奈何？"行者道："师父放心，且莫焦恼。如今天色又晚，且坐在这崖岸之上，待老孙去化些斋饭来，你吃了睡去，待明日再处。"八戒道："说得是，你快去快来。"

行者急纵云跳起去，正到直北下人家化了一钵素斋，回献师父。师父看他来得甚快，便叫："悟空，我们去化斋的人家，求问他一个过河之策，不强似与这怪争持？"行者笑道："这家子远得很哩，相去有五七千里之路。他那里得知水性？问他何益？"八戒道："哥哥又来扯谎了，五七千里路，你怎么这等去来得快？"行者道："你那里晓得，老孙的觔斗云，一纵有十万八千里。这五七千里，只消把头点上两点，把腰躬上一躬，就是个往回，有何难哉。"八戒道："哥阿，既是这般容易，你把师父背着，只消点点头，躬躬腰，跳过去罢了，何必苦苦的与这怪斯战？"行者道："你也会驾云，你把师父驮过去罢。"八戒道："师父的凡胎骨肉重似太山，我这驾云的，怎称得起？须是你的筋斗方可。"行者道："我的筋斗，好道也是驾云，只是去的有远近些儿，你是驮不动，我却如何驮得动？^{着眼}。自古道，'遣太山轻如芥子，携凡夫难脱红尘。'像这泼魔毒怪，使摄法，弄风头，却是扯扯拉拉，就地而行，不能带得空中而去，像那样法儿，老孙会使会弄，还有那隐身法、缩地法，老孙件件皆知，但只是师父要穷历异邦，不能勾超脱苦海，所以寸步难行者也。我和你只做得个拥护，保得他身在命在，替不得这些苦恼，也取不得经来，就是有能先去见了佛，那佛也不肯把经传与你我。正叫做若将容易得，便作等闲看。"^{着眼}。那呆子闻言，唔唔听受。遂吃了些无菜的素食，师徒们歇在流沙河东崖岸之上。

次早，三藏道："悟空，今日怎生区处？"行者道："没甚区处，还须八戒下水。"八戒道："哥哥，你要图干净，只作成我下水。"行者道："贤弟，这番我再不急性了，只让你引他上来，我拦住河边，不让他回去，务要将他擒了。"好八戒，抹抹脸，抖擞精神，双手拿钯到河边，分开水路，依然又下至窝巢。那怪方才睡醒，忽听推得水响，急回头睁睛观看，见八戒执钯来至，他跳出来，当头阻住，喝道："慢来，慢来，看杖！"八戒举钯架住道："你是个甚么哭丧杖，叫你祖宗看杖！"那怪道："你这厮甚不晓得哩。我这

　　宝杖原来名誉大，本是月里梭罗派。吴刚伐下一枝来，鲁班制造工夫盖。里边一条金趁心，外边万道珠丝玠。名称宝杖善降妖，永镇灵霄能伏怪。只因官拜大将军，玉皇赐我随身带。或长或短任吾心，要细要粗凭意态。也曾护驾宴蟠桃，也曾随朝居上界。值殿曾经众圣参，卷帘曾见诸仙拜。养成灵性一神兵，不是人间凡器械。自从遭贬下天门，任意纵横游海外。不当大胆自称夸，天下枪刀难比赛。看你那个秀钉钯，只好锄田与筑菜。"

八戒笑道："我把你少打的泼物！且莫管甚么筑菜，只怕荡了一下儿，教你没处贴膏药，九个眼子一齐流血！纵然不死，也是个到老的破伤风！"那怪丢开架子，在那水底下，与八戒依然打出水面。这一番斗，比前果更不同，你看他：

　　宝杖轮，钉钯筑，言语不通非眷属。只因木母克刀圭，致令两下相战触。没输赢，无反复，翻波淘浪不和睦。这个怒气怎含容？那个伤心难忍辱。钯来杖架逞英雄，水滚流沙能恶毒。气昂

昂，劳碌碌，多因三藏朝西域。钉钯老大凶，宝杖十分熟。这个
揪住要往岸上拖，那个抓来就将水里沃。声如霹雳动鱼龙，云暗
天昏神鬼伏。

这一场，来来往往，斗经三十回合，不见强弱。八戒又使个佯输
计，拖了钯走，那怪随后又赶来，拥波捉浪，赶至崖边。八戒骂
道："我把你这个泼怪，你上来！这高处脚踏实地好打。"那妖
骂道："你这厮哄我上去，又交那帮手来哩。你下来，还在水里
相斗。"原来那妖乖了，再不肯上岸，只在河边与八戒闹吵。

　　却说行者见他不肯上岸，急得他心焦性爆，恨不得一把捉
来。行者道："师父，你自坐下，等我与他个饿鹰凋食。"就纵
筋斗，跳在半空，刷的落下来，要抓那妖。那妖正与八戒嚷闹，
忽听得风响，急回头，见是行者落下云来，却又收了宝杖，一
头淬下水，隐迹潜踪，渺然不见。行者伫立岸上，对八戒言：
"兄弟哑，这妖也弄得滑了，他再不肯上岸，如之奈何？"八戒
道："难，难，难！战不胜他，就把吃奶的气力也使尽了，只绷
得个手平。"行者道："且见师父去。"二人又到高岸，见了唐
僧，备言难捉。那长老满眼下泪道："似此艰难，怎生得渡。"
行者道："师父莫要烦恼。这怪深潜水底，其实难行。八戒，你
只在此保守师父，再莫与他厮斗，等老孙往南海走走去来。"八
戒道："哥哥，你去南海何干？"行者道："这取经的勾当，原
是观音菩萨，及脱解我等，也是观音菩萨。今日路阻流沙河，不
能前进，不得他，怎生处治？等我去请他，还强如和这妖精相
斗。"八戒道："也是，也是，师兄，你去时，千万与我上覆一

声：向日多承指教。"三藏道："悟空，若是去请菩萨，却也不必迟疑，快去快来。"行者即纵筋斗云，径上南海，咦！那消半个时辰，早看见普陀山境。须臾间坠下筋斗，到紫竹林外，又只见那二十四路诸天，上前迎着道："大圣何来？"行者道："我师有难，特来谒见菩萨。"诸天道："请坐，容报。"那轮日的诸天，径至潮音洞口报道："孙悟空有事朝见。"菩萨正与捧珠龙女在宝莲池畔扶栏看花，闻报，即转云岩，开门唤入。大圣端肃皈依参见。菩萨问曰："你怎么不保唐僧？为甚事又来见我？"行者启上道："菩萨，我师父前在高老庄，又收了一个徒弟，唤名猪八戒，多蒙菩萨又赐法讳悟能。才行过黄风岭，今至八百里流沙河，乃是弱水三千，师父已是难渡，河中又有个妖怪，武艺高强，甚亏了悟能与他水面上大战三次，只是不能取胜，被他拦阻，不能渡河。因此特告菩萨，望垂怜悯，济渡他一济渡。"菩萨道："你这猴子又逞自满，不肯说出保唐僧的话来么？"行者道："我们只是要拿住他，教他送我师父渡过，水里事我又弄不得精细，只是悟能寻着他窝巢，与他打话，想是不曾说出取经的勾当。"菩萨道："那流沙河的妖怪乃是卷帘大将临凡，也是我劝化的善信，教他保护取经之辈。你若肯说出是东土取经人时，他决不与你争持，断然归顺矣。"行者道："那怪如今怯战，不肯上崖，只在水里潜踪，如何得他归顺？我师如何得渡弱水？"菩萨即唤惠岸，袖中取出一个红葫芦儿，分付道："你可将此葫芦，同孙悟空到流沙河水面上，只叫悟净，他就出来了。先要引他归依了唐僧，然后把他那九个骷髅穿在一处，按九宫布列，却把这葫芦安在当中，就是法船一只，能渡唐僧过流沙河界。"惠

岸闻言，谨遵师命，当时与大圣捧葫芦出了潮音洞，奉法旨辞了
紫竹林，有诗为证，诗曰：

五行匹配合天真，认得从前旧主人。炼己立基为妙用，辨明
邪正见原因。今来归性还同类，求去求情共复沦。二土全功成寂
寞，调和水火没纤尘。

他两个不多时按落云头，早来到流沙河岸。猪八戒认得是木叉行
者，引师父上前迎接。那木叉与三藏礼毕，又与八戒相见。八戒
道："向蒙尊者指示，得见菩萨，我老猪果遵法教，今喜拜了沙
门。这一向在途中奔碌，未及致谢，恕罪恕罪。"行者道："且
莫叙阔，我们叫唤那厮去来。"三藏道："叫谁？"行者道："老
孙见菩萨，备陈前事。菩萨说，这流沙河的妖怪乃是卷帘大将临
凡，因为在天有罪，堕落此河，忘形作怪。他曾被菩萨劝化，愿
归师父往西天去的，但是我们不曾说出取经的事情，故此苦苦争
斗。菩萨今差木叉，将此葫芦，要与这厮结作法船，渡你过去
哩。"三藏闻言，顶礼不尽，对木叉作礼道："万望尊者作速一
行。"那木叉捧定葫芦，半云半雾，径到了流沙河水面上，厉声
高叫道："悟净，悟净，取经人在此久矣，你怎么还不归顺。"

却说那怪惧怕猴王，回于水底，正在窝中歇息，只听得叫他
法名，情知是观音菩萨，又闻得说"取经人在此"，他也不惧斧
钺，急翻波伸出头来，又认得是木叉行者。你看他笑盈盈，上前
作礼道："尊者失迎，菩萨今在何处？"木叉道："我师未来，
先差我来分付你早跟唐僧做个徒弟，叫把你项下挂的骷髅与这个

葫芦，按九宫结做一只法船，渡他过此弱水。"悟净道："取经
人却在那里？"木叉用手指道："那东岸上坐的不是？"悟净看
见了八戒道："他不知是那里来的个泼物，与我整斗了这两日，
何曾言着一个取经的字儿？"又看见行者，道："这个主子，是
他的帮手，好不利害，我不去了。"木叉道："那是猪八戒，这
是孙行者，俱是唐僧的徒弟，俱是菩萨劝化的，怕他怎的？我
且和你见唐僧去。"那悟净才收了宝杖，整一整黄锦直裰，跳上
岸来，对唐僧双膝跪下道："师父，弟子有眼无珠，不认得师父
的尊容，多有冲撞，万望恕罪。"八戒道："你这脓包，怎的早
不皈依，只管要与我打，是何说话！"行者笑道："兄弟，你莫
怪他，还是我们不曾说出取经的事情与姓名耳。"长老道："你
果肯诚心皈依吾教么？"悟净道："弟子向蒙菩萨教化，指河为
姓，与我起了法名，唤做沙悟净，岂有不从师父之理。"三藏
道："既如此，"叫："悟空，取戒刀来，与他落了发。"大圣依
言，即将戒刀与他剃了头。又来拜了三藏，拜了行者与八戒，分
了大小。三藏见他行礼，真像个和尚家风，故又叫他做沙和尚。
木叉道："既秉了迦持，不必叙烦，早与作法船儿来。"那悟净
不敢怠慢，即将颈项下挂的骷髅取下，用索子结作九宫，把菩萨
葫芦安在当中，请师父下岸。那长老遂登法船，坐于上面，果然
稳似轻舟，左有八戒扶持，右有悟净捧托，孙行者在后面牵了龙
马，半云半雾相跟，头直上又有木叉拥护，那师父才飘然稳渡流
沙河界，浪静风平过弱河。真个也如飞似箭，不多时，身登彼
岸，得脱洪波，^{着眼}又不拖泥带水，幸喜脚干手燥，清净无为，
师徒们脚踏实地。那木叉按祥云，收了葫芦，又只见那骷髅一时

解化作九股阴风，寂然不见。三藏拜谢了木叉，顶礼了菩萨。正是：

> 木叉径回东洋海，三藏上马却投西。

毕竟不知几时才得正果求经，且听下回分解。

总批：

若要净也，须沙清金见，即一姓名中，都有微旨，西游一记，可草草读耶？

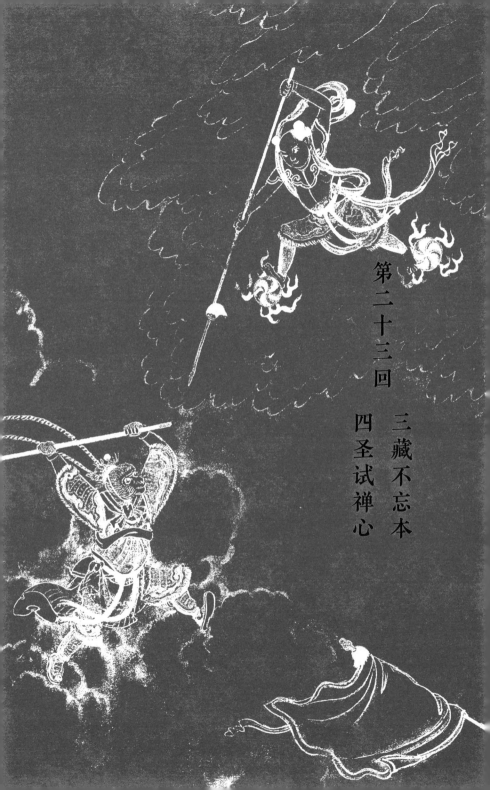

第二十三回　三藏不忘本　四圣试禅心

诗曰：

奉法西来道路赊，秋风渐渐落霜花。乖猿牢锁绳休解，劣马
勤兜鞭莫加。木母金公原自合，黄婆赤子本无差。咬开铁弹真消
息，般若波罗到彼家。

这回书，盖言取经之道，不离了一身务本之道也。却说他师徒四
众，了悟真如，顿开尘锁，自跳出性海流沙，浑无挂碍，径投大
路西来。历遍了青山绿水，看不尽野草闲花，真个也光阴迅速，
又值九秋，但见了些：

枫叶满山红，黄花耐晚风。老蝉吟渐懒，愁蟋思无穷。荷破
青纨扇，橙香金弹丛。可怜数行雁，点点远排空。

正走处，不觉天晚，三藏道："徒弟，如今天色又晚，却往那里
安歇？"行者道："师父说话差了，出家人餐风宿水、卧月眠
霜，随处是家，又问那里安歇，何也？"猪八戒道："哥呵，你
可知道你走路轻省，那里管别人累坠？自过了流沙河，这一向爬
山过岭，身挑着重担，老大难挨也。须是寻个人家，一则化些茶
饭，二则养养精神，才是个道理。"行者道："呆子，你这般言
语，似有报怨之心。还相在高老庄，倚懒不求福的自在，恐不能
也，既是秉正沙门，须是要吃辛受苦，才做得徒弟哩。"八戒
道："哥哥，你看这担行李多重？"行者道："兄弟，自从有了你
与沙僧，我又不曾挑着，那知多重？"八戒道："哥啊，你看看

数儿么：

四片黄藤篾，长短八条绳。又要防阴雨，毡包三四层。匾担
还愁滑，两头钉上钉。铜厢铁打九环杖，篾丝藤缠大斗篷。

似这般许多行李，难为老猪一个逐日家担着走，偏你跟师父做
徒弟，拿我做长工。"行者笑道："呆子，你和谁说哩？"八戒
道："哥哥，与你说哩。"行者道："错和我说了。老孙只管师
父好歹，你与沙僧专管行李马匹。但若怠慢了些儿，孤拐上先是
一顿粗棍。"八戒道："哥呵，不要说打，打就是以力欺人。我
晓得你的尊性高傲，你是定不肯挑，但师父骑的马，那般高大
肥盛，只驮着老和尚一个，教他带几件儿，也是弟兄之情。"行
者道："你说他是马哩。他不是凡马，本是西海龙王敖闰之子，
唤名龙马三太子。只因纵火烧了殿上明珠，被他父亲告了忤逆，
身犯天条，多亏观音菩萨救了他的性命，他在那鹰愁陡涧，久候
师父，又幸得菩萨亲临，却将他退鳞去角，摘了项下珠，才变
做这匹马，愿驮师父往西天拜佛。这个都是各人的功果，你莫
攀他。"那沙僧闻言道："哥哥，真个是龙么？"行者道："是
龙。"八戒道："哥呵，我闻得古人云，龙能喷云暧雾，播土扬
沙，有巴山捆岭的手段，有翻江搅海的神通。怎么他今日这等慢
慢而走？"行者道："你要他快走，我教他快走个儿你看。"好
大圣，把金箍棒揝一揝，万道彩云生。那马看见拿棒，恐怕打
来，慌得四只蹄疾如飞电，飕的跑将去了，那师父手软采不住，
尽他劣性，奔上山崖，才大达赼步走。师父喘息始定，抬头远见

一簇松阴，内有几间房舍，着实轩昂，但见：

> 门垂翠柏，宅近青山。几株松冉冉，数茎竹班班。篱边野菊凝霜艳，桥畔幽兰映水丹。粉墙泥壁，砖砌围圝。高堂多壮丽，大厦甚清安。牛羊不见无鸡犬，想是秋收农事闲。

那师父正按辔徐观，又见悟空兄弟方到。悟净道："师父不曾跌下马来么？"长老骂道："悟空这泼猴，他把马儿惊了，早是我还骑得住哩。"行者陪笑道："师父莫骂我，都是猪八戒说马行迟，故此着他快些。"那呆子因赶马，走急了些儿，喘气嘘嘘，口里唧唧哝哝的闹道："罢了，罢了，见自肚别腰松，担子沉重挑不上来，又弄我奔奔波波的赶马。"长老道："徒弟呵，你且看那壁厢有一座庄院，我们却好借宿去也。"行者闻言，急抬头举目而看，果见那半空中庆云笼罩、瑞霭遮盈，情知定是佛仙点化，他却不敢泄漏天机，只道："好，好，好！我们借宿去来。"长老连忙下马，见一座门楼，乃是垂莲象鼻、画栋雕梁。沙僧歇了担子，八戒牵了马匹道："这个人家是过当的富实之家。"行者就要进去，三藏道："不可，你我出家人，各自避些嫌疑，切莫擅入。且自等他有人出来，以礼求宿，方可。"八戒拴了马，斜倚墙根之下，三藏走在石鼓上，行者、沙僧坐在台基边。久无人出，行者性急，跳起身入门里看处，原来有向南的三间大厅，帘栊高控，屏门上挂一轴寿山福海的横披画，两边金漆柱上贴着一幅大红纸的春联，上写着：丝飘弱柳平桥晚，雪点香梅小院春。*幻笔* 正中间，设一张退光黑漆的香几，几上放一个古铜兽炉，上有六张交椅，两山头挂着四季吊屏。

行者正然偷看处，忽听得后门内有脚步之声，走出一个半老不老的妇人来，娇声问道："是甚么人，擅入我寡妇之门？"慌得个大圣喏喏连声道："小僧是东土大唐来的，奉旨向西方拜佛求经。一行四众，路过宝方，天色已晚，特奔老菩萨檀府，告借一宵。"那妇人笑语相迎道："长老，那三位在那里？请来。"行者高声叫道："师父，请进来耶。"三藏才与八戒、沙僧牵马挑担而入。只见那妇人出厅迎接，八戒饧眼偷看，你道他怎生打扮：

穿一件织金官绿纻丝袄，上罩着浅红比甲；系一条结彩鹅黄锦绣裙，下映着高底花鞋。时样鬏髻皂纱漫，相衬着二色盘龙发；宫样牙梳朱翠幌，斜簪着两股紫金钗。云鬟半苍飞凤翅，耳环双坠宝珠排。脂粉不施犹自美，风流还似少年才。

那妇人见了他三众，更加欣喜，以礼邀入厅房，一一相见礼毕，请各叙坐看茶。那屏风后，忽有一个丫髻垂丝的女童，托着黄金盘、白玉盏，香茶喷暖气，异果散幽香，那人绰彩袖春笋纤长，擎玉盏传茶上奉，对他们一一拜了。茶毕，又分付办斋，三藏启手道："老菩萨，高姓？贵地是甚地名？"妇人道："此间乃西牛贺洲之地。小妇人娘家姓贾，夫家姓莫。幼年不幸，公姑早亡，与丈夫守承祖业，有家资万贯、良田千顷，夫妻们命里无子，止生了三个女孩儿；前年大不幸，又丧了丈夫，小妇居孀今岁服满，空遗下田产家业，再无个眷族亲人，只是我娘女们承领，欲嫁他人，又难舍家业。适承长老下降，想是师徒四众，小妇娘女四人，意欲坐山招夫，四位恰好，不知尊意肯否如何。"三藏闻言，推聋妆哑，瞑目宁心，寂然不答。那妇人道："舍下有水田三百馀顷，旱田三百馀顷，山场果木三百馀顷；黄水牛有千馀只，况骡马成群，猪羊无数；东南西北，庄堡草场，共有六七十处；家下有八九年用不着的米谷，十来年穿不着的绫罗；一生有使不着的金银，胜强似那锦帐藏春，说甚么金钗两路。你师徒们若肯回心转意，招赘在寒家，自自在在，享用荣华，却不强如往西劳碌？"那三藏也只自如痴如蠢，默默无言。那妇人道："我是丁亥年三月初三日酉时生，故夫比我年大三岁，我今年四十五岁，^{极假极真。}大女儿名真真，今年二十岁；次女名爱爱，今年十八岁；三小女名怜怜，今年十六岁，俱不曾许配人家。虽是小妇人丑陋，却幸小女俱有几分颜色，女工针指，无所不会，因是先夫无子，即把他们当儿子看养，小时也曾教他读些儒书，也都晓得些吟诗作对，虽然居住山庄，也不是那十分粗俗之类，料想也陪得过列位长老。若肯放开怀抱，长发留头，与舍下做个家长，穿绫着锦胜强如那瓦钵缁衣，芒鞋云笠。"三藏坐在上面，好便似雷惊的孩子、雨淋的虾蟆，只是呆呆挣挣翻白眼儿打仰。那八戒闻得这般富贵、这般美色，他却心痒难挠，坐在那椅子上，一似针戳屁股，左扭右扭的忍耐不住，走上前，扯了师父一把道："师父，这娘子告诵你话，你怎么佯佯不睬？好道也做个理会是。"那师父猛抬头咄的一声，喝退了八戒道："你这个业畜！我们是个出家人，岂以富贵动心，美色留意，成得个甚么道理。"那妇人笑道："可怜，可怜！出家人有何好处？"三藏道："女菩萨，你在家人，却有何好处？"那妇人道："长老请坐，等我把在家人的好处说与你听。怎见得？有诗为证：

春裁方胜着新罗，夏换轻纱赏绿荷。秋有新蒭香糯酒，冬来暖阁醉颜酡。四时受用般般有，八节珍羞件件多。衬锦铺绫花烛夜，强如行脚礼弥陀。"

三藏道："女菩萨，你在家人享荣华、受富贵，有可穿，有可吃，儿女团圆，果然是好。但不知我出家的人，也有一段好处。怎见得？有诗为证：

出家立志本非常，推倒从前恩爱堂。外物不生闲口舌，身中自有好阴阳。功完行满朝金阙，见性明心返故乡。胜似在家贪血食，老来坠落臭皮囊。"

那妇人闻言大怒道："这泼和尚无礼，我若不看你东土远来，就该叱出。我倒是个真心实意，要把家缘招赘汝等，你倒反将言语伤我。你就是受了戒，发了愿，永不还俗，好道你手下人，我家也招得一个。你怎么这般执法？"三藏见他发怒，只得者者谦谦叫道："悟空，你在这里罢。"行者道："我从小儿不晓得干那般事，教八戒在这里罢。"八戒道："哥呵，不要栽人么，大家从常计较。"三藏道："你两个不肯，便教悟净在这里罢。"沙僧道："你看师父说的话。弟子蒙菩萨劝化，受了戒行，等候师父，自蒙师父收了我，又承教诲，跟着师父还不上两月，更不曾进得半分功果，怎敢图此富贵。宁死也要往西天去，决不干此欺心之事。"那妇人见他们推辞不肯，急抽身转进屏风，扑的把腰门关上。师徒们撇在外面，茶饭全无，再没人出。八戒心中焦燥，埋怨唐僧道："师父忒不会干事，把话通说杀了。你好道还活着些脚儿，只含糊答应，哄他些斋饭吃了，今晚落得一宵快活，明日肯与不肯，在乎你我了。似这般关门不出，我们这清灰冷灶，一夜怎过。"悟净道："二哥，你在他家做个女婿罢。"八戒道："兄弟，不要栽人，从常计较。"行者道："计较甚的？你要肯，便就教师父与那妇人做个亲家，你就做个到踏门的女婿。他家这等有财有宝，一定倒陪妆奁，整治个会亲的筵席，我们也落些受用，你在此间还俗，却不是两全其美？"八戒道："话便也是这等说，却只是我脱俗又还俗，停妻再娶妻了。"沙僧道："二哥原来是有嫂子的？"行者道："你还不知他哩，他本是乌斯藏高老儿庄高太公的女婿。因被老孙降了，他也曾受菩萨戒行，没及奈何，被我捉他来做个和尚，所以弃了前妻，投师父往西拜佛。他想是离别的久了，又想起那个勾当，却才听见这个勾当，断然又有此心。呆子，你与这家子做了女婿罢，只是多拜老孙几拜，我不检举你就罢了。"那呆子道："胡说，胡说！大家都有此心，独拿老猪出丑。常言道：和尚是色中饿鬼。那个不要如此？都这们扭扭捏捏的拿班儿，把好事都弄得裂了。致如今茶水不得见面，灯火也无人管，虽熬了这一夜，但那匹马明日又要驮人，又要走路，再若饿上这一夜，只好剥皮罢了。你们坐着，等老猪去放放马来。"那呆子虎急急的，解了缰绳，拉出马去。行者道："沙僧，你且陪师父坐这里，等老孙跟他去，看他往那里放马。"三藏道:"悟空,你看便去看他,但只不可只管嘲他了。"行者道:"我晓得。"这大圣走出厅房,摇身一变,变作个红蜻蜓儿,飞出前门,赶上八戒。

那呆子拉着马,有草处且不教吃草,嗒嗒嗤嗤的赶着马,转到后门首去。只见那妇人,带了三个女子,在后门外闲站立着看菊花儿耍子。他娘女们看见八戒来时,三个女儿闪将进去。那妇人伫立门首道:"小长老那里去?"这呆子丢了缰绳,上前唱个喏,道声:"娘!我来放马的。"那妇人道:"你师父忒弄精细,在我家招了女婿,却不强似做挂搭僧,往西蹡路?"八戒笑道:"他们是奉了唐王的旨意,不敢有违君命,不肯干这件事。刚才都在前厅上栽我,我又有些奈上祝下的,只恐娘嫌我嘴长耳大。"那妇人道:"我也不嫌,只是家下无个家长,招一个倒也罢了,但恐小女儿有些儿嫌丑。"八戒道:"娘,你上覆令爱,不要这等拣汉。想我那唐僧人才虽俊,其实不终用,我丑自丑,有几句口号儿。"妇人道:"你怎的说么?"八戒道:"我

虽然人物丑,勤紧有些功。若言千顷地,不用使牛耕。只消一顿钯,布种及时生。没雨能求雨,无风会唤风。房舍若嫌矮,起上二三层。地下不扫扫一扫,阴沟不通通一通。家长里短诸般事,踢天弄井我皆能。"

那妇人道:"既然干得家事,你再去与你师父商量商量看,不尴尬,便招你罢。"八戒道:"不用商量。他又不是我的生身父母,干与不干,都在于我。"妇人道:"也罢,也罢,等我

（批注：数声娘叫得甚是亲热。）
（批注：画。）

与小女说。"看他闪进去，扑的掩上后门。八戒也不放马，将马拉向前来。怎知孙大圣已一一尽知，他转翅飞来，现了本相，先见唐僧道："师父，悟能牵马来了。"长老道："马若不牵，恐怕撒欢走了。"^趣 行者笑将起来，把那妇人与八戒说的勾当，从头说了一遍，三藏也似信不信的。

少时间，见呆子拉将马来拴下，长老道："你马放了？"八戒道："无甚好草，没处放马。"行者道："没处放马，可有处牵马么？"^趣 呆子闻得此言，情知走了消息，也就垂头扭颈，努嘴皱眉，半晌不言。又听得呀的一声，腰门开了，有两对红灯、一副提炉，香云霭霭、环珮叮叮，那妇人带着三个女儿，走将出来，叫真真、爱爱、怜怜，拜见那取经的人物。那女子排立厅中，朝上礼拜，果然也生得标致，但见他：

一个个蛾眉横翠，粉面生春。妖娆倾国色，窈窕动人心。花钿显现多娇态，绣带飘摇迥绝尘。半含笑处樱桃绽，缓步行时兰麝喷。满头珠翠，颤巍巍无数宝钗簪；遍体幽香，娇滴滴有花金缕细。说甚么楚娃美貌，西子娇容。真个是九天仙女从天降，月里嫦娥出广寒。

那三藏合掌低头，孙大圣佯佯不采，这沙僧转背回身。你看那猪八戒，眼不转睛，淫心紊乱，色胆纵横，扭捏出悄语，低声道："有劳仙子下降。娘，请姐姐们去耶。"那三个女子转入屏风，将一对纱灯留下。妇人道："四位长老，可肯留心，着那个配我小女么？"悟净道："我们已商议了，着那个姓猪的招赘门

下。"八戒道:"兄弟,不要栽我,还从众计较。"行者道:
"还计较甚么?你已是在后门首说合的停停当当,娘都叫了,又
有甚么计较?师父做个男亲家,这婆儿做个女亲家,等老孙做个
保亲,沙僧做个媒人,也不必看通书,今朝是个天恩上吉日,你
来拜了师父,进去做了女婿罢。"八戒道:"弄不成,弄不成!
那里好干这个勾当。"行者道:"呆子,不要者嚣,你那口里
'娘'也不知叫了多少,又是甚么弄不成?快快的应成,带携我
们吃些喜酒,也是好处。"他一只手揪着八戒,一只手扯住妇
人道:"亲家母,带你女婿进去。"那呆子脚儿趄趄的要往那里
走,那妇人即唤童子:"展抹桌椅,铺排晚斋,管待三位亲家,
我领姑夫房里去也。"一壁厢分付庖丁排筵设宴,明辰会亲,那
几个童子,又领命讫。他三众吃了斋,急急铺铺,都在客座里安
歇不题。

却说那八戒跟着丈母,行入里面,一层层也不知多少房舍,
磕磕撞撞,尽都是门槛绊脚。呆子道:"娘,慢些儿走,我这里
边路生,你带我带儿。"那妇人道:"这都是仓房、库房、碾房
各房,还不曾到那厨房边哩。"八戒道:"好大人家!"磕磕撞
撞,转湾抹角,又走了半会,才是内堂房屋。那妇人道:"女
婿,你师兄说今朝是天恩上吉日,就教你招进来了,却只是仓卒
间,不曾请得个阴阳,拜堂撒帐,你可朝上拜八拜儿罢。"八戒
道:"娘,娘说得是,你请上坐,等我也拜几拜,就当拜堂,就
当谢亲,两当一儿,却不省事?"他丈母笑道:"也罢,也罢,
果然是个省事干家的女婿。我坐着,你拜么。"咦!满堂中银烛
辉煌,这呆子朝上礼拜,拜毕道:"娘,你把那个姐姐配我

哩？"他丈母道："正是这些儿疑难：我要把大女儿配你，恐二女怪；要把二女配你，恐三女怪；欲将三女配你，又恐大女怪；所以终疑未定。"八戒道："娘，既怕相争，都与我罢，省得闹闹吵吵，乱了家法。"^{此处却不禁。}他丈母道："岂有此理！你一人就占我三个女儿不成。"八戒道："你看娘说的话。那个没有三宫六院？就再多几个，你女婿也笑纳了。我幼年间，也曾学得个熬战之法，^{趣甚。}管情一个个伏侍得他欢喜。"那妇人道："不好，不好！我这里有一方手帕，你顶在头上，遮了脸撞个天婚，教我女儿从你跟前走过，你伸开手扯倒那个，就把那个配了你罢。"^{此想亦好。}呆子依言，接了手帕，顶在头上，有诗为证，诗曰：

痴愚不识本原由，色剑伤身暗自休。^{说出。}
从来信有周公礼，今日新郎顶盖头。

那呆子顶裹停当，道："娘，请姐姐们出来么。"他丈母叫："真真、爱爱、怜怜，都来撞天婚，配与你女婿。"只听得环珮响亮，兰麝馨香，似有仙子来往。那呆子真个伸手去捞人。两边乱扑，左也撞不着，右也撞不着，来来往往，不知有多少女子行动，只是莫想捞着一个。东扑抱着柱科，西扑摸着板壁，两头跑晕了，立站不稳，只是打跌；前来蹭着门扇，后去汤着砖墙，磕磕踵踵，跌得嘴肿头青，坐在地下，喘气嘑嘑的道："娘阿，你女儿这等乖滑得紧，捞不着一个，奈何，奈何！"那妇人与他揭了盖头道："女婿，不是我女儿乖滑，他们大家谦让，不肯招你。"八戒道："娘阿，既是他们不肯招我阿，你招了我罢。"

那妇人道："好女婿哑，这等没大没小的，连丈母也都要了。我这三个女儿心性最巧，他一人结了一个珍珠篏锦汗衫儿，你若穿得那个的，就教那个招你罢。"八戒道："好，好，好！把三件儿都拿来我穿了看。若都穿得，就教都招了罢。"那妇人转进房里，止取出一件来，递与八戒。那呆子脱下青锦布直裰，理过衫儿，就穿在身上，还未曾系上带子，扑的一蹰，跌倒在地，原来是几条绳紧绷绷住。那呆子疼痛难禁，这些人早已不见了。

却说三藏、行者、沙僧一觉睡省，不觉的东方发白。忽睁睛抬头观看，那里得那大厦高堂，也不是雕梁画栋，一个个都睡在松柏林中。慌得那长老忙呼行者，沙僧道："哥哥，罢了，罢了，我们遇着鬼了。"孙大圣心中明白，微微的笑道："怎么说？"长老道："你看我们睡在那里耶。"行者道："这松林下落得快活，但不知那呆子在那里受罪哩。"长老道："那个受罪？"行者笑道："昨日这家子娘女们，不知是那里菩萨在此显化我等，想是半夜里去了，只苦了猪八戒受罪。"三藏闻言，合掌顶礼，又只见那后边古柏树上，飘飘荡荡的，挂着一张简帖儿。沙僧急去取来与师父看时，却是八句颂子云：

黎山老母不思凡，南海菩萨请下山。普贤、文殊皆是客，化成美女在林间。圣僧有德还无俗，八戒无禅更有凡。从此静心须改过，若生怠慢路途难！

那长老、行者、沙僧正然唱念此颂，只听得林深处高声叫道："师父呵，绷杀我了。救我一救，下次再不敢了！"三藏道：

"悟空，那叫唤的可是悟能么？"沙僧道："正是。"行者道："兄弟，莫睬他，我们去罢。"三藏道："那呆子虽是心性愚顽，却只是一味懞直，倒也有些膂力，挑得行李，还看当日菩萨之念，救他随我们去罢。料他以后再不敢了。"那沙和尚却卷起铺盖，收拾了担子；孙大圣解缰牵马，引唐僧入林寻看。咦！这正是：

从正修持须谨慎，扫除爱欲自归真。

毕竟不知那呆子凶吉如何，且听下回分解。

总批：

今人那一个不被真真爱爱怜怜弄坏了，不要独笑老猪也。○人但笑老猪三个女儿娶不成，反被他绷了一夜，不知若娶成了，其绷不知又当何如。试思之，世上有一个不在绷里者否？

又批：

描画八戒贪色处妙绝，只三个"不要栽我，还从常计较"，便画出无限不可画处。

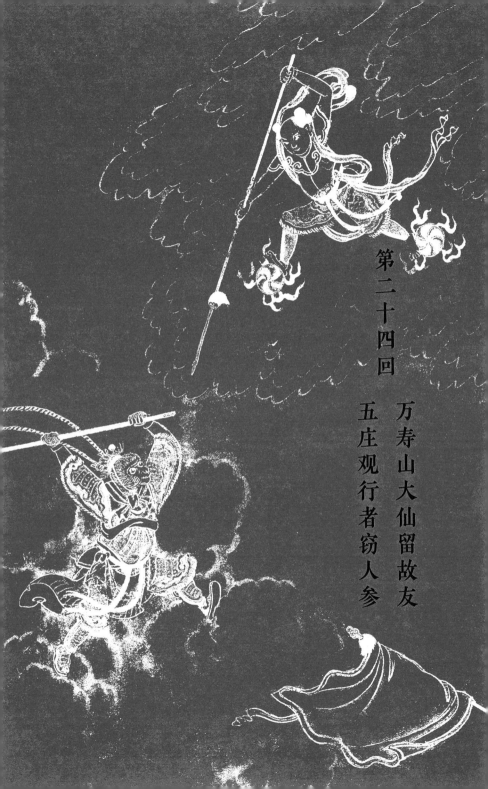

第二十四回　万寿山大仙留故友　五庄观行者窃人参

却说那三人穿林入里，只见那呆子绷在树上，声声叫喊，痛苦难禁。行者上前笑道："好女婿哑！这早晚还不起来谢亲，又不到师父处报喜，还在这里卖解儿耍子哩。咄！你娘呢？你老婆呢？好个绷巴吊拷的女婿哑！"那呆子见他来抢白着羞，唛着牙，忍着疼，不敢叫喊。沙僧见了老大不忍，放下行李，上前解了绳索救下。呆子对他们只是磕头礼拜，其实羞耻难当，有《西江月》为证：

色乃伤身之剑，贪之必定遭殃。佳人二八好容妆，更比夜叉凶壮。只有一个原本，再无微利添囊。好将资本谨收藏，坚守休教放荡。

那八戒撮土焚香，望空礼拜。行者道："你可认得那些菩萨么？"八戒道："我已此晕倒昏迷，眼花撩乱，那认得是谁？"行者把那简帖儿递与八戒，八戒见了是颂子，更加惭愧。沙僧笑道："二哥有这般好处哩，感得四位菩萨来与你做亲。"八戒道："兄弟再莫题起，不当人子了。从今后，再也不敢妄为，你就是累折骨头，也只是么肩压担，随师父西域去也。"三藏道："既如此说才是。"

行者遂领师父上了大路。在路餐风宿水，行罢多时，忽见有高山挡路，三藏勒马停鞭道："徒弟，前面一山，必须仔细，恐有妖魔作耗，侵害吾党。"行者道："马前但有吾等三人，怕甚妖魔？"因此，长老安心前进。只见那座山，真是好山：

高山峻极，大势峥嵘。根接昆仑脉，顶摩霄汉中。白鹤每来栖桧柏，玄猿时复挂藤萝。日映晴林，叠叠千条红雾绕；风生阴壑，飘飘万道采云飞。幽鸟乱啼青竹里，锦鸡齐斗野花间。只见那千年峰、五福峰、芙蓉峰，巍巍凛凛放毫光；万岁石、虎牙石、三天石，突突磷磷生瑞气。崖前草秀，岭上梅香。荆棘密森森，芝兰清淡淡。深林鹰凤聚千禽，古洞麒麟辖万兽。涧水有情，曲曲弯弯多绕顾；峰峦不断，重重叠叠自周回。又见那绿的槐，班的竹，青的松，依依千载斗秋华；白的李、红的桃、翠的柳，灼灼三春争艳丽。龙吟虎啸，鹤舞猿啼。麋鹿从花出，青鸾对日鸣。乃是仙山真福地，蓬莱、阆苑只如然。又见些花开花谢山头景，云去云来岭上峰。

三藏在马上欢喜道："徒弟，我一向西来，经历许多山水，都是那嵯峨险峻之处，更不似此山好景，果然的幽趣非常。若是相近雷音不远路，我们好整肃端严见世尊。"行者笑道："早哩，早哩，正好不得到哩。"沙僧道："师兄，我们到雷音有多少远？"行者道："十万八千里，十停中还不曾走了一停哩。"八戒道："哥呵，要走几年才得到？"行者道："这些路，若论二位贤弟便十来日也可到；若论我走一日也好走五十遭，还见日色；若论师父走，莫想，莫想。"唐僧道："悟空，你说得几时方可到？"行者道："你自小时走到老，老了再小，老小千番也还难。只要你见性志诚，念念回首处，即是灵山。"^{着眼}沙僧道："师兄，此间虽不是雷音，观此景致，必有个好人居止。"行者道："此言却当。这里决无邪祟，一定是个圣僧、仙辈之乡，我们游玩慢行。"不题。

却说这座山，山中有一座观，名唤五庄观，观里有一尊仙，道号镇元子，混名与世同君。那观里出一般异宝，乃是混沌初分，鸿蒙始判，天地未开之际，产成这件灵根，盖天下四大部洲，惟西牛贺洲五庄观出此，唤名草还丹，又名人参果；三千年一开花，三千年一结果，再三千年才得熟，短头一万年方得吃，似这万年，只结得三十个果子；果子的模样，就如三朝未满的小孩相似，手段俱全，五官咸备；人若有缘，得那果子闻了一闻，就活三百六十岁；吃一个，就活四万七千年。

当日镇元大仙得元始天尊的简帖，邀他到上清天上弥罗宫中听讲混元道果。大仙门下出的散仙，也不计其数，见如今还有四十八个徒弟，都是得道的全真。当日带领四十六个上界去听讲，留下两个绝小的看家：一个唤做清风，一个唤做明月，清风只有一千三百二十岁，明月才交一千二百岁。镇元子分付二童道："不可违了大天尊的简帖，要往弥罗宫听讲，你两个在家仔细。不日有一个故人从此经过，却莫怠慢了他，可将我人参果打两个与他吃，权表旧日之情。"二童道："师父的故人是谁？望说与弟子，好接待。"大仙道："他是东土大唐驾下的圣僧，道号三藏，今往西天拜佛求经的和尚。"二童笑道："孔子云道不同，不相为谋。我等是太乙玄门，怎么与那和尚做甚相识。"大仙道："你那里得知。那和尚乃金蝉子转生，西方圣老如来佛第二个徒弟。五百年前，我与他在'兰盆会'上相识，他曾亲手传茶，佛子敬我，故此是为故人也。"二仙童闻言，谨遵师命。那大仙临行，又叮咛嘱咐道："我那果子有数，只许与他两个，不得多费。"清风道:"开园时,大众共吃了两个,还有二十八个在树,不敢多费。"大仙道:"唐三藏虽是故人,须要防备他手下人罗唣,不可惊动他知。"二童领命讫,那大仙承众徒弟飞升,径朝天界。

却说唐僧四众在山游玩,忽抬头见那松篁一簇,楼阁数层。唐僧道:"悟空,你看那里是甚么去处?"行者看了道:"那所在,不是观宇,定是寺院。我们走动些,到那厢方知端的。"不一时,来于门首观看,见那:

松坡冷淡,竹径清幽。往来白鹤送浮云,上下猿猴时献果。那门前池宽树影长,石裂苔花破。宫殿森罗紫极高,楼台缥缈丹霞堕。真个是福地灵区,蓬莱云洞。清虚人事少,寂静道心生。青鸟每传王母信,紫鸾常寄老君经。看不尽那巍巍道德之风,果然漠漠神仙之宅。

三藏离鞍下马,又见那山门左边有一通碑,碑上有十个大字,乃是"万寿山福地,五庄观洞天"。长老道:"徒弟,真个是一座观宇。"沙僧道:"师父,观此景鲜明,观里必有好人居住。我们进去看看,若行满东回,此间也是一景。"行者道:"说得好。"遂都一齐进去。又见那二门上有一对春联:长生不老神仙府,与天同寿道人家。行者笑道:"这道士说大话唬人。我老孙五百年前大闹天宫时,在那太上老君门首,也不曾见有此话说。"八戒道:"且莫管他,进去,进去,或者这道士有些德行,未可知也。"及至二层门里,只见那里面,急急忙忙走出两个小童儿来。看他怎生打扮：

骨清神爽容颜丽，顶结丫髻短发鬙。道服自然襟绕雾，羽衣偏是袖飘风。环绦紧束龙头结，芒履轻缠蚕口绒。丰采异常非俗辈，正是那清风、明月二仙童。

那童子控背躬身，出来迎接道："老师父，失迎，请坐。"长老欢喜，遂与二童子上了正殿观看。原来是向南的五间大殿，都是上明下暗的雕花格子。那仙童推开格子，请唐僧入殿，只见那壁中间挂着五彩妆成的"天地"二大字，设一张朱红雕漆的香几，几上有一副黄金炉瓶，炉边有方便整香。唐僧上前，以左手拈香注炉，三匝礼拜，拜毕回头道："仙童，你五庄观真是西方仙界，何不供养三清、四帝、罗天诸宰，只将'天地'二字侍奉香火？"童子笑道："不瞒老师父，这两个字，上头的礼上还当，下边的还受不得我们的香火，是家师父诌佞出来的。"三藏道："何为诌佞？"童子道："三清是家师的朋友，四帝是家师的故人，九曜是家师的晚辈，元辰是家师的下宾。"那行者闻言，就笑得打跌。八戒道："哥呵，你笑怎的？"行者道："只讲老孙会捣鬼，原来这道童会捆风。"三藏道："令师何在？"童子道："家师元始天尊降简请上清天弥罗宫听讲'混元道果'去了，不在家。"行者闻言，忍不住喝了一声道："这个懆道童，人也不认得，你在那个面前捣鬼，扯甚么空心架子！那弥罗宫有谁是太乙天仙？请你这泼牛蹄子去讲甚么。"三藏见他发怒，恐怕那童子回言斗起祸来，便道："悟空，且休争竞。我们既进来就出去，显得没了方情。常言道：'鹭鸶不吃鹭鸶肉。'他师父既是不在，搅乱他做甚？你去山门前放马，沙僧看守行李，教八戒解包被，取些米粮，借他锅灶，做顿饭吃，待临行，送他几文柴钱便罢了。各依执事，让我在此歇息歇息，饭毕就行。"他三人果各依执事而去。

那明月、清风，暗自夸称不尽道："好和尚！真个是西方爱圣临凡，真元不昧。师父命我们接待唐僧，将人参果与他吃，以表故旧之情，又教防着他手下人罗唣。果然那三个嘴脸凶顽，性情粗糙，幸得就把他们调开了，若在边前，却不与他人参果见面。"清风道："兄弟，还不知那和尚可是师父的故人。问他一问看，莫要错了。"二童子又上前道："启问老师可是大唐往西天取经的唐三藏？"长老回礼道："贫僧就是。仙童为何知我贱名？"童子道："我师临行，曾分付教弟子远接，不期车驾来促，有失迎迓。老师请坐，待弟子办茶来奉。"三藏道："不敢。"那明月急转本房，取一杯香茶献与长老。茶毕，清风道："兄弟，不可违了师命，我和你去取果子来。"二童别了三藏，同到房中，一个拿了金击子，一个拿了丹盘，又多将丝帕垫着盘底，径到人参园内。那清风爬上树去使金击子敲果，明月在树下以丹盘等接，须臾敲下两个果来，接在盘中，径至前殿奉献道："唐师父，我五庄观土僻山荒，无物可奉，土宜素果二枚权为解渴。"那长老见了战战兢兢，_{形容。}远离三尺道："善哉，善哉！今岁到也年丰时稔，怎么这观里作荒吃人？这个是三朝未满的孩童，如何与我解渴？"清风暗道："这和尚在那口舌场中、是非海里，弄得眼肉胎凡，不识我仙家异宝。"明月上前道："老师，此物叫做'人参果'，吃一个儿不妨。"三藏道："胡说，胡说！他那父母怀胎不知受了多少苦楚，方生下未及三日，怎么就把他拿来当果子？"清风道："实是树上结的。"长老道："乱谈，乱谈，树上又会结出人来？拿过去，不当人子！"那两个童儿，见千推万阻不吃，只得拿着盘子，拿转本房。那果子却也跷蹊，久放不得，若放多时即僵了，不中吃。二人到于房中，一家一个，坐在床边上，只情吃起。

噫！原来有这般事哩。他那道房与那厨房紧紧的间壁，这边悄悄的言语，那边即便听见。八戒正在厨房里做饭，先前听见说取金击子，拿丹盘，他已在心，又听见他说唐僧不认得是人参果，即拿在房里自吃，口里忍不住流涎道："怎得一个儿尝新。"自家身子又狼犺，不能勾得动，只等行者来与他计较。他在那锅门前，更无心烧火，不时伸头探脑，出来观看。不多时，见行者牵将马来，拴在槐树上，径往后走。那呆子用手乱招道："这里来，这里来。"行者转身到于厨房门首，道："呆子，你嚷甚的？想是饭不够吃。且让老和尚吃饱，我们前边大人家，再化吃去罢。"八戒道："你进来，不是饭少。这观里有一件宝贝，你可晓得？"行者道："甚么宝贝？"八戒笑道："说与你，你不曾见；拿与你，你不认得。"行者道："这呆子笑话我老孙。老孙五百年前，因访仙家时，也曾云游在海角天涯，那般儿不曾见？"八戒道："哥呵，人参果你曾见么？"行者惊道："这个真不曾见。但只常闻得人说人参果乃是草还丹，人吃了极能延寿。如今那里有得？"八戒道："他这里有。那童子拿两个与师父吃，那老和尚不认得，道是三朝未满的孩童，不曾敢吃。那童

子老大悫懒，师父既不吃，便该让我们，他就瞒着我们，才自在
这隔壁房里，一家一个，咽啅咽啅的吃了出去，就急得我口里水
决。怎么得一个儿尝新？我想你有些留撒，去他那园子里偷几个
来尝尝如何？"行者道："这个容易，老孙去，手到擒来。"急
抽身，往前就走。八戒一把扯住道："哥呵，我听得他在这房里
说，要拿甚么金击子去打哩。须是干得停当，不可走露风声。"
行者道："我晓得，我晓得。"那大圣使一个隐身法，闪进道房
看时，原来那两个道童，吃了果子，上殿与唐僧说话，不在房
里。行者四下里观看，看有甚么金击子。但只见窗棂上挂着一条
赤金：有二尺长短，有指头粗细；底下是一个蒜疙疸的头子；
上边有眼，系着一根绿绒绳儿。他道："想必就是此物叫做金击
子。"他却取下来，出了道房，径入后边去，推开两扇门，抬头
观看，呀！却是一座花园。但见：

朱栏宝槛，曲砌峰山。奇花与丽日争妍，翠竹共青天斗碧。
流杯亭外，一湾绿柳似拖烟；赏月台前，数簇乔松如泼靛。红拂
拂，锦巢榴；绿依依，绣墩草。青茸茸，碧砂兰；攸荡荡，临溪
水。丹桂映金井梧桐，锦槐傍朱栏玉砌。有或红或白千叶桃，有
或香或黄九秋菊。荼蘼架，映着牡丹亭；木槿台，相连芍药栏。
看不尽傲霜君子竹，欺雪大夫松。更有那鹤庄鹿宅，方沼圆池；
泉流碎玉，地萼堆金；朔风触绽梅花白，春来点破海棠红。诚所
谓人间第一仙景，西方魁首花丛。

那行者观看不尽，又见一层门，推开看处，却是一座菜园：

　　布种四时蔬菜，菠芹茗苣姜苔。笋薹瓜瓠茭白，葱蒜芫荽韭薤。窝蕖童蒿苦荬，葫芦茄子须栽。蔓菁萝卜羊头埋，红苋青菘紫芥。

行者笑道：“他也是个自种自吃的道士。”走过菜园，又见一层门。推开看处，呀！只见那正中间有根大树，真个是青枝馥郁，绿叶阴森，那叶儿却似芭蕉模样，直上去有千尺馀高，根下有七八丈围圆。那行者倚在树下往上一看，只见向南的枝上，露出一个人参果，真个相孩儿一般，原来尾间上是个挖蒂，看他丁在枝头手脚乱动，点头幌脑，风过处似乎有声。行者欢喜不尽，暗自夸称道：“好东西哑！果然罕见，果然罕见！”他倚着树，搜的一声，撺将上去。那猴子原来第一会爬树偷果子。他把金击子敲了一下，那果子扑的落将下来；他也随跳下来跟寻，寂然不见；四下里草中找寻，更无踪迹。行者道：“跷蹊，跷蹊，想是有脚的会走，就走也跳不出墙去，我知道了，想是花园中土地不许老孙偷他果子，他收了去也。”他就捻着诀，念一口“唵”字咒，拘得那花园土地前来，对行者施礼道：“大圣，呼唤小神，有何分付？”行者道：“你不知老孙是盖天下有名的贼头。我当年偷蟠桃、盗御酒、窃灵丹，也不曾有人敢与我分用，怎么今日偷他一个果子，你就抽了我的头去了？这果子是树上结的，空中过鸟也该有分，老孙就吃他一个，有何大害？怎么刚打下来，你就捞了去？”土地道：“大圣，错怪了小神也。这宝贝乃是地仙之物，小神是个鬼仙，怎么敢拿去？就是闻也无福闻闻。”行者道：“你既不曾拿去，如何打下来就不见了？”土地道：“大圣只知这宝贝延寿，更不知他的出处哩。”行者道：“有甚出处？”土地道：“这宝贝三千年一开花，三千年一结果，再三千年方得成熟。短头一万年只结得三十个；有缘的，闻一闻就活三百六十岁，吃一个就活四万七千年；却是只与五行相畏。”行者道：“怎么与五行相畏？”土地道：“这果子遇金而落，遇木而枯，遇水而化，遇火而焦，遇土而入。敲时必用金器，方得下来；打下来，却将盘儿用丝帕衬垫方可，若受些木器就枯了，就吃也不得延寿；吃他须用磁器，清水化开食用，遇火即焦而无用；遇土而入者，大圣方才打落地上，他即钻下土去了。这个土有四万七千年，就是钢钻钻他也钻不动些须，比生铁也还硬三四分，人若吃了，所以长生。大圣不信时，可把这地下打打儿看。”行者即掣金箍棒筑了一下，响一声，迸起棒来，土上更无痕迹。行者道：“果然，果然，我这棍打石头如粉碎，撞生铁也有痕，怎么这一下打不伤些儿？这等说，我却错怪了你了，你回去罢。”那土地即回本庙去讫。

大圣却有算计，爬上树，一只手使击子，一只手将锦布直裰的襟儿扯起来做个兜子等住，他却串枝分叶，敲了三个果，兜在襟中。跳下树，一直前来，径到厨房里去。那八戒笑道：“哥哥，可有么？”行者道：“这不是？老孙的手到擒来。这个果子，也莫背了沙僧，可叫他一声。”八戒即招手叫道：“悟净，你来。”那沙僧搬下行李，跑进厨房道：“哥哥，叫我怎的？”行者放开衣兜道：“兄弟，你看这个是甚的东西？”沙僧见了道：“是人参果。”行者道：“好呵，你倒认得，你曾在那里吃过的？”沙僧道：“小弟虽不曾吃，但旧时做卷帘大将，扶侍鸾舆赴蟠桃宴，尝见海外诸仙将此果与王母上寿，见便曾见，却未曾

吃。哥哥，可与我些儿尝尝？"行者道："不消讲，兄弟们一家
一个。"他三人将三个果各各受用。那八戒食肠大，口又大，一
则是听见童子吃时，便觉馋虫拱动，却才见了果子，拿过来，张
开口，毂辘的吞咽下肚，却白着眼胡赖，向行者、沙僧道："你
两个吃的是甚么？"沙僧道："人参果。"八戒道："甚么味
道？"行者道："悟净，不要采他！你到先吃了，又来问谁？"
八戒道："哥哥，吃的忙了些，不相你们细嚼细咽，尝出些滋
味，我也不知有核无核，就吞下去了。哥阿，为人为行，你轻调
动我这馋虫，再去弄个儿来，老猪细细的吃吃。"行者道："兄
弟，你好不知止足。这个东西比不得那米食面食，撞着尽饱，相
这一万年只结得三十个，我们吃他这一个也是大有缘法，不等小
可，罢罢罢，勾了。"他欠起身来，把一个金击子，瞒窗眼儿，
丢进他道房里，竟不采他。那呆子只管絮絮叨叨的唧哝，^{一伙顽皮趣甚甚，妙}不期那两个道童复进房来取茶去献，只听得八戒还嚷甚么
"人参果吃得不快活，再得一个儿吃吃才好"。清风听见心疑
道："明月，你听那长嘴和尚讲'人参果还要个吃吃'。师父别
时叮咛，教防他手下人罗唣，莫敢是他偷了我们宝贝么？"明月
回头道："哥耶，不好了，不好了！金击子如何落在地下？我们
去园里看看来。"他两个急急忙忙的走去，只见花园开了。清风
道："这门是我关的，如何开了？"又急转过花园，只见菜园门
也开了。忙入人参园里，倚在树下，望上查数，颠倒来往，只得
二十二个。明月道："你可会算帐？"清风道："我会，你说将
来。"明月道："果子原是三十个。师父开园，分吃了两个，还
有二十八个；适才打两个与唐僧吃，还有二十六个；如今止剩得

二十二个，却不少了四个？不消讲，不消讲，定是那伙恶人偷了，我们只骂唐僧去来。"两个出了园门，径来殿上，指着唐僧，秃前秃后秽语污言不绝口的乱骂，贼头鼠脑臭短膜长没好气的胡嚷。唐僧听不过道："仙童阿，你闹的是甚么？消停些儿，有话慢说不妨，不要胡说散道的。"清风说："你的耳聋？我是蛮话，你不省得？你偷吃了人参果，怎么不容我说。"唐僧道："人参果怎么模样？"明月道："才拿来与你吃，你说像孩童的不是？"唐僧道："阿弥陀佛！那东西一见，我就心惊胆战，还敢偷他吃哩，就是害了馋痞，也不敢干这贼事。不要错怪了人。"清风道："你虽不曾吃，还有手下人要偷吃的哩。"三藏道："这等也说得是，你且莫嚷，等我问他们看，果若是偷了，教他陪你。"明月道："陪哑！就有钱那里去买？"三藏道："纵有钱没处买，常言道：'仁义值千金。'教他陪你个礼，便罢了。也还不知是他不是他哩。"明月道："怎的不是他？他那里分不均，还在那里嚷哩。"三藏叫声："徒弟，且都来。"沙僧听见道："不好了！决撒了！老师父叫我们，小道童胡厮骂，不是旧话儿走了风，却是甚的？"行者道："活羞杀人！这个不过是饮食之类，若说出来就是我们偷嘴了，只是莫认。"八戒道："正是，正是，昧了罢。"他三人只得出了厨房，走上殿去。

　　毕竟不知怎么与他抵赖，且听下回分解。

总批：

　一班趣人作伴，老和尚也不寂寞。何物文人，幻笔乃尔。

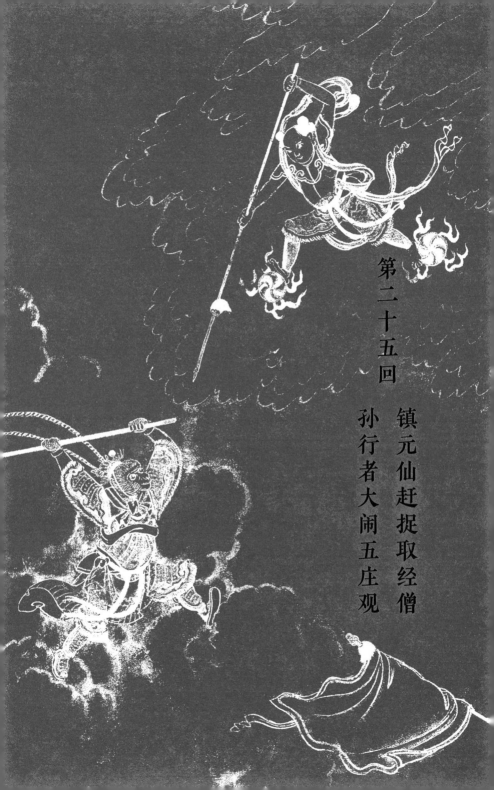

第二十五回　镇元仙赶捉取经僧　孙行者大闹五庄观

镇箐猺顺搜行儿无恙
庄观孙着阔大行儿五

却说他兄弟三众，到了殿上，对师父道："饭将熟了，叫我们怎的？"三藏道："徒弟，不是问饭。他这观里，有甚么人参果，似孩子一般的东西，你们是那一个偷他的吃了？"八戒道："我老实，不晓得，不曾见。"趣清风道："笑的就是他，笑的就是他！"行者喝道："我老孙生的是这个笑容儿，莫成为你不见了甚么果子，就不容我笑？"三藏道："徒弟息怒，我们是出家人，休打诳语，莫吃昧心食，果然吃了他的，陪他个礼罢，何苦这般抵赖？"行者见师父说得有理，他就实说道："师父，不干我事，是八戒隔壁听见那两个道童吃甚么人参果，他想一个儿尝新，着老孙去打了三个，我兄弟各人吃了一个。如今吃也吃了，待要怎么？"明月道："偷了我四个，这和尚还说不是贼哩！"八戒道："阿弥陀佛，既是偷了四个，怎么只拿出三个来分，预先就打起一个偏手？"那呆子倒转胡嚷。

二仙童问得是实，越加毁骂。就狠得个大圣钢牙咬响，火眼睁圆，把条金箍棒揝了又揝，忍了又忍道："这童子只说当面打人，也罢，受他些气儿，送他个绝后计，教他大家都吃不成！"好行者，把脑后的毫毛拔了一根，吹口仙气，叫"变！"变做个假行者，跟定唐僧，陪着悟能、悟净，忍受着道童嚷骂，他的真身，出一个神，纵云头跳将起去，径到人参园里，揝金箍棒往树上乒乓一下，又使个推山移岭的神力，把树一推推倒。可怜叶落栖开根出土，道人断绝草还丹。那大圣推倒树，却在枝儿上寻果子，那里得有半个？原来这宝贝遇金而落，他的棒两头却是金裹之物，况铁又是五金之类，所以敲着就振下来，既下来，又遇土而入，因此上边再没一个果子。他道："好，好，好！大家散火！"他收了铁棒，径往前来，把毫毛一抖，收上身来。那些人肉眼凡胎，看不明白。

却说那仙童骂勾多时，清风道："明月，这些和尚也受得气哩，我们就象骂鸡一般，骂了这半会，他通没个招声，想必他不曾偷吃。倘或树高叶密，数得不明，不要诳骂了他。我和你再去查查。"明月道："也说得是。"他两个果又到园中，只见那树倒枒开，果无叶落，唬得清风脚软跌根头，明月腰酥打骸垢。那两个魂飞魄散，有诗为证：

> 三藏西临万寿山，悟空断送草还丹。
> 枒开叶落仙根露，明月清风心胆寒。

他两个倒在尘埃，语言颠倒，只叫："怎么好，怎么好！害了我五庄观里的丹头，断绝我仙家的苗裔。师父来家，我两个怎的回话？"明月道："师兄莫嚷。我们且整了衣冠，莫要惊张了这几个和尚。这个没有别人，定是那个毛脸雷公嘴的那厮，他来出神弄法，坏了我们的宝贝。若是与他分说，那厮必竟抵赖，定要与他相争，争起来，就要交手相打，你想我们两个，怎么敌得过他四个？且不如去哄他一哄，只说果子不少，我们错数了，转与陪个不是。他们的饭已熟了，我等他吃饭时，再贴他些儿小菜。他一家拿着一个碗，你却站在门左，我却站在门右，扑的把门关倒，把锁锁住，将这几层门都锁了，不要放他。待师父来家，凭他怎的处置，他又是师父的故人，饶了他也是师父的人情，不饶他我们也拿住个贼在，庶几可以免我等之罪。"清风闻言道：

"有理，有理。"他两个强打精神，勉生欢喜，从后园中径来殿上，对唐僧控背躬身道："师父，适间言语粗俗，多有冲撞，莫怪，莫怪。"三藏问道："怎么说？"清风道："果子不少，只因树叶高密，不曾看得明白。才然又去查查，还是原数。"那八戒就趁脚儿跷道："你这个童儿，年幼不知事体，就来乱骂，白口咀咒，枉赖了我们也，不当人子！"_{见机而作，呆，不呆。}行者心上明白，口里不言，心中暗想道："是谎，是谎！果子已是了帐，怎的说这般话？想必有起死回生之法。"三藏道："既如此，盛将饭来，我们吃了去罢。"那八戒便去盛饭，沙僧安放桌椅。二童忙取小菜，却是些酱瓜、酱茄、糟萝卜、醋豆角、腌窝蕖、绰芥菜，共排了七八碟儿，与师徒们吃饭，又提一壶好茶、两个茶钟，伺候左右。那师徒四众，却才拿起碗来，这童子一边一个，扑的把门关上，插上一把两镣铜锁。八戒笑道："这童子差了。你这里风俗不好，却怎的关了门里吃饭？"明月道："正是，正是，好歹吃了饭儿开门。"清风骂道："我把你这个害馋劳、偷嘴的秃贼！你偷吃了我的仙果，已该一个擅食田园瓜果之罪，却又把我的仙树推倒，坏了我五庄观里仙根，你还要说嘴哩。若能勾到得西方参佛面，只除是转背摇车再托生！"三藏闻言，丢下饭碗，把块石头放在心上。那童子将那前山门、二山门，通都上了锁。却又来正殿门首，恶语恶言，贼前贼后，只骂到天色将晚，才去吃饭。饭毕，归房去了。唐僧埋怨行者道："你这个猴头，番番撞祸，你偷吃了他的果子，就受他些气儿，让他骂几句便也罢了，怎么又推倒他的树？若论这般情由，告起状来，就是你老子做官也说不通。"行者道："师父莫闹，那童儿都睡去了，只等他睡着了，我们连夜起身。"沙僧道："哥呵，几层门都上了锁，闭得甚紧，如何走么？"行者笑道："莫管，莫管，老孙自有法儿。"八戒道："愁你没有法儿哩。你一变，变甚么虫蛭儿，瞒格子眼里就飞将出去，只是我们不会变的，便在此顶缸受罪哩。"唐僧道："他若干出这个勾当，不同你我出去呵，我就念起旧话经儿，他却怎生消受。"八戒闻言，又愁又笑道："师父，你说的那里话？我只听得佛教中有卷《楞严经》《法华经》《孔雀经》《观音经》《金刚经》，不曾听见个甚那'旧话儿经'呵。"行者道："兄弟，你不知道，我顶上戴的这个箍儿，是观音菩萨赐与我师父的，师父哄我戴了，就如生根的一般，莫想拿得下来，叫做《紧箍儿咒》，又叫做《紧箍儿经》，他'旧话儿经'，即此是也。但若念动了，我就头疼，故有这个法儿难我。师父你莫念，我决不负你，管情大家一齐出去。"说话后，都已天昏，不觉东方月上。行者道："此时万籁无声，冰轮明显，正好走了去罢。"八戒道："哥呵，不要捣鬼，门俱锁闭，往那里走？"行者道："你看手段。"好行者，把金箍棒捻在手中，使一个解锁法，往门上一指，只听得突辘的一声响，几层门双镬俱落，唿喇的开了门扇。八戒笑道："好本事。就是叫小炉儿匠使捻子，便也不像这等爽利。"^趣行者道："这个门儿有甚稀罕，就是南天门，指一指也开了。"却请师父出了门，上了马，八戒挑着担，沙僧拢着马，径投西路而去。行者道："你们且慢行，等老孙去照顾那两个童儿睡一个月。"三藏道："徒弟，不可伤他性命，不然，又一个得财伤人的罪了。"行者道："我晓得。"行者复进去，来到那童儿睡的房门外。他腰里有带的瞌睡虫儿，原来在东天门与增长天王猜枚耍子赢的。^{幻笔}他摸出两个来，瞒窗眼儿弹将进去，径奔到那童子脸上，鼾鼾沉睡，再莫想得醒。他才拽开云路，赶上唐僧，顺大路一直西奔。这一夜马不停蹄，只行到天晓，三藏道："这个猴头弄杀我也。你因为嘴，带累我一夜无眠。"行者道："不要只管埋怨。天色明了，你且在这路旁边树林中将就歇歇，养养精神再走。"那长老只得下马，倚松根权作禅床坐下，沙僧歇了担子打盹，八戒枕着石睡觉。孙大圣偏有心肠，你看他跳树扳枝顽耍。四众歇息不题。

却说那大仙自元始宫散会，领众小仙出离兜率，径下瑶天，坠祥云，早来到万寿山五庄观门首。看时，只见观门大开，地上干净。大仙道："清风、明月，却也中用。常时节，日高三丈，腰也不伸，今日我们不在，他倒肯起早，开门扫地。"众小仙俱悦。行至殿上，香火全无，人踪俱寂，那里有明月、清风。众仙道："他两个想是因我们不在，拐了东西走了。"大仙道："岂有此理，修仙的人，敢有这般坏心的事。想是昨晚忘却关门，就去睡了，今早还未醒哩。"众仙到他房门首看处，真个关着房门，鼾鼾沉睡。这外边打门乱叫，那里叫得醒来？众仙撬开门板，着头扯下床来，也只是不醒。大仙笑道："好仙童阿，成仙的人神满再不思睡，却怎么这般困倦？莫不是有人做弄了他也？快取水来。"一童急取水半盏递与大仙。大仙念动咒语，噀一口水，喷在脸上，随即解了睡魔。二人方醒，忽睁睛抹抹脸，抬头观看，认得是与世同君和仙兄等众，慌得那清风顿首，明月叩头："师父阿！你的故人，原是'东来的和尚，一伙强盗'，十分凶狠。"大仙笑道："莫惊恐，慢慢的说来。"清风道："师父阿，当日别后不久，果有个东土唐僧，一行有四个和尚，连马五口。弟子不敢违了师命，问及来因，将人参果取了两个奉上。那长老俗眼愚心，不识我们仙家的宝贝，他说是三朝未满的孩童，再三不吃，是弟子各吃了一个。不期他那手下有三个徒弟，有一个姓孙的，名悟空行者，先偷四个果子吃了。是弟子们向伊理说，实实的言语了几句，他却不容，暗自里弄了个出神的手段，苦阿！"二童子说到此处，止不住腮边泪落。众仙道："那和尚打你来？"明月道："不曾打，只是把我们人参树打倒了。"大仙闻言，更不恼怒，道："莫哭，莫哭！你不知那姓孙的也是个太乙散仙，也曾大闹天宫，神通广大。既然打倒了宝树，你可认得那些和尚？"清风道："都认得。"大仙道："既认得，都跟我来。众徒弟们，都收拾下刑具，等我回来打他。"众仙领命。大仙与明月、清风纵起祥光，来赶三藏，顷刻间就有千里之遥。大仙在云端里平西观看，不见唐僧，及转头向东看时，道多赶了九百馀里，原来那长老一夜马不停蹄，只行了一百二十里路，大仙的云头一纵，赶过了九百馀里。仙童道："师父，那路旁树下坐的是唐僧。"大仙道："我已见了。你两个回去安排下绳索，等我自家拿他。"清风先回不题。

那大仙按落云头，摇身一变，变作个行脚全真。你道他怎生打扮：

穿一领白衲袍，系一条吕公绦。手摇麈尾，渔鼓轻敲。三耳草鞋登脚下，九阳巾子把头包。飘飘风满袖，口唱《月儿高》。

径直来到树下，对唐僧高叫道："长老，贫道起手了。"那长老忙忙答礼道："失瞻，失瞻。"大仙问："长老是那方来的？为何在途中打坐？"三藏道："贫僧乃东土大唐差往西天取经者。路过此间，权为一歇。"大仙惊呼道："长老东来，可曾在荒山经过？"长老道："不知仙官是何宝山？"大仙道："万寿山五庄观，便是贫道栖止处。"行者闻言，他心中有物的人，忙答道："不曾，不曾，我们是打上路来的。"那大仙指定笑道："我把你这个泼猴，你瞒谁哩？你倒在我观里，把我人参果树打倒，你连夜走在此间，还不招认，遮饰甚么？不要走，趁早去还我树来。"那行者闻言心中恼怒，掣铁棒不容分说望大仙劈头就打，大仙倒身躲过，踏祥光，径到空中，行者也腾云，急赶上去。大仙在半空现了本相，你看他怎生打扮：

头戴紫金冠，无忧鹤氅穿。履鞋登足下，丝带束腰间。体如童子貌，面似美人颜。三须飘颔下，鸦翎叠鬓边。相迎行者无兵器，止将玉麈手中拈。

那行者没高没低的，棍子乱打，大仙把玉麈左遮右挡，奈了他两三回合，使一个"袖里乾坤"的手段，在云端里，把袍袖迎风轻轻的一展，刷地前来，把四僧连马一袖子笼住。八戒道："不好了！我们都装在绺缝里了！"行者道："呆子，不是绺缝，我们被他笼在衣袖中哩。"八戒道："这个不打紧，等我一顿钉钯，筑他个窟窿，脱将下去，只说他不小心，笼不牢，吊的了罢。"
那呆子使钯乱筑，那里筑得动？手捻着虽然是个软的，筑起来就
比铁还硬。

那大仙转祥云，径落五庄观坐下，叫徒弟拿绳来。众小仙
一一伺候。你看他从袖子里，却相撮傀儡一般，把唐僧拿出，
缚在正殿檐柱上；又拿出他三个，每一根柱上绑了一个；将马也
拿出拴在庭下，与他些草料，行李抛在廊下。又道："徒弟，这
和尚是出家人，不可用刀枪，不可加铁钺，且与我取出皮鞭来，
打他一顿，与我人参果出气。"众仙即忙取出一条鞭，不是甚
么牛皮、羊皮、麂皮、犊皮的，原来是龙皮做的七星鞭，着水
浸在那里。令一个有力量的小仙，把鞭执定道："师父，先打那
个？"大仙道："唐三藏做大不尊，先打他。"行者闻言，心中
暗道："我那老和尚不禁打，假若一顿鞭打坏了阿，却不是我造
的业？"他忍不住，开言道："先生差了。偷果子是我，吃果子
是我，推倒树也是我，怎么不先打我，打他做甚？"大仙笑道：
"这泼猴倒言语膂烈。这等便先打他。"小仙问："打多少？"
大仙道："照依果数，打三十鞭。"那小仙轮鞭就打。行者恐仙
家法大，睁圆眼瞅定，看他打那里。原来打腿，行者就把腰扭一
扭，叫声"变！"变作两条熟铁腿，看他怎么打。那小仙一下一
下的，打了三十，天早向午了。大仙又分付道："还该打三藏训
教不严，纵放顽徒撒泼。"那仙又轮鞭来打，行者道："先生又
差了。偷果子时，我师父不知，他在殿上与你二童讲话，是我兄
弟们做的勾当。纵是有教训不严之罪，我为弟子的，也当替打，
再打我罢。"大仙道："这泼猴子，虽是狡猾奸顽，却倒也有些

孝意。既这等，还打他罢。"小仙又打了三十。行者低头看看，两只腿似明镜一般，通打亮了，更不知些疼痒。此时天色将晚，大仙道："且把鞭子浸在水里，待明朝再拷打他。"小仙收鞭去浸，各各归房。晚斋已毕，尽皆安寝不题。那长老泪眼双垂，怨他三个徒弟道："你等闯出祸来，却带累我在此受罪，这是怎的起？"行者道："且休报怨，打便先打我，你又不曾吃打，倒转嗟呀怎的？"唐僧道："虽然不曾打，却也绑得身上疼哩。"沙僧道："师父，还有陪绑的在这里哩。"行者道："都莫要嚷，再停会儿走路。"八戒道："哥哥又弄虚头了。这里麻绳喷水，紧紧的绑着，还比关在殿上被你使解锁法撤开门走哩。"行者道："不是夸口话，那怕他三股麻绳喷上了水，就是碗粗棕缆，也只好当秋风。"正话处，早已万籁无声，正是天街人静。好行者，把身子小一小，脱下索来道："师父去哑！"沙僧慌了道："哥哥，也救我们一救。"行者道："悄言，悄言。"他却解了三藏，放下八戒、沙僧，整束了褊衫，扣背了马匹，廊下拿了行李，一齐出了观门，又教八戒："你去把那崖边柳树伐四颗来。"八戒道："要他怎的？"行者道："有用处，快快取来。"那呆子有些夯力，走了去，一嘴一颗，就拱了四颗，一抱抱来。行者将枝梢折了，教兄弟二人复进去，将原绳照旧绑在柱上，那大圣念动咒语，咬破舌尖，将血喷在树上，叫"变！"一根变作长老，一根变作自身，那两根变作沙僧、八戒，都变得容貌一般，相貌皆同，问他也就说话，叫名也就答应。他两个却才放开步，赶上师父。这一夜依旧马不停蹄，躲离了五庄观。只走到天明，那长老在马上摇桩打盹。行者见了，叫道："师父不济，出家人怎的这般辛苦？我老孙千夜不眠，也不晓得困倦。且下马来，莫教走路的人，看见笑你。权在山坡下藏风聚气处，歇歇再走。"

不说他师徒在路暂住。且说那大仙，天明起来，吃了早斋，出在殿上，教拿鞭来："今日却该打唐三藏了。"那小仙轮着鞭，望唐僧道："打你哩。"那柳树也应道："打么。"乒乒打了三十。轮过鞭来，对八戒道："打你哩。"那柳树也应道："打么。"及打沙僧，也应道："打么。"及打到行者，那行者在路，偶然打个寒禁道："不好了！"三藏问道："怎么说？"行者道："我将四颗柳树变作我师徒四众，我只说他昨日打了我两顿，今日想不打了，却又打我的化身，所以我真身打禁，收了法罢。"那行者慌忙念咒收法。你看那些道童害怕，丢了皮鞭，报道："师父呵，为头打的是大唐和尚，这一会打的都是柳树之根！"大仙闻言，呵呵冷笑，夸不尽道："孙行者，真是一个好猴王。曾闻他大闹天宫，布地网天罗，拿他不住，果有此理。你走了便也罢，却怎么绑些柳树在此冒名顶替？决莫饶他，赶去来！"那大仙说声赶，纵起云头，往西一望，只见那和尚挑包策马，正然走路。大仙低下云头，叫声："孙行者，往那里走！还我人参树来！"八戒听见道："罢了！对头又来了！"行者道："师父，且把善字儿包起，让我们使些凶恶，一发结果了他，脱身去罢。"唐僧闻言，战战兢兢，未曾答应。沙僧掣宝杖，八戒举钉钯，大圣使铁棒，一齐上前，把大仙围住在空中乱打乱筑。这场恶斗，有诗为证：

悟空不识镇元仙，与世同君妙更玄。三件神兵施猛烈，一根麈尾自飘然。左遮右挡随来往，后架前迎任转旋。夜去朝来难脱体，淹留何日到西天。

他兄弟三众，各举神兵，那大仙只把蝇帚儿演架。那里有半个时辰，他将袍袖一展，依然将四僧一马并行李一袖笼去，返云头，又到观里。众仙接着，仙师坐于殿上。却又在袖儿里一个个搬出，将唐僧绑在阶下矮槐树上；八戒、沙僧各绑在两边树上；将行者捆倒，行者道："想是调问哩。"不一时，捆绑停当，教把长头布取十匹来。行者笑道："八戒！这先生好意思，拿出布来与我们做中袖哩。减省些儿，做个一口中罢了。"^趣那小仙将家机布搬将出来。大仙道："把唐三藏、猪八戒、沙和尚都使布裹了。"众仙一齐上前裹了。行者笑道："好，好，好，夹活儿就大殓了！"须臾，缠裹已毕，又教拿出漆来。众仙即忙取了些自收自晒的生熟漆，把他三个布裹漆漆了，浑身俱裹漆，上留着头脸在外。八戒道："先生，上头倒不打紧，只是下面还留孔儿，我们好出恭。"^{顽皮}那大仙又教把大锅抬出来。行者笑道："八戒，造化！抬出锅来，想是煮饭我们吃哩。"八戒道："也罢了，让我们吃些饭儿，做个饱死的鬼也好。"那众仙果抬出一口大锅支在阶下。大仙叫架起干柴，放起烈火，教："把清油拗上一锅，烧得滚了，将孙行者下油锅扎他一扎，与我人参树报仇。"行者闻言暗喜道："正可老孙之意。这一向不曾洗澡，有些儿皮肤燥痒，好歹荡荡，足感盛情。"顷刻间，那油锅将滚。大圣却又留心：恐他仙法难参，油锅里难做手脚，急回头四顾，只见那台下东边是一座日规台，西边是一个石狮子；行者将身一纵，滚到西边，咬破舌尖，把石狮子喷了一口，叫声"变！"变作他本身模样，也这般捆作一团；他却出了元神，起在云端里，低头看着道士。^趣 只见那小仙报道："师父，油锅滚透了。"大仙教："把孙行者抬下去！"四个仙童抬不动，八个来，也抬不动，又加四个，也抬不动。众仙道："这猴子恋土难移，小自小，倒也结实。"却教二十个小仙扛将起来，往锅里一掼，烹的响了一声，湛得些滚油点子，把那小道士们脸上烫了几个燎浆大泡。^{幻笔} 只听得烧火的小童喊道："锅漏了，锅漏了！"说不了，油漏得罄尽，锅底打破，原来是一个石狮子放在里面。大仙大怒道："这个泼猴，着实无礼，教他当面做了手脚。你走了便罢，怎么又捣了我的灶？这泼猴王自也拿他不住，就拿住他，也似抟砂弄汞，捉影捕风。罢，罢，罢，饶他去罢。且将唐三藏解下，另换新锅，把他扎一扎，与人参树报报仇罢。"那小仙真个动手，拆解布漆。行者在半空里听得明白，他想着："师父不济，他若到了油锅里，一滚就死，二滚就焦，到三五滚，他就弄做个希烂的和尚了。我还去救他一救。"好大圣，按落云头，上前叉手道："莫要拆坏了布漆，我来下油锅了。"那大仙惊骂道："你这猢猴，怎么弄手段捣了我的灶？"行者笑道："你遇着我就该倒灶，^{着眼}管我甚事？我才自也要领你些油汤油水之爱，但只是大小便急了，若在锅里开风，恐怕污了你的熟油，不好调菜吃，^猴如今大小便通干净了，才好下锅。不要扎我师父，还来扎我。"那大仙闻言，呵呵冷笑，走出殿来，一把扯住。

毕竟不知有何话说，端的怎么脱身，且听下回分解。

总批:

　　游戏处是仙人扇，下针处是仙人面，请问读《西游记》者，
是看面，还是看扇？

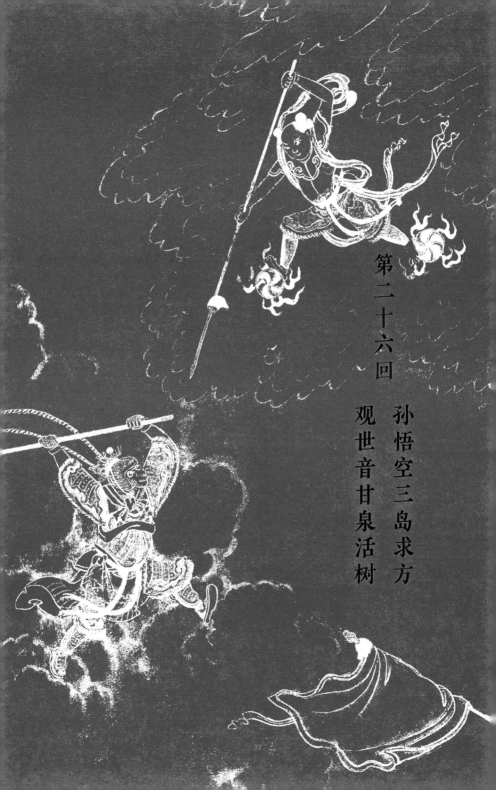

第二十六回　孙悟空三岛求方　观世音甘泉活树

处世须存心上刃，修身切记寸边而。常言刃字为生意，但要三思戒怒欺。上士无争传亘古，圣人怀德继当时。刚强更有刚强辈，究竟终成空与非。

却说那镇元大仙用手搀着行者，道："我也知道你的本事，我也闻得你的英名，只是你今番越礼欺心，纵有腾那，脱不得我手。我就和你同到西天，见了你那佛祖，也少不得还我人参果树。你莫弄神通！"行者笑道："你这先生，好小家子样！若要树活，有甚疑难！早说这话，可不省了一场争竞？"大仙道："不争竞，我肯善自饶你！"行者道："你解了我师父，我还你一颗活树如何？"大仙道："你若有此神通，医得树活，我与你八拜为交，结为兄弟。"行者道："不打紧。放了他们，老孙管教还你活树。"

大仙谅他走不脱，即命解放了三藏、八戒、沙僧。沙僧道："师父呵，不知师兄捣得是甚么鬼哩。"八戒道："甚么鬼，这教做当面人情鬼。树死了，又可医得活？他弄个光皮散儿好看，哄着求医治树，单单的脱身走路，还顾得你和我哩！"三藏道："他决不敢撒了我们。我们问他那里求医去。"遂叫道："悟空，你怎么哄了仙长，解放我等？"行者道："老孙是真言实语，怎么哄他？"三藏道："你往何处去求方？"行者道："古人云'方从海上来'，我今要上东洋大海，遍游三岛十洲，访问仙翁圣老，求一个起死回生之法，管教医得他树活。"三藏道："此去几时可回？"行者道："只消三日。"三藏道："既如此，就依你说，与你三日之限。三日里来便罢；若三日之外不来，我就念那话儿经了。"行者道:"遵命,遵命。"

你看他急整虎皮裙,出门来,对大仙道:"先生放心,我就去就来。你却要好生伏侍我师父,逐日家三茶六饭,不可欠缺。若少了些儿,老孙回来和你算帐,先捣塌你的锅底。衣服污了,与他浆洗浆洗。脸儿黄了些儿,我不要;若瘦了些儿,不出门。"那大仙道:"你去,你去,定不教他忍饿。"

好猴王,急纵筋斗云,离了五庄观,径上东洋大海。在半空中,快如掣电,疾似流星,早到蓬莱仙境。按云头,仔细观看。真个好去处。有诗为证:

大地仙乡列圣曹,蓬莱分合镇波涛。瑶台影蘸天心冷,巨阙光浮海面高。五色烟霞含玉籁,九霄星月射金鳌。西池王母常来此,奉祝三仙几次桃。

那行者看不尽仙景,径入蓬莱。正然走处,见白云洞外松阴之下,有三个老儿围棋:观局者是寿星,对局者是福星、禄星。行者上前叫道:"老弟们,作揖了。"那三星见了,拂退棋枰,回礼道:"大圣何来?"行者道:"特来寻你们耍子。"寿星道:"我闻大圣弃道从释,脱性命保护唐僧往西天取经,逐日奔波山路,那些儿得闲,却来耍子?"行者道:"实不瞒列位说,老孙因往西方,行在半路,有些儿阻滞,特来小事相干,不知肯否?"福星道:"是甚地方?是何阻滞?乞为明示,吾好裁处。"行者道:"因路过万寿山五庄观有阻。"三老惊讶道:"五庄观是镇元大仙的仙宫,你莫不是把他人参果偷吃了?"行者笑道：“偷吃了能值甚么？”三老道：“你这猴子，不知好歹！那果子闻一闻，活三百六十岁；吃一个，活四万七千年，叫做万寿草还丹。我们的道不及他多矣。他得之甚易，就可与天齐寿；我们还要养精、炼气、存神，调和龙虎，从坎填离，不知费多少工夫。你怎么说他的能值甚紧？天下只有此种灵根！”

行者道：“灵根灵根，我已弄了他个断根哩！”三老惊道：“怎的断根？”行者道：“我们前日在他观里，那大仙不在家，只有两个小童，接待了我师父，却将两个人参果奉与我师。我师不认得，只说是三朝未满的孩童，再三不吃。那童子就拿去吃了，不曾让得我们。是老孙就去偷了他三个，我三兄弟吃了。那童子不知高低，贼前贼后的骂个不住。是老孙恼了，把他树打了一棍，推倒在地，树上果子全无，芽开叶落，根出枝伤，已枯死了。不想那童子关住我们，又被老孙扭开锁走了。次日清辰，那先生回家赶来，问答间，语言不和，遂与他赌斗，被他闪一闪，把袍袖展开，一袖子都笼去了。绳缠索绑，拷问鞭敲，就打了一日。是夜又逃了，他又赶上，依旧笼去。他身无寸铁，只是把个麈尾遮果，我兄弟这等三般兵器，莫想打得着他。这一番仍旧摆布，将布裹漆了我师父与两师弟，却将我下油锅。我又做了个脱身本事走了，把他锅都打破。他见拿我不住，尽有几分醋我。是我又与他好讲，教他放了我师父、师弟，我与他医树管活，两家才得安宁。我想着‘方从海上来’，故此特游仙境，访三位老弟。有甚医树的方儿，传我一个，急救唐僧脱苦。”

三星闻言，心中也闷道：“你这猴儿，全不识人！那镇元子乃地仙之祖，我等乃神仙之宗，你虽得了天仙，还是太乙散数，未入真流，你怎么脱得他手？若是大圣打杀了走兽飞禽，蝶虫鳞长，只用我黍米之丹，可以救活；那人参果乃仙木之根，如何医治？没方，没方。"那行者见说无方，却就眉峰双锁，额蹙千痕。福星道："大圣，此处无方，他处或有，怎么就生烦恼？"行者道："无方别访，果然容易，就是游遍海角天涯，转透三十六天，亦是小可；只是我那唐长老法严量窄，止与了我三日期限，三日已外不到，他就要念那紧箍儿咒哩。"三星笑道："好好好，若不是这个法儿拘束你，你又钻天了。"寿星道："大圣放心，不须烦恼。那大仙虽称上辈，却也与我等有识。一则久别不曾拜望，二来是大圣的人情，如今我三人同去望他一望，就与你道如此情，教那唐和尚莫念紧箍儿咒。休说三日五日，只等你求得方来，我们才别。"行者道："感激感激。就请三位老弟行行，我去也。"大圣辞别三星不题。

却说这三星驾起祥光，忽听得长天鹤唳，原来是三老光临。但见那：

盈空蔼蔼祥光簇，霄汉纷纷香馥郁。彩雾千条护羽衣，轻云一朵擎仙足。青鸾飞，丹凤翱，袖引香风满地扑。拄杖悬龙喜笑生，皓髯垂玉胸前拂。童颜欢悦更无忧，壮体雄威多有福。执星筹，添海屋，腰挂葫芦并宝箓。万纪千旬福寿长，十洲三岛随缘宿。常来世上送千祥，每向人间增百福。概乾坤，荣福禄，福寿无疆今喜得。三老乘祥谒大仙，福堂和气皆无极。

那仙童看见，即忙报道："师父，海上三星来了。"镇元子正与唐僧师弟闲叙，闻报，即降阶奉迎。

那八戒见了寿星，近前扯住，笑道："你这肉头老儿，许久不见，还是这般脱洒，帽儿也不带个来。"遂把自家一个僧帽，扑的套在他头上，^{顽皮}扑着手呵呵大笑，道："好好好，真是加冠进爵也。"那寿星将帽子掼了，骂道："你这个夯货，老大不知高低！"八戒道："我不是夯货，你等真是奴才。"福星道："你倒是个夯货，反敢骂人是奴才！"八戒又笑道："既不是人家奴才，好道叫做添寿、添福、添禄？"^趣

那三藏喝退了八戒，急整衣拜了三星。那三星以晚辈之礼见了大仙，方才叙坐。坐定，禄星道："我们一向久阔尊颜，有失恭敬，今因孙大圣搅扰仙山，特来相见。"大仙道："孙行者到蓬莱去的？"寿仙道："是。因为伤了大仙的丹树，他来我处求方医治，我辈无方，他又到别处求访。但恐违了圣僧三日之限，要念紧箍儿咒，我辈一来奉拜，二来讨个宽限。"三藏闻言，连声应道："不敢念，不敢念。"

正说处，八戒又跑进来，扯住福星，要讨果子吃。他去袖里乱摸，腰里乱挖，不住的揭他衣服搜检。^趣三藏笑道："那八戒是甚么规矩！"八戒道："不是没规矩，此叫做番番是福。"三藏又叱令出去。那呆子跨出门，瞅着福星，眼不转睛的发狠。福星道："夯货，我那里恼了你来，你这等恨我？"八戒道："不是恨你，这叫做头望福。"那呆子出得门来，只见一个小童，拿了四把茶匙，方去寻钟取果看茶，被他一把夺过，跑上殿，拿着个小磬儿，用手乱敲乱打，两头玩耍。^{顽皮}大仙道："这个和尚，越发不尊重了！"八戒笑道："不是不尊重，这叫做四时吉庆。"

且不说八戒打诨乱缠，却表行者纵祥云离了蓬莱，又早到方丈仙山。这山真好去处。有诗为证：

> 方丈巍峨别是天，太元宫府会神仙。紫台光照三清路，花木香浮五色烟。金凤自多槃蕊阙，玉膏谁逼灌芝田？碧桃紫李新成熟，又换仙人信万年。

那行者按落云头，无心玩景。正走处，只闻得香风馥馥，玄鹤声鸣，那壁厢有个神仙。但见：

> 盈空万道霞光现，彩雾飘飘光不断。丹凤衔花也更鲜，青鸾飞舞声娇艳。福如东海寿如山，貌似小童身体健。壶隐洞天不老丹，腰悬与日长生篆。人间数次降祯祥，世上几番消厄愿。武帝曾宣加寿龄，瑶池每赴蟠桃宴。教化众僧脱俗缘，指开大道明如电。也曾跨海祝千秋，常去灵山参佛面。圣号东华大帝君，烟霞第一神仙眷。

孙行者觌面相迎，叫声："帝君，起手了。"那帝君慌忙回礼，道："大圣，失迎，请荒居奉茶。"遂与行者搀手而入。果然是贝阙珠宫，看不尽瑶池琼阁。方坐待茶，只见翠屏后转出一个童儿。他怎生打扮？

> 身穿道服飘霞烁，腰束丝绦光错落。头戴纶巾布斗星，足登

芒履游仙岳。炼元真，脱本壳，功行成时遂意乐。识破源流精气神，主人认得无虚错。逃名今喜寿无疆，甲子周天管不着。转回廊，登宝阁，天上蟠桃三度摸。缥缈香云出翠屏，小仙乃是东方朔。

行者见了，笑道：“这个小贼在这里啊，帝君处没有桃子你偷吃！”东方朔朝上进礼，答道：“老贼，你来这里怎的，我师父没有仙丹你偷吃！”帝君叫道：“曼倩休乱言，看茶来也。”曼倩原是东方朔的道名，他急入里取茶二杯。

饮讫，行者道：“老孙此来，有一事奉干，未知允否？”帝君道：“何事？自当领教。”行者道：“近因保唐僧西行，路过万寿山五庄观，因他那小童无状，是我一时发怒，把他人参果树推倒，一时阻滞，唐僧不得脱身。特来尊处，求赐一方医治，万望慨然。”帝君道：“你这猴子，不管一二，到处里闯祸！那五庄观镇元子，圣号与世同君，乃地仙之祖，你怎么就冲撞出他？他那人参果树乃草还丹，你偷吃了，尚说有罪，却又连树推倒，他肯干休？”行者道：“正是呢。我们走脱了，被他赶上，把我们就当汗巾儿一般，一袖子都笼去了，所以合气。没奈何，许他求方医治，故此拜求。”帝君道：“我有一粒九转太乙还丹，但能医治世间生灵，却不能医树。树乃土木之灵，天滋地润。若是凡间的果木，医治还可，这万寿山乃先天福地，五庄观乃贺洲洞天，人参果又天开地辟之灵根，如何可治？无方，无方。”

行者道：“既然无方，老孙告别。”帝君仍欲留奉玉液一杯，行者道：“急救事紧，不敢久滞。”遂驾云复至瀛洲海岛。

也好去处。有诗为证：

珠树玲珑照紫烟，瀛洲宫阙接诸天。青山绿水琪花艳，玉液
锟铒铁石坚。五色碧鸡啼海日，千年丹凤吸朱烟。世人罔究壶中
景，象外春光亿万年。

那大圣至瀛洲，只见那丹崖珠树之下，有几个皓发皤髯之辈，童
颜鹤鬓之仙，在那里着棋饮酒，谈笑讴歌。真个是：

祥云光满，瑞霭香浮。彩鸾鸣洞口，玄鹤舞山头。碧藕水桃
为按酒，交梨火枣寿千秋。一个个丹诏无闻，仙符有籍。逍遥随
浪荡，散淡任清幽。周天甲子难拘管，大地乾坤只自由。献果猿
猴，对对参随多美爱；衔花白鹿，双双拱伏甚绸缪。

那些老儿正然洒落，这行者厉声高叫道："带我耍耍儿便怎
的！"众仙见了，急忙趋步相迎。有诗为证：

人参果树灵根折，大圣访仙求妙诀。缭绕丹霞出宝林，瀛洲
九老来相接。

行者笑道："老兄弟们自在哩。"九老道："大圣当年若存正，
不闹天宫，比我们还自在哩。如今好了，闻你归真向西拜佛，如
何得暇至此？"行者将那医树求方之事具陈了一遍。九老也大惊
道："你也忒惹祸，惹祸。我等实是无方。"

行者道："既是无方，我且奉别。"九老又留他饮琼浆，食碧藕。行者定不肯坐，止立饮了一杯浆，吃了他一片藕，急急离了瀛洲，径转东洋大海。早望见落伽山不远，遂落下云头，直到普陀岩上。见观音菩萨在紫竹林中，与诸天大神、木叉、龙女讲经说法。有诗为证：

海主城高瑞气浓，更观奇异事无穷。须知绝隐千般外，尽出希微一品中。四圣授时成正果，六凡听后脱凡笼。少林别有真滋味，花果馨香满树红。

那菩萨早已看见行者来到，即命守山大神去迎。那大神出林来，叫声："孙悟空，那里去？"行者抬头，喝道："你这个熊罴，我是你叫的悟空！当初不是老孙饶了你，你已此做了黑风山的尸鬼矣。^{好点缀。}今日跟了菩萨，受了善果，居此仙山，常听法教，你叫不得我一声老爷？"那黑熊真个得了正果，在菩萨处镇守普陀，称为大神，是也亏了行者。他只得陪笑道："大圣，古人云'君子不念旧恶'，只管题他怎的！菩萨着我来迎你哩。"这行者就端肃尊诚，与大神到了紫竹林里，参拜菩萨。

菩萨道："悟空，唐僧行到何处也？"行者道："行到西牛贺洲万寿山了。"菩萨道："那万寿山有座五庄观，镇元大仙，你曾会他么？"行者顿首道："因是在五庄观，弟子不识镇元大仙，毁伤了他的人参果树，冲撞了他，他困滞了我师父，不得前进。"那菩萨情知，怪道："你这泼猴，不知好歹！他那人参果树乃天开地辟的灵根，镇元子乃地仙之祖，我也让他三分，你怎么就打伤他树！"行者再拜道："弟子实是不知。那一日，他不在家，只有两个仙童候待我等。是猪悟能晓得他有果子，要一个尝新，弟子委偷了他三个，弟兄们分吃了。那童子知觉，骂我等无已，是弟子发怒，遂将他树推倒。他次日回来赶上，将我等一袖子笼去，绳绑鞭抽，拷打了一日。我等当夜走脱，又被他赶上，依然笼了。三番两次，其实难逃，已允了与他医树。却才自海上求方，遍游三岛，众神仙都没本事。弟子因此志心朝礼，特拜告菩萨。伏望慈悯，俯赐一方，以救唐僧，早早西去。"菩萨道："你怎么不早来见我，却往岛上去寻找？"

行者闻此言，心中暗喜道："造化了，造化了，菩萨一定有方也！"行者又上前恳求。菩萨道："我这净瓶底的甘露水，善治得仙树灵苗。"行者道："可曾经验过么？"菩萨道："经验过的。"行者问："有何经验？"菩萨道："当年太上老君曾与我赌胜，他把我的杨柳枝拔了去，放在炼丹炉里，炙得焦干，送来还我；是我拿了插在瓶中，一昼夜，复得青枝绿叶，与旧相同。"行者笑道："真造化了，真造化了，烘焦了的尚能医活，况此推倒的，有何难哉！"菩萨分付大众："看守林中，我去去来。"遂手托净瓶，白鹦歌前边巧啭，孙大圣随后相从。有诗为证：

玉毫金像世难论，正是慈悲救苦尊。过去劫逢无垢佛，至今成得有为身。几生欲海澄清浪，一片心田绝点尘。甘露久经真妙法，管教宝树永长春。

却说那观里大仙与三老正然清话，忽见孙大圣按落云头，叫道："菩萨来了，快接快接！"慌得那福寿星与镇元子共三藏师徒，一齐迎出宝殿。菩萨才住了祥云，先与镇元子陪了话，后与三星作礼。礼毕上坐，那阶前，行者引唐僧、八戒、沙僧都拜了。那观中诸仙也来拜见。行者道："大仙不必迟疑，趁早儿陈设香案，请菩萨替你治那甚么果树去。"大仙躬身谢菩萨道："小可的勾当，怎么敢劳菩萨下降？"菩萨道："唐僧乃我之弟子，孙悟空冲撞了先生，理当陪偿宝树。"三老道："既如此，不须谦讲了，请菩萨都到园中去看看。"

那大仙即命设具香案，打扫后园，请菩萨先行，三老随后。三藏师徒与本观众仙都到园内观看时，那颗树倒在地下，土开根现，叶落枝枯。菩萨叫："悟空，伸手来。"那行者将左手伸开。菩萨将杨柳枝，蘸出瓶中甘露，把行者手心里画了一道起死回生的符字，教他放在树根之下，但看水出为度。那行者捏着拳头，往那树根底下揣着，须臾，有清泉一注。菩萨道："那个水不许犯五行之器，须用玉瓢舀出，扶起树来，从头浇下，自然根皮相合，叶长芽生，枝青果出。"

行者道："小道士们，快取玉瓢来。"镇元子道："贫道荒山，没有玉瓢，只有玉茶盏、玉酒杯，可用得么？"菩萨道："但是玉器，可舀得水的便罢，取将来看。"大仙即命小童子取出有二三十个茶盏，四五十酒杯，却将那根下清泉舀出。行者、八戒、沙僧扛起树来，扶得周正，拥上土，将玉器内甘泉，一瓯瓯捧与菩萨。菩萨将杨柳枝，细细洒上，口中又念着经咒。不多时，洒净那舀出之水，见那树果然依旧青枝绿叶阴森，上有二三十个人参果。清风、明月二童子道："前日不见了果子时，颠倒只数得二十二个；今日回生，怎么又多了一个？"行者道：
"日久见人心。前日老孙只偷了三个，那一个落下地来，土地说
这宝遇土而入，八戒只嚷我打了偏手，故走了风信，只缠到如
今，才见明白。"

菩萨道："我方才不用五行之器者，知道此物与五行相畏故
耳。"那大仙十分欢喜，急令取金击子来，把果子敲下十个，请
菩萨与三老复回宝殿，一则谢劳，二来做个人参果会。众小仙遂
调开卓椅，铺设丹盘，请菩萨坐了上面正席，三老左席，唐僧右
席，镇元子前席相陪，各食了一个。有诗为证：

　　万寿山中古洞天，人参一熟九千年。灵根现出芽枝损，甘露
滋生果叶全。三老喜逢皆旧契，四僧皆果大前缘。自今会服人参
果，尽是长生不老仙。

此时菩萨与三老各吃了一个，唐僧始知是仙家宝贝，也吃了
一个。悟空三人，亦各吃一个。镇元子陪了一个，本观仙众分吃
了一个。行者才谢了菩萨，回上普陀岩，送三星径转蓬莱岛。镇
元子却又安排蔬酒，与行者结为兄弟。这才是不打不成相识，两
家合了一家。师徒四众，喜喜欢欢，天晚歇了。那长老才是：

　　有缘吃得草还丹，长寿苦挨妖怪难。

毕竟到明日如何作别，且听下回分解。

总批：

吕祖云："真精送与粉骷髅，却向人间买秋石。"凭他草还丹、人参果，不如自家的真精妙也。珍重，珍重。

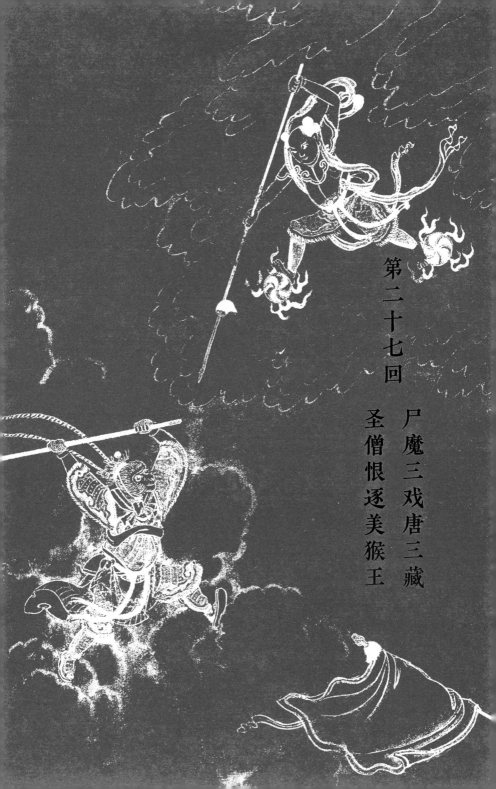

第二十七回　尸魔三戏唐三藏　圣僧恨逐美猴王

却说三藏师徒，次日天明，收拾前进。那镇元子与行者结为兄弟，两人情投意合，决不肯放，又安排管待，一连住了五六日。那长老自服了草还丹，真是脱胎换骨，神爽体健。他取经心重，那里肯淹留，无已，遂行。

师徒别了上路，早见一座高山。三藏道："徒弟，前面有山险峻，恐马不能前，大家须仔细仔细。"行者道："师父放心，我等自然理会。"好猴王，他在马前横担着棒，剖开山路，上了高崖。看不尽：

峰岩重叠，涧壑湾环。虎狼成阵走，麂鹿作群行。无数獐犯钻簇簇，满山狐兔聚丛丛。千尺大蟒，万丈长蛇。大蟒喷愁雾，长蛇吐怪风。道傍荆棘牵漫，岭上松楠秀丽。薛萝满目，芳草连天。影落沧溟北，云开斗柄南。万古寻贪元长老，千峰巍列日光寒。

那长老马上心惊，孙大圣布施手段，舞着铁棒，哮吼一声，唬得那狼虫颠窜，虎豹奔逃。

师徒们入此山，正行到嵯峨之处，三藏道："悟空，我这一日，肚中饥了，你去那里化些斋吃。"行者陪笑道："师父好不聪明。这等半山之中，前不巴村，后不着店，有钱也没买处，教往那里寻斋？"三藏心中不快，口里骂道："你这猴子！想你在两界山，被如来压在石匣之内，口能言，足不能行，也亏我救你性命，摩顶受戒，做了我的徒弟，怎么不肯努力，常怀懒惰之心！"行者道："弟子亦颇殷勤，何常懒惰？"三藏道："你既殷勤，何不化斋我吃？我肚饥怎行？况此地山岚瘴气，怎么得上雷音？"行者道："师父休怪，少要言话。我知你尊性高傲，十分违慢了你，便要念那话儿咒。你下马稳坐，等我寻那里有人家处化斋去。"

行者将身一纵，跳上云端里，手搭凉蓬，睁眼观看。可怜西方路甚是寂寞，更无庄堡人家，正是多逢树木，少见人烟去处。看多时，只见正南上有一座高山，那山向阳处，有一片鲜红的点子。行者按下云头，道："师父，有吃的了。"那长老问甚东西，行者道："这里没人家化饭，那南山有一片红的，想必是熟透了的山桃，我去摘几个来你充饥。"三藏喜道："出家人若有桃子吃，就为上分了。"行者取了钵盂，纵起祥光。你看他筋斗幌幌，冷气飕飕，须臾间，奔南山摘桃不题。

却说常言有云："山高必有怪，岭峻却生精。"果然这山上有一个妖精。孙大圣去时，惊动那怪。他在云端里，踏着阴风，看见长老坐在地下，就不胜欢喜道："造化，造化。几年家人都讲东土的唐和尚取大乘，他本是金蝉子化身，十世修行的原体，有人吃他一块肉，长寿长生。真个今日到了。"那妖精上前就要拿他，只见长老左右手下有两员大将护持，不敢拢身。他说两员大将是谁？说是八戒、沙僧。八戒、沙僧虽没甚么大本事，然八戒是天蓬元帅，沙僧是卷帘大将，他的威气尚不曾泄，故不敢拢身。妖精说："等我且戏他戏，看怎么说。"

好妖精，停下阴风，在那山凹里，摇身一变，变做个月貌花容的女儿。说不尽那眉清目秀，齿白唇红。左手提着一个青砂罐儿，右手提着一个绿磁瓶儿，从西向东，径奔唐僧。

圣僧歇马在山岩，忽见裙钗女近前。翠袖轻摇笼玉笋，湘裙斜拽显金莲。汗流粉面花含露，尘拂蛾眉柳带烟。仔细定睛观看处，看看行至到身边。

三藏见了，叫："八戒，沙僧，悟空才说这里旷野无人，你看那里不走出一个人来了？"八戒道："师父，你与沙僧坐着，等老猪去看看来。"

那呆子放下钉钯，整整直裰，摆摆摇摇，冲作个斯文气象，一直的觌面相迎。真个是远看未实，近看分明。那女子生得：

冰肌藏玉骨，衫领露酥胸。柳眉积翠黛，杏眼闪银星。月样容仪悄，天然性格清。体似燕藏柳，声如莺啭林。半放海棠笼晓日，才开芍药弄春晴。妙。

那八戒见他生得俊俏，呆子就动了凡心，忍不住胡言乱语，叫道："女菩萨，往那里去？手里提着是甚么东西？"分明是个妖怪，他却不能认得。那女子连声答应，道："长老，我这青罐里是香米饭，绿瓶里是炒面筋，特来此处无他故，因还誓愿要斋僧。"

八戒闻言，满心欢喜，急抽身，就跑了个猪颠风，报与三藏，道："师父，吉人自有天报。师父饿了，教师兄去化斋，那猴子不知那里摘桃儿耍子去了。桃子吃多了，也有些嘈人，又有些下坠。你看那不是个斋僧的来了？"唐僧不信，道："你这个夯货胡缠！我们走了这向，好人也不曾遇着一个，斋僧的从何而来！"八戒道："师父，这不到了？"

三藏一见，连忙跳起身来，合掌当胸，道："女菩萨，你府上在何处住？是甚人家？有甚愿心，来此斋僧？"分明是个妖精，那长老也不认得。那妖精见唐僧问他来历，他立地就起个虚情，花言巧语，来赚哄道："师父，此山叫做蛇回兽怕的白虎岭，正西下面是我家。我父母在堂，看经好善，广斋方上远近僧人，只因无子，求神作福，生了奴奴，欲扳门第，配嫁他人，又恐老来无倚，只得将奴招了一个女婿，养老送终。"三藏闻言，道："女菩萨，你语言差了。圣经云：'父母在，不远游，游必有方。'你既有父母在堂，又与你招了女婿，有愿心，教你男子还便也罢，怎么自家在山行走，又没个侍儿随从？这个是不遵妇道了。"〔老和尚管闲事。〕那女子笑吟吟忙陪俏语，道："师父，我丈夫在山北凹里，带几个客子锄田。这是奴奴煮的午饭，送与那些人吃的。只为五黄六月，无人使唤，父母又年老，所以亲身来送。忽遇三位远来，却思父母好善，故将此饭斋僧。如不弃嫌，愿表芹献。"

三藏道："善哉，善哉。我有徒弟摘果子去了，就来。我不敢吃，假如我和尚吃了你饭，你丈夫晓得骂你，却不罪坐贫僧也？"那女子见唐僧不肯吃，却又满面春生，道："师父啊，我父母斋僧还是小可，我丈夫更是个善人，一生好的是修桥补路，爱老怜贫。但听见说这饭送与师父吃了，他与我夫妻情上，比寻常更是不同。"三藏也只是不吃。傍边却恼坏了八戒，那呆子努着嘴，口里埋怨道："天下和尚也无数，不曾象我这个老和尚罢软！现成的饭，三分儿倒不吃，只等那猴子来，做四分才吃！"

他不容分说，一嘴把个罐子拱倒，就要动口。

只见那行者自南山顶上，摘了几个桃子，托着钵盂，一筋斗，点将回来；睁火眼金睛观看，认得那女子是个妖精，放下钵盂，掣铁棒，当头就打。唬得个长老用手扯住，道："悟空，你走将来打谁？"行者道："师父，你面前这个女子，莫当做个好人，他是个妖精，要来骗你哩！"三藏道："你这个猴头，当时倒也有些眼力，今日如何乱道！这女菩萨有此善心，将这饭要斋我等，你怎么说他是个妖精！"行者笑道："师父，你那里认得！老孙在水帘洞内做妖魔时，若想人肉吃，便是这等：或变金银，或变庄台，或变醉人，或变女色。有那等痴心的爱上我，我就迷他到洞内，尽意随心，或蒸或煮受用；吃不了，还要晒干了防天阴哩。师父，我若来迟，你定入他套子，遭他毒手！"那唐僧那里肯信，只说是个好人。行者道："师父，我知道你了，你见他那等容貌，必然动了凡心。若果有此意，叫八戒伐几棵树来，沙僧寻些草来，我做木匠，就在这里搭个窝铺，你与他圆房成事，我们大家散火，却不是件事业，何必又跋涉取甚经去！"那长老原是个软善的人，那里吃得他这句言语，羞得光头彻耳通红。

三藏正在此羞惭，行者又发起性来，掣铁棒，望妖精劈头一下。那怪物有些手段，使个解尸法，见行者棍子来时，他却抖擞精神，预先走了，把一个假尸首打死在地下。唬得个长老战战兢兢，口中作念道："这猴着然无礼！屡劝不从，无故伤人性命！"行者道："师父莫怪，你且来看看，这罐子内是甚东西。"沙僧搀着长老近前看时，那里是甚香米饭，却是一罐子拖尾巴的长蛆；也不是面筋，却是几个青蛙、癞虾蟆，满地乱跳。长老却有三分儿信了，怎禁猪八戒气不忿，在傍漏八分儿唆嘴道："师父，说起这个女子，他是此间农妇，因为送饭下田，路遇我等，却怎么栽他是个妖怪？哥哥的棍重，走将来试手打他一下，不期就打杀了；怕你念甚么紧箍儿咒，故意的使个胀眼法儿，变做这等样东西，演幌你眼，使不念咒哩。"

三藏自此一言，就是悔气到了。果然信那呆子撺唆，手中捻诀，口里念咒。行者就叫："头疼头疼，莫念莫念！有话便说！"唐僧道："有甚话说！出家人时时常要方便，念念不离善心，扫地恐伤蝼蚁命，爱惜飞蛾纱罩灯。你怎么步步行凶，打死这个无故平人！取将经来何用？你回去罢！"行者道："师父，你教我回那里去？"唐僧道："我不要你做徒弟！"行者道："你不要我做徒弟，只怕你西天路去不成。"唐僧道："我命在天，该那个妖精蒸了吃，就是煮了，也算不过。终不然，你救得我的大限？你快回去！"行者道："师父，我回去便也罢了，只是不曾报得你的恩哩。"唐僧道："我与你有甚恩！"那大圣闻言，连忙跪下叩头，道："老孙因大闹天宫，致下了伤身之难，被我佛压在两界山，幸观音菩萨与我受了戒行，幸师父救脱吾身，若不与你同上西天，显得我'知恩不报非君子，万古千秋作骂名'。"

原来这唐僧是个慈悯的圣僧，他见行者哀告，却也回心转意，道："既如此说，且饶你这一次。再休无礼。如若仍前作恶，这咒语颠倒就念二十遍！"行者道："三十遍也由你，只是我不打人了。"却才伏侍唐僧上马，又将摘来桃子奉上。唐僧在马上也吃了几个，权且充饥。

却说那妖精，脱命升空。原来行者那一棒不曾打杀妖精，妖精出神去了。他在那云端里，咬牙切齿，暗恨行者，道："几年只闻得讲他手段，今日果然话不虚传。那唐僧已是不认得我，将要吃饭，若低头闻一闻儿，我就一把捞住，却不是我的人了？不期被他走来，弄破我这勾当，又几乎被他打了一棒。若饶了这个和尚，诚然是劳而无功也。我还下去戏他一戏。"

好妖精，按落阴云，在那前山坡下，摇身一变，变作个老妇人，年满八旬，手拄着一根湾头竹杖，一步一声的哭着走来。八戒见了，大惊道："师父，不好了！那妈妈儿来寻人了！"唐僧道："寻甚人？"八戒道："师兄打杀的定是他女儿，这个定是他娘，寻将来了。"行者道："兄弟莫要胡说！那女子十八岁，这老妇有八十岁，怎么六十多岁还生产？断乎是个假的。聪明。等老孙去看来。"

好行者，拽开步，走近前观看。那怪物：

假变一婆婆，两鬓如冰雪。走路慢腾腾，行步虚怯怯。弱体瘦伶仃，脸如枯菜叶。颧骨望上翘，嘴唇往下别。老年不比少年时，满脸都是荷包摺。

行者认得他是妖精，更不理论，举棒照头便打。那怪见棍子起时，依然抖擞，又出化了元神，脱真儿去了，把个假尸首又撇在路傍之下。

唐僧一见，惊下马来，睡在路傍，更无二话，只是把紧箍儿咒颠倒足足念了二十遍。可怜把个行者头勒得似个亚腰葫芦，十分疼痛难忍，滚将来，哀告道："师父莫念了，有甚话说了罢！"唐僧道："有甚话说！出家人耳听善言，不坠地狱。我这般劝化你，你怎么只是行凶？把平人打死一个，又打死一个，此是何故？"行者道："他是妖精。"唐僧道："这个猴子胡说，就有许多妖怪！你是个无心向善之辈，有意作恶之人，你去罢！"行者道："师父又教我去，回去便也回去了，只是一件不相应。"唐僧道："你有甚么不相应处？"八戒道："师父，他要和你分行李哩。跟着你做了这几年和尚，不成空着手回去？你把那包袱内的甚么旧褊衫，破帽子，分两件与他罢。"

行者闻言，气得暴跳，道："我把你这个尖嘴的夯货！老孙一向秉教沙门，更无一毫嫉妒之意，贪恋之心，怎么要分甚行李！"唐僧道："你既不嫉妒贪恋，如何不去？"行者道："实不瞒师父说，老孙五百年前居花果山水帘洞，大展英雄之际，收降七十二洞邪魔，手下有四万七千群怪，头戴的是紫金冠，身穿的是赭黄袍，腰系的是蓝田带，足踏的是步云履，手执的是如意金箍棒，着实也曾为人。自从涅盘罪度削发，秉正沙门，跟你做了徒弟，把这个金箍儿勒在我头上，若回去，却也难见故乡人。师父果若不要我，把那个松箍儿咒念一念，退下这个箍子，交付与你，套在别人头上。我就快活相应了，也是跟你一场。莫不成这些人意儿也没有了？"唐僧大惊，道："悟空，我当时只是菩萨暗受一卷紧箍儿咒，却没有甚么松箍儿咒。"行者道："若无松箍儿咒，你还带我去走走罢。"长老又没奈何，道："你且起来，我再饶你这一次，却不可再行凶了。"行者道："再不敢了，再不敢了。"又伏侍师父上马，剖路前进。

却说那妖精，原来行者第二棍也不曾打杀他。那怪物在半空中夸奖不尽，道："好个猴王，着然有眼！我那般变了去，他也还认得我。这些和尚，他去得快，若过此山，西下四十里，就不伏我所管了。若是被别处妖魔捞了去，好道就笑破他人口，使碎自家心。我还下去戏他一戏。"好妖精，按耸阴风，在山坡下，摇身一变，变成一个老公公。真个是：

白发如彭祖，苍髯赛寿星。耳中鸣玉磬，眼里幌金星。手拄龙头拐，身穿鹤氅轻。数珠掐在手，口诵南无经。

唐僧在马上见了，心中大喜，道："阿弥陀佛，西方真是福地。那公公路也走不上来，逼法的还念经哩。"八戒道："师父，你且莫要夸奖。那个是祸的根哩。"唐僧道："怎么是祸根？"八戒道："行者打杀他的女儿，又打杀他的婆子，这个正是他的老儿，寻将来了。我们若撞在他的怀内时，师父，你便偿命，该个死罪；把老猪为从，问个充军；沙僧喝令，问个摆站；那行者使个遁法走了，却不苦了我们三个顶缸？"

行者听见，道："这个呆根，这等胡说，可不唬了师父！等老孙再去看看。"他把棍藏在身边，走上前，迎着怪物，叫声："老官儿，往那里去？怎么又走路又念经？"那妖精错认了定盘星，把孙大圣也当做个等闲的，遂答道："长老啊，我老汉祖居此地，一生好善斋僧，看经念佛。命里无儿，止生得一个小女，招了个女婿。今早送饭下田，想是遭逢虎口。老妻先来找寻，也不见回去，全然不知下落，老汉特来寻看。果然是伤残他命，也没奈何，将他骸骨收拾回去，安葬茔中。"行者笑道："我是个做窆虎的祖宗，你怎么袖子里笼了个鬼儿来哄我！你瞒不过我，我认得你是个妖精！"那妖精唬得顿口无言。

行者掣铁棒来，自忖思道："若要不打他，显得他倒弄个风儿；若要打他，又怕师父念那话儿咒语。"又思量道："不打杀他，他一时间抄空儿把师父撈了去，却不又费心劳力去救他？还打的是。就一棍子打杀他，师父念起那咒，常言道'虎毒不吃儿'，凭着我巧言花语，嘴伶舌便，哄他一哄，好道也罢了。"好大圣，念动咒语，叫当方土地、本处山神，道："这妖精三番来戏弄我师父，这一番却要打杀他。你与我在半空中作证，不许走了。"众神听令，谁敢不从？都在云端里照应。那大圣棍起处，打倒妖魔，才断绝了灵光。

那唐僧在马上，又唬得战战兢兢，口不能言。八戒在傍边，又笑道："好行者，风发了！只行了半日路，倒打死三个人！"唐僧正要念咒，行者急到马前，叫道："师父，莫念莫念！你且来看看他的模样。"却是一堆粉骷髅在那里。唐僧大惊，道："悟空，这个人才死了，怎么就化作一堆骷髅？"行者道："他是个潜灵作怪的僵尸，在此迷人败本，被我打杀，他就现了本相。他那脊梁上有一行字，叫做白骨夫人。"

唐僧闻说，倒也信了，怎禁那八戒傍边唆嘴道："师父，他的手重棍凶，把人打死，只怕你念那话儿，故意变化这个模样，掩你的眼目哩。"唐僧果然耳软，又信了他，随复念起。行者禁不得疼痛，跪于路傍，只叫："莫念莫念，有话快说了罢！"唐僧道：“猴头，还有甚说话！出家人行善，如春园之草，不见其长，日有所增；行恶之人，如磨刀之石，不见其损，日有所亏。^{至言。}你在这荒郊野外，一连打死三人，还是无人检举，没有对头；倘到城市之中，人烟凑集之所，你拿了那哭丧棒，一时不知好歹，乱打起人来，撞出大祸，教我怎的脱身？你回去罢！”行者道：“师父错怪了我也。这厮分明是个妖魔，他实有心害你。我倒打死他，替你除了害，你却不认得，返信了那呆子谗言冷语，屡次逐我。常言道‘事不过三’，我若不去，真是个下流无耻之徒。我去我去。去便去了，只是你手下无人。”唐僧发怒道：“这泼猴越发无礼！看起来，只你是人，那悟能、悟净就不是人？”

那大圣一闻此言“他两个是人”，止不住伤情凄惨，对唐僧道声：“苦啊！你那时节，出了长安，有刘伯钦送你上路；到两界山，救我出来，投拜你为师。我曾穿古洞，入深林，擒魔捉怪，收八戒，得沙僧，吃尽千辛万苦；今日昧着惺惺使糊涂，只教我回去。这才是‘鸟尽弓藏，兔死狗烹’！罢罢罢，但只是多了那紧箍儿咒。”唐僧道：“我再不念了。”行者道：“这个难说。若到那毒魔苦难处不得脱身，八戒、沙僧救不得你，那时节，想起我来，忍不住又念诵起来，就是十万里路，我的头也是疼的。假如再来见你，不如不作此意。”

唐僧见他言言语语，越发恼怒，滚鞍下马来，叫沙僧包袱内取出纸笔，即于涧下取水，石上磨墨，写了一纸贬书，递与行者，道：“猴头，执此为照，再不要你做徒弟了！如再与你相见，我就堕了阿鼻地狱！”行者连忙接了贬书，道：“师父，不消发誓，老孙去罢。"他将书折了，留在袖中，却又软款唐僧，道："师父，我也是跟你一场，又蒙菩萨指教，今日半途而废，不曾成得功果；你请坐，受我一拜，我也去得放心。"唐僧转回身不采，口里唧唧哝哝的，道："我是个好和尚，不受你歹人的礼！"大圣见他不采，又使个身外法，把脑后毫毛拔了三根，吹口仙气，叫"变"，即变了三个行者，连本身四个，四面围住师父下拜。那长老左右躲不脱，好道也受了一拜。

大圣跳起来，把身一抖，收上毫毛，却又分付沙僧道："贤弟，你是个好人，却只要留心，防着八戒咶言咶语，途中更要仔细。倘一时有妖精拿住师父，你就说老孙是他大徒弟，西方毛怪闻我的手段，不敢伤我师父。"唐僧道："我是个好和尚，不题你这歹人的名字！你回去罢！"那大圣见长老三番两覆，不肯转意回心，没奈何才去。你看他：

噙泪叩头辞长老，含悲留意嘱沙僧。一头拭迸坡前草，两脚登翻地上藤。上天下地如轮转，跨海飞山第一能。顷刻之间不见影，霎时疾返旧途程。

你看他忍气别了师父，纵筋斗云，径回花果山水帘洞去了。独自个凄凄惨惨，忽闻得水声聒耳。大圣在那半空里看时，原来是东洋大海潮发的声响。一见了，又想起唐僧，止不住腮边泪坠，停云住步，良久方去。

毕竟不知此去反覆何如，且听下回分解。

总批:

谁家没有个白骨夫人? 安得行者一棒打杀! 〇世上以功为罪, 以德为仇, 比比而是, 不但行者一个受屈, 三藏一人糊涂已也。可为三叹。

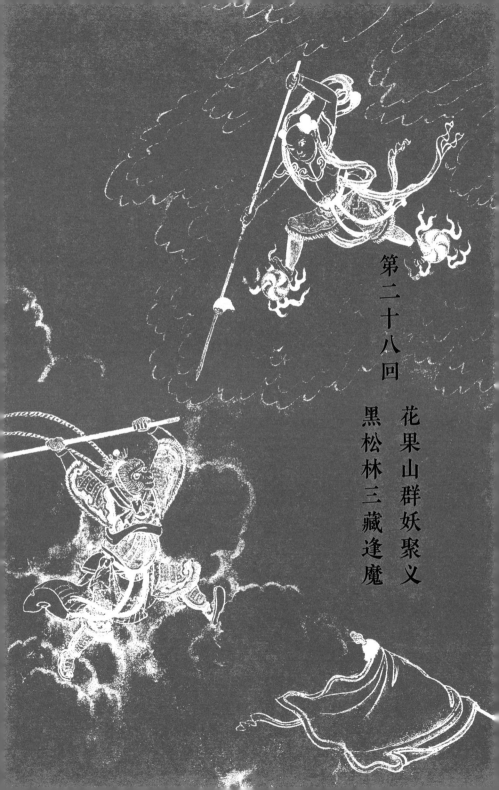

第二十八回　花果山群妖聚义　黑松林三藏逢魔

華果坐翠臺猴取義林三蕊逢魔

　　却说那大圣虽被唐僧逐赶，然犹思念，感叹不已。早望见东洋大海，道："我不走此路者，已五百年矣。"只见那海水：

　　烟波荡荡，巨浪悠悠。烟波荡荡接天河，巨浪悠悠通地脉。潮来汹涌，水浸湾环。潮来汹涌，犹如霹雳吼三春；水浸湾环，却似狂风吹九夏。乘龙福老，往来必定皱眉行；跨鹤仙童，反覆果然忧虑过。近岸无村社，傍水少渔舟。浪卷千年雪，风生六月秋。野禽凭出没，沙鸟任沉浮。眼前无钓客，耳畔只闻鸥。海底游鱼乐，天边过雁愁。

　　那行者将身一纵，跳过了东洋大海，早至花果山。按落云头，睁睛观看，那山上花草俱无，烟霞尽绝，峰岩倒塌，林树焦枯。你道怎么这等？只因他闹了天宫，拿上界去，此山被显圣二郎神率领那梅山七弟兄，放火烧坏了。这大圣陪加凄惨。有一篇败山颓景的古风为证：

　　回顾仙山两泪垂，对山凄惨更伤悲。当时只道山无损，今日方知地有亏。可恨二郎将我灭，堪嗔小圣把人欺。行凶掘你先灵墓，无干破尔祖坟基。满天霞雾皆消荡，遍地风云尽散稀。东岭不闻斑虎啸，西山那见白猿啼。北溪狐兔无踪迹，南谷獐犯没影遗。青石烧成千块土，碧纱化作一堆泥。洞外乔松皆倚倒，崖前翠柏尽稀少。椿杉槐桧果檀焦，桃杏李梅梨枣了。柘绝桑无怎养蚕，柳稀竹少难栖鸟。峰头巧石化为尘，洞底泉干都是草。崖前土黑没芝兰，路畔泥红藤薜攀。往日飞禽飞那处，当时走兽走何山？豹嫌蟒恶倾颓所，鹤避蛇回败坏间。想是日前行恶念，致令日下受艰难。

那大圣正当悲切，只听得那芳草坡前、曼荆凹内响一声，跳出七八个小猴，一拥上前，围住叩头，高叫道："大圣爷爷，今日来家了？"美猴王道："你们因何不耍不顽，一个个都潜踪隐迹？我来多时了，不见你们形影，何也？"群猴听说，一个个垂泪告道："自大圣擒拿上界，我们被猎人之苦，着实难挨。怎禁他硬弩强弓，黄鹰劣犬，网扣枪钩，故此各惜性命，不敢出头顽耍，只是深潜洞府，远避窝巢。饥去坡前偷草食，渴来涧下吸清泉。却才听得大圣爷爷声音，特来接见，伏望扶持。"

那大圣闻得此言，愈加凄惨，便问："你们还有多少在此山上？"群猴道："老者小者，只有千把。"大圣道："我当时共有四万七千群猴，如今都往那里去了？"群猴道："自从爷爷去后，这山被二郎菩萨点上火，烧杀了大半。我们蹲在井里，钻在涧内，藏于铁板桥下，得了性命。及至火灭烟消，出来看时，又没花果养赡，难以存活，别处又去了一半。我们这一半挨苦的住在山中。这两年，又被些打猎的抢了一半去也。"行者道："他抢你去何干？"群猴道："说起这猎户可恨。他把我们中箭着枪的，中毒打死的，拿了去剥皮剔骨，酱煮醋蒸，油煎盐炒，当做下饭食用。或有那遭网的，遇扣的，夹活儿拿去了，教他跳圈做戏，翻筋斗，竖蜻蜓，当街上筛锣擂鼓，无所不为的顽耍。"

大圣闻此言，更十分恼怒，道："洞中有甚么人执事？"群猴道："还有马、流二元帅，崩、巴二将军管着哩。"大圣道：

"你们去报他知道，说我来了。"那些小妖撞入门里，报道："大圣爷爷来家了！"那马、流、奔、巴闻报，忙出门叩头，迎接进洞。大圣坐在中间，群妖罗拜于前，启道："大圣爷爷，近闻得你得了性命，保唐僧往西天取经，如何不走西方，却回本山？"大圣道："小的们，你不知道。那唐三藏不识贤愚，我为他一路上捉怪擒魔，使尽了平生的手段，几番家打杀妖精；他说我行凶作恶，不要我做徒弟，把我逐赶回来，写立贬书为照，永不听用了。"

众猴鼓掌大笑，道："造化，造化。做甚么和尚，且家来，带携我们耍子几年罢。"叫："快安排椰子酒来，与爷爷接风。"大圣道："且莫饮酒。我问你，那打猎的人，几时来我山上一度？"马、流道："大圣，不论甚么时度，他逐日家在这里缠扰。"大圣道："他怎么今日不来？"马、流道："看待来耶。"大圣分付："小的们，都出去把那山上烧酥了的碎石头，与我搬将起来堆着。或二三十个一堆，或五六十个一堆堆着，我有用处。"那些小猴都是一窝风，一个个跳地搠天，乱搬了许多堆集。大圣看了，教："小的们，都往洞内藏躲，让老孙作法。"

那大圣上了山岭看处，只见那南半边，冬冬鼓响，当当锣鸣，闪上有千馀人马，都架着鹰犬，持着刀枪。猴王仔细看那些人，来得凶险。好男子，真个骁勇。但见：

狐皮盖肩顶，锦绮裹腰胸。袋插狼牙箭，胯挂宝雕弓。人似搜山虎，马如跳涧龙。成群引着犬，满膀架其鹰。荆筐抬火炮，带定海东青。粘竿百十担，兔叉有千根。牛头拦路网，阎王扣子绳。一齐乱吆喝，散撒满天星。

大圣见那些人奔上他的山来，心中大怒，手里捻诀，口内念念有词，往那巽地上吸了一口气，嘑的吹将去，便是一阵狂风。好风。但见：

扬尘播土，倒树摧林。海浪如山耸，浑波万叠侵。乾坤昏荡荡，日月暗沉沉。一阵摇松如虎啸，忽然入竹似龙吟。万窍怒号天噫气，飞砂走石乱伤人。

大圣作起这大风，将那碎石乘风乱飞乱舞，可怜把那些千馀人马，一个个：

石打乌头粉碎，沙飞海马俱伤。人参官桂岭前忙，血染朱砂地上。附子难归故里，槟榔怎得还乡？尸骸轻粉卧山场，红娘子家中盼望。

有诗为证：

> 人亡马死怎归家？野鬼孤魂乱似麻。
> 可怜抖搜英雄辈，不辨贤愚血染沙。

大圣按落云头，鼓掌大笑，道："造化，造化。自从归顺唐僧，做了和尚，他每每劝我话道：'千日行善，善犹不足；一日行恶，恶自有馀。'真有此话。我跟着他，打杀几个妖精，他就怪我行凶；今日来家，却结果了这许多性命。"叫："小的们，出来！"那群猴，狂风过去，听得大圣呼唤，一个个跳将出来。大圣道："你们去南山下，把那打死的猎户衣服剥得来家，洗净血迹，穿了遮寒；把死人的尸首，都推在那万丈深潭内；把死倒的马拖将来，剥了皮做靴穿，将肉腌着，慢慢的食用；把那些弓箭枪刀，与你们操演武艺；将那杂色旗号，收来我用。"群猴一个个领诺。

那大圣把旗拆洗，总斗做一面杂彩花旗，上写着"重修花果山，复整水帘洞，齐天大圣"十四字，竖起杆子，将旗挂于洞外。逐日招魔聚兽，积草屯粮，不题"和尚"二字。他的人情又大，手段又高，便去四海龙王借些甘霖仙水，把山洗青了。前栽榆柳，后种松楠，桃李枣梅，无所不备。逍遥自在，乐业安居不题。

却说唐僧听信狡性，纵放心猿，攀鞍上马，八戒前边开路，沙僧挑着行李西行。过了白虎岭，忽见一带林丘，真个是藤攀葛绕，柏翠松青。三藏叫道："徒弟呀，山路崎岖，甚是难走，却又松林丛簇，树木森罗，切须仔细，恐有妖邪妖兽。"你看那呆子，抖搜精神，叫沙僧带着马，他使钉钯开路，领唐僧径入松林之内。

正行处，那长老兜住马，道："八戒，我这一日其实饥了，那里寻些斋饭我吃。"八戒道："师父请下马，在此等老猪去寻。"长老下了马，沙僧歇了担，取出钵盂，递与八戒。八戒道：“我去也。”长老问：“那里去？”八戒道：“莫管。我这一去，钻冰取火寻斋至，压雪求油化饭来。”

你看他出了松林，往西行径十馀里，更不曾撞着一个人家，真是有狼虎无人烟的去处。那呆子走得辛苦，心内沉吟道：“当年行者在日，老和尚要的就有，今日轮到我的身上，诚所谓‘当家才知柴米价，养子方晓父娘恩’。公道没去化处。”他又走得瞌睡上来，思道：“我若就回去，对老和尚说没处化斋，他也不信我走了这许多路，须是再多幌个时辰，才好去回话。也罢，也罢，且往这草科里睡睡。”呆子就把头拱在草内睡下。当时也只说略倘一倘就起来，岂知走路辛苦的人，丢倒头，只管鼾鼾睡起。

且不言八戒在此熟睡，却说长老在那林间，耳热眼跳，身心不安，急回叫沙僧道：“悟能去化斋，怎么这早晚还不回？”沙僧道：“师父，你还不晓得哩。他见这西方上人家斋僧的多，他肚子又大，他管你，直等他吃饱了才来哩。”三藏道：“正是呀。倘或他在那里贪着吃斋，我们那里会他？天色晚了，此间不是个住处，须要寻个下处方好哩。”沙僧道：“不打紧，师父，你且坐在这里，等我去寻他来。”三藏道：“正是，正是。有斋没斋罢了，只是寻下处要紧。”沙僧绰了宝杖，径出松林来找八戒。

长老独坐林中，十分闷倦，只得强打精神，跳将起来，把行李攒在一处，将马拴在树上，摘下戴的斗笠，插定了锡杖，整一整缁衣，徐步幽林，权为散闷。那长老看遍了野草山花，听不尽归巢鸟噪。原来那林子内都是些草深路小的去处，只因他情思紊乱，却走错了。他一来也是要散散闷，二来也是要寻八戒、沙僧，不期他两个走的是直西路，长老转了一会，却走向南边去了。

出得松林，忽抬头，见那壁厢金光炳烁，彩气腾腾。仔细看处，原来是一座宝塔金顶放光。这是那西落的日色，映着那金顶放光。他道："我弟子却没缘法哩。自离东土，发愿逢庙烧香，见佛拜佛，遇塔扫塔。那放光的不是一座黄金宝塔，怎么就不曾走那条路？塔下必有寺院，院内必有僧家，且等我走走。这行李、白马，料此处无人行走，却也无事。那里若有方便处，待徒弟们来，一同借歇。"噫，长老一时悔气到了。你看他拽开步，至塔边。但见那：

石崖高万丈，山大接青霄。根连地厚，峰插天高。两边杂树数千颗，前后藤缠百馀里。花映草稍风有影，水流云窦月无根。倒木横担深涧，枯藤结挂光峰。石桥下流滚滚清泉，台座上长明明白粉。远观一似三岛天堂，近看有如蓬莱胜境。香松紫竹绕山溪，鸦鹊猿猴穿峻岭。洞门外，有一来一往的走兽成行；树林里，有或出或入的飞禽作队。青青香草秀，艳艳野花开。这所在分明是恶境，那长老晦气撞将来。

那长老举步进前，才来到塔门之下，只见一个斑竹帘儿挂在里面。他破步入门，揭起来，往内就进。猛抬头，见那石床上侧睡着一个妖魔。你道他怎生模样？

青靛脸，白獠牙，一张大口呀呀。两边乱蓬蓬的鬓毛，却都是些胭脂染色；三面紫巍巍的髭髯，恍疑是那荔枝排芽。鹦嘴般的鼻儿拱拱，曙星样的眼儿巴巴。两个拳头，和尚钵盂模样；一双蓝脚，悬崖榾柮枒槎。斜披着淡黄袍帐，赛过那织锦袈裟。拿的一口刀，精光耀映；眠的一魂石，细润无瑕。他也曾小妖排蚁阵，他也曾老怪坐蜂衙。你看他威风凛凛，大家吆喝，叫一声爷。他也曾月作三人壶酌酒，他也曾风生两腋盏倾茶。你看他神通浩浩，霎着下眼，游遍天涯。荒林喧鸟雀，深莽宿龙蛇。仙子种田生白玉，道人伏火养丹砂。小小洞门，虽到不得那阿鼻地狱；楞楞妖怪，却就是一个牛头夜叉。

那长老看见他这般模样，唬得打了一个倒退，遍体酥麻，两腿酸软，即忙的抽身便走。刚刚转了一个身，那妖魔他的灵性着实是强，大撑开着一双金睛鬼眼，叫声："小的们，你看门外是甚么人！"一个小妖就伸头望门外打一看，看见是个光头的长老，连忙跑将进去，报道："大王，外面是个和尚哩。团头大面，两耳垂肩，嫩刮刮的一身肉，细娇娇的一张皮，且是好个和尚。"那妖闻言，呵声笑道："这叫做个'蛇头上苍蝇，自来的衣食'。你众小的们，疾忙赶上去，与我拿将来，我这里重重有赏。"那些小妖就是一窝蜂，齐齐拥上。三藏见了，虽则是一心忙似箭，两脚走如飞，终是心惊胆颤，腿软脚麻，况且是山路崎岖，林深日暮，步儿那里移得动？被那些小妖平抬将去。正是：

龙游浅水遭虾戏，虎落平阳被犬欺。

纵然好事多磨障，谁像唐僧西向时？

　　你看那众小妖，抬得长老，放在那竹帘儿外，欢欢喜喜，报声道："大王，拿得和尚进来了。"那老妖他也偷眼瞧一瞧，只见三藏头直上貌堂堂，果然好一个和尚，他便心中想道："这等好和尚，必是上方人物，不当小可的，若不做个威风，他怎肯服降哩。"陡然间，就狐假虎威，红须倒竖，血发朝天，眼睛迸裂，大喝一声，道："带那和尚进来！"众妖们大家响响的答应了一声"是"，就把三藏望里面只是一推。这是：既在矮檐下，怎敢不低头？三藏只得双手合着，与他见个礼。那妖道："你是那里和尚，从那里来，到那里去？快快说明！"三藏道："我本是唐朝僧人，奉大唐皇帝敕命，前往西方访求经偈。经过贵山，特来塔下谒圣，不期惊动威严，望乞恕罪，待往西方取得经回东土，永注高名也。"那妖闻言，呵呵大笑，道："我说是上邦人物，果然是你。正要吃你哩，却来的甚好，甚好。不然，却不错放过了？你该是我口内的食，自然要撞将来，就放也放不去，就走也走不脱！"叫小妖："把那和尚拿去绑了！"果然那些小妖一拥上前，把个长老绳缠索绑，缚在那定魂桩上。

　　老妖持刀又问道："和尚，你一行有几人？终不然一人敢上西天？"三藏见他持刀，又老实说道："大王，我有两个徒弟，叫做猪八戒、沙和尚，都出松林化斋去了。还有一担行李，一匹白马，都在松林内放着哩。"老妖道："又造化了。两个徒弟，连你三个，连马四个，勾吃一顿了。"小妖道："我们去捉他来。"老妖道："不要出去，把前门关了。他两个化斋来，一定寻师父吃，寻不着，一定寻着我门上。常言道'上门的买卖好做'，且等慢慢的捉他。"众小妖把前门闭了。

且不言三藏逢灾，却说那沙僧出林找八戒，真有十馀里远近，不曾见个庄村。他却站在高埠上，正然观看，只听得草中有人言语，急使杖拨开深草看时，原来是呆子在里面说梦话哩。被沙僧揪着耳朵，方叫醒了。道："好呆子啊，师父教你化斋，许你在此睡觉的？"那呆子冒冒失失的醒来，道："兄弟，有甚时候了？"沙僧道："快起来，师父说有斋没斋也罢，教你我那里寻下住处哩。"

呆子懵懵懂懂的，托着钵盂，钳着钉钯，与沙僧径直回来。到林中看时，不见了师父。沙僧埋怨道："都是你这呆子，化斋不来，必有妖精拿师父也。"八戒笑道："兄弟莫要胡说。那林内是个清雅的去处，决然没有妖精。想是老和尚坐不住，往那里观风去了。我们寻他去来。"二人只得牵马挑担，收拾了斗篷锡杖，出松林寻找师父。

这一回，也是唐僧不该死。他两个寻一回不见，忽见那正南下有金光炳灼。八戒道："兄弟啊，有福的只是有福。你看师父往他家去了，那放光的是座宝塔，谁敢怠慢？一定要安排斋饭，留他在那里受用。我们还不走动些，也赶上去吃些斋儿。"沙僧道："哥啊，定不得吉凶哩。我们且去看来。"

二人雄纠纠的到了门前。呀，闭着门哩。只见那门上横安了一块白玉石板，上镌着六个大字："碗子山波月洞"。沙僧道："哥啊，这不是甚么寺院，是一座妖精洞府也。我师父在这里也见不得哩。"八戒道："兄弟莫怕。你且拴下马匹，守着守行李，我问他的信看。"那呆子举着钯，上前高叫："开门，开门！"那洞内有把门的小妖，开了门，忽见他两个的模样，急抽身跑入里面，报道："大王，买卖来了！"老妖道："那里买卖？"小妖道："洞门外有一个长嘴大耳的和尚，与一个晦气色的和尚，来叫门了。"老妖大喜，道："是猪八戒与沙和尚寻将来也。噫，他也会寻哩，怎么就寻到我这门上？既然嘴脸凶顽，却莫要怠慢了他。"叫："取披挂来！"小妖抬来，就结束了，绰刀在手，径出门来。

却说那八戒、沙僧在门前正等，只见妖魔来得凶险。你道他怎生打扮？

青脸红须赤发飘，黄金铠甲亮光饶。裹肚衬腰渠石带，攀胸勒甲步云绦。闲立山前风吼吼，闷游海外浪滔滔。一双蓝靛焦筋手，执定追魂取命刀。要知此物名和姓，声扬二字唤黄袍。

那黄袍老怪出得门来，便问："你是那方和尚，在我门首呕喝？"八戒道："我儿子，你不认得，我是你老爷！我是大唐差往西天去的，我师父是那御弟三藏。若在你家内，趁早送出来，省了我钉钯筑进去！"那怪笑道："是，是，是有一个唐僧在我家。我也不曾怠慢他，安排些人肉包儿与他吃哩。你们也进去吃一个儿，何如？"这呆子认真就要进去。沙僧一把扯住，道："哥啊，他哄你哩。你几时又吃人肉哩？"

呆子却才省悟，掣钉钯，望妖怪劈脸就筑。那怪物侧身躲过，使钢刀急架相迎。两个都显神通，纵云头，跳在空中厮杀。

沙僧撇了行李、白马，举宝杖，急急帮攻。此时两个狠和尚，一个泼妖魔，在云端里这一场好杀。正是那：

杖起刀迎，钯来刀架。一员魔将施威，两个神僧显化。九齿钯真个英雄，降妖杖诚然凶咤。没前后左右齐来，那黄袍公然不怕。你看他蘸钢刀幌亮如银，其实神通也为广大。只杀得满空中雾绕云迷，半山里崖崩岭咋。一个为声名怎肯干休，一个为师父断然不怕。

他三人在半空中往往来来，战经数十回合，不分胜负。

各因性命要紧，其实难解难分。

毕竟不知怎救唐僧，且听下回分解。

总批：

心猿一放，就有许多磨折，可不慎之！真正只有"敬"字打不破也。

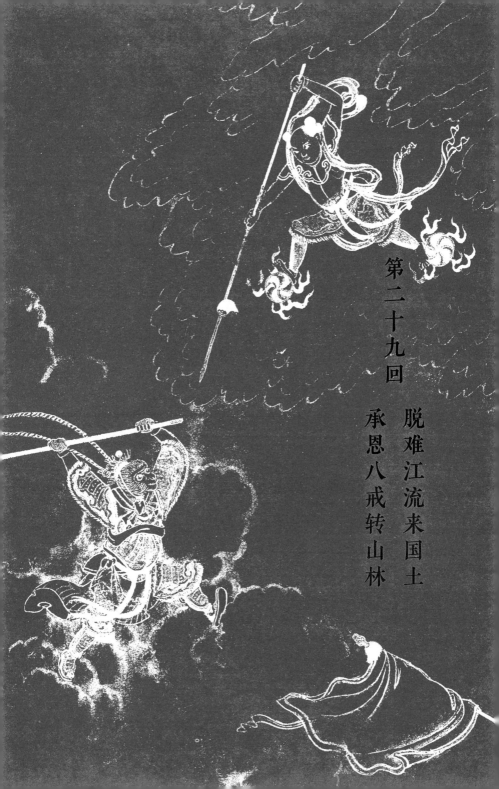

第二十九回　脱难江流来国土　承恩八戒转山林

股江流難流國承八轉林
脫土來成恩必坐

妄想不复强灭，真如何必希求？本原自性佛前修，迷悟岂居前后？悟即刹那成正，迷而万劫沉流。^{说出。}若能一念合真修，灭尽恒沙罪垢。

却说那八戒、沙僧与怪斗经个三十回合，不分胜负。你道怎么不分胜负？若论赌手段，莫说两个和尚，就是二十个，也敌不过那妖精。只为唐僧命不该死，暗中有那护法神祇保着他；空中又有那六丁六甲、五方揭谛、四值功曹、一十八位护教伽蓝，助着八戒、沙僧。

且不言他三人战斗，却说那长老在洞内悲啼，思量他那徒弟，眼中流泪，道："悟能啊，不知你在那个村中逢了善友，贪着斋供？悟净啊，你又不知在那里寻他，可能得会？岂知我遇妖魔，在此受难！几时得会你们，脱了大难，早赴灵山！"

正当悲啼烦恼，忽见那洞内走出一个妇人来，扶着定魂桩，叫道："那长老，你从何来？为何被他缚在此处？"长老闻言，泪眼偷看，那妇人约有三十年纪，遂道："女菩萨，不消问了。我已是该死的，走进你家门来也。要吃就吃了罢，又问怎的？"那妇人道："我不是吃人的。我家离此西下有三百余里，那里有座城，叫做宝象国。我是那国王的第三个公主，乳名叫做百花羞。^{好名字。}只因十三年前八月十五日夜，玩月中间，被这妖魔一阵狂风摄将来，与他做了十三年夫妻，在此生儿育女，杳无音信回朝，思量我那父母，不能相见。你从何来，被他拿住？"唐僧道："贫僧乃是差往西天取经者，不期闲步，误撞在此。如今要拿住我两个徒弟，一齐蒸吃哩。"那公主陪笑道："长老宽心，你既是取经的，我救得你。那宝象国是你西方去的大路，你与我稍一封书儿去，拜上我那父母，我就教他饶了你罢。"三藏点头道："女菩萨，若还救得贫僧命，愿做稍书寄信人。"

那公主急转后面，即修了一纸家书，封固停当，到桩前解放了唐僧，将书付与。唐僧得解脱，捧书在手，道："女菩萨，多谢你活命之恩。贫僧这一去，过贵地，定送国王处。只恐日久年深，你父母不肯相认，奈何？切莫怪我贫僧打了诳语。"公主道："不妨，我父王无子，止生我三个姊妹，若见此书，必有相看之意。"三藏紧紧袖了家书，谢了公主，就往外走，被公主扯住，道："前门里你出不去。那些大小妖精都在门外摇旗呐喊，擂鼓筛锣，助着大王，与你徒弟厮杀哩。你往后门里去罢。若是大王拿住，还审问审问；只恐小妖儿捉了，不分好歹，挟生儿伤了你的性命。等我去他面前说个方便，若是大王放了你啊，待你徒弟讨个示下，寻着你一同好走。"三藏闻言，磕了头，谨依分付，辞别公主，躲离后门之外，不敢自行，将身藏在荆棘丛中。

却说公主娘娘，心生巧计，急往前来。出门外，分开了大小群妖，只听得叮叮当当兵刃乱响，原来是八戒、沙僧与那怪在半空里厮杀哩。这公主厉声高叫道："黄袍郎！"那妖王听得公主叫唤，即丢了八戒、沙僧，按落云头，撇了钢刀，揽着公主，道："浑家，有甚话说？" 妖魔到底是妇人所制。还是妖魔狠，还是妇人狠？公主道："郎君啊，我才时睡在罗帏之内，梦魂中忽见个金甲神人……"妖魔道："那个金甲神？上我门怎的？"公主道："是我幼时在宫内对神暗许下一桩心愿：若得招个贤郎驸马，上名山，拜仙府，斋僧布施。自从配了你，夫妻们欢会，到今不曾题。那金甲神人来讨誓愿，喝我醒来，却是南柯一梦。因此急整容来郎君处诉知，不期那桩上绑着一个僧人，万望郎君慈悯，看我薄意，饶了那个和尚罢_{老婆替和尚讨分上，可疑，可疑。}只当与我斋僧还愿，不知郎君肯否？"那怪道："浑家，你却多心呢。甚么打紧之事。我要吃人，那里不捞几个吃吃？这个把和尚到得那里，放他去罢。"公主道："郎君，放他从后门里去罢。"妖魔道："奈烦哩，放他去便罢，又管他甚么后门前门哩。"他遂绰了钢刀，高叫道："那猪八戒你过来！我不是怕你，不与你战，看着我浑家的分上，饶了你师父也。趁早去后门首，寻着他，往西方去罢。若再来犯我境界，断乎不饶！"

那八戒与沙僧闻得此言，就如鬼门关上放回来的一般，即忙牵马挑担，鼠窜而行。转过那波月洞后门之外，叫声："师父！"那长老认得声音，就在那荆棘中答应。沙僧就剖开草径，搀着师父，慌忙的上马。这里：

狠毒险遭青面鬼，殷勤幸有百花羞。

鳌鱼脱却金钩钓，摆尾摇头逐浪游。

八戒当头领路，沙僧随后，出了那松林，上了大路。

你看他两个唠唠嘈嘈，埋埋怨怨，三藏只是解和。遇晚先投宿，鸡鸣早看天。一程一程，长亭短亭，不觉的就走了二百九十九里。猛抬头，只见一座好城，就是宝象国。真好个处所也：

　　云渺渺，路迢迢，地虽千里外，景物一般饶。瑞霭祥烟笼
罩，清风明月招摇。崒崒峰峰的远山，大开图画；潺潺湲湲的
流水，碎溅琼瑶。可耕的连阡带陌，足食的密蕙新苗。渔钓的几
家三涧曲，樵采的一担两峰椒。廊的廊，城的城，金汤巩固；
家的家，户的户，只斗逍遥。九重的高阁如殿宇，万丈的楼台
似锦标。也有那大极殿、华盖殿、烧香殿、观文殿、宣政殿、延
英殿，一殿殿的玉陛金阶，摆列着文冠武弁；也有那大明宫、昭
阳宫、长乐宫、华清宫、建章宫、未央宫，一宫宫的钟鼓管籥，
撒抹了闺怨春愁。也有禁苑的露花匀嫩脸，也有御沟的风柳舞纤
腰。通衢上，也有个顶冠束带的，盛仪容，乘五马；幽僻中，也
有个持弓挟矢的，拨云雾，贯双雕。花柳的巷，管弦的楼，春风
不让洛阳桥。取经的长老，回首大唐肝胆裂；伴师的徒弟，息肩
小驿梦魂消。

看不尽宝象国的景致。

　　师徒三众收拾行李、马匹，安歇馆驿中。唐僧步行至朝门
外，对阁门大使道："有唐朝僧人特来面驾，倒换文牒，乞为转
奏转奏。"那黄门奏事官连忙走至白玉阶前，奏道："万岁，唐
朝有个高僧欲求见驾，倒换文牒。"那国王闻知是唐朝大国，且
又说是个方上圣僧，心中甚喜，即时准奏，叫："宣他进来。"
把三藏宣至金阶，舞蹈山呼。礼毕，两班文武多官无不叹道：
"上邦人物，礼乐雍容如此。"那国王道："长老，你到我国中
何事？"三藏道："小僧是唐朝释子，承我天子敕旨，前往西方
取经。原领有文牒，到陛下上国，理合倒换，故此不识进退，惊

动龙颜。"国王道："既有唐天子文牒，取上来看着。"

三藏双手捧上去，展开放在御案上。牒云："南赡部洲大唐国奉天承运唐天子牒行：切惟朕以凉德，嗣续丕基，事神治民，临深履薄，朝夕是惴。前者，失救金河老龙，获谴于我皇皇后帝，三魂七魄，倏忽阴司，已作无常之客。因有阳寿未绝，感冥君放送回生，广陈善会，修建度亡道场。感蒙救苦观世音菩萨金身出现，指示西方有佛有经，可度幽亡，超脱孤魂，特着法师玄奘，远历千山，询求经偈。倘到西邦诸国，不灭善缘，照牒放行。须知牒者。大唐贞观一十三年秋吉日，御前文牒。"上有宝印九颗。

国王见了，取本国御宝，用了花押，递与三藏。三藏谢了恩，收了文牒，又奏道："贫僧一来倒换文牒，二来与陛下寄有家书。"国王大喜，道："有甚书？"三藏道："陛下第三位公主娘娘，被碗子山波月洞黄袍妖摄将去，贫僧偶尔相遇，故寄书来也。"国王闻言，满眼垂泪，道："自十三年前不见了公主，两班文武官也不知贬退了多少，宫内宫外大小牌子太监也不知打死了多少，只说是走出皇宫，迷失路径，无处找寻；满城中百姓人家，也盘诘了无数，更无下落。怎知道是妖精摄了去！今日乍听得这句话，故此伤情流泪。"三藏袖中取出书来献上。国王接了，见有"平安"二字，一发手软，拆不开书。传旨宣翰林院大学士上殿读书。学士随即上殿。殿前有文武多官，殿后有后妃宫女，俱侧耳听书。

学士拆开朗诵，上写着："不孝女百花羞顿首百拜，大德父王万岁龙凤殿前，暨三宫母后昭阳宫下，及举朝文武贤卿台次：

拙女幸托坤宫，感激劬劳万种。不能竭力怡颜，尽心奉孝。乃于十三年前八月十五日，良夜佳辰，蒙父王恩旨，着各宫排宴，赏玩月华，共乐清宵盛会。正欢娱之间，不觉一阵香风，闪出个金睛蓝面青发魔王，将女擒住，驾祥光，直带至半野山中无人处，难分难辨，被妖倚强，霸占为妻。是以无奈，捱了一十三年，产下两个妖儿，尽是妖魔之种。论此真是败坏人伦，有伤风化，不当传书玷辱，但恐女死之后，不显分明。正含怨思忆父母，不期唐朝圣僧亦被魔王擒住，是女滴泪修书，大胆放脱，特托寄此片楮以表寸心。伏望父王垂悯，遣上将早至碗子山波月洞，捉获黄袍怪，救女回朝，深为恩念。草草欠恭，面听不一。逆女百花羞再顿首顿首。”

那学士读罢家书，国王大哭，三宫滴泪，文武伤情，前前后后，无不哀念。国王哭之许久，便问两班文武：“那个敢兴兵领将，与寡人捉获妖魔，救我百花公主？”连问数声，更无一人敢答，真是木雕成的武将，泥塑就的文官。_{那一国不如此？}那国王心生烦恼，泪若涌泉。只见那多官齐俯伏奏道：“陛下且休烦恼。公主已失，至今一十三载无音，偶遇唐朝圣僧，寄书来此，未知的否；况臣等俱是凡人凡马，习学兵书武略，止可布阵安营，保国家无侵凌之患，那妖精乃云来雾去之辈，不得与他觌面相见，何以征救？想东土取经者乃上邦圣僧，这和尚道高龙虎伏，德重鬼神钦，必有降妖之术。自古道：‘来说是非者，就是是非人。’可就请这长老降妖邪，救公主，庶为万全之策。”

那国王闻言，急回头便请三藏道：“长老若有手段，放法力捉了妖魔，救我孩儿回朝，也不须上西方拜佛，长发留头，朕与你结为兄弟，同坐龙床，共享富贵，如何？"三藏慌忙启上道："贫僧粗知念佛，其实不会降妖。"国王道："你既不会降妖，怎么敢上西天拜佛？"那长老瞒不过，说出两个徒弟来了，奏道："陛下，贫僧一人，实难到此。贫僧有两个徒弟，善能逢山开路，遇水叠桥，保贫僧到此。"国王怪道："你这和尚大没理。既有徒弟，怎不与他一同进来见朕？若到朝中，虽无中意赏赐，必有随分斋供。"三藏道："贫僧那徒弟丑陋，不敢擅自入朝，但恐惊伤了陛下的龙体。"国王笑道："你看你这和尚说话，终不然朕当怕他？"三藏道："不敢说。我那大徒弟姓猪，名悟能八戒，他生得长嘴獠牙，刚鬃扇耳，身粗肚大，行路生风；第二个徒弟姓沙，法名悟净和尚，他生得身长丈二，膊阔三停，脸如蓝靛，口似血盆，眼光炯灼，牙齿排钉。他都是这等个模样，所以不敢擅领入朝。"国王道："你既这等样说了一遍，寡人怕他怎的？宣进来。"随即着金牌至馆驿相请。

那呆子听见来请，对沙僧道："兄弟，你还不教下书哩，这才见了下书的好处。想是师父下了书，国王道稍书人不可怠慢，一定整治筵宴待他，他的食肠不济，有你我之心，举出名来，故此着金牌来请。大家吃一顿，明日好行。"沙僧道："哥啊，知道是甚缘故？我们且去来。"遂将行李、马匹俱交付驿丞，各带随身兵器，随金牌入朝。

早行到白玉阶前，左右立下，朝上唱个喏，再也不动。那文武多官无人不怕，都说道："这两个和尚貌丑也罢，只是粗俗太甚，怎么见我王更不下拜，喏毕平身，挺然而立？可怪，可怪。"八戒听见，道："列位莫要议论。我们是这般，乍看果有些丑，只是看下些时来，却也耐看。"那国王见他丑陋，已是心惊，及听得那呆子说出话来，越发胆颤，坐不稳，跌下龙床。幸有近侍官员扶起。慌得个唐僧跪在殿前，不住的叩头，道："陛下，贫僧该万死，万死。我说徒弟丑陋，不敢朝见，恐伤龙体，果然惊了驾也。"那国王战兢兢走近前搀起，道："长老，还亏你先说过了；若未说，猛然见他，寡人一定唬杀也。"

国王定性多时，便问："猪长老、沙长老，是那一位善于降妖？"那呆子不知好歹，答道："老猪会降。"国王道："怎么家降？"八戒道："我乃是天蓬大帅，只因罪犯天条，堕落下世，幸今饭正为僧。自从东土来此，第一会降妖的是我。"国王道："既是天将临凡，必然善能变化。"八戒道："不敢，不敢，也将就晓得几个变化儿。"国王道："你且变一个我看看。"八戒道："请出题目，照依样子好变。"国王道："变一个大的罢。"

那八戒也有三十六般变化，就在阶前卖弄手段，却便捻诀念咒，喝一声，叫"长"，把腰一躬，就长了有八九丈长，却似个开路神一般。吓得那两班文武战战兢兢，一国君臣呆呆挣挣。时有镇殿将军问道："长老，似这等变得身高，必定长到甚么去处，才有止极？"那呆子又说出呆话来，道："看风。东风犹可，西风也将就，若是南风起，把青天也拱个大窟窿！"那国王大惊，道："收了神通罢，晓得是这般变化了。"八戒把身一矬，依然现了本相，侍立阶前。

国王又问道："长老此去，有何兵器与他交战？"八戒腰里掣出钯来，道："老猪使的是钉钯。"国王笑道："可败坏门面，我这里有的是鞭简瓜锤，刀枪钺斧，剑戟矛镰，随你选称手的拿一件去，那钯算做甚么兵器？"八戒道："陛下不知。我这钯虽然粗夯，实是自幼随身之器。曾在天河水府为帅，辖押八万水兵，全仗此钯之力。今临凡世，保护吾师，逢山筑破虎狼窝，遇水掀翻龙蜃穴，皆是此钯。"

国王闻得此言，十分欢喜心信，即命九嫔妃子："将朕亲用的御酒整瓶取来，权与长老送行。"遂满斟一爵，奉与八戒，道："长老，这杯酒聊引奉劳之意，待捉得妖魔，救回小女，自有大宴相酬，千金重谢。"那呆子接杯在手，人物虽是粗卤，行事倒有斯文，对三藏唱个大喏，道："师父，这酒本该从你饮起，但君王赐我，不敢违背。让老猪先吃了，助助兴头，好捉妖怪。"那呆子一饮而干，才斟一爵，递与师父。三藏道："我不饮酒，你兄弟们吃罢。"沙僧近前接了。八戒就足下生云，直上空里。国王见了，道："猪长老又会腾云！"

呆子去了，沙僧将酒亦一饮而干，道："师父，那黄袍怪拿住你时，我两个与他交战，只战个手平；今二哥独去，恐战不过他。"三藏道："正是。徒弟啊，你可去与他帮帮功。"沙僧闻言，也纵云赶将起去。那国王慌了，扯住唐僧，道："长老，你且陪寡人坐坐，也莫腾云了。"唐僧道："可怜，可怜，我半步儿也去不得。"此时二人在殿上叙话不题。

却说那沙僧赶上八戒，道："哥哥，我来了。"八戒道："兄弟，你来怎的？"沙僧道："师父叫我来帮帮功的。"八戒大喜，道："说得是，来得好。我两个努力齐心，去捉那怪物，虽不怎的，也在此国扬扬姓名。"你看他：

缥缈祥光来国界，氤氲瑞气出京城。

领王旨意来山洞，努力齐心捉怪灵。

他两个不多时到了洞口，按落云头。八戒掣钯，往那波月洞的门上尽力气一筑，把他那石门筑了斗来大小的个窟窿。唬得那把门的小妖，开门看见是他两个，急跑进去报道："大王，不好了！那长嘴大耳的和尚与那晦气色脸的和尚，又来把门都打破了！"那怪惊道："这个还是猪八戒、沙和尚二人，我饶了他师父，怎么又敢复来打我的门！"小妖道："想是忘了甚么物件来取的。"老怪咄的一声，道："胡缠！忘了物件，就敢打上门来？必有缘故！"急整束了披挂，绰了钢刀，走出来，问道："那和尚，我既饶了你师父，你怎么又敢来打上我门！"八戒道："你这泼怪干得好事儿！"老魔道："甚么事？"八戒道："你把宝象国三公主骗来洞内，倚强霸占为妻，住了一十三载，也该还他了。我奉国王旨意，特来擒你。你快快进去，自家把绳子绑缚出来，还免得老猪动手！"

那老怪闻言，十分发怒。你看屹迸迸咬响钢牙，滴溜溜睁圆环眼，雄纠纠举起刀来，赤淋淋拦头便砍。八戒侧身躲过，使钉钯劈面迎来，随后又有沙僧举宝杖，赶上前齐打。这一场在山头上赌斗，比前不同。真个是：

言差语错招人恼，意毒情伤怒气生。这魔王大钢刀着头便砍，那八戒九齿钯对面迎来。沙悟净丢开宝杖，那魔王抵架神兵。一猛怪，二神僧，来来往往甚消停。这个说："你骗国理该死罪。"那个说："你罗闲事报不平。"这个说："你强婚公主伤国体。"那个说："不干你事莫闲争。"算来只为稍书故，致使僧魔两不宁。

　　他们在那山坡前战经八九个回合，八戒渐渐不济将来，钉钯难举，气力不加。你道如何这等战他不过？当时初相战斗，有那护法诸神，为唐僧在洞，暗助八戒、沙僧，故仅得个手平；此时诸神都在宝象国护定唐僧，所以二人难敌。^{好照应}那呆子道："沙^趣僧，你且上前来与他斗着，让老猪出恭来。"他就顾不得沙僧，一溜往那蒿草薜萝、荆棘葛藤里，不分好歹，一顿钻进。那管刮破头皮，搠伤嘴脸，一毂辘睡倒，再也不敢出来，但留半边耳躲，听着梆声。那怪见八戒走了，就奔沙僧。沙僧措手不及，被怪一把抓住，捉进洞去。小妖将沙僧四马攒蹄捆住。
　　毕竟不知端的性命如何，且听下回分解。

　　总批：

　　一个百花羞便救断送此魔矣，八戒、沙僧何必又多此闲事！○那怪尚不是魔王，这百花羞真个大魔王。人若不信，请各自思之，方知我不作诳语也。

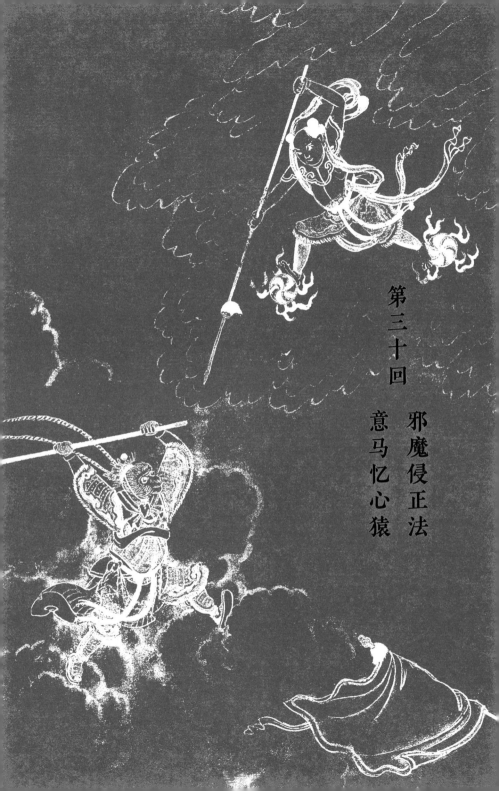

第三十回　邪魔侵正法　意马忆心猿

却说那怪把沙僧捆住，也不来杀他，也不曾打他，骂也不曾骂他一句，绰起钢刀，心中暗想道："唐僧乃上邦人物，必知礼义，终不然我饶了他性命，又着他徒弟拿我不成？噫，这多是我浑家有甚么书信到他那国里，走了风汛。等我去问他一问。"那怪陡起凶性，要杀公主。

却说那公主不知，梳妆方毕，移步前来。只见那怪怒目攒眉，咬牙切齿。那公主还陪笑脸，迎道："郎君有何事，这等烦恼？"那怪咄的一声，骂道："你这狗心贱妇，全没人伦！我当初带你到此，更无半点儿说话，你穿的锦，戴的金，缺少东西我去寻，四时受用，每日情深，你怎么只想你父母，更无一点夫妇心？"〔说尽妇人情态〕那公主闻说，吓得跪倒在地，道："郎君啊，你怎么今日说起这分离的话？"那怪道："不知是我分离，是你分离哩。我把那唐僧拿来，算计要他受用，你怎么不先告过我，就放了他？原来是你暗地里修了书信，教他替你传寄；不然，怎么这两个和尚又来打上我门，教还你回去？这不是你干的事？"公主道："郎君，你差怪我了，我没有甚书去。"老怪道："你还强嘴哩！现拿住一个对头在此，却不是证见？"公主道："是谁？"老妖道："是唐僧第二个徒弟沙和尚。"原来人到了死处，谁肯认死，只得与他放赖。公主道："郎君且息怒，我和你去问他一声。果然有书，就打死了，我也甘心；假若无书，却不枉杀了奴奴也？"

那怪闻言，不容分说，轮开一只簸箕大小的蓝靛手，抓住那金枝玉叶的发万根，把公主揪上前，摔在地下；执着钢刀，却来审沙僧，咄的一声，道："沙和尚，你两个辄敢擅打上我们门来，可是这女子有书到他那国，国王教你们来的？"沙僧已捆在那里，见妖精凶恶之甚，把公主掼倒在地，持刀要杀，他心中暗想道："分明是他有书去。救了我师父，此是莫大之恩，我若一口说出，他就把公主杀了，此却不是恩将仇报？罢罢罢，想老沙跟我师父一场，也没寸功报效，今日已是被缚，就将此性命与师父报了恩罢。"遂喝道："那妖怪不要无礼！他有甚么书来，你这等枉他，要害他性命！我们来此问你要公主，有个缘故。只因你把我师父捉在洞中，我师父曾看见公主的模样动静，及至宝象国，倒换关文，那皇帝将公主画影图形，前后访问，因将公主的形影，问我师父沿途可曾看见，我师父遂将公主说起，他故知是他女儿，赐了我等御酒，教我们来拿你，要他公主还宫。此情是实，何尝有甚书信？你要杀，就杀了我老沙，不可枉害平人，大亏天理。"

那妖见沙僧说得雄壮，遂丢了刀，双手抱起公主，道："我一时粗卤，多有冲撞，莫怪，莫怪。"遂与他挽了青丝，扶上宝髻，软款温柔，怡颜悦色，撮哄着他进去了，又请上坐陪礼。那公主是妇人家水性，见他错敬，遂回心转意，妇人见识，大足误事。道："郎君啊，你若念夫妇的恩爱，可把那沙僧的绳子略放松些儿。"老妖闻言，即命小的们把沙僧解了绳子，锁在那里。沙僧见解缚锁住，立起来，心中暗喜道："古人云'与人方便，自己方便'，着眼。我若不方便了他，他怎肯教把我松放松放？"

那老妖又教安排酒席，与公主陪礼压惊。吃酒到半酣，老妖忽的又换了一件鲜明的衣服，取了一口宝刀，佩在腰里，转过手，摸着公主道："浑家，你且在家吃酒，看着两个孩儿，不要放了沙和尚，趁那唐僧在那国里，我也赶早儿去认认亲也。"公主道："你认甚亲？"老妖道："认你父王。我是他驸马，他是我丈人，怎么不去认？"公主道："你去不得。"老妖道："怎么去不得？"公主道："我父王不是马挣力战的江山，他本是祖宗遗留的社稷，自幼儿是太子登基，城门也不曾远出，没有你这等凶汉。你这嘴脸相貌，见生得丑陋，若见了他，恐怕吓了他，反为不美。却不如不去认的还好。"老妖道："既如此说，我变个俊的儿去便罢。"公主道："你试变来我看看。"

好怪物，他在那酒席间，摇身一变，就变做一个俊俏之人。真个生得：

形容典雅，体段峥嵘。言语多官样，行藏正妙龄。才如子建成诗易，貌似潘安掷果轻。头上戴一顶鹊尾冠，乌云敛伏；身上穿一件玉罗褶，广袖飘迎。足下乌靴花摺，腰间鸾带光明。丰神真是奇男子，耸壑轩昂美俊英。

公主见了，十分欢喜。那怪笑道："浑家，可是变得好么？"公主道："变得好，变得好。你这一进朝啊，我父王是亲不灭，一定着文武多官留你饮宴。倘吃酒中间，千千仔细，万万个小心，却莫要现出原嘴脸来，露出马脚，走了风汛，就不斯文了。"老妖道："不消分付，自有道理。"

你看他纵云头，早到了宝象国。按落云头，行至朝门之外，对各门大使道："三驸马特来见驾，吃为转奏转奏。"那黄门奏事官来至白玉阶前，奏道："万岁，有三驸马来见驾，现在朝门外听宣。"那国王正与唐僧叙话，忽听得三驸马，便问多官道："寡人只有两个驸马，怎么又有个三驸马？"多官道："三驸马，必定是妖怪来了。"国王道："可好宣他进来？"那长老心惊，道："陛下，妖精啊，不精者不灵，他能知过去未来，他能腾云驾雾，宣他也进来，不宣他也进来，倒不如宣他进来，还省些口面。"

国王准奏，叫宣。那怪直至金阶，他一般的也舞蹈山呼的行礼。多官见他生得俊丽，也不敢认他是妖精。他都是些肉眼凡胎，却当做好人。那国王见他耸壑昂霄，以为济世之梁栋，便问他："驸马，你家在那里居住，是何方人氏？几时得我公主配合，怎么今日才来认亲？"那老妖叩头道："主公，臣是城东碗子山波月庄人家。"国王道："你那山离此处多远？"老妖道："不远，只有三百里。"国王道："三百里路，我公主如何得到那里，与你匹配？"

那妖精巧语花言，虚情假意的答道："主公，微臣自幼儿好习弓马，采猎为生。那十三年前，带领家童数十，放鹰逐犬，忽见一只班斓猛虎，身驮着一个女子，往山坡下走；是微臣兜弓一箭，射倒猛虎，将女子带上本庄，把温水温汤灌醒，救了他性命。^{原说得好。}因问他是那里人家，他更不曾题'公主'二字。早说是万岁的三公主，怎敢欺心，擅自配合？当得进上金殿，大小讨一个官职荣身。只因他说是民家之女，微臣才留在庄所，女貌郎才，两相情愿，故配合至此多年。当时配合之后，欲将那虎宰了，邀请诸亲，却是公主娘娘教且莫杀；其不杀之故，有几句言词，道得甚好，说道：'托天托地成夫妇，无媒无证配婚姻。前世赤绳曾系足，今将老虎做媒人。'^{笔幻如此，奇矣。}臣因此言，故将虎解了索子，饶了他性命。那虎带着箭，他跑蹄剪尾而去。不知他得了性命，在那山中修了这几年，炼体成精，专一迷人害人。^{绝妙妖精。}臣闻得昔年也有几次取经的，都说是大唐来的唐僧，想是这虎害了唐僧，得了他文引，变作那取经的模样，今在朝中哄骗主公。主公啊，那绣墩上坐的，正是那十三年前驮公主的猛虎，不是真正取经之人。"^{老妖也是个老虎。}

你看那水性的君王，愚迷肉眼，不识妖精，转把他一片虚词当了真实，道："贤驸马，你怎的认得这和尚是驮公主的老虎？"那妖道："主公，臣在山中，吃的是老虎，穿的也是老虎，与他同眠同起，怎么不认得？"国王道："你既认得，可教他现出本相来看。"怪物道："借半盏净水，臣就教他现了本相。"国王命官取水，递与驸马。那怪接水在手，纵起身来，走上前，使个黑眼定身法，念了咒语，将一口水望唐僧喷去，叫声"变"，那长老的真身隐在殿上，真个变作一只斑斓猛虎。此时君臣肉眼观看，那只虎生得：

白额圆头，花身电目。四只蹄挺直峥嵘，二十爪钩弯锋利。锯牙包口，尖耳连眉。狞狞壮若大猫形，猛烈雄如黄犊样。刚须直直插银条，刺舌驿驿喷恶气。果然是只锦斑斓，阵阵威风吹宝殿。

国王一见，魄散魂飞；唬得那多官尽皆躲避。有几个大胆的武将，领着将军、校尉，一拥上前，使各项兵器乱砍。这一番，不是唐僧该有命不死，就是二十个僧人也打为肉酱。此时幸有丁甲、揭谛、功曹、护教诸神，暗在空中护佑，所以那些人兵器皆不能打伤。众臣嚷到天晚，才把那虎活活的捉了，用铁绳锁了，放在铁笼里，收于朝房之内。

那国王却传旨，教光禄寺大排筵宴，谢驸马救拔之恩，不然，险被那和尚害了。当晚众臣朝散，那妖魔进了银安殿。又选十八个宫娥彩女，吹弹歌舞，劝妖魔饮酒作乐。那怪物独坐上席，左右排列的都是那艳质娇姿，你看他受用饮酒。至二更时分，醉将上来，忍不住胡为，跳起身，大笑一声，现了本相；陡发凶心，伸开簸箕大手，把一个弹琵琶的女子抓将过来，挖咋的把头咬下一口。吓得那十七个宫娥没命的前后乱跑乱藏。你看那：

宫娥悚惧，彩女忙惊。宫娥悚惧，一似雨打芙蓉笼夜雨；彩女忙惊，就如风吹芍药逗春风。捽碎琵琶顾命，跌伤琴瑟逃生。出门那分南北，离殿不管西东。磕损玉面，撞破娇容。人人逃命走，各各奔残生。

那些人出去，又不敢吆喝，夜深了，又不敢惊驾，都躲在那短墙檐下，战战兢兢不题。

却说那怪物坐在上面，自斟自酌，喝一盏，扳过人来，血淋淋的啃上两口。他在里面受用，外面人尽传道："唐僧是个虎精。"乱传乱嚷，嚷到金亭馆驿。此时驿里无人，止有白马在槽上吃草吃料。他本是西海小龙王，因犯天条，锯角退鳞，变白马驮唐僧往西方取经。忽闻人讲唐僧是个虎精，他也心中暗想道：
"我师父分明是个好人，必然被怪把他变做虎精，害了师父。怎
的好，怎的好？大师兄去得久了，八戒、沙僧又无音信。"他只
挨到一更时分，万籁无声，却才跳将起来，道："我今若不救唐
僧，这功果休矣，休矣。"他忍不住，顿绝缰绳，抖松鞍辔，急
纵身，忙显化，依然化作龙，驾起乌云，直上九霄空里观看。有
诗为证：

　　　　三藏西来拜世尊，途中偏有恶妖氛。
　　　　今宵化虎灾难脱，白马垂缰救主人。

　　小龙王在半空里，只见金銮殿内灯烛辉煌，原来那八个满堂
红上点着八根蜡烛。按下云头，仔细看处，那妖魔独自个在上
面，逼法的饮酒吃人肉哩。小龙笑道："这厮不济，走了马脚，
识破风汛，躧匾秤砣了。吃人可是个长进的！却不知我师父下落
何如，倒遇着这个泼怪。且等我去戏他一戏，若得手，拿住妖
精，再救师父不迟。"

　　好龙王，他就摇身一变，也变做个宫娥，真个身体轻盈，仪
容娇媚。忙移步走入里面，对妖魔道声万福："驸马啊，你莫伤
我性命，我来替你把盏。"那妖道："斟酒来。"小龙接过壶
来，将酒斟在他盏中，酒比钟高出三五分来，更不漫出。这是小
龙使的逼水法。那怪见了不识，心中喜道："你有这般手段！"
小龙道："还斟得有几分高哩。"那怪道："再斟上，再斟上。"
他举着壶只情斟，那酒只情高，就如十三层宝塔一般，尖尖满

满，更不漫出些须。那怪物伸过嘴来，吃了一钟，扳着死人，吃了一口，道："会唱么？"小龙道："也略晓得些儿。"依腔韵唱了一个小曲，又奉了一钟。^{妙绝，妙绝。}那怪道："你会舞么？"小龙道："也略晓得些儿，但只是素手，舞得不好看。"那怪揭起衣服，解下腰间所佩宝剑，掣出鞘来，递与小龙。小龙接了刀，就留心，在那酒席前，上三下四，左五右六，丢开了花刀法。

那怪看得眼咤，小龙丢了花字，望妖精劈一刀来。^{好龙，好龙。}好怪物，侧身躲过，慌了手脚，举起一根满堂红，架住宝刀。那满堂红原是熟铁打造的，连柄有八九十斤。两个出了银安殿，小龙现了本相，却驾起云头，与那妖魔在那半空中相杀。这一场黑地里好杀。怎见得：

那一个是碗子山生成怪物，这个是西洋海罚下的真龙。一个放毫光如喷白电，一个生锐气如迸红云。一个好似白牙老象走人间，一个就如金爪狸猫飞下界。一个是擎天玉柱，一个是架海金梁。银龙飞舞，黄鬼翻腾。左右宝刀无怠慢，往来不歇满堂红。

他两个在云端里战勾八九回合，小龙的手软筋麻，老魔的身强力壮。小龙抵敌不住，飞起刀去砍那妖怪。妖怪有接刀之法，一只手接了宝刀，一只手抛下满堂红便打。小龙措手不及，被他把后腿上着了一下，急慌慌按落云头，多亏了御水河救了性命，小龙一头钻下水去。那妖魔赶来寻他不见，执了宝刀，拿了满堂红，回上银安殿，照旧吃酒睡觉不题。

却说那小龙潜于水底，半个时辰，听不见声息，方才咬着牙，忍着腿疼，跳将起去；踏着乌云，径转馆驿，还变作依旧马匹，伏于槽下。可怜浑身是水，腿有伤痕。那时节：

> 意马心猿都失散，金公木母尽凋零。
> 黄婆伤损通分别，道义消疏怎得成。说出。

且不言三藏逢灾，小龙败战，却说那猪八戒，从离了沙僧，一头藏在草科里，拱了一个猪浑塘。这一觉，只睡到半夜时候才醒。醒来时，又不知是甚么去处，摸摸眼，定了神思，侧耳才听。噫，正是那山深无犬吠，野旷少鸡鸣。他见那星移斗转，约莫有三更时分，心中想道："我要回救沙僧，诚然是'单丝不线，孤掌难鸣'。罢罢罢，我且进城去见了师父，奏准当今，再选些骁勇人马，助着老猪明日来救沙僧罢。"

那呆子急纵云头，径回城里。半霎时，到了馆驿。此时人静月明，两廊下寻不见师父，只见白马睡在那厢，浑身水湿，后腿有盘子大小一点青痕。八戒失惊道："双晦气了！这亡人又不曾走路，怎么身上有汗，腿有青痕？想是歹人打劫师父，把马打坏了。"那白马认得是八戒，忽然口吐人言，叫声："师兄！"这呆子吓了一跌，扒起来往外要走，被那马探探身，一口咬住皂衣，道："哥啊，你莫怕我。"八戒战兢兢的道："兄弟，你怎么今日说起话来了？你但说话，必有大不祥之事。"小龙道："你知师父有难么？"八戒道："我不知。"小龙道："你是不知。你与沙僧在皇帝面前弄了本事，思量拿倒妖魔，请功求赏，不想妖魔本领大，你们手段不济，奈他不过。好道着一个回来，说个信息，是却更不闻音。那妖精变做一个俊俏文人，撞入朝中，与皇帝认了亲眷，把我师父变作一个斑斓猛虎，见被众臣捉住，锁在朝房铁笼里面。我听得这般苦恼，心如刀割，你两日又不在不知，恐一时伤了性命，只得化龙身去救。不期到朝里，又寻不见师父。及到银安殿外，遇见妖精，我又变做个宫娥模样，哄那怪物。那怪叫我舞刀他看，遂尔留心，砍他一刀，早被他闪过，双手举个满堂红，把我战败。我又飞刀砍去，他又把刀接了，摔下满堂红，把我后腿上着了一下。故此钻在御水河，逃得性命。腿上青是他满堂红打的。"

八戒闻言，道："真个有这样事？"小龙道："莫成我哄你了！"八戒道："怎的好，怎的好！你可挣得动么？"小龙道："我挣得动便怎的？"八戒道："你挣得动，便挣下海去罢。把行李等老猪挑去高老庄上，回炉做女婿去呀。"小龙闻说，一口咬住他直裰子，那里肯放，止不住眼中滴泪，道："师兄啊，你千万休生懒惰。"八戒道："不懒惰便怎么？沙兄弟已被他拿住，我是战他不过，不趁此散火，还等甚么？"

小龙沉吟半晌，又滴泪道："师兄啊，莫说散火的话。若要救得师父，你只去请个人来。"八戒道："教我请谁么？"小龙道："你趁早儿驾云回上花果山，请大师兄孙行者来。他还有降妖的大法力，管教救了师父，也与你我报得这败阵之仇。"八戒道："兄弟，另请一个儿便罢了，那猴子与我有些不睦。前者在白虎岭上，打杀了那白骨夫人，他怪我撺掇师父念紧箍儿咒。我也只当耍子，不想那老和尚当真的念起来，就把他赶逐回去。他不知怎么样的恼我，他也决不肯来。倘或言语上略不相对，他那哭丧棒又重，假若不知高低，捞上几下，我怎的活得成么？”小龙道：“他决不打你，他是个有仁有义的猴王。你见了他，且莫说师父有难，只说‘师父想你哩’，把他哄将来。到此处见这样个情节，他必然不忿，断乎要与那妖精比并，管情拿得那妖精，救得我师父。”八戒道：“也罢，也罢。你倒这等尽心，我若不去，显得我不尽心了。我这一去，果然行者肯来，我就与他一路来了；他若不来，你却也不要望我，我也不来了。”小龙道：“你去，你去。管情他来也。”

真个呆子收拾了钉钯，整束了直裰，跳将起来，踏着云，径往东来。这一回，也是唐僧有命。那呆子正遇顺风，撑起两个耳朵，好便似风篷一般，早过了东洋大海。按落云头，不觉的太阳星上，他却入山寻路。

正行之际，忽闻得有人言语。八戒仔细看时，原来是行者在山凹里聚集群妖。他坐在一块石头崖上，面前有一千二百多猴子，分班排班，口称：“万岁，大圣爷爷！”八戒道：“且是好受用，且是好受用！怪道他不肯做和尚，只要来家哩。原来有这些好处，许大的家业，又有这多的小猴伏侍。若是老猪有这一座山场，也不做甚么和尚了。如今既到这里，却怎么好？必定要见他一见。”那呆子有些怕他，又不敢明明的见他，却往草崖边溜啊溜的，溜在那一千二三百猴子当中挤着，也跟那些猴子磕头。

不知孙大圣坐得高，眼又乖滑，看得他明白，便问：“那班部中乱拜的是个夷人，是那里来的？拿上来！”说不了，那些小猴一窝风，把个八戒推将上来，按倒在地。行者道：“你是那里来的夷人？”八戒低着头道：“不敢，承问了。不是夷人，是熟人，熟人。"行者道："我这大圣部下的群猴，都是一般模样，你这嘴脸生得各样，相貌有些雷堆，定是别处来的妖魔。既是别处来的，若要投我部下，先来递个脚色手本，报了名字，我好留你在此，随班点扎；若不留你，你敢在这里乱拜！"八戒低着头，拱着嘴，道："不羞，就拿出这副嘴脸来了！我和你兄弟也做了几年，又推认不得，说是甚么夷人！"行者笑道："抬起头来我看。"那呆子把嘴往上一伸，道："你看么！你认不得我，好道认得嘴耶！"行者忍不住笑道："猪八戒。"他听见一声叫，就一毂辘跳将起来，道："正是，正是，我是猪八戒！"他又思量道："认得就好说话了。"

行者道："你不跟唐僧取经去，却来这里怎的？想是你冲撞了师父，师父也贬你回来了？有甚贬书，拿来我看。"八戒道："不曾冲撞他，他也没甚么贬书，也不曾赶我。"行者道："既无贬书，又不曾赶你，你来我这里怎的？"八戒道："师父想你，着我来请的。"行者道："他也不请我，他也不想我。他那日对天发誓，亲笔写了贬书，怎么又肯想我，又肯着你远来请我？我断然也是不好去的。"八戒就地扯个谎，忙道："委是想你，委是想你。"行者道："他怎的想我来？"八戒道："师父在马上正行，叫声徒弟，我不曾听见，沙僧又推耳聋，师父就想起你来，说我们不济，说你还是个聪明伶俐之人，常时声叫声应，问一答十。因这般想你，转转教我来请你的。万望你去走走，一则不孤他仰望之心，二来也不负我远来之意。"

行者闻言，跳下崖来，用手搀住八戒，道："贤弟，累你远来，且和我耍耍儿去。"八戒道："哥啊，这个所在路远，恐师父盼望去迟，我不耍子了。"行者道："你也是到此一场，看看我的山景何如。"那呆子不敢苦辞，只得随他走走。

二人携手相搀，概众小妖随后，上那花果山极巅之处。好山。自是那大圣回家，这几日收拾得复旧如新。但见那：

青如削翠，高似摩云。周回有虎踞龙蟠，四面多猿啼鹤唳。朝出云封山顶，暮观日挂林间。流水潺潺鸣玉佩，洞泉滴滴奏瑶琴。山前有崖峰峭壁，山后有花木秾华。上连玉女洗头盆，下接天河分派水。乾坤结秀赛蓬莱，清浊育成真洞府。丹青妙笔画时难，仙子天机描不就。玲珑怪石石玲珑，玲珑结彩岭头峰。日影动千条紫艳，瑞气摇万道红霞。洞天福地人间有，遍山新树与新花。

八戒观之不尽，满心欢喜，道："哥啊，好去处，果然是天下第一名山。"行者道："贤弟，可过得日子么？"八戒笑道："你看师兄说的话，宝山乃洞天福地之处，怎么说度日之言也？"

二人谈笑多时，下了山。只见路傍有几个小猴，捧着紫巍巍的葡萄，香喷喷的梨枣，黄森森的枇杷，红艳艳的杨梅，跪在路傍，叫道："大王爷爷，请进早膳。"行者笑道："我猪弟食肠大，却不是以果子作膳的。也罢，也罢，莫嫌菲薄，将就吃个儿当点心罢。"八戒道："我虽食肠大，却也随乡入乡，是拿来，拿来，我也吃几个儿尝新。"

二人吃了果子，渐渐日高。那呆子恐怕误了救唐僧，只管催促，道："哥哥，师父在那里盼望我和你哩。望你和我早早儿

去罢。"行者道："贤弟，请你往水帘洞里去耍耍。"八戒坚辞
道："多感老兄盛意，奈何师父久等，不劳进洞罢。"行者道：
"既如此，不敢久留，就请此处奉别。"八戒道："哥哥，你不
去了？"行者道："我往那里去？我这里天不收，地不管，自由
自在，不要子儿，做甚么和尚？我是不去，你自去罢。但上覆唐
僧：既赶退了，再莫想我。"呆子闻言，不敢苦逼，只恐逼发他
性子，一时打上两棍。无奈，只得唔唔告辞，找路而去。

行者见他去了，即差两个溜撒的小猴跟着八戒，听他说些甚
么。真个那呆子下了山，不上三四里路，回头指着行者，口里骂
道："这个猴子，不做和尚，倒做妖怪！这个猢狲，我好意来请
他，他却不去！你不去便罢！"走几步，又骂几声。那两个小猴
急跑回来，报道："大圣爷爷，那猪八戒不大老实，他走走儿，
骂几声。"行者大怒，叫："拿将来！"那众猴满地飞来赶上，
把个八戒扛翻倒了，抓鬃扯耳，拉尾揪毛，捉将回去。

毕竟不知怎么处治，性命死活若何，且听下回分解。

总批：

唐僧化虎，白马变龙，都是文心极灵极妙，文笔极奇极幻
处。做举子业的秀才，如何有此？有此亦为龙虎矣。○或戏曰：
变老虎是和尚家衣钵，有甚奇处？为之绝倒。

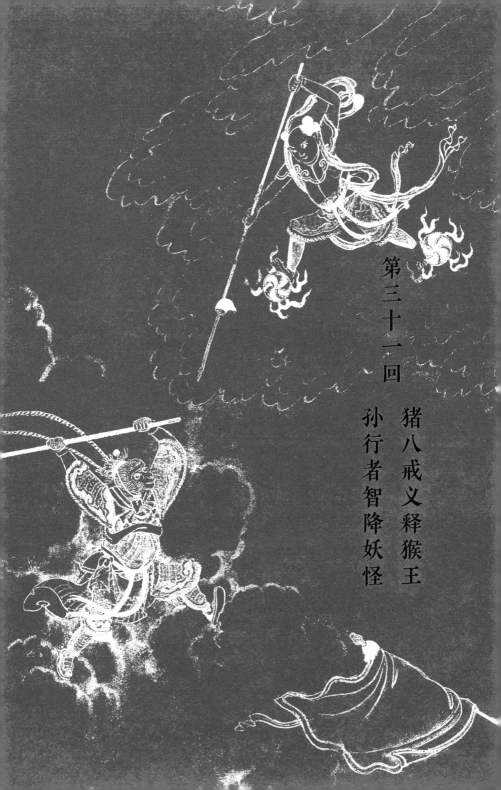

第三十一回

猪八戒义释猴王

孙行者智降妖怪

猪耙稗王行孔布大
一義拜原曹降怪

义结孔怀，法归本性。金顺木驯成正果，心猿木母合丹元。共登极乐世界，同来不二法门。经乃修行之总径，佛配自己之元神。兄和弟会成三契，妖与魔色应五行。剪除六门趣，即赴大雷音。_{说出。}

　　却说那呆子被一窝猴子捉住了，扛抬扯拉，把一件直裰子揪破，口里劳劳叨叨的，自家念诵道："罢了，罢了，这一去有个打杀的情了！"不时到洞口，那大圣坐在石崖之上，骂道："你这馕糠的劣货！你去便罢了，怎么骂我？"八戒跪在地下道："哥啊，我不曾骂你，若骂你，就嚼了舌头根。我只说哥哥不去，我自去报师父便了，怎敢骂你？"行者道："你怎么瞒得过我？我这左耳往上一扯，晓得三十三天人说话；我这右耳往下一扯，晓得十代阎王与判官算帐。你今走路把我骂，骂岂不听见？"八戒道："哥啊，我晓得你贼头鼠脑的，一定又变作个甚么东西儿，跟着我听的。"行者叫："小的们，选大棍来！先打二十个见面孤拐，再打二十个背花，然后等我使铁棒与他送行！"八戒慌得磕头道："哥哥，千万看师父面上，饶了我罢。"行者道："我想那师父好仁义儿哩！"八戒又道："哥哥，不看师父啊，请看海上菩萨之面，饶了我罢。"

　　行者见说起菩萨，却又三分儿转意，道："兄弟，既这等说，我且不打你。你却老实说，不要瞒我，那唐僧在那里有难，你却来此哄我？"八戒道："哥哥，没甚难处，实是想你。"行者骂道："这个好打的夯货！你怎么还要来噐我？老孙身回水帘洞，心逐取经僧。那师父步步有难，处处该灾，你趁早儿告诵我，免打！"八戒闻得此言，叩头上告道："哥啊，分明要瞒着你，请你去的，不期你这等样灵。饶我打，放我起来说罢。"行者道："也罢，起来说。"众猴撒开手，那呆子跳得起来，两边乱张。行者道："你张甚么？"八戒道："看看那条路儿空阔，好跑。"行者道："你跑到那里？我就让你先走三日，老孙自有本事赶转你来。快早说来，这一恼发我的性子，断不饶你！"

八戒道："实不瞒哥哥说。自你回后，我与沙僧保师父前行，只见一座黑松林，师父下马，教我化斋。我因许远无一个人家，辛苦了，略在草里睡睡，不想沙僧别了师父，又来寻我。你晓得师父没有坐性，他独步林间玩景，出得林，见一座黄金宝塔放光，他只当寺院，不期塔下有个妖精，名唤黄袍，被他拿住。后边我与沙僧回寻，止见白马、行囊，不见师父，随寻至洞口，与那怪厮杀。师父在洞，幸亏了一个救星，原是宝象国王第三个公主，被那怪摄来者，他修了一封家书，托师父寄去，遂说方便，解放了师父。到了国中，递了书信，那国王就请师父降妖，取回公主。哥啊，你晓得，那老和尚可会降妖？我二人复去与战，不知那怪神通广大，将沙僧又捉了，我败阵而走，伏在草中。那怪变做个俊俏文人入朝，与国王认亲，把师父变作老虎。又亏了白龙马夜现龙身，去寻师父，师父到不曾寻见，却遇着那怪在银安殿饮酒。他变一宫娥，与他巡酒、舞刀，欲乘机而砍，反被他用满堂红打伤马腿。就是他教我来请师兄的，说道：'师兄是个有仁有义的君子，君子不念旧恶，一定肯来救师父一难。'万望哥哥念一日为师终身为父之情，千万救他一救！"

行者道："你这个呆子！我临别之时，曾叮咛又叮咛，说道：'若有妖魔捉住师父，你就说老孙是他大徒弟。'怎么却不说我？"八戒又思量道："请将不如激将，等我激他一激。"道："哥啊，不说你还好哩，只为说你，他一发无状！"^妙行者道："怎么说？"八戒道："我说：'妖精，你不要无礼，莫害我师父！我还有个大师兄，叫做孙行者，他神通广大，善能降妖，他来时教你死无葬身之地！'那怪闻言，越加忿怒，骂道：'是个甚么孙行者，我可怕他！他若来，我剥了他皮，抽了他筋，啃了他骨，吃了他心！饶他猴子瘦，我也把他剁鲊着油烹！'"^妙行者闻言，就气得抓耳挠腮，暴燥乱跳，道："是那个敢这等骂我！"八戒道："哥哥息怒，是那黄袍怪这等骂来，我故学与你听也。"行者道："贤弟，你起来。不是我去不成，既是妖精敢骂我，我就不能降他？我和你去。老孙五百年前大闹天宫，普天的神将看见我，一个个控背躬身，口口称呼大圣。这妖怪无礼，他敢背前面后骂我！我这去，把他拿住，碎尸万段，以报骂我之仇！报毕，我即回来。"八戒道："哥哥，正是。你只去拿了妖精，报了你仇，那时来与不来，任从尊意。"

那大圣才跳下崖，撞入洞里，脱了妖衣，整一整锦直裰，束一束虎皮裙，执了铁棒，径出门来。慌得那群猴拦住，道："大圣爷爷，你往那里去？带挈我们耍子几年也好。"行者道："小的们，你说那里话！我保唐僧的这桩事，天上地下，都晓得孙悟空是唐僧的徒弟。他到不是赶我回来，倒是教我来家看看，送我来家自在耍子。如今只因这件事，你们却都要仔细看守家业，依时插柳栽松，毋得废坠。待我还去保唐僧，取经回东土，功成之后，仍回来与你们共乐天真。"众猴各各领命。

那大圣才和八戒携手驾云，离了洞，过了东洋大海。至西岸，住云光，叫道："兄弟，你且在此慢行，等我下海去净净身子。"八戒道："忙忙的走路，且净甚么身子？"行者道："你那里知道，我自从回来，这几日弄得身上有些妖精气了。师父是个爱干净的，恐怕嫌我。"八戒于此始识得行者是片真心，更无他意。

须臾洗毕，复驾云西进，只见那金塔放光。八戒指道："那不是黄袍怪家？沙僧还在他家里。"行者道："你在空中，等我下去看看那门前如何，好与妖精见阵。"八戒道："不要去，妖精不在家。"行者道："我晓得。"

好猴王，按落祥光，径至洞门外观看。只见有两个小孩子，在那里使湾头棍，打毛球，抢窝耍子哩。一个有十来岁，一个有八九岁了。正戏处，被行者赶上前，也不管他是张家李家的，一把抓着顶搭子，提将过来。那孩子吃了唬，口里夹骂带哭的乱嚷，惊动那波月洞的小妖，急报与公主道："奶奶，不知甚人把二位公子抢去也！"原来那两个孩子是公主与那怪生的。

公主闻言，忙忙走出洞门来，只见行者提着两个孩子，站在那高崖之上，意欲往下掼，慌得那公主厉声高叫道："那汉子，我与你没甚相干，怎么把我儿子拿去？他老子利害，有些差错，决不与你干休！"行者道："你不认得我，我是那唐僧的大徒弟孙悟空行者。我有个师弟沙和尚在你洞里，你去放他出来，我把这两个孩儿还你。似这般两个换一个，还是你便宜。"那公主闻言，急往里面，喝退那几个把门的小妖，亲动手把沙僧解了。沙僧道："公主，你莫解我，恐你那怪来家，问你要人，带累你受气。"^{忠厚}　公主道："长老啊，你是我的恩人，你替我折辩了家书，救了我一命，我也留心放你，不期洞门之外，你有个大师兄孙悟空来了，叫我放你哩。"

噫，那沙僧一闻"孙悟空"的三个字，好便似醍醐灌顶，甘露滋心，一面天心喜，满腔都是春，也不似闻得个人来，就如拾着一方金玉一般。你看他捽手拂衣，走出门来，对行者施礼，道："哥哥，你真是从天而降也，万乞救我一救！"行者笑道："你这个沙尼，师父念紧箍儿咒，可肯替我方便一声？都弄嘴施展！要保师父，如何不走西方路，却在这里蹲甚么？"沙僧道："哥哥，不必说了，君子人既往不咎。我等是个败军之将，不可语勇，救我救儿罢。"行者道："你上来。"沙僧才纵身跳上石崖。

却说那八戒停立空中，看见沙僧出洞，即按下云头，叫声："沙兄弟，心忍，心忍！"沙僧见身道："二哥，你从那里来？"八戒道："我昨日败阵，夜间进城，会了白马，知师父有难，被黄袍使法，变做个老虎，那白马与我商议，请师兄来的。"行者道："呆子，且休叙阔。把这两个孩子，你抱着一个，先进那宝象城去激那怪来，等我在这里打他。"沙僧道："哥啊，怎么样激他？"行者道："你两个驾起云，站在那金銮殿上，莫分好歹，把那孩子往那白玉阶前一掼。有人问你是甚人，你便说是黄袍妖精的儿子，被我两个拿将来也。那怪听见，管情回来，我却不须进城与他斗了。若在城上厮杀，必要喷云嗳雾，播土扬尘，惊扰那朝廷与多官黎庶，俱不安也。"八戒笑道："哥哥，你但干事，就左我们。"行者道："如何为左你？"

八戒道："这两个孩子，被你抓来，已此唬破胆了，这一会声都哭哑，再一会必死无疑。我们拿他往下一掼，掼做个肉胠子，那怪赶上肯放？定要我两个偿命。你却还不是个干净人？连见证也没你，你却不是左我们？"行者道："他若扯你，你两个就与他打将这里来。这里有战场宽阔，我在此等候打他。"沙僧道："正是，正是，大哥说得有理。我们去来。"他两个才倚仗威风，将孩子拿去。

行者即跳下石崖，到他塔门之下。那公主道："你这和尚，全无信义！你说放了你师弟，就与我孩儿，怎么你师弟放去，把我孩儿又留，反来我门首做甚？"行者陪笑道："公主休怪，你来的日子已久，带你令郎去认他外公去哩。"趣。公主道："和尚莫无礼！我那黄袍郎比众不同。你若唬了我的孩儿，与他柳柳惊是。"

行者笑道："公主啊，为人生在天地之间，怎么便是得罪？"公主道："我晓得。"行者道："你女流家，晓得甚么？"公主道："我自幼在宫，曾受父母教训，记得古书云：'五刑之属三千，而罪莫大于不孝。'"行者道："你正是个不孝之人。盖'父兮生我，母兮鞠我。哀哀父母，生我劬劳'，故孝者，百行之原，万善之本。孙行者着实讲道学。却怎么将身陪伴妖精，更不思念父母？非得不孝之罪如何？"公主闻此正言，半晌家耳红面赤，惭愧无地，忽失口道："长老之言最善，我岂不思念父母？只因这妖精将我摄骗在此，他的法令又谨，我的步履又难，路远山遥，无人可传音信；欲要自尽，又恐父母疑我逃走，事终不明，故没奈何，苟延残喘。诚为天地间一大罪人也。"说罢，泪如泉涌。

行者道："公主不必伤悲。猪八戒曾告诵我，说你有一封书，曾救了我师父一命，你书上也有思念父母之意。老孙来，管与你拿了妖精，带你回朝见驾，别寻个佳偶，侍奉双亲到老。你意如何？"公主道："和尚啊，你莫要寻死。昨日你两个师弟，那样好汉，也不曾打得过我黄袍郎。你这般一个筋多骨少的瘦鬼，一似个螃蟹模样，骨头都长在外面，有甚本事，你敢说拿妖魔之话？"行者笑道："你原来没眼色，认不得人。俗语云：'尿泡虽大无斤两，秤砣虽小压千斤。'他们相貌，空大无用：走路抗风，穿衣费布，种火心空，顶门腰软，吃食无功。自老孙小自小，斤节。"那公主道："你真个有手段么？"行者道："我的手段，你是也不曾看见，绝会降妖，极能伏怪。"公主道："你却莫误了我耶。"行者道："决然不误你。"公主道："你既会降妖伏怪，如今却怎样拿他？"行者说："你且回避回避，莫在我这眼前，倘他来时，不好动手脚，只恐你与他情浓了，舍不得他。"公主道："我怎的舍不得他？其稽留于此者，不得已耳。"行者道："你与他做了十三年夫妻，岂无情意？我若见了他，不与他儿戏，一棍便是一棍，一拳便是一拳，须要打倒他，才得你回朝见驾。"

那公主果然依行者之言，往僻静处躲避。也是他姻缘该尽，故遇着大圣来临。那猴王把公主藏了，他却摇身一变，就变做公主一般模样，回转洞中，专候那怪。

却说八戒、沙僧，把两个孩子拿到宝象国中，往那白玉阶前摔下，可怜都掼做个肉饼相似，鲜血迸流，骨骸粉碎。慌得那满朝多官报道："不好了，不好了，天上掼下两个人来了！"八戒厉声高叫道："那孩子是黄袍妖精的儿子，被老猪与沙弟拿将来也！"

那怪还在银安殿，宿酒未醒。正睡梦间，听得有人叫他名字，他就翻身，抬头观看，只见那云端里是猪八戒、沙和尚二人吆喝。妖怪心中暗想道："猪八戒便也罢了，沙和尚是我绑在家里，他怎么得出来？我的浑家怎么肯放他？我的孩儿怎么得到他手？这怕是猪八戒不得我出去与他交战，故将此语来羁我。我若认了这个泛头，就与他打啊，噫，我却还害酒哩。假若被他筑上一钯，却不灭了这个威风，识破了那个关窍？且等我回家看看，是我的儿子不是我的儿子，再与他说话不迟。"

好妖怪，他也不辞王驾，转山林，径去洞中查信息。此时朝中已知他是个妖怪了。原来他夜里吃了一个宫娥，还有十七个脱命去的，五更时，奏了国王，说他如此如此。又因他不辞而去，越发知他是怪。那国王即着多官看守着假老虎不题。

却说那怪径回洞口。行者见他来时，设法哄他，把眼挤了一挤，扑漱漱泪如雨落，儿天儿地的，跌脚捶胸，于此洞里嚎咷痛哭。^猴那怪一时间那里认得？上前搂住，道："浑家，你有何事，这般烦恼？"那大圣编成的鬼话，捏出的虚词，泪汪汪的告道："郎君啊，常言道'男子无妻财没主，妇女无夫身落空'，你昨日进朝认亲，怎不回来？今早被猪八戒劫了沙和尚，又把我两个孩儿抢去，是我苦告，更不肯饶。他说拿去朝中认外公。这半日不见孩儿，又不知存亡如何，你又不见来家，教我怎生割舍？故此止不住伤心痛哭。"^猴那怪闻言，心中大怒，道："真个是我的儿子？"行者道："正是，被猪八戒抢去了。"

那妖魔气得乱跳，道：“罢了，罢了，我儿被他掼杀了，已是不可活了！只好拿那和尚来，与我儿子偿命报仇罢！浑家，你且莫哭。你如今心里觉道怎么？且医治一医治。”行者道：“我不怎的，只是舍不得孩儿，哭得我有些心疼。”_猴妖魔道：“不打紧。你请起来，我这里有件宝贝，只在你那疼上摸一摸儿，就不疼了。却要仔细，休使大指儿弹着，若使大指儿弹着啊，就看出我本相来了。”行者闻言，心中暗笑道：“这泼怪，倒也老实，不动刑法，就自家供了。等他拿出宝贝来，我试弹他一弹，看他是个甚么妖怪。”

那怪携着行者，一直行到洞里深远密闲之处，却从口中吐出一件宝贝，有鸡子大小，是一颗舍利子玲珑内丹。行者心中暗喜道：“好东西耶。这件物不知打了多少坐工，炼了几年魔难，配了几转雌雄，炼成这颗内丹舍利。今日大有缘法，遇着老孙。”那猴子拿将过来，那里有甚么疼处，特故意摸了一模，一指头弹将去。那妖慌了，劈手来抢。你思量，那猴子好不溜撒，把那宝贝一口吸在肚里。那妖魔撸着拳头就打，被行者一手隔住，把脸抹了一抹，现出本相，道声：“妖怪，不要无理！你且认认，看我是谁！”那妖怪见了大惊，道：“呀，浑家，你怎么拿出这一副嘴脸来耶！”_{那浑家没有这副嘴脸。}行者骂道：“我把你这个泼怪！谁是你浑家，连你祖宗也还不认得哩！”

那怪忽然省悟，道：“我想有些认得你哩。”行者道：“我且不打你，你再认认看。”那怪道：“我虽见你眼熟，一时间却想不起姓名。你果是谁？从那里来的？你把我欺负估倒在何处，却来我家诈诱我的宝贝？着实无理，可恶！”行者道：“你是也不认得我。我是唐僧的大徒弟，叫做孙悟空行者。我是你五百年前的旧祖宗哩。"那怪道："没有这话，没有这话！我拿住唐僧时，止知他有两个徒弟，叫做猪八戒、沙和尚，何曾见有人说个姓孙的。你不知是那里来的个怪物，到此骗我！"行者道："我不曾同他二人来。是我师父因老孙惯打妖怪，杀伤甚多，他是个慈悲好善之人，将我逐回，故不曾同他一路行走。你是不知你祖宗姓名！"

那怪道："你好不丈夫啊！既受了师父赶逐，却有甚么嘴脸又来见人！"行者道："你这个泼怪！岂知一日为师，终身为父，父子无隔宿之仇？你今害我师父，我怎么不来救他？你害他便也罢，却又背前面后骂我，是怎的说？"妖怪道："我何尝骂你？"行者道："是猪八戒说的。"那怪道："你不要信他，那个猪八戒，尖着嘴，有些会小老婆舌头，你怎听他？"行者道："且不必讲此闲话，只说老孙今日到你家里，你好怠慢了远客？虽无酒馔款待，头却是有的。快快将头伸过来，等老孙打一棍儿当茶！"趣。那怪闻得说打，呵呵大笑，道："孙行者，你差了计较了！你既说要打，不该跟我进来。我这里大小群妖，还有百十，饶你满身是手，也打不出我的门去。"行者道："不要胡说！莫说百十个，就有几千几万，只要一个个查明白了好打，棍棍无空，教你断根绝迹！"

那怪闻言，急传号令，把那山前山后群妖，洞里洞外诸怪，一齐点起，各执器械，把那三四层门，密密拦阻不放。行者见了，满心欢喜，双手理棍，喝声叫"变"，变的三头六臂，把金箍棒幌一幌，变做三根金箍棒。你看他六只手，使着三根棒，一路打将去，好便似虎入羊群，鹰来鸡栅。可怜那小怪，挡着的头如粉碎，刮着的血似水流。往来纵横，如入无人之境。止剩一个老妖，赶出门来，骂道："你这泼猴，其实惫懒！怎么上门来欺负人家！"行者急回头，用手招呼道："你来你来！打倒你，才是功绩！"

那怪物举宝刀，分头便砍。好行者，掣铁棒，觌面相迎。这一场在那山顶上，半云半雾的杀哩：

大圣神通大，妖魔本事高。这个横理生金棒，那个斜举蘸钢刀。悠悠刀起明霞亮，轻轻棒架彩云飘。往来护顶翻多次，返复浑身转数遭。一个随风更面目，一个立地把身摇。那个大睁火眼伸猿膊，这个明幌金睛折虎腰。你来我去交锋战，刀迎棒驾不相饶。猿王铁棍依三略，怪物钢刀按六韬。一个惯行手段为魔主，一个广施法力保唐僧。猛烈的猴王添猛烈，英豪的怪物长英豪。死生不顾空中打，都为唐僧拜佛遥。

他两个战有五六十合，不分胜负。行者心中暗喜道："这个泼怪，他那口刀，倒也抵得住老孙的这根棒。等老孙丢个破绽与他，看他可认得。"好猴王，双手举棍，使一个高探马的势子。那怪不识是计，见有空儿，舞着宝刀，径奔下三路砍。被行者急转个大中平，挑开他那口刀，又使个叶底偷桃势，望妖精头顶一棍，就打得他无影无踪。急收棍子看处，不见了妖精。行者大惊，道："我儿啊，不禁打，就打得不见了。果是打死，好道也有些脓血，如何没一毫踪影？想是走了。"急纵身跳在云端里看处，四边更无动静。"老孙这双眼睛，不管那里，一抹都见，却怎么走得这等溜撒？我晓得了：那怪说有些儿认得我，想必不是凡间的怪，多是天上来的精。"

那大圣一时忍不住怒发，揝着铁棒，打个筋斗，只跳到南天门上。慌得那庞、刘、苟、毕、张、陶、邓、辛等众，两边躬身控背，不敢拦阻，让他打入天门，直至通明殿下。早有张、葛、许、丘四大天师问道："大圣何来？"行者道："因保唐僧至宝象国，有一妖魔，欺骗国女，伤害吾师，老孙与他赌斗。正斗间，不见了这怪。想那怪不是凡间之怪，多是天上之精，特来查看那一路走了甚么妖神。"

天师闻言，即进灵霄殿上启奏，蒙差查勘九曜星官、十二元辰、东西南北中央五斗、河汉群臣、五岳四渎、普天神圣，都在天上，更无一个敢离方位。又查那斗牛宫外二十八宿，颠倒只有二十七位，内独少了奎星。天师回奏，道："奎木狼下界了。"玉帝道："多少时不在天了？"天师道："四卯不到。三日点卯一次，今已十三日了。"玉帝道："天上十三日，下界已是十三年。"即命本部收他上界。

那二十七宿星员，领了旨意，出了天门，各念咒语，惊动奎星。你道他在那里躲避？他原来是孙大圣大闹天宫时打怕了的神将，闪在那山涧里潜灾，被水气隐住妖云，所以不曾看见。他听得本部星员念咒，方敢出头，随众上界。被大圣拦住天门要打，幸亏众星劝住，押见玉帝。那怪腰间取出金牌，在殿下叩头纳罪。

玉帝道："奎木狼，上界有无边的胜景，你不受用，却私走一方，何也？”奎宿叩头奏道："万岁，赦臣死罪。那宝象国王公主，非凡人也。他本是披香殿侍香的玉女，因欲与臣私通，臣恐点污了天宫胜景，他思凡先下界去，托生于皇宫内院，是臣不负前期，变作妖魔，占了名山，摄他到洞府，与他配了一十三年夫妻。一饮一啄，莫非前定。今被孙大圣到此成功。"玉帝闻言，收了金牌，贬他去兜率宫与太上老君烧火，带俸差操，有功复职，无功重加其罪。行者见玉帝如此发放，心中欢喜，朝上唱个大喏，又向众神道："列位，起动了。"天师笑道："那个猴子还是这等村俗，替他收了怪神，也倒不谢天恩，却就就唱喏而退。"玉帝道："只得他无事，落得天上清平是幸。"

那大圣按落祥光，径转碗子山波月洞。寻出公主，将那思凡下界收妖的言语正然陈诉，只听得半空中八戒、沙僧厉声高叫道："师兄，有妖精，留几个儿我们打耶！"行者道："妖精已尽绝矣。"沙僧道："既把妖精打绝，无甚挂碍，将公主引入朝中去罢。不要睁眼，兄弟们使个缩地法来。"

那公主只闻得耳内风声响，霎时间径回城里。他三人将公主带上金銮殿上。那公主参拜了父王、母后，会了姊妹，各官俱来拜见。那公主才启奏道："多亏孙长老法力无边，降了黄袍怪，救奴回国。"那国王问曰："黄袍是个甚怪？"行者道："陛下的驸马，是上界的奎星。令爱乃侍香的玉女，因思凡降落人间，不非小可，都因前世前缘，该有这些姻眷。那怪被老孙上天宫启奏玉帝，玉帝查得他四卯不到，下界十三日，就是十三年了。盖天上一日，下界一年。随差本部星宿，收他上界，贬在兜率宫立功去讫。老孙却救得令爱来也。"那国王谢了行者的恩德，便教：

"看你师父去来。"

他三人径下宝殿，与众官到朝房里，抬出铁笼，将假虎解了铁索。别人看他是虎，独行者看他是人。原来那师父被妖术魇住，不能行走，心上明白，只是口眼难开。行者笑道："师父啊，你是个好和尚，怎么弄出这般个恶模样来也？你怪我行凶作恶，赶我回去，你要一心向善，怎么一旦弄出个这等嘴脸？"八戒道："哥啊，救他救儿罢，不要只管揭挑他了。"行者道："你凡事撺唆，是他个得意的好徒弟，你不救他，又寻老孙怎的？原与你说来，待降了妖精，报了骂我之仇，就回去的。"沙僧近前跪下，道："哥啊，古人云'不看僧面看佛面'，兄长既是到此，万望救他一救。若是我们能救，也不敢许远的来奉请你也。"行者用手搀起，道："我岂有安心不救之理？快取水来。"那八戒飞星去驿中，取了行李、马匹，将紫金钵盂取出，盛水半盂，递与行者。行者接水在手，念动真言，望那虎劈头一口喷上，退了妖术，解了虎气。

长老现了原身，定性睁眼，才认得是行者，一把搀住，道："悟空，你从那里来也？"沙僧侍立左右，把那请行者，降妖精，救公主，解虎气，并回朝上项事，备陈了一遍。三藏谢之不尽，道："贤徒，亏了你也，亏了你也。这一去，早诣西方，径回东土，奏唐王，你的功劳第一。"行者笑道："莫说莫说，但不念那话儿，足感爱厚之情也。"

国王闻此言，又劝谢了他四众，整治素筵，大开东阁。他师徒受了皇恩，辞王西去，国王又率多官远送。这正是：

君回宝殿定江山，僧去雷音参佛祖。

毕竟不知此去又有甚事，几时得到西天，且听下回分解。

总评：

可笑奎木狼不到天上点卯，反在公主处点卯。或戏曰："世上有那一个不在老婆处点卯的？"为之喷饭满案。

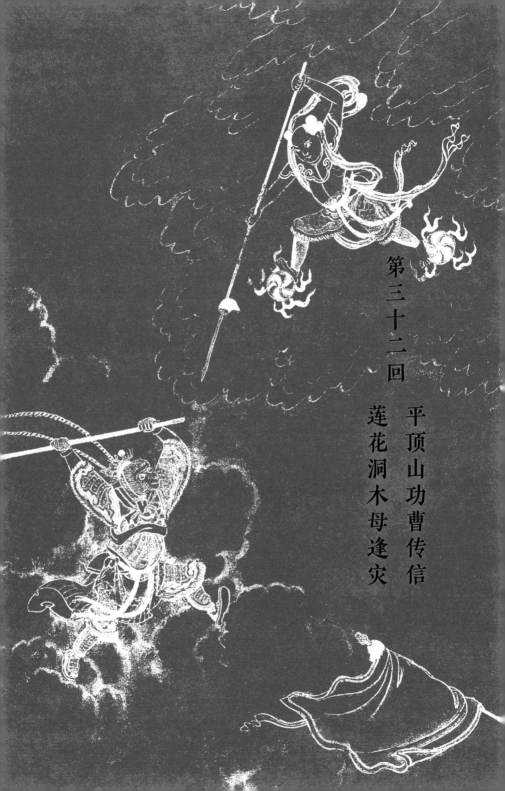

第三十二回　平顶山功曹传信　莲花洞木母逢灾

话说唐僧复得了孙行者，师徒们一心同体，共诣西方。自宝象国救了宫主，承君臣送出城西。说不尽沿路饥餐渴饮，夜住晓行，却又值三春景候。那时节：

轻风吹柳绿如丝，佳景最堪题。时催鸟语，暖烘花发，遍地芳菲。海棠庭院来双燕，正是赏春时。红尘紫陌，绮罗弦管，斗草传卮。

师徒们正行赏间，又见一山挡路。唐僧道："徒弟们仔细，前遇山高，恐有虎狼阻挡。"行者道："师父，出家人莫说在家话。你记得那鸟巢和尚的《心经》云'心无挂碍，无挂碍方无恐怖，远离颠倒梦想'之言？但只是'扫除心上垢，洗净耳边尘。^{着眼}不受苦中苦，难为人上人'。你莫生忧虑，但有老孙，就是塌下天来，可保无事。怕甚么虎狼！"长老勒回马道："我

当年奉旨出长安，只忆西来拜佛颜。舍利国中金像彩，浮屠塔里玉毫斑。寻穷天下无名水，历遍人间不到山。逐逐烟波重叠叠，几时能勾此身闲？"

行者闻说，笑呵呵道："师要身闲，有何难事？若功成之后，万缘都罢，诸法皆空。那时节，自然而然，却不是身闲也？"^{着眼}

长老闻言，只得乐以忘忧，放辔催银浊，兜缰趱玉龙。师徒们上得山来，十分险峻，真个嵯峨。好山：

巍巍峻岭，削削尖峰。湾环深涧下，孤峻陡崖边。湾环深涧下，只听得吻喇喇戏水蟒翻身；孤峻陡崖边，但见那牢揰揰出林虎剪尾。往上看，峦头突兀透青霄；回头观，壑下深沉邻碧落。上高来，似梯似凳；下低行，如堑如坑。真个是古怪巅峰岭，果然是连尖削壁崖。巅峰岭上，采药人寻思怕走；削壁崖前，打柴夫寸步难行。胡羊野马乱撺梭，狡兔山牛如布阵。山高蔽日遮星斗，时逢妖兽与苍狼。草径迷漫难进马，怎得雷音见佛王？

长老勒马观山，正在难行之处，只见那绿莎坡上，伫立着一个樵夫。你道他怎生打扮？

头戴一顶老蓝毡笠，身穿一领毛皂衲衣。老蓝毡笠，遮烟盖日果稀奇；毛皂衲衣，乐以忘忧真罕见。手持钢斧快磨明，刀伐干柴收束紧。担头春色，幽然四序融融；身外闲情，常是三星澹澹。到老只干随分过，有何荣辱暂关心？

那樵子：

正在坡前伐朽柴，忽逢长老自东来。
停柯住斧出林外，趋步将身上石崖。

对长老厉声高叫道："那西进的长老，暂停片时，我有一言奉告：此山有一伙毒魔狠怪，专吃那东来西去的人哩。"长老闻言，魂飞魄散，战兢兢坐不稳雕鞍，急回头忙呼徒弟，道："你听那樵夫报道，此山有毒魔狠怪。谁敢去细问他一问？"行者道："师父放心，等老孙去问他一个端的。"

好行者，拽开步，径上山来，对樵子叫声大哥，道个问讯。樵夫答礼道："长老啊，你们有甚缘故来此？"行者道："不瞒大哥说，我们是东土差来西天取经的。那马上是我的师父，他有些胆小。适蒙见教，说有甚么毒魔狠怪，故此我来奉问一声：那魔是几年之魔，怪是几年之怪？还是个把势，还是个雏儿？烦大哥老实说说，我好着山神、土地递解他起身。"樵子闻言，仰天大笑，道："你原来是个风和尚。"行者道："我不风啊，这是老实话。"樵子道："你说是老实，便怎敢说把他递解起身？"行者道："你这等长他那威风，胡言乱语的拦路报信，莫不是与他有亲？不亲必邻，不邻必友。"樵子笑道："你这个风泼和尚，忒没道理。我倒是好意，特来报与你们，教你们走路时，早晚间防备，你到转赖在我身上。且莫说我不晓得妖魔出处，就晓得啊，你敢把他怎么的递解？解往何处？"行者道："若是天魔，解与玉帝，若是土魔，解与土府；西方的归佛，东方的归圣，北方的解与真武，南方的解与火德；是蛟精解与海王，是鬼祟解与阎王，各有地头方向。我老孙到处里人熟，发一张批文，把他连夜解着飞跑。"

那樵子止不住呵呵冷笑，道："你这个风泼和尚，想是在方上云游，学了些书符咒水的法术，只可驱邪缚鬼，还不曾撞见这等狠毒的怪哩。"行者道："怎见他狠毒？"樵子道："此山径过有六百里远近，名唤平顶山，山中有一洞，名唤莲花洞。洞里有两个魔头，他画影图形，要捉和尚，抄名访姓，要吃唐僧。你若别处来的还好，但犯了一个'唐'字儿，莫想去得，去得！"行者道："我们正是唐朝来的。"樵子道："他正要吃你们哩。"行者道："造化造化。但不知他怎的样吃哩？"樵子道："你要他怎的吃？"行者道："若是先吃头，还好耍子；若是先吃脚，就难为了。"樵子道："先吃头怎么说，先吃脚怎么说？"行者道："你还不曾经着哩。若是先吃头，一口将来咬下，我已死了，凭他怎么煎炒熬煮，我也不知疼痛；若是先吃脚，他啃了孤拐，嚼了腿亭，吃到腰截骨，我还急忙不死，却不是零零碎碎受苦？此所以难为也。"^猴樵子道："和尚，他那里有这许多工夫？只是把你拿住，捆在笼里，囫囵蒸吃了。"行者笑道："这个更好，更好。疼倒不忍疼，只是受些闷气罢了。"^趣樵子道："和尚不要调嘴。那妖怪随身有五件宝贝，神通极大极广。就是擎天的玉柱，架海的金梁，若保得唐朝和尚去，也须要发发昏哩。"行者道："发几个昏么？"樵子道："要发三四个昏是。"行者道："不打紧，不打紧。我们一年常发七八百个昏儿，这三四个昏儿易得发，发发儿就过去了。"

好大圣，全然无惧，一心只是要保唐僧，挣脱樵夫，拽步而转，径至山坡马头前，道："师父，没甚大事。有便有个把妖精儿，只是这里人胆小，放他在心上。有我哩，怕他怎的？走路走路。"长老见说，只得放怀随行。

正行处，早不见了那樵夫。长老道："那报信的樵子如何就不见了？"八戒道："我们造化低，撞见日里鬼了。"行者道："想是他钻进林子里寻柴去了。等我看看来。"好大圣，睁开火眼金睛，漫山越岭的望处，却无踪迹。忽抬头往云端里一看，看见是日值功曹，他就纵云赶上，骂了几声"毛鬼"，道："你怎么有话不来直说，却那般变化了，演样老孙？"慌得那功曹施礼道："大圣，报信来迟，勿罪，勿罪。那怪果然神通广大，变化多端。只看你腾那乖巧，运动神机，仔细保你师父；假若怠慢了些儿，西天路莫想去得。"

行者闻言，把功曹叱退，切切在心。按云头，径来山上，只见长老与八戒、沙僧簇拥前进。他却暗想："我若把功曹的言语实实告诵师父，师父他不济事，必就哭了；假若不与他实说，梦着头，带着他走，常言道'乍入芦圩，不知深浅'，倘或被妖魔捞去，却不又要老孙费心？且等我照顾八戒一照顾，先着他出头与那怪打一仗看。若是打得过他，就算他一功；若是没手段，被怪拿去，等老孙再去救他不迟，却好显我本事出名。"正自家计较，以心问心道："只恐八戒躲懒，便不肯出头，师父又有些护短，等老孙羁勒他羁勒。"

好大圣，你看他弄个虚头，把眼揉了一揉，揉出些泪来，迎着师父，往前径走。八戒看见，连忙叫："沙和尚，歇下担子，拿出行李来，我两个分了罢。"沙僧道："二哥，分怎的？"八戒道："分了罢。你往流沙河还做妖怪，老猪往高老庄上盼盼浑家，把白马卖了，买口棺木，与师父送老，大家散火。还往西天去哩？"长老在马上听见，道："这个夯货！正走路，怎么又胡说了？"八戒道："你儿子便胡说！你不看见孙行者那里哭将来了？他是个钻天入地、斧砍火烧、下油锅都不怕的好汉，如今戴了个愁帽，泪汪汪的哭来，必是那山险峻，妖怪凶狠。似我们这样软弱的人儿，怎么去得？"长老道："你且休胡谈，待我问他一声，看是怎么说话。"问道："悟空，有甚话当面计较，你怎么自家烦恼？这般样个哭包脸，是虎唬我也！"行者道："师父啊，刚才那个报信的是日值功曹。他说妖精凶狼，此处难行，果然的山高路峻，不能前进。改日再去罢。"长老闻言，恐惶悚惧，扯住他虎皮裙子，道："徒弟哑，我们三停路已走了停半，因何说退悔之言？"行者道："我没个不尽心的，但只恐魔多力弱，行势孤单。'总然是块铁，下炉能打得几根钉？'"长老道："徒弟啊，你也说得是，果然一个人也难，兵书云：'寡不可敌众。'我这里还有八戒、沙僧，都是徒弟，凭你调度使用，或为护将帮手，协力同心，扫清山径，领我过山，却不都还了正果？"

那行者这一场扭捏，只斗出长老这几句话来。他揾了泪，道："师父啊，若要过得此山，须是猪八戒依得我两件事儿，才有三分去得；假若不依我言，替不得我手，半分儿也莫想过去。"八戒道："师兄，不去就散火罢，不要攀我。"长老道："徒弟，且问你师兄，看他教你做甚么。"呆子真个对行者说道："哥哥，你教我做甚事？"行者道："第一件是看师父，第二件是去巡山。"八戒道："看师父是坐，巡山去是走。终不然教我坐一会又走，走一会又坐，两处怎么顾盼得来？"行者道："不是教你两件齐干，只是领了一件便罢。"八戒又笑道："这等也好计较。但不知看师父是怎样，巡山是怎样？你先与我讲讲，等我依个相应些儿的去干罢。"行者道："看师父啊，师父去出恭，你伺候；师父要走路，你扶持；师父要吃斋，你化斋。若他饿了些儿，你该打；黄了些儿脸皮，你该打；瘦了些儿形骸，你该打。"八戒慌了，道："这个难，难，难。伺候扶持，通不打紧，就是不离身驮着，也还容易；假若教我去乡下化斋，他这西方路上，不识我是取经的和尚，只道是那山里走出来的一个半壮不壮的健猪，伙上许多人，又钯扫帚，把老猪围倒，拿家去宰了，腌着过年，这个却不就遭瘟了？"行者道："巡山去罢。"八戒道："巡山便怎么样儿？"行者道："就入此山，打听有多少妖怪，是甚么山，是甚么洞，我们好过去。"八戒道："这个小可，老猪去巡山罢。"那呆子就撒起衣裙，挺着钉钯，雄纠纠径入深山，气昂昂奔上大路。

行者在傍，忍不住嘻嘻冷笑。长老骂道："你这个泼猴！兄弟们全无爱怜之意，常怀疾妒之心。你做出这样獐智，巧言令色，撮弄他去甚么巡山，却又在这里笑他！"行者道："不是笑他，我这笑中有味。你看猪八戒这一去，决不巡山，也不敢见妖怪，不知往那里去躲闪半会，捏一个谎来哄我们也。"长老道："你怎么就晓得他？"行者道："我估出他是这等。不信，等我跟他去看看，听他一听。一则帮副他手段降妖，二来看他可有个诚心拜佛。"长老道："好，好，好，你却莫去捉弄他。"

行者应诺了，径直赶上山坡，摇身一变，变作个蟭蟟虫儿。其实变得轻巧。但见他：

翅薄舞风不用力，腰尖细小如针。穿蒲抹草过花阴，疾似流星还甚。眼睛明映映，声气渺喑喑。昆虫之类惟他小，亭亭款款机深。几番闲日歇幽林，一身浑不见，千眼莫能寻。

嘤的一声飞将去，赶上八戒，钉在他耳躲后面鬃根底下。那呆子只管走路，怎知道身上有人？行有七八里路，把钉钯撇下，吊转头来，望着唐僧，指手画脚的骂道："你罢软的老和尚，捉掐的弼马温，面弱的沙和尚！他都在那里自在，捉弄我老猪来踌路！大家取经，都要望成正果，偏是教我来巡甚么山！哈哈哈，晓得有妖怪，躲着些儿走还不勾一半，却教我去寻他，这等悔气哩！我往那里睡觉去，睡一觉回去，含含糊糊的答应他，只说是巡了山，就了其帐也。"那呆子一时间侥幸，搴着钯又走，只见山凹里一弯红草坡，他一头钻得进去，使钉钯扑个地铺，毂辘的睡下，把腰伸了一伸，道声："快活，就是那弼马温，也不得相我这般自在。"

原来行者在他耳根后，句句儿听着哩，忍不住飞将起来，又捉弄他一捉弄。^{猴。}又摇身一变，变作个啄木虫儿。但见：

铁嘴尖尖红溜，翠翎艳艳光明。一双钢爪利如钉，腹馁何妨林静。最爱枯槎朽烂，偏嫌老树伶仃。圜晴决尾性丢灵，辟剥之声堪听。

这虫鹜不大不小的，上秤称，只有二三两重，红铜嘴，黑铁脚，刷刺的一翅飞下来。那八戒丢倒头，正睡着了，被他照嘴唇上挖揸的一下。那呆子慌得爬将起来，口里乱嚷道："有妖怪，有妖怪！把我戳了一枪去了！嘴上好不疼呀！"伸手摸摸，流出血来了。他道："蹭蹬啊！我又没甚喜事，怎么嘴上挂了红耶？"^{趣。}他看着这血手，口里絮絮叨叨的，两边乱看，却不见动静，道：

"无甚妖怪，怎么戳我一枪么？"忽抬头往上看时，原来是个啄木虫，在半空中飞哩。呆子咬牙骂道："这个亡人！弼马温欺负我罢了，你也来欺负我！我晓得了。他一定不认我是个人，只把我嘴当一段黑朽枯烂的树，内中生了虫，寻虫儿吃的，将我啄了这一下也。等我把嘴揣在怀里睡罢。"

那呆子毂辘的依然睡倒，行者又飞来，着耳根后又啄了一下。呆子慌得爬起来，道："这个亡人，却打搅得我狠！想必这里是他的窠巢，生蛋布雏，怕我占了，故此这般打搅。罢罢罢，不睡他了。"搴着钯，径出红草坡，找路又走。可不喜坏了孙行者，笑倒个美猴王。行者道："这夯货大睁着两个眼，连自家人也认不得。"^猴

好大圣，摇身又一变，还变做个蟭蟟虫，钉在他耳躲后面，不离他身上。那呆子入深山，又行有四五里，只见山凹中有桌面大的四四方方一块青石头。呆子放下钯，对石头唱个大喏。行者暗笑道："这呆子，石头又不是人，又不会说话，又不会还礼，唱他喏怎的？可不是个瞎帐？"原来那呆子把石头当着唐僧、沙僧、行者三人，朝着他演习哩。他道："我这回去，见了师父，若问有妖怪，就说有妖怪；他问甚么山，我若说是泥捏的，土做的，锡打的，铜铸的，面蒸的，纸糊的，笔画的，他们见说我呆哩，若讲这话，一发说呆了，我只说是石头山；^趣他问甚么洞，也只说是石头洞；他问甚么门，却说是钉钉的铁叶门；他问里边有多远，只说入内有三层，十分再搜寻；问门上钉子多少，只说老猪心忙记不真。^趣此间编造停当，哄那弼马温去。"

那呆子捏合了，拖着钯，径回本路，怎知行者在耳躲后一一听得明白。行者见他回来，即腾两翅预先回去，现原身，见了师父。师父道："悟空，你来了，悟能怎不见回？"行者笑道："他在那里编谎哩，就待来也。"长老道："他两个耳躲盖着眼，愚拙之人也，他会编甚么谎？又是你捏合甚么鬼话赖他哩。"行者道："师父，你只是这等护短。这是有对问的话。"把他那钻在草里睡觉，被啄木虫叮醒，朝石头唱喏，编造甚么石头山、石头洞、铁叶门、有妖精的话，预先说了。

说毕，不多时，那呆子走将来，又怕忘了那谎，低着头，口里温习。_趣被行者喝了一声，道："呆子，念甚么哩？"八戒掀起耳躲来看看，道："我到了地头了。"那呆子上前跪倒，长老搀起，道："徒弟，辛苦啊。"八戒道："正是。走路的人，爬山的人，第一辛苦了。"长老道："可有妖怪么？"八戒道："有妖怪，有妖怪，一堆妖怪哩。"长老道："怎么打发你来？"八戒说："他叫我做猪祖宗、猪外公，安排些粉汤素食，教我吃了一顿，说道摆旗鼓送我们过山哩。"行者道："想是在草里睡着了，说得是梦话？"呆子闻言，就吓得矮了二寸，道："爷爷哑，我睡，他怎么晓得？"_趣行者上前一把揪住，道："你过来，等我问你。"呆子又慌了，战战兢兢的道："问便罢了，揪扯怎的？"行者道："是甚么山？"八戒道："是石头山。""甚么洞？"道："是石头洞。""甚么门？"道："是钉钉铁叶门。""里边有多远？"道："入内是三层。"行者道："你不消说了，后半截我记得真。恐师父不信，我替你说了罢。"八戒道："嘴脸！你又不曾去，你晓得那些儿，要替我说？"行者笑道："'门上钉子有多少，只说老猪心忙记不真。'可是么？"

那呆子即慌忙跪倒。行者道："朝着石头唱喏，当做我三人，对他一问一答，可是么？又说'等我编得谎儿停当，哄那弼马温去'，可是么？"那呆子连忙只是磕头，道："师兄，我去巡山，你莫成跟我去听的？"行者骂道："我把你个馕糠的夯货！这般要紧的所在，教你去巡山，你却去睡觉！不是啄木虫叮你醒来，你还在那里睡哩。及叮醒，又编这样大谎，可不误了大事？你快伸过孤拐来，打五棍记心！"

八戒慌了，道："那个哭丧棒重，擦一擦儿皮塌，挨一挨儿筋伤，若打五下，就是死了！"行者道："你怕打，却怎么扯谎？"八戒道："哥哥哑，只是这一遭儿，以后再不敢了。"行者道："一遭便打三棍罢。"八戒道："爷爷哑，半棍儿也禁不得！"呆子没计奈何，扯住师父，道："你替我说个方便儿。"长老道："悟空说你编谎，我还不信，今果如此，其实该打。但如今过山少人使唤，悟空，你且饶他，待过了山再打罢。"行者道："古人云，'顺父母言情，呼为大孝'，师父说不打，我就且饶你。你再去与我巡山，若再说谎误事，我定一下也不饶你！"

那呆子只得爬起来又去。你看他奔上大路，疑心生暗鬼，步步只疑是行者变化了跟住他，故见一物，即疑是行者。走有七八里，见一只老虎，从山坡上跑过，他也不怕，举着钉钯，道："师兄来听说谎的？这遭不编了。"又走处，那山风来得甚猛，呼的一声，把颗枯木刮倒，滚至面前，他又跌脚捶胸的道："哥啊，这是怎的起！一行说不敢编谎罢了，又变甚么树来打人！"又走向前，只见一个白颈老鸦，当头喳喳的连叫几声，他又道："哥哥，不羞，不羞。我说不编就不编了，只管又变着老鸦怎的？你来听么？"原来这一番行者却不曾跟他去，他那里却自惊自怪，乱疑乱猜，故无往而不疑是行者随他身也。呆子惊疑且不题。

却说那山叫做平顶山，那洞叫做莲花洞，洞里两妖，一唤金角大王，一唤银角大王。金角正坐，对银角说："兄弟，我们多少时不巡山了？"银角道："有半个月了。"金角道："兄弟，你今日与我去巡巡。"银角道："今日巡山怎的？"金角道："你不知。近闻得东土唐朝差个御弟唐僧往西方拜佛，一行四众，叫做孙行者、猪八戒、沙和尚，连马五口。你看他在那处，与我把他拿来。"银角道："我们要吃人，那里不捞几个？这和尚到得那里，让他去罢。"金角道："你不晓得。我当年出天界，尝闻得人言：唐僧乃金蝉长老临凡，十世修行的好人，一点元阳未泄，有人吃他肉，延寿长生哩。"银角道："若是吃了他肉就可以延寿长生，我们打甚么坐，立甚么功，炼甚么龙与虎，配甚么雌与雄？只该吃他去了。等我去拿他来。"金角道："兄弟，你有些性急，且莫忙着。你若走出门，不管好歹，但是和尚就拿将来，假如不是唐僧，却也不当人子。我记得他的模样，曾将他师徒画了一个影，图了一个形。你可拿去，但遇着和尚，以此照验照验。"又将某人是某名字，一一说了。银角得了图像，知道姓名，即出洞，点起三十名小怪，便来山上巡逻。

却说八戒运拙，正行处，可可的撞见群魔，当面挡住，道："那来的甚么人？"呆子才抬起头来，掀着耳躲，看见是些妖魔，他就慌了，心中暗道："我若说是取经的和尚，他就捞了去，只是说走路的。"小妖回报道："大王，是走路的。"那三十名小怪中间有认得的，有不认得的，傍边有听着指点说话的，道："大王，这个和尚像这图中猪八戒模样。"叫挂起影神图来。八戒看见大惊，道："怪道这些时没精神哩，原来是他把我的影神传将来也。"^趣小妖用枪挑着，银角用手指道："这骑白马的是唐僧，这毛脸的是孙行者。"八戒听见，道："城隍，没我便也罢了，猪头三牲，清醮二十四分。"^趣口里劳叨，只管许愿。那怪又道："这黑长的是沙和尚，这长嘴大耳的是猪八戒。"呆子听见说他，慌得把个嘴揣在怀里藏了。那怪叫："和尚，伸出嘴来！"八戒道："胎里病，伸不出来。"那怪喝小妖使钩子钩出来。八戒慌得把个嘴伸出，道："小家形，罢了，这不是？你要看便就看，钩怎的？"

那怪认得是八戒，掣出宝刀，上前就砍。这呆子举钉钯按住，道："我的儿，休无礼！看钯！"那怪笑道："这和尚是半路出家的。"八戒道："好儿子，有些灵性！你怎么就晓得老爷是半路上出家的？"那怪道："你会使这钯，一定是在人家园圃中筑地，把他这钯偷将来也。"八戒道："我的儿，你那里认得老爷这钯！我不比那筑地之钯。这是：

巨齿铸来如龙爪，渗金妆就似虎形。若逢对敌寒风洒，但遇相持火焰生。能替唐僧消瘴碍，西天路上捉妖精。轮动烟霞遮日月，使起昏云暗斗星。筑倒泰山老虎怕，钯翻大海老龙惊。饶你这妖有手段，一钯九个血窟窿！"

那怪闻言，那里肯让，使七星剑，丢开解数，与八戒一往一来，在山中赌斗。有二十回合，不分胜负。八戒发起狠来，舍死的相迎。那怪见他捽耳躲，喷粘涎，舞钉钯，口里吆吆喝喝的，也尽有些悚惧，即回头招呼小怪，一齐动手。若是一个打一个，其实还好。他见那些小妖齐上，慌了手脚，遮架不住，败了阵，回头就跑。原来是道路不平，未曾细看，忽被蓏萝藤绊了个跟蹡。挣起来正走，又被一个小妖睡倒在地，扳着他脚跟，扑的又跌了个狗吃屎；被一群赶上按住，抓鬃毛，揪耳躲，扯着脚，拉着尾，扛扛抬抬，擒进洞去。咦，正是：

一身魔发难消灭，万种灾生不易除。

毕竟不知猪八戒性命如何，且听下回分解。

总评：

描画孙行者顽处，猪八戒呆处，令人绝倒。化工笔也。

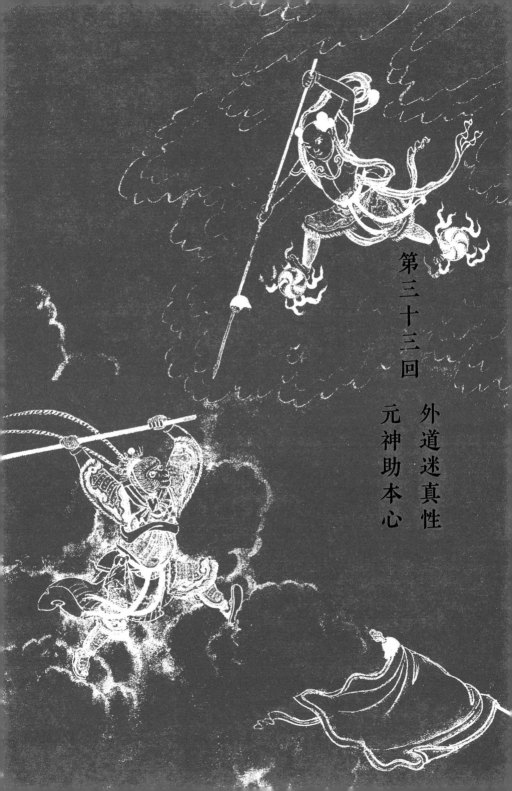

第三十三回 外道迷真性 元神助本心

却说那怪将八戒拿进洞去，道："哥哥啊，拿将一个来了。"老魔喜道："拿将我看。"二魔道："这不是？"老魔道："兄弟，错拿了，这个和尚没用。"八戒就绰经说道："大王，没用的和尚，放他出去罢，不当人子！"二魔道："哥哥，不要放他，虽然没用，也是唐僧一起的，叫做猪八戒。把他且浸在后边净水池中，浸退了毛衣，使盐腌着，晒干了，等天阴下酒。"八戒听言，道："蹭蹬啊，撞着个贩腌腊的妖怪了！"那小妖把八戒抬进去，抛在水里不题。

却说三藏坐在坡前，耳热眼跳，身体不安，叫声："悟空，怎么悟能这番巡山，去之久而不来？"行者道："师父还不晓得他的心哩。"三藏道："他有甚心？"行者道："师父啊，此山若是有怪，他半步难行，一定虚张声势，跑将回来报我；想是无怪，路途平静，他一直去了。"三藏道："假若真个去了，却在那里相会？此间乃是山野空阔之处，比不得那店市城井之间。"行者道："师父莫虑，且请上马。那呆子有些懒惰，断然走的迟慢，你把马打动些儿，我们定赶上他，一同去罢。"真个唐僧上马，沙僧挑担，行者前面引路上山。

却说那老怪又唤二魔道："兄弟，你既拿了八戒，断然就有唐僧。再去巡巡山来，切莫放过他去。"二魔道："就行，就行。"你看他急点起五十名小妖，上山巡逻。

正走处，只见祥云缥缈，瑞气盘旋。二魔道："唐僧来了。"众妖道："唐僧在那里？"二魔道："好人头上祥云照顶，恶人头上黑气冲天。那唐僧原是金蝉长老临凡，十世修行的好人，所以有这祥云缥缈。"众怪都不看见，二魔用手指道："那不是？"那三藏就在马上打了一个寒噤。又一指，又打个寒噤。一连指了三指，他就一连打了三个寒噤。心神不宁，道："徒弟啊，我怎么打寒噤么？"沙僧道："打寒噤想是伤食病发了。"行者道："胡说，师父是走着这深山峻岭，必然小心虚惊。莫怕莫怕，等老孙把棒打一路与你压压惊。"好行者，理开棒，在马前丢几个解数，上三下四，左五右六，尽按那六韬三略，使起神通。那长老在马上观之，真个是环中少有，世上全无。

剖开路一直前行，险些儿不唬倒那怪物。他在山顶上看见，魂飞魄丧，忽失声道："几年间闻说孙行者，今日才知话不虚传果是真。"众怪上前道："大王，怎么长他人之志气，灭自己之威风？你夸谁哩？"二魔道："孙行者神通广大，那唐僧吃他不成。"众怪道："大王，你没手段，等我们着几个去报大王，教他点起本洞大小兵来，摆开阵势，合力齐心，怕他走了那里去！"二魔道："你们不曾见他那条铁棒，有万夫不当之勇，我洞中不过有四五百兵，怎禁得他那一棒？"众妖道："这等说，唐僧吃不成，却不把猪八戒错拿了？如今送还他罢。"二魔道："拿便也不曾错拿，送便也不好轻送。唐僧终是要吃，只是眼下还尚不能。"众妖道："这般说，还过几年么？"二魔道："也不消几年。我看见那唐僧，只可善图，不可恶取。若要倚势拿他，闻也不得一闻；只可以善去感他，赚得他心与我心相合，却就善中取计，可以图之。"众妖道："大王如定计拿他，可用我等。"二魔道："你们都各回本寨，但不许报与大王知道；若是惊动了他，必然走了风讯，败了我计策。我自有个神通变化，可以拿他。"

众妖散去，他独跳下山来，在那西方之傍，摇身一变，变做个年老的道者。真个是怎生打扮？但见他：

星冠晃亮，鹤发蓬松。羽衣围绣带，云履缀黄棕。神清目朗如仙客，体健身轻似寿翁。说甚么清牛道士，也强如素券先生。妆成假像如真像，捏作虚情似实情。

他在那大路傍妆做个跌折腿的道士，脚上血淋津，口里哼哼的，只叫："救人，救人！"

却说这三藏仗着孙大圣与沙僧，欢喜前来，正行处，只听得叫"师父救人"。三藏闻得，道："善哉，善哉。这旷野山中，四下里更无村舍，是甚么人叫？想必是虎豹狼虫唬倒的。"这长老兜回俊马，叫道："那有难者是甚人？可出来。"这怪从草科里爬出，对长老马前乒乒的只情磕头。三藏在马上见他是个道者，却又年纪高大，甚不过意，连忙下马，搀道："请起，请起。"那怪道："疼，疼，疼！"丢了手看处，只见他脚上流血。三藏惊问道："先生啊，你从那里来？因甚伤了尊足？"那怪巧语花言，虚情假意道："师父啊，此山西去，有一座清幽观宇，我是那观里的道士。"三藏道："你不在本观中侍奉香火，演习经法，为何在此闲行？"那魔道："因前日山南里施主家，邀道众禳星，散福来晚，我师徒二人，一路而行，行至深衢，忽遇着一只斑斓猛虎，将我徒弟衔去。贫道战兢兢亡命奔走，一跤跌在乱石坡上，伤了腿足，不知回路。今日大有天缘，得见师父，万望师父大发慈悲，救我一命，若得到观中，就是典身卖命，一定重谢深恩。"

三藏闻言，认为真实，道："先生啊，你我都是一命之人，我是僧，你是道，衣冠虽别，修行之理则同。我不救你啊，就不是出家之辈。救便救你，你却走不得路哩。"那怪道："立也立不起来，怎生走路？"三藏道："也罢，也罢。我还走得路，将马让与你骑一程，到你上宫，还我马去罢。"那怪道："师父，感蒙厚情，只是腿胯跌伤，不能骑马。"三藏道："正是。"叫沙和尚："你把行李稍在我马上，你驮他一程罢。"沙僧道："我驮他。"那怪急回头，抹了他一眼，道："师父啊，我被那猛虎唬怕了，见这晦气色脸的师父，愈加惊怕，不敢要他驮。"三藏叫道："悟空，你驮罢。"行者连声答应，道："我驮我驮。"那妖就认定了行者，顺顺的要他驮，再不言语。沙僧笑道："这个没眼色的老道。我驮着不好，颠倒要他驮。他若看不见师父时，三尖石上，把筋都掼断了你的哩！"

行者驮了，口中笑道："你这个泼魔，怎么敢来惹我，你也问问老孙是几年的人儿！你这般鬼话儿，只好瞒唐僧，又好来瞒我？我认得你是这山中的怪物，想是要吃我师父哩。我师父又非是等闲之辈，是你吃的！你要吃他，也须是分多一半与老孙是。"那魔闻得行者口中念诵，道："师父，我是好人家儿孙，做了道士。今日不幸，遇着虎狼之厄，我不是妖怪。"行者道："你既怕虎狼，怎么不念《北斗经》？"三藏正然上马，闻得此言，骂道："这个泼猴！'救人一命，胜造七级浮屠。'你驮他驮儿便罢了，且讲甚么《北斗经》《南斗经》！"行者闻言，道："这厮造化哩。我那师父是个慈悲好善之人，又有些外好里枒槎，我待不驮你，他就怪我。驮便驮，须要与你讲开：若是大小便，先和我说，若在脊梁上淋下来，臊气不堪，且污了我的衣服，没人浆洗。"那怪道："我这般一把子年纪，岂不知你的话说？"行者才拉将起来，背在身上，同长老、沙僧奔大路西行。那山上高低不平之处，行者留心慢走，让唐僧前去。

　　行不上三五里路，师父与沙僧下了山凹之中，行者却望不见，心中埋怨道："师父偌大年纪，再不晓得事体！这等远路，就是空身子也还嫌手重，狠不得了，却又教我驮着这个妖怪！莫说他是妖怪，就是好人，这们年纪也死得着了，掼杀他罢，驮他怎的？"这大圣正算计要掼，原来那怪就知道了，且会遣山，就使一个移山倒海的法术，就在行者背上捻诀，念动真言，把一座须弥山遣在空中，劈头来压行者。这大圣慌得把头偏一偏，压在左肩臂上，笑道："我的儿，你使甚么重身法来压老孙哩！这个倒也不怕，只是'正担好挑，偏担儿难挨'。"那魔道："一座山压他不住。"却又念咒语，把一座峨眉山遣在空中来压。行者又把头偏一偏，压在右肩背上。看他挑着两座大山，飞星来赶师父。那魔头看见，就吓得浑身是汗，遍体生津，道："他却会担山。"又整性情，把真言念动，将一座泰山遣在空中，劈头压住行者。那大圣力软筋麻，遭逢他这泰山下顶之法，又压得三尸神咋，七窍喷红。

　　好妖魔，使神通压倒行者，却疾驾长风，去赶唐三藏，就于云端里伸下手来，马上挝人。慌得个沙僧丢了行李，掣出降妖杖，当头挡住。那妖魔举一口七星剑，对面来迎。这一场好杀：

七星剑，降妖杖，万映金光如闪亮。这个圜眼凶如黑杀神，那个铁脸真是卷帘将。那怪山前大显能，一心要捉唐三藏。这个努力保真僧，一心宁死不肯放。他两个喷云嗳雾黯天宫，播土扬尘遮斗象。杀得那一轮红日淡无光，大地乾坤昏荡荡。来往相持八九回，不期战败沙和尚。

那魔十分凶猛，使口宝剑，流星的解数滚来，把个沙僧战得软弱难搪，回头要走，早被他逼住宝杖，轮开大手，拦住沙僧，挟在左胁下；将右手去马上拿了三藏，脚尖儿钩着行李，张开口咬着马鬃，使起摄法，把他们一阵风都拿到莲花洞里，厉声高叫道："哥哥，这和尚都拿来了！"

老魔闻言大喜，道："拿来我看。"二魔道："这不是？"老魔道："贤弟哑，又错拿来了也。"二魔道："你说拿唐僧的。"老魔道："是便就是唐僧，只是还不曾拿住那有手段的孙行者。须是拿住他，才好吃唐僧哩；若不曾拿得他，切莫动他的人。那猴王神通广大，变化多般，我们若吃了师父，他肯甘心？来那门前炒闹，莫想能得安生。"二魔笑道："哥啊，你也忒会抬举人。若依你夸奖他，天上少有，地下全无，自我观之，也只如此，没甚手段。"老魔道："你拿住了？"二魔道："他已被我遣三座大山压在山下，寸步不能举移，所以才把唐僧、沙和尚连马、行李，都摄将来也。"那老魔闻言，满心欢喜，道："造化，造化，拿住这厮，唐僧才是我们口里的食哩。"叫小妖："快安排酒来，且与你二大王奉一个得功的杯儿。"二魔道："哥哥，且不要吃酒，叫小的们把猪八戒捞上水来吊起。"遂把八戒吊在东廊，沙僧吊在西边，唐僧吊在中间，白马送在槽上，行李收将进去。

老魔笑道："贤弟好手段，两次捉了三个和尚。但孙行者虽是有山压住，也须要作个法，怎么拿他来凑蒸才好哩。"二魔道："兄长请坐。若要拿孙行者，不消我们动身，只教两个小妖，拿两件宝贝，把他装将来罢。"老魔道："拿甚么宝贝去？"二魔道："拿我的紫金红葫芦，你的羊脂玉净瓶。"老魔将宝贝取出，道："差那两个去？"二魔道："差精细鬼、伶俐虫二人去。"分付道："你两个拿着这宝贝，径至高山绝顶，将底儿朝天，口儿朝地，叫一声'孙行者'，他若应了，就已装在里面；随即贴上'太上老君急急如律令奉敕'的帖儿，他就一时三刻化为脓了。"二小妖叩头，将宝贝领出，去拿行者不题。

却说那大圣被魔使法压住在山根之下，遇苦思三藏，逢灾念圣僧，厉声叫道："师父啊！想当时你到两界山，揭了压帖，老孙脱了大难，秉教沙门，感菩萨赐与法旨，我和你同住同修，同缘同相，同见同知，怎想到了此处，遭逢魔瘴，又被他遣山压了。可怜，可怜，你死该当，只难为沙僧、八戒与那小龙化马一场！这正是：

> 树大招风风撼树，人为名高名丧人！"

叹罢，那珠泪如雨。

早惊了山神、土地与五方揭谛神众。会金头揭谛道："这山是谁的？"土地道："是我们的。""你山下压的是谁？"土地道："不知是谁。"揭谛道："你等原来不知。这压的是五百年前大闹天宫的齐天大圣孙悟空行者，如今皈依正果，跟唐僧做了徒弟。你怎么把山借与妖魔压他？你们是死了。他若有一日脱身出来，他肯饶你！就是罪轻，土地也问个摆站，山神也问个充军，我们也领个大不应是。"那山神、土地才怕道："委实不知，不知。只听得那魔头念起遣山咒法，我们就把山移将来了，谁晓得是孙大圣？"揭谛道："你且休怕。律上有云：'不知者不坐罪。'我与你计较，放他出来，不要教他动手打你们。"土地道："就没理了，既放出来又打？"揭谛道："你不知。他有一条如意金箍棒，十分利害：打着的就死，挽着的就伤；磕一磕儿筋断，擦一擦儿皮塌哩！"

那土地、山神心中恐惧，与五方揭谛商议了，却来到三山门外，叫道："大圣，山神、土地、五方揭谛来见。"好行者，他虎瘦雄心还在，自然的气象昂昂，声音朗朗，道："见我怎的？"土地道："告大圣得知：遣开山，请大圣出来，赦小神不恭之罪。"行者道："遣开山，不打你。"喝声："起去！"就如官府发放一般。那众神念动真言咒语，把山仍遣归本位，放起行者。行者跳将起来，抖抖土，束束裙，耳后掣出棒来，叫山神、土地："都伸过孤拐来，每人先打两下，与老孙散散闷！"众神大惊，道："刚才大圣已分付，恕我等之罪，怎么出来就变了言语要打？"行者道："好土地，好山神，你倒不怕老孙，却怕妖怪！"土地道："那魔神通广大，法术高强，念动真言咒语，拘唤我等在他洞里，一日一个轮流当值哩。"

行者听见"当值"二字，却也心惊，仰面朝天，高声大叫，道："苍天，苍天！自那混沌初分，天开地辟，花果山生了我，我也曾遍访明师，传授长生秘诀；想我那随风变化，伏虎降龙，大闹天宫，名称大圣，更不曾把山神、土地欺心使唤。今日这个妖魔无状，怎敢把山神、土地唤为奴仆，替他轮流当值？天啊，既生老孙，怎么又生此辈？"

那大圣正感叹间，又见山凹里霞光焰焰而来。行者道："山神、土地，你既在这洞中当值，那放光的是甚物件？"土地道："那是妖魔的宝贝放光，想是有妖精拿宝贝来降你。"行者道："这个却好耍子儿啊。我且问你，他这洞中有甚人与他相往？"土地道："他爱的是烧丹炼药，喜的是全真道人。"行者道："怪道他变个老道士，把我师父骗去了。既这等，你都且记打，回去罢。等老孙自家拿他。"那众神俱腾空而散。这大圣摇身一变，变做个老真人。你道他怎生打扮？

　　头挽双髻髻，身穿百纳衣。手敲渔鼓简，腰系吕公绦。斜倚大路下，专候小魔妖。顷刻妖来到，猴王暗放刁。

不多时，那两个小妖到了。行者将金箍棒伸开，那妖不曾防备，绊着脚，扑的一跌，爬起来，才看见行者，口里嚷道："怠懒，怠懒！若不是我大王敬重你这行人，就和比较起来。"行者陪笑道："比较甚么？道人见道人，都是一家人。"那怪道："你怎么睡在这里，绊我一跌？"行者道："小道童见我这老道人，要跌一跌儿做见面钱。"那妖道："我大王见面钱只要几两银子，你怎么跌一跌儿做见面钱？你别是一乡风，决不是我这里道士。"行者道："我当真不是，我是蓬莱山来的。"那妖道："蓬莱山是海岛神仙境界。"行者道："我不是神仙，谁是神仙？"那妖却回嗔作喜，上前道："老神仙，老神仙，我等肉眼凡胎，不能识认，言语冲撞，莫怪，莫怪。"行者道："我不怪你，常言道'仙体不踏凡地'，你怎知之？我今日到你山上，要度一个成仙了道的好人，那个肯跟我去？"精细鬼道："师父，我跟你去。"伶俐虫道："师父，我跟你去。"

行者明知故问，道："你二位从那里来的？"那怪道："自莲花洞来的。""要往那里去？"那怪道："奉我大王教命，拿孙行者去的。"行者道："拿那个？"那怪又道："拿孙行者。"孙行者道："可是跟唐僧取经的那个孙行者么？"那妖道："正是，正是。你也认得他？"行者道："那猴子有些无礼。我认得他，我也有些恼他。我与你同拿他去，就当与你助功。"那怪道："师父，不须你助功。我二大王有些法术，遣了三座大山把他压在山下，寸步难移，教我两个拿宝贝来装他的。"行者道："是甚宝贝？"精细鬼道："我的是红葫芦，他的是玉净瓶。"行者道："怎么样装他？"小妖道："把这宝贝的底儿朝天，口儿朝地，叫他一声，他若应了，就装在里面；贴上一张'太上老君急急如律令奉敕'的帖子，他就一时三刻化为脓了。"

行者见说，心中暗惊道："利害利害！当时日值功曹报信，说有五件宝贝，这是两件了，不知那三件又是甚么东西？"行者笑道："二位，你把宝贝借我看看。"那小妖那知甚么诀窍，就于袖中取出两件宝贝，双手递与行者。行者见了，心中暗喜道："好东西，好东西！我若把尾子一揿，飕的跳起走了，只当是送老孙。"忽又思道："不好不好。抢便抢去，只是坏了老孙的名头，这叫做白日抢夺了。"复递与他去，道："你还不曾见我的宝贝哩。"那怪道："师父有甚宝贝？也借与我凡人看看压灾。"

好行者，伸下手把尾上毫毛拔了一根，捻一捻，叫"变"，即变做一个一尺七寸长的大紫金红葫芦，自腰里拿将出来，道："你看我的葫芦么？"那伶俐虫接在手看了，道："师父，你这葫芦长大，有样范好看，却只是不中用。"行者道："怎的不中用？"那怪道："我这两件宝贝，每一个可装千人哩。"行者道："你这装人的，何足稀罕？我这葫芦，连天都装在里面哩！"那怪道："就可以装天？"行者道："当真的装天。"那怪道："只怕是谎。就装与我们看看才信；不然，决不信你。"行者道："天若恼着我，一月之间，常装他七八遭；不恼着我，就半年也不装他一次。"〔如此想头，从何而来？可笑，可笑。〕伶俐虫道："哥啊，装天的宝贝，与他换了罢。"精细鬼道："他装天的，怎肯与我装人的相换？"伶俐虫道："若不肯啊，贴他这个净瓶也罢。"行者心中暗喜道："葫芦换葫芦，馀外贴净瓶；一件换两件，其实甚相应！"即上前扯住那伶俐虫，道："装天可换么？"那怪道："但装天就换；不换，我是你的儿子！"行者道："也罢，也罢，我装与你们看看。"

好大圣，抵头捻诀，念个咒语，叫那日游神、夜游神、五方揭谛神："即去与我奏上玉帝，说老孙皈依正果，保唐僧去西天取经，路阻高山，师父苦厄；妖魔那宝，吾欲诱他换之，万千拜上，将天借与老孙装闭半个时辰，以助成功。若道半声不肯，即上灵霄殿，动起刀兵！"

那日游神径至南天门里灵霄殿下，启奏玉帝，备言前事。玉帝道："这泼猴头，出言无状！前者观音来说，放了他保护唐僧，朕这里又差五方揭谛、四值功曹，轮流护持，如今又借天装！天可装乎？"才说装不得，那班中闪出哪吒三太子，奏道："万岁，天也装得。"玉帝道："天怎样装？"哪吒道："自混沌初分，以轻清为天，重浊为地。天是一团清气而扶托瑶天宫阙，以理谕之，其实难装；但只孙行者保唐僧西去取经，诚所谓泰山之福缘，海深之善庆，今日当助他成功。"玉帝道："卿有何助？"哪吒道："请降旨意，往北天门问真武借皂雕旗，在南天门上一展，把那日月星辰闭了，对面不见人，捉白不见黑，哄那怪道，只说装了天，以助行者成功。"玉帝闻言："依卿所奏。"那太子奉旨，前来北天门见真武，备言前事。那祖师随将旗付太子。

早有游神急降大圣耳边，道："哪吒太子来助功了。"行者仰面观之，只见祥云缭绕，果是有神，却回头对小妖道："装天罢。"小妖道："要装就装，只管阿绵花屎怎的？"行者道："我方才运神念咒来。"那小妖都睁着眼，看他怎么样装天。这行者将一个假葫芦儿抛将上去。你想，这是一根毫毛变的，能有多重？被那山顶上风吹去，飘飘荡荡，足有半个时辰，方才落下。只见那南天门上，哪吒太子把皂旗拨喇喇展开，把日月星辰俱遮闭了。真是：

乾坤墨染就，宇宙靛妆成。

二小妖大惊，道："才说话时，只好向午，却怎么就黄昏了？"行者道："天既装了，不辨时候，怎不黄昏！""如何又这等样黑？"行者道："日月星辰都装在里面，外却无光，怎么不黑！"小妖道："师父，你在那厢说话哩？"行者道："我在你面前不是？"小妖伸手摸着，道："只见说话，更不见面目。师父，此间是甚么去处？"行者又哄他道："不要动脚，此间乃是渤海岸上。若塌了脚，落下去啊，七八日还不得到底哩！"小妖大惊，道："罢罢罢，放了天罢。我们晓得是这样装了。若弄一会子，落下海去，不得归家！"

好行者，见他认了真实，又念咒语，惊动太子，把旗卷起，却早见日光正午。小妖笑道："妙啊，妙啊！这样好宝贝，若不换啊，诚为不是养家的儿子！"那精细鬼交了葫芦，伶俐虫拿出净瓶，一齐儿递与行者。行者却将假葫芦儿递与。行者当下既换了宝贝，却又干事找绝：脐下拔一根毫毛，吹口仙气，变作一个铜钱，叫道："小童，你拿这个钱去买张纸来。"小妖道："何用？"行者道："我与你写个合同文书。你将这两件装人的宝贝，换了我一件装天的宝贝，恐人心不平，向后去日久年深，有甚反悔不便，故写此各执为照。"小妖道："此间又无笔墨，写甚文书？我与你赌个咒罢。"行者道："怎么样赌？"小妖道："我两件装人之宝，贴换你一件装天之宝，若有返悔，一年四季遭瘟。"行者笑道："我是决不返悔，如有返悔，也照你四季遭瘟。"

说了誓，将身一纵，把尾子越了一越，跳在南天门前，谢了哪吒太子麾旗相助之功。太子回宫缴旨，将旗送还真武不题。这行者伫立霄汉之间，观看那个小妖。

毕竟不知怎生区处，且听下回分解。

总评：

说到装天处，令人绝倒。何物文人，奇幻至此！○大抵文人之笔，无所不至，然到装天葫芦，亦观止矣。